新羅와 渤海 漢詩의 唐詩論的 考察

이 도서의 국립중앙도서관 출판시 도서목록(CIP)은 e-CIP 홈페이지(http://www.nl.go.kr/cip.php)에서 이용하실 수 있습니다. (CIP제어번호 : CIP2009002069)

新羅와 渤海 漢詩의 唐詩論的 考察

柳晟俊

머리말

人生이 無常한 것은 事實이지만 그 속에서 誠實하게 쌓아놓은 일들은 값지고 그 生命力이 長久하다는 것도 事實이다. 그래서 人間은 東西古今을 莫論하고 有限한 삶의 테두리 안에서 할 수 있는 모든 일을 다 하려고 熾熱한 競爭을 傾注하고 있는 것이다. 그것이 오히려 人間을 虛無하게 만드는 것인 줄도 모른다. 나도 그 안에 속한 몸으로, 하나의 至極히 平凡한 歲月을 於焉 七十 가까이 點綴하며 지내온 것이다. 오랫동안 講壇에서 가르치고 골방에서 論文과 冊을 쓰는 일 하나만을 하다가 昨年 여름에 隱退하고 또다시 半年 以上을 이렇게 時間을 보내고 있다. 만나는 사람마다 하는 말이 그렇게 살다가 조용히 떠나가는 것이 人生이라고 한다. 나는 지금에서야 그 말을 實感하고 있다. 나이도 들고 병들이 함께 몸에 들어와 있는 요즘이야말로 참된 삶의 實體를 느끼고 있는 것이다.

나는 隱退하면 거기에 걸맞게 이제부터는 아무 하는 일 없이 남은 시간들을 吟味하며 살아야겠다고 마음을 먹었었다. 그러니까 敎會 長老로서 오직 예수만을 섬기며 예수를 닮는 삶을 위해 餘生을 보내려 決心하곤 하였다. 그래서 공공연하게 大小 모임자리에서 高聲宣布하기도 하고 하나님께 祈禱하며 誓約도 한 것이다. 그런데 그 버릇 버리지 못하고 如前히 나는 하루 終日 골방에서 쪼그리고 앉아 지내는 生活을 하고 있는 것이다. 隱退하고 나니 學校 同僚와 同窓과의 만남도 적어지고 스스로 閉鎖的인 意識을 가지게 되면서 그간에 맺어온 社會와도 거리를 두게 되니, 오히려 골방에 安住하는 時間들이 늘어나고 있다는 稀罕한 現象을 맞고 있다. 靈肉間의 健康을 위해서라도 旣存의 生活패턴에서 脫皮하여야 하는데 아직은 完全히 方向調整이 안된 狀態에서 歲月을 보내고 있는 것이 事實이다. 그러다보니 물론 여러 해 전부터 준비하여 왔지만, 隱退 後의 이런 時間을 通하여 글을 계속하여 써 본 것이 바로 이 책을 整理하여 出刊하는 段階에 온 것이다.

나는 하나의 中文學徒에 지나지 않는다. 다만 中文學을 공부하는 立場에서 韓國漢文學을 올바로 理解하는 姿勢가 韓國人으로서의 中文學徒의 窮極的인 學問目標이어야 한다는 意志만은 버리지 않아 왔다. 그래서 이 책은 나의 韓國漢詩와 唐詩와의 相關性에 대한 關心을 펴나가는 단계에 지나지 않는다. 2002년에 펴낸 拙著 ≪韓國漢詩와 唐詩의 比較≫(푸른사상)와 몇 가지 작은 책들은 前哨段階이고 이제부터의 段階는 本格的인 論點을 積載하고 出發하는 첫 列車에 比喩하고 싶다. 앞으로 더 尨大한 論點을 싣고 떠날 列車들이 待期하고 있다. 現在의 進行狀況으로 보아 年次的으로 그 列車를 發車시키려 한다. 이번의 列車가 新羅와 渤海의 漢詩

를 실었으니, 다음에는 高麗漢詩와 朝鮮漢詩를 唐詩論的 角度에서 照明
해 본 論點들로 채워지게 될 것이다. 그 分量은 最大限 考察을 必要로
하는 對象이라면 制限 없이 모두 살펴보려 한다. 高麗漢詩 部分은 高麗
中後期에 集中하여 擧論될 對象을 全部 包含시킬 것이다. 그리고 朝鮮漢
詩 部分은 그 放漫한 대상으로 因해 나의 體力과 能力이 許諾하는 한,
宿命的인 意志로 穿鑿하려 한다. 어디까지나 中文學徒의 主觀的인 眼目
과 知識을 바탕으로 徹底하게 唐詩와의 比較的 次元에서 接木시켜 볼
것이다.

이 책은 周知하다시피 時代的으로 原典資料가 極少하기 때문에 資料
의 發掘과 그에 대한 基本的인 根據, 그리고 資料의 紹介라는 位置에서
論點을 展開하고자 하였다. 新羅人詩에 있어서는 旣存의 ≪全唐詩≫와
≪東文選≫의 資料, 崔致遠의 境遇는 이미 認知하고 있고, 이 책에서는
≪全唐詩補編≫과 ≪全唐詩逸≫의 資料를 紹介하고 渤海 漢詩 部分을
나름대로 擧論한 것이다. ≪東文選≫ 所載의 崔匡裕, 朴仁範, 崔承祐 等
의 詩는 國內에 若干의 論文이 있으나 여기서는 中晩唐詩人의 詩와 比
較하는 角度에서 試探하였고 崔致遠 詩를 晩唐 羅隱의 詩와 相關시킨
것은 崔致遠이 韓國漢文學의 鼻祖로 推仰되고 그의 詩文이 高麗 以前의

古代 漢文學에서 占有하는 比重으로 보아, 單純히 晩唐의 主流인 唯美主義的인 風格과 聯關시키는 危險한 評價에 대해서 愼重한 態度를 要求하기 위해서 提起한 考察이다. 敷衍할 것은 이 책에서 ≪全唐詩≫上의 신라인시와 羅唐詩人의 교유, 그리고 羅隱과 崔致遠의 시 비교 등의 부분은 졸저, ≪韓國漢詩와 唐詩의 비교≫(푸른사상, 2002)에 收錄했던 자료를 대폭 추가 보완한 바, 새로운 資料的 가치를 지니도록 한 것이다.

文學硏究란 원래 客觀化되지 않은 主觀的인 서술도 경우에 따라서는 參考할 수 있는 分野이므로, 이 책의 內容에서 偏狹하고 危險한 分析이라고 叱責하는 面이 不少하리라고 豫想하면서, 내용서술이 어디까지나 試圖的 意識의 發露인 點을 널리 諒解하여 주기 바란다.

요즈음은 國內外로 經濟的인 危機意識이 澎湃하고 事實上 民生의 逆境이 보이는 時點에 있다. 出版界의 狀況은 더욱 어려운 處地에 있는 데도 欣快히 客觀的 評價가 不足한 이 책을 出刊하여 준 푸른사상의 韓鳳淑 사장의 配慮에 感謝하며 拙書에 대한 各界 諸賢의 叱正을 바라마지 않는다.

2009年 6月 下旬 東軒

著者 識

目次

第2編 渤海 漢詩의 唐詩上의 位相

第1編

新羅 漢詩와 唐詩의 融和

≪全唐詩≫上의 新羅人詩와 그 價値

主體意識이 확립되고 學問에 대한 우리 자신의 自尊心이 깊어지면서 韓國學의 정리가 本格化되고 그에 따라서 그 中樞인 한국학의 연구열이 漸高되기 시작한 것이다. 본래 漢文學의 本領을 遡及하여 論究하면서 詩壇에 우뚝 선 先導的인 役割者로서 崔致遠을 설정하는 데는 아무런 異議가 없다. 그의 詩學은 晚唐에서 緣由함은 周知의 事實이니, 이러한 漢文學硏究의 範疇를 內的 根據에서만 찾으려 하지 말고 보다 根源的 境界에서 즉 中國의 그것에서 求하는 作業이 先行되어야 한다고 본다. 그러니까 흔하고 가까운 根源과 資料를 돌아보는 平凡한 意識에서 이 테마를 着想한 것이다.

中華書局에서 간행한(1980) ≪全唐詩≫를 처음부터 精讀하는 작업에서 ≪全唐詩≫上에 蒐錄된 三國時代人의 시를 재차 찾아보며 조상의 작품을 보고 矜持心을 갖는 반면, 古來로 民族 歷史의 自主性이 아쉬운 感懷는 왜 지울 수 없는가하고 새삼 自我執念을 喚起하게 된다.

韓國漢文學史에서 漢詩의 起源에 대해서 確證은 없지만 文獻의 기록에 의거하여 金台俊과 李家源은 모두 檀君神志의 <秘词>를 먼저 기술하고, 이어서 김태준은 箕子의 <麥秀歌>와 <河水歌>를, 그리고 이가원은 <箜篌引>을 거론하였다. 그러나 韓中文學史上 中國과의 관계를 보아서, 아무래도 古朝鮮 霍里子高의 妻인 麗玉의 <箜篌引>[1]에서 비롯되었다고 할 것이다. 그 후에 삼국시대에 高句麗의 <黃鳥歌>와 乙支文德의 <遺于仲文詩>(612)가 있은 후에 前秦의 順道가 불교를 高句麗에 傳授하고(372) 儒學을 敎授하였고[2], 그 후 榮留王 高建武가 唐에서 道法을 수입하고 子弟들을 入唐케 하여 唐詩文을 학습케 하였다.

그러나 唐과 직접 연관된 高句麗人詩를 볼 수 없고, 百濟人詩 또한 不傳하니, 자연히 新羅에 관심이 가는 것이다. 그럼에도 신라에 있어서도 鄕歌를 제외하고는 엄정한 의미의 唐詩와 관련된 漢詩는 極少하니, 漢詩史的으로 古代漢詩의 脈絡을 設定하기가 불가능한 상태라고 할 것이다. 신라시대에는 실질적으로 唐文學과의 관계성은 眞平王 43년(621)[3]에 唐과 國交하여 唐文化를 수입하면서 唐古詩가 傳來되고 이어서 近體詩가 비교적 빨리 즉 聖德王에서 景德王 사이에(702~765) 들어온 것으로 본다.[4] 이 시기는 盛唐期이니 初唐四傑과 宋之問과 沈佺期 등에 의해 근체시가 확정된 후에 불과 한 세대를 넘지 않는 新體詩의 初期라 할 것이다. 이때는 이미 李白, 王維, 杜甫의 詩名이 떨친 唐詩의 黃金期에 들어섰기 때문에 新羅로서는 新文學의 精髓를 호흡할 수 있었고 그것이 韓國漢文學의 싹을 트게 한 것이다. 그래서 신라에는 唐詩가 유행하고 唐

---

1) 李朝 李德懋云 :「箜篌引, 漢武帝時所作. ……衛滿時, 亦或爲四郡後時, 霍里子高 妻麗玉容, 名甚爾雅, 殊異於夷俗名字, 鄙俗不可究之類, 亦自中國而來居者歟.」 (≪靑莊館全書≫ 「耳口心書」)
2) ≪三國史記≫云 :「二年夏六月, 秦王符堅, 遣使及浮屠順道, 送佛像經文, 王遣使 廻謝, 以貢方物, 立大學, 敎育子弟.」 (卷18 「高句麗本紀」 第6 小獸林王)
3) ≪舊唐書≫云 :「俗愛書籍, 至於衡門厮養之家, 各於街衢, 造大屋, 謂之扃堂, 子弟 未婚之前, 晝夜於此, 讀書習射.」 (卷199 「上列傳」 第149 高麗)
4) ≪三國史記≫ 「本紀」 九 景德王十五年條 참조.

風을 흠모하는 風潮가 크게 일었으니, 元稹의 ≪白氏長慶集≫ 序에 이르기를,

> 계림의 상인이 저자 거리에서 구함이 자못 대단하였다. 스스로 말하기를 본국의 재상이 매양 백금으로 시 한 편을 바꾸는데 위작이다 싶으면 재상이 즉시 분별할 수 있다. 시문이 나온 이래로 이와 같이 널리 전해진 적은 없었다.
> 鷄林賈人, 求市頗切. 自云 ; 本國宰相每以百金換一篇, 甚爲僞者, 宰相輒能辨別之. 自篇章以來, 未有如是流傳之廣者.

라고 하였고 高麗朝에 이르러서는 더욱 詩風이 唐에 接近하여서, 李穡은 「문은 한나라를 본받고 시는 당나라를 본받았다.(文法漢, 詩法唐.)」(≪牧隱文藁≫ 卷9)라 하고, 崔滋는 「한문과 당시가 여기에 성행하였다(漢文唐詩於斯爲盛)」(≪補閑集≫ 序)라고 한 표현으로 그 狀況을 미루어 알 수 있다.

　≪全唐詩≫에 新羅人과 渤海人의 작품이 수록된 것은 여러 면으로 보아 신라의 문학 즉 우리 문학수준이 중국과 對等함을 의미하는 것이니, 그 당시에 중국과 교류한 文人 중에서 삼국인 외엔 別無한 사실로써 그 우수성을 肯定的으로 볼 수 있다. 사실상 위의 양국인 외엔 이 시문집에 이렇다 할 외국인이 보이지 않은 것에서 확인한다. ≪全唐詩≫상에 수록된 시인은 王巨仁(≪全唐詩≫ 卷732), 高元裕(上同 卷795), 金眞德(上同 卷797), 薛瑤(上同 卷799), 金地藏(上同 卷806) 등과 ≪全唐詩逸≫에는 崔致遠(≪全唐詩逸≫ 卷中), 金立之(上同 卷中), 金可紀(上同 卷中), 金雲卿(上同 卷中), 朴昻(卷中) 등과 高麗使라고 하여 賈島와 和答한 聯句의 詩句가5) 실려 있다. 이들은 貴族身分으로 賓貢諸子로서 唐에 유학을 가거나

---

5) ≪全唐詩≫ 卷791 過海聯句 : 「沙鳥浮還沒, 山雲斷復連. (高麗使) 權穿波底月, 船

불교 僧侶의 신분으로 求法修道를 위해 入唐한 才子들로서 高麗 崔瀣의 기록에[6] 의하면 賓貢科에 及第한 신라인이 58인이었다고 하니 신라인의 入唐 風潮가 성행하였음을 알 수 있고 그들의 唐에서의 활약상을 충분히 짐작할 수 있다. 단지 문학 활동도 왕성하였을 것인데 現傳하는 작품이 崔致遠 외에는 極少하니 중국자료에서도 異國人이라 하여 傳來蒐錄하는데 疏忽하였다고 본다. 그리고 한국은 각종 戰亂으로 因해 刪逸된 분량이 莫大하였고 중국에서도 편집과정에서 意圖的이든 아니든 刪失시킨 것이 無數한 것을 확인하니 예컨대 崔致遠 작품이 ≪全唐詩≫에 단 한 句도 수록되지 않은 상황을 볼 때, 그 이유가 淸代 編者의 의식에 起因한다고 추측하지만 客觀性과 衡平性이 缺如된 편집이라고 본다. ≪全唐詩≫에 실린 신라인의 작품이 거의 短句나 小詩 1수 1구에 불과한 것이어서 본문에 그 전부를 인용하여 검토하고자 한다.

1. 王巨仁 : 〈憤怨詩〉(卷731)

≪全唐詩≫ 序에는 「新羅國隱士」라고만 기록되어 있고 ≪三國史記≫에는 「그 고승전 화랑세기 악본 한산기에 또한 박인범·원걸·거인·김운경·김수훈 등이 있는데 단지 문자로 된 전기가 있다 해도 사전에 행사가 일실되어 전기를 내세울 수 없다.(其高僧傳花郎世記樂本漢山記, 猶存朴仁範·元傑·巨仁·金雲卿·金垂訓輩, 雖僅有文字傳者, 而史失行事, 不得立傳.)」(卷46)라 하여 그 生平이 확실치 않은 것으로 보고 있으니, 그

<hr>

壓水中天. (島)」

6) 崔瀣＜送奉使李中父還朝序＞ : 「長慶初有金雲卿者, 始以新羅賓貢, 題名杜師禮牓, 由此以至天祐終, 凡登賓貢科者, 五十八人.」(≪東文選≫ 卷84)

의 <憤怨詩> 七絶 한 수가 ≪全唐詩≫上에 먼저 실린 것은 비록 신라인의 작품이지만 唐代 詩壇에 그 聲價를 높인 것으로 평가할 수 있다. 그 시를 보면,

> 우공이 통곡하니 삼년동안 가뭄이 들고
> 추연이 수심 머금으니 오월에 서리 내리네.
> 이제 나의 깊은 수심 또 예 같은데
> 하늘은 말없이 푸르기만 하여라.
> 于公慟哭三年旱, 鄒衍含愁五月霜.
> 今我幽愁還似古, 皇天無語但蒼蒼.

이 시의 ≪全唐詩≫ 注를 보면,

> ≪조선사략≫에 이르기를 ; 신라여왕 만이 위홍과 밀통하다가 위홍이 죽은 후 젊은 미소년을 끌어들여 사통하고 요직을 주었다. 이로 인해 사기가 풀어지고 기강이 무너지니 그때 사람들이 정치를 비방하여 길에 방을 부치니 왕이 은자인 왕거인의 소행으로 의심하고 옥에 가두고 죽이려 하매 거인이 분하고 원망하여 시를 지어 옥의 벽에 쓰니, 이 날 저녁에 우뢰가 치고 우박이 내리매 왕이 두려워하여 그를 석방하니 당대 희종 문덕 초년의 일이다.
> ≪朝鮮史略≫云 ; 新羅女主曼與魏弘通, 弘死後引年少美丈夫, 私之援以要職. 由是佞倖肆志, 紀綱壞弛, 時有人譏謗時政, 榜於路, 主疑隱者王巨仁所爲, 命下獄, 將誅之, 巨仁憤怨作詩, 書獄壁, 是夕震雷雨雹, 主懼釋之, 唐僖宗文德初年事也.

라고 기록하였는데 作詩 年代가 확실치 않으나, 唐 僖宗 文德 初年이라 하면 僖宗 年號가 符乾인 874년에서 879년 사이이고 光啓 시기는 885년과 887년간이며 文德이라면 888년의 1년 뿐으로서, 위의 기록이 사실이라면 眞聖女王(曼) 2년인 888년간의 작품인 것이 분명하다. 이 고사는

≪三國遺事≫(卷2「紀異」第2 眞聖女大王)와 ≪三國史記≫(卷11「新羅本紀」第11 眞聖王)에도 상세히 서술하고 있다. ≪三國史記≫에도「二年春」이라 한 바 同時期임을 말하고 있다. ≪三國遺事≫에는 王居仁이라 하나 이는 王巨仁임이 분명하며 그의 작시 또한 ≪全唐詩≫나 ≪三國史記≫와 내용은 같으나 每句의 詩語가 多少 相異하다. ≪三國遺事≫의 기록을 다음에 보면,

제51대 진성여왕은 조정을 다스린 지 일년이 되니 유모 부호부인과 그 남편 위홍·잡간 등 서너 총애하는 신하와 권력을 휘둘러 정치를 잡았다. 도적이 봉기하니 백성이 그것을 걱정하여 이에 다라니 은어를 지어 써서 길에 던지니, 왕과 권신들이 얻어 보고 말하기를 :「이것은 왕거인이 아니면 누가 이 글을 지었겠는가」하고는 곧 거인을 옥에 가두니, 거인이 시를 지어 하늘에 아뢰니, 하늘이 진노하매 풀어 주었다. 시에 이르기를,

「연단이 피 삼키니 무지개 해를 싸고,
추연이 슬픔 머금으니 여름에 서리 내리네.
이제 나 길 잃음 또 예 같으니,
하늘은 무슨 일로 祥瑞를 내리지 않는가.」

第五十一眞聖女王, 臨朝有年, 乳母鳧好夫人, 與其夫魏弘匝干等, 三四寵臣, 擅權撓政. 盜賊蜂起, 國人患之, 乃作陀羅尼隱語, 書投路上, 王與權臣等得之, 謂曰 :「此非王居仁, 誰作此文」, 乃囚居仁於獄, 居仁作詩, 訴于天, 天乃震其獄囚, 以免之, 詩曰 : 燕丹泣血虹穿日, 鄒衍含悲夏落霜. 今我失途還似舊, 皇天何事不垂祥.

다라니에 이르기를 ;「나무망국, 찰니나제, 판니판니, 소판니, 우우삼아우, 부이사바사」설명하기를 ; 찰니나제는 여왕을 말함이요, 판니판니 소판니는 두 소판이다. 소판은 작위명이며 우우삼아는 십이다. 부이는 부호를 말한다.
陀羅尼曰 :「南無亡國, 刹尼那帝, 判尼判尼, 蘇判尼, 于于三阿于, 鳧伊娑婆詞」 說者云 : 刹尼羅帝者, 言女王也. 判尼判尼蘇判尼者, 言二蘇判也.
蘇判爵名, 于于三阿, 十也. 鳧伊者, 言鳧好也. (≪三國遺事≫ 卷二「紀異」
第二眞聖女大王)

　여기에서 ≪全唐詩≫의 記載와 相異한 詩語는 제1구 전부와 제2구 下
3字, 제3구의 中2字(幽愁), 제4구의 下5字(無語但蒼蒼)이니, 이렇다면 시가
표출하고자 하는 意境과는 相異하다 하겠으니, 어느 것이 眞詩인지는 분
명하지 않은 상태로 남길 수밖에 없다. 王巨仁의 潔白과 現實에 대한 怨
望을 于公과 鄒衍을 비유하여 묘사한 표현력이 眞迫하고 七言絶句를 驅
使해서 제2·4구에 각각 霜·蒼을 써서 '陽' 韻으로 押韻하고 平起式을
택하였다. 古詩의 體裁를 脫皮하지 못한 초기의 近體詩인 것이다.

2. 金眞德 : 〈太平詩〉(卷797)

　金眞德은 곧 眞德女王이다.　金眞德은 이름이 德曼, 眞平王 白淨의 異
母弟 國飯 葛文王의 여식으로 외모가 수려하여「자질이 풍섬하고 미려
하고 키가 칠 척이며 손을 내리면 무릎을 지나쳤다(資質豊麗, 長七尺, 垂
手過膝)」(≪三國史記≫ 卷5)라고 한 바, 신라 聖骨로서 실력파인 金春秋
와 金庾信의 추대를 받아서 왕위에 올랐다. 진덕왕이 재위한 기간은 7년
(647~654)으로 唐太宗 貞觀 21년(647)에 왕위에 오른 후에 百濟의 침입이
빈번하고 김춘추 등이 외교교섭의 중요성을 강조하매, 唐과의 교섭을 추
진할 필요성을 절감하였다. 648년 김춘추를 唐에 파견하여 唐과의 관계
를 깊이 하게 하였는데 김춘추를 唐에 보낸 목적은 첫째 國子學과 관계
를 통하여 文化의 도입을 추진하고, 둘째 高句麗와 百濟에 대처하기 위
한 請兵을 원하고, 셋째 각종 章服을 개정하여 中華制를 추종하고 유학

생을 파견하여 文物을 習得케 하는데 있었다.[7] 그리고 이어서 唐 高宗이 즉위하던 650년에 김춘추 아들 金法敏을 당에 파견하여 즉위를 축하하고 백제와의 전쟁의 승리를 알리게 하였다. 이 기회에 진덕왕은 이 <太平頌>을 지어 김법민을 통해 전달하니 당 고종을 이 시를 받아 본 후에 극찬하고 김법민에게 즉시 大府卿官職을 제수하였다.[8] 김진덕의 <太平詩>(≪全唐詩≫ 卷797)를 다음에 보기로 한다.

> 대당이 건국의 대업을 여시어,
> 우뚝 황도 창성하시라.
> 창 멈춰 융의 입고 평정하시고,
> 문물 닦아 백왕을 이으셨도다.
> 온 하늘이 숭고한 비를 베푸사,
> 모든 사물을 다스리어 아름다움을 지녔어라.
> 깊으신 인덕은 백성에 날마다 쓰이시고,
> 길운을 다루시어 순종과 평강을 힘쓰시네.
> 깃발은 이미 빛나시고,
> 징과 북은 어찌도 요란하신가.
> 오랑캐 중에 명령을 어기는 자,
> 잘리고 뒤집혀 큰 재앙 입으리라.
> 온순한 바람이 우주와 어울리어,
> 멀고 가까운 데에서 상서로움을 아뢰네.
> 사계절은 임금의 덕과 같이 하고,
> 日月과 五星은 만방을 살피시네.
> 산악의 정기가 재상을 내리시니,
> 황제께서 충신에 맡기시네.
> 삼황오제께서 큰 덕을 이루시니,
> 우리 당나라 황제 밝게 빛나리라.
> 大唐開鴻業, 巍巍皇猷昌.

---

7) 拜根興, ≪七世紀中葉唐與新羅關係硏究≫, pp.27-29(中國社會科學出版社, 2003).
8) 상게서, p.31.

止戈戎衣定, 修文繼百王.
統天崇雨施, 理物體含章.
深仁諧日用, 撫運邁時康.
幡旗旣赫赫, 鉦鼓何鍠鍠.
外夷違命者, 剪覆被大殃.
淳風凝宇宙, 遐邇競呈祥.
四時和玉燭, 七曜巡萬方.
維嶽降宰輔, 維帝任忠良.
五三成一德, 昭我唐家皇.

이 시의 作詩 年代는 ≪全唐詩≫나 ≪三國史記≫(本世紀)에 모두 高宗 永徽 元年이라 하였으니 이는 眞德女王 太和 4년(A.D. 650) 作인 것을 알겠으며, 作詩 動機는 ≪三國史記≫에 다음과 같이 기록되어 있다.

> 6월에 사신을 당나라에 보내려는데, 백제의 무리를 격파한 일을 아뢰니 왕이 천에다 오언태평송을 지어 김춘추의 아들 법민을 보내 당황제에게 바쳤다.
> 六月遣使大唐, 告破百濟之衆, 王織綿作五言太平頌, 遣春秋子法敏以獻唐皇帝.

이 기록에서 신라와 唐 初期의 相互 友誼를 기술하고 있다. <太平詩>는 板本의 內容上, 詩語가 다소 다른 점은 不可避하겠으나, 비교할 필요는 있겠다. 中宗 壬申 刊本(正德本) ≪三國史記≫에 기록된 시와 ≪全唐詩≫와 다른 부분을 보면, ≪三國史記≫엔 제1구의 전3자 '大唐開'가 脫字되어 있고, 제4구 '修文繼百王' 중에서 후3자와 제5구의 전1자 '統'이 역시 脫字 되어 있다. 그리고 제7구 제4·5자는 ≪全唐詩≫의 '日月'과 달리 ≪三國史記≫엔 訛誤된 것을 校勘하여 補塡한 字가 '日月'이라 하는데, 이는 '日月'이 語義 相通에 適合하다고 본다. 이에 두 典籍의 詩語

가 相異한 부분을 비교하면 다음과 같다.

	《全唐詩》	《三國史記》
1구	大唐開鴻業	○○○洪業
4구	修文繼百王	修文○○○
5구	統天崇雨施	○天崇雨施
7구	深仁諧日月	深仁諧日用
9구	幡旗旣赫赫	幡旗何赫赫
11구	翦覆被大殃	翦覆被天殃
13구	和風凝宇宙	淳風疑幽顧
15구	四時調玉燭	四時和玉燭
18구	維帝用忠良	維帝任忠良
19구	三五咸一德	五三成一德
20구	昭我皇家唐	昭我唐家皇

이상에서 두 出處의 상당한 부분에 詩語가 相異하나, 詩脈이 相通하고 있는 만큼, 詩意上 큰 문제는 아닐 것이다. 이 시는 古詩이나, 全詩가 下 平 陽韻으로 一韻到底하고 있다. 이 시의 가치는 다음 李奎報의 글에서 그 단면을 알 수 있다.

신라 진덕여왕의 태평시는 《당시유기》에 실려 있는데 그 시는 풍격
이 높고 고담하며 웅혼하여 초당의 제작품에 비하여 뒤질 바 없다. 이때
는 동방의 문단이 아직 성행하지 않아서 을지문덕 외에는 이름이 없었다.
여왕이 이러하니 또한 대단하도다.
新羅眞德女王太平詩, 載於唐詩類記, 其詩高古雄渾, 比始唐諸作, 可相上
下. 是時東方文風未盛, 乙支文德外, 無聞焉. 而女主乃爾, 亦奇矣. (《白雲
小說》)

이처럼 眞德의 ＜太平詩＞는 初唐詩風에서 본다면, 古風이요 律詩(近體
詩)의 완성 이전에 속하는데, 押韻法과 語法이 近體에 近似함은 혹시나

후대의 僞作인가 하는 회의가 들기도 한다. 어법상 고시는 連介詞로 '而', '以', '且', '之', '於' 등이 쓰이고, 대명사로는 '其', '已', '彼', '所', '者', '然', '爾'를, 副詞로는 '一何', '何其', '忽復' 등 語助辭에는 '也', '矣', '乎', '耳' 등이 활용되는데9) 이 <太平詩>는 고시의 체법을 거의 쓰지 않고, 더구나 근체에서 통용하는 一韻到底로 용운한 것은 排律的 풍격을 지님을 전혀 배제할 수 없다. 漢詩壇의 最早의 唐風의 시라 해도 가할 것이다. 한편 ≪東文選≫에 수록된 김진덕의 시는 無名氏로 <織錦獻唐高宗>(제4권)이라고 詩題를 달고 있는 점이 상이하다. 위의 두 전적과 비교하여 다소의 차이가 있으니 참고로 다음에 제시한다.

≪東文選≫	≪全唐詩≫	≪三國史記≫
大唐開洪業	大唐開鴻業	○○○洪業
全唐詩와 同	修文繼百王	修文○○○
全唐詩와 同	統天崇雨施	○天崇雨施
三國史記와 同	深仁諧日月	深仁諧日用
三國史記와 同	幡旗旣赫赫	幡旗何赫赫
剪覆被天殃	翦覆被大殃	翦覆被天殃
淳風凝幽顯	和風凝宇宙	淳風疑幽顧
三國史記와 同	四時調玉燭	四時和玉燭
三國史記와 同	維帝用忠良	維帝任忠良
三國史記와 同	三五咸一德	五三成一德
三國史記와 同	昭我皇家唐	昭我唐家皇

이 시의 내용상 문학적 의미 이상의 정치적, 외교적 가치를 지니고 있었음을 알 수 있다. 이 시에 대해서 조선조 李晬光은 ≪芝峰類說≫에서 서술하기를,

9) 졸저, ≪中國唐詩硏究≫ 제1편(국학자료원, 1994).

당시집 중에 실린 신라 진덕왕의 비단시는 고고하고 웅혼하여 초당 여러 작품에 비해서 상하를 가리지 못한다. 이때는 동방의 문풍이 성행하지 않아서 을지문덕의 절구 한 수 외엔 전해지는 것이 없는데 여왕이 곧 이러하니 또한 기특하다.

唐彙中所載新羅眞德王織錦詩, 高古雄渾, 比始唐諸作不相上下. 是時東方文風未盛, 乙支文德一絶外無聞焉, 而女主乃爾亦奇矣.

라고 높이 평가하였으며 金萬重은 ≪西浦漫筆≫에서 역시 이 시를 論評하기를,

신라 진덕의 면직의 송덕시는 전편이 전아하여 전혀 외족의 기미가 없다. 그때는 삼한의 글이 아마도 이럴 수 없으니 곧 금으로 중국인에게서 구입한 것이나 아닐까?

新羅眞德織綿頌德詩, 全篇典雅, 絶無夷裔氣爾. 時三韓文字, 恐不能如此, 無乃以金購於華人耶?

라고 하여 시가 典雅하여서 중국의 전통적인 풍격을 지니고 있음을 강조하고 있다. 그리고 김태준은 이 시의 풍격을 중국시평을 인용하면서 시의 역할과 실질적인 작자까지 서술하고 있으니 다음에 보면,

唐書와 三國史記에도 실려있으며 唐詩品彙에는 「高古雄渾하야 與初唐諸作으로 頡頏이라」 하며 陳眉公은 古今女史에 評호대 明良相得, 乃克有濟하니 久矣라 天子降于卿士, 義取諸此眞德見及足瀋哲頌並傳이라하엿다. 이것이 中國人들의 評이다. 인제李朝金西浦의 漫筆을 보면 「眞德의織錦頌德詩, 全篇典雅, 絶無夷裔氣……」라 하고 近者에金昇圭氏의 桂山詩話에는 「辭氣婉轉하고 風韻雅麗하니 深得葩經之體라」고 하엿다. 遐邦美人이美麗한句로써 美絹속에아름답게 짜서들이니 이제아모리 唐太宗의鐵腸인들 魅惑되지아니하랴? 이것이 新羅의外交術이엿다. 詩風은雅麗하야 初唐

의風致가있으며 朝鮮漢詩도 이에닐으러 體裁가 具備하엿슴을알겟다. 妄
談이지만은 當時의國情과 外交와文壇形便을보아 적어도 强首같은 사람이
아니면 짓지못하엿슬듯하다.[10]

라고 하여 시의 역사적 사실과 가치를 중시하고 있다. 덧붙여서 이 시
의 구체적인 내용에 대해서도 李丙疇는 ≪韓國漢詩의 理解≫에서 서술
하기를,

제4구까지 당나라의 건국 이래 지금까지의 왕통이 힘차고 웅장함을 기
리었다. 다음 제16구까지 당나라의 여러 문물제도를 비유로써 찬송하였
다. 그 전반부 제10구까지 당나라 내부 문물이 하늘을 본떠서 빛나고 웅
장하다는 찬송이다. 다음 후반부 제11구부터 제16구까지 당나라를 둘러싸
고 있는 여러 나라들도 그를 본받아서 밝은 정치를 고루 펴서 당나라의 그
공적과 은공이 만방에 비춘다는 찬탄이다. 끝마무리에서 거듭 당나라의 제
도가 삼황오제로부터 이어내려 온 덕의 정치이므로 당나라는 길이 빛날 것
이라는 찬양이다. 시작과 본문과 끝맺음으로 격식을 갖추고, 본문에서 당나
라의 내부와 그 변방을 두고 찬송하여 당나라의 덕을 기리고 있다.[11]

라고 句別로 상세히 분석하였는데 비록 그 분석이 詩句上의 의미를 벗
어나지 못하고 있지만 후에 三國統一을 추진한 新羅로서는 唐의 출현과
그 紐帶關係는 매우 중대한 국가정책이었다고 보면 小國이 大國을 상대
하는 儀式과 禮節을 추측하게 된다.

---

10) 金台俊, ≪朝鮮漢文學史≫(朝鮮語文學叢書 1), pp.16-17(京城 : 朝鮮語文學會,
    昭和6年).
11) 李丙疇, ≪韓國漢詩의 理解≫, 제3장 三國統一 前後의 漢詩文學, p.43(民音社,
    1991).

3. 薛瑤 : 〈謠〉 (卷799)

《全唐詩》小序에 보면,

> 설요는 동명국인이다. 좌무위장군 승충의 딸로 곽원진에 시집가서 첩
> 이 되었으니 시 한 수가 있다.
> 薛瑤, 東明國人. 左武衛將軍承沖之女, 嫁郭元振爲妾, 詩一首. (《全唐詩》
> 卷799)

라 하고 또 同書注에 이르기를,

> 요는 일명 반속요라고도 하니 설씨의 나이 15세에 머리 깎고 출가하였다
> 가 6년을 수도하며 가요를 지었다. 마침내 환속하여 곽씨에게 시집갔다.
> 謠一作返俗謠, 薛氏年十五, 翦髮出家, 六年, 爲謠云云, 遂返初服, 歸郭.
> (同上)

라 하여 부친인 薛承沖이 唐 高宗 시에 金仁問을 따라 入唐할 때부터
唐과의 인연을 맺게 되었다. 그의 生平에 대해서는 분명하지 않으나, 陳
子昂[12](661~702)이 쓴 <館陶郭公姬薛氏墓誌銘>(《陳子昂集》 卷6)을 통
해 槪觀할 수 있다.

> 희인의 성은 설씨이며 동명국왕 김씨의 자손이다. 전에 김왕은 사랑하
> 는 아들이 있었는데 薛에서 식읍을 하였기에 따라서 성으로 했다. 대대로

---

12) 陳子昂(656~698) : 「字伯玉, 梓州射洪人, 唐興, 文章承徐庾餘風, 天下祖尙, 子
　　昂始變雅正」(《中國文學家列傳》). 淸翁方綱云 : 「唐初群雅競奏, 然尙沿六代餘
　　波. 獨至陳伯玉, 兀英奇, 風骨峻上, 蓋其詣力畢見於東方左史一書.」(《石洲詩話
　　》 卷6)

김씨와 혼인하지 않으니 김왕의 귀족, 대인이었다. 그 아버지 승충이 당 고종 때 김인문과 들어와, 임금이 그 평용함을 추커서 좌무위장군을 제수 하였다. 희인은 어려서 미색이고 아름다워 오색구름이 아침에 오르듯 어 스름한 달이 밤에 비치듯 하였다. 따라서 집에서 아름답다 하여 仙子로 불렀다. 그녀는 영대에 공작과 봉황의 일을 듣고 마음에 기뻐하였다. 나이 열다섯에 대장군이 죽자 마침내 머리 깎고 출가하여 仙道를 배우고 보살 을 만나며 마음을 가꾸기를 6년이 되어도 청련 보살에 달하지 못하자 가요 를 짓고 환속하여 곽공에게 시집가니, 곽공은 호탕하고 호기 있는 사람이 라서 패물을 갖춰 그녀를 맞고 거문고로 짝하여 서로 어울림이 비취새가 교태하듯 하였다. 화려하고 미색이 다하고 즐거움이 다하여 슬픔이 닥쳐와 서 장수 2년 계사년 2월 17일 질병을 얻어 통천현의 관사에서 죽었다. 아 아! 슬프도다. 곽공은 슬퍼서 어쩔 줄 몰라라. 진주로 물게 하고 비단이불 로 싸서 고국의 길이 멀어 도달치 못할까 하여 현의 혜보사의 남원에 빈소 를 두어 정숙함을 잊지 못하다. 명에 이르기를 ; 높은 언덕의 흰 구름에 언 제나 만날 건가, 숙인의 영면을 애도하며, 절간의 봄날을 느끼나니, 파랑 새 되어 날개 나란히 혼백이라도 와서 조국에서 놀게 되기를 원하노라.

姬人姓薛氏, 東明國王金氏之胤也. 昔金王有愛子, 別食於薛, 因爲姓焉. 世不與金氏爲姻, 其高曾皆金王貴臣大人也. 父承冲有唐高宗時與金仁問歸 國, 帝嶹厥庸, 拜左武衛將軍. 姬人幼有玉色, 發於穠華, 若彩雲朝升, 微月宵 暎也. 故家人美之, 少號仙子. 聞嬴臺有孔雀鳳凰之事, 瑤情悅之. 年十五, 大 將軍薨, 遂剪髮出家, 將學金仙之道, 而見寶手菩薩, 靚心六年, 靑蓮不至, 乃 作謠, 遂返初服而歸我郭公, 郭公豪蕩而好奇者也, 雜佩以迎之, 寶琴以友之, 其相得如靑鳥翡翠之婉孿矣. 華繁艶歇, 樂極悲來, 以長壽二年太歲癸巳二月 十七日, 遇疾卒於通泉縣之官舍. 嗚呼哀哉, 郭公悅然, 猶若未亡也. 寶珠以 含之, 錦衾而擧之, 故國途遙, 言歸未迨, 留殯於縣之惠普寺之南園, 不亡貞 也. 銘曰 : 高邱之白雲兮, 願一見之何期, 哀淑人之永逝, 感紺園之春時, 願 作靑鳥長比翼, 魂魄來兮遊故國.

위의 글에서 薛瑤의 父 承冲의 入唐 시기는 高宗 永徽 2년(651)임을 알겠고, 21세에 郭震(656~713)에 시집가서 中宗 長壽 2년(693)에 卒하였 음을 볼 수 있다. 陳子昻의 銘文이 眞筆이라면 동시대인의 작품인 만큼 믿을 만하다. 이 글에서 薛瑤가 美女이며 性情이 溫和纖美하여 '仙子'란 少號를 가졌음을 본다. 그리고 6년 간 入山修道하는 중에도 그의 天生의 姿態와 고운 마음은 佛心을 터득하기엔 어울리지 않았다. 그의 <謠>는 바로 初志와 相應할 수 없는 心懷의 표현인 것이다. 다음에 그 시를 보면,

구름같이 맑고 깨끗한 마음이 되니,
생각이 정숙하고,
동굴은 죽은 듯 고요하여,
아무도 보이지 않네.
아름다운 풀 향긋하니,
생각도 향기로운데,
어이할까 이 청춘을!
化雲心兮思淑貞,
洞寂滅兮不見人.
瑤草芳兮思芬蒕,
將奈何兮靑春.

시가 騷體를 따르고 있고 字語 또한 雲心, 瑤草 그리고 淑貞, 芬蒕 등을 써서 比擬法을 구사하고 있다. 詩體上 律詩 이전의 작품이다.[13] 여기에 附言할 것은, 부친 薛承沖의 身分으로서, 이것의 眞否에 따라 설요의 生存年代와 唐詩의 詩風과 관계가 있기 때문이다. 朝鮮朝 韓致奫은 ≪海東繹史≫에서 「承沖은 바로 薛闕頭인데 입당후 承沖으로 개명하였다.」고 논술하고 있다. 입당 후 韓致奫의 薛承沖에 대한 見解를 다음에 보기로 한다.

---

13) 岑仲勉, 唐人行筆錄讀 ≪全唐詩札記≫ : 「此謠卽見子昻所爲誌中, 意文人綠飾之
　　辭, 未必瑤作也.」(≪九思叢書≫)

당대 무덕 4년 신라인 설계두가 바다를 따라 정박하여 당에 들어와 태종 때에 좌무위가 되어 의연히 고려를 정벌하였는데 주필산 아래에서 싸우다 죽으니 태종이 어의를 벗어 시체를 덮어주고 대장군의 직을 내렸다. 김인문은 신라 무열왕 제2자이다. 23세에 입당하여 고종 때에 당군사에 끼어 백제를 치고 관직이 계국에 이르고 당에서 죽었다. 진자앙이 말하는 설승충은 내 생각으론 신라인 설계두인데 승충으로 개명한 것이다. 그런즉 무위가 고종에게서 받았다 함은 틀린 것이다. 이르되 ; 김인문과 입국하였으면 인문의 입당은 태종 때가 아닐런지. 또 황제가 그의 중용을 기려서, 계두가 따라서 정벌하여 공을 세우매 황제가 가상히 여겼다한데 소위 황제란 내 생각으로는 태종이 된다. 정관 19년 을사년에 설장군이 죽은 것으로 고증되면 그때 설요는 15세, 그런즉 그녀는 신묘생이니 설장군이 입당한 지 10년에 그녀를 낳은 것이 된다.

唐武德四年, 新羅人薛罽頭, 隨海舶, 入唐, 至太宗時, 拜左武衛, 果毅及征高麗, 力戰死於駐蹕山下, 太宗脫御衣覆屍, 援職大將軍. 金仁問新羅武烈王第二子也. 年二十三入唐, 高宗時, 挾唐師共征百濟, 後官至桂國, 死於唐. 子昂所謂薛承冲, 余以爲新羅人薛罽頭, 改名承冲也. 然則武衛之拜於高宗者, 非也. 旣曰 : 與金仁問歸國, 則仁問之入唐或在於太宗之時歟, 又曰 : 帝嶹厥庸, 則罽頭從征有功, 故帝嘉之也. 其所謂帝者余以爲太宗也. 考貞觀十九年乙巳薛將軍死之, 其時姬年十五, 則姬辛卯生, 是薛將軍歸唐十年, 始生斯女也. (≪海東繹史≫ 卷第七十)

위의 글을 보면, 罽頭가 承冲이라면, 그는 唐 武德 4년(621)에 入唐했고, 太宗 貞觀 19년(645)에 卒했으며, 薛瑤는 太宗 貞觀 5년(631)에 출생한 것이 된다. 이렇다면 陳子昂과 金仁問의 入唐年代와 薛將軍과는 別個의 事蹟이 되고 薛瑤의 생존 시기는 30여 년 빨라지는 것이다. 韓致奫의 주장은 ≪三國史記≫ 列傳 第7에 연유해서 나온 것인 듯하니 承冲과 罽頭가 동일인물이냐는 眞否가 밝혀져야만 韓致奫의 說이 인정되겠다. 여기서 필자의 견해 또한 한치윤에 同意하면서 根源의 사실이 밝혀지기 바란다. 詩風으로 보아 六朝 말기의 作에 近似하기 때문이다. 그 당시의

時流는 初唐의 混亂期여서, 거의 齊梁의 遺風이 橫溢하였으니 ≪大唐新語≫의 기록을 보면,

> 태종이 신하들에게 일러 말하기를, 「짐은 염시를 짓기 좋아한다」라고 하니 우세남이 곧 간하여 말하기를 「성군의 작이 공교하지만 체제가 고아하지 않으니 성상께서 좋아하시는 바에 필히 따르지 못합니다. 이 글 한 줄은 풍미할가 두려우니 이제 이후로는 봉조하지 마옵기 청하옵니다.」라 하였다. 태종이 말하기를 「경의 간청이 이러하니 짐이 가상히 여기는데 군신들 모두 우세남과 같으니 천하가 어찌 다스려지지 않을 가 근심하리오?」하고 이에 비단 50필을 하사하였다.
> 太宗謂侍臣曰 ：朕戲作艶詩. 虞世南便諫曰 ：聖作雖工, 體制非雅, 上之所好, 不必隨之. 此文一行, 恐致風靡, 而今而後, 請不奉詔. 太宗曰 ：卿懇誠若此, 朕用嘉之, 群臣皆若世南, 天下何憂不理. 乃賜絹五十疋.

이 故事에서 作詩의 風潮가 齊梁의 테두리를 뛰어넘지 못한 것을 알 수 있는데, 실지로는 陳子昂에 이르러서 反齊梁이 得勢하고 이어서 律詩의 體制로 進入하는 것이다.[14]

4. 金地藏 : 〈送童子下山〉(卷806)

地藏(705~803)은 聖德王 4년에서 哀莊王 4년까지 장수한 승려로 ≪全唐詩≫ 小序를 보면,

> 신라국 왕자로서 지덕 초년에 배타고 바다를 건너와 구화산에 머물렀으며 시 한 수가 있다.
> 新羅國王子, 至德初航海, 居九華山, 詩一首.

---

14) 陳子昂에 대해서는 졸저, ≪初唐詩와 盛唐詩 研究≫(國學資料院, 2001) 참조.

라 하니 至德初라면 신라 景德王 15~16년간이며, 玄宗 지덕 1~2년(756~757) 간이니, 玄宗 말기인 盛唐의 시 황금시대에 속한다. 따라서 이 시기에는, 李白과 王維, 杜甫를 위시하여 韋應物, 王昌齡, 劉長卿 등 수다한 걸출시인이 生存하던 시기인 만큼, 지장은 비록 승려로서 九華山에 은거했으나, 당시의 文風을 排除할 수 없었을 것이다. 그의 시 <送童子下山>을 보면,

> 텅 빈 대문 적막한데 자네가 고향이 그립다 하여,
> 구름 덮인 방에서 이별하고 구화산 내려가는군.
> 즐겨 대 난간에서 竹馬를 탔으며,
> 느슨히 금 땅에서 금모래 모았었지.
> 냇물 가에 술병을 띄워 쉬며 달을 부르고,
> 옹이에 차 끓이며 마냥 꽃을 희롱했었지.
> 잘 가게! 눈물일랑 흘려선 아니 되네.
> 노승께서 벗하신 데 안개 낀 노을이 있네.
> 空門寂寞汝思家, 禮別雲房下九華.
> 愛問竹欄騎竹馬, 懶於金地聚金沙.
> 添瓶澗底休招月, 烹茗甌中罷弄花.
> 好去不須頻下淚, 老僧相伴有煙霞.

이 七律은 九華山에 은거 중의 작시로서, 情景交融이 짙으며 묘사가 진솔하여 전형적인 盛唐의 風味를 주고 있다. 김지장의 在世 時期와 연관된 시대적 潮流를 파악하는 의미가 있다고 본다.

5. 高麗使 : 〈過海聯句〉(卷791)

이 시구는 賈島와 聯句로 지은 5言絶句로서 제1연은 高麗使가 제2연
은 賈島가 지은 형식을 지니고 있다.

> 모래 위의 새는 떴다 가라앉고
> 산의 구름은 끊어졌다 이어지네.(고려사)
> 노는 파도 밑의 달을 꿰뚫고
> 배는 물속의 하늘을 누르네.(가도)
> 沙鳥浮還沒, 山雲斷復連.(高麗使)
> 櫂穿波底月, 船壓水中天.(賈島)

위의 시에서 고려사의 시구가 景物에 대한 객관적 情感의 발로라면
賈島의 시구는 다분히 주관적 意識의 표현이라 하겠다.

≪全唐詩≫에 실린 신라인시는 한국한시사의 古代篇에 남겨진 적은
작품의 양을 확보하고 그 가치가 至大한 점은 물론이고, 중국시사적 입
장에서도 매우 重視된다. 韓中詩 比較와 交流라는 입장에서는 더욱 도외
시할 수 없는 대상이다. 그런 의미에서 이 자료는 韓國漢詩史의 記述에
필수적으로 포함시켜서 다루어야 한다.

≪全唐詩逸≫에 실린 新羅人詩의 面貌

≪全唐詩≫에 실려 있지 않는 唐詩를 모아서 日本人 河世寧에 의해 編輯된 자료가 ≪全唐詩逸≫인데 그 序에 기록하기를,

대청국 강희조에 전당시가 집성되니 그 사람이 천에 헤아리고 그 시가 만에 헤아리니 비록 조각난 장구가 여러 책에 산재되어 있다 해도 채집하여 빠진 것이 없으매, 성대하고 완비된 것이라고 말하지 않을 수 있겠는가. 단지 아직 일실되거나 우리 일본에 있는 것을 알지 못하는 것이 또한 적지 않다. 그 당시에 당에 보내진 사신과 유학생, 그리고 저 그 묵객과 운사들이 서로 어깨를 나란히 한 즉, 그 고운 문장을 노래하고 그 구술을 기록하며 그 기록하여 지니고 돌아온 자가 모두 빈번하기 그지없었다.

大淸康熙之朝, 全唐詩集成, 其人以千計, 其詩以萬計, 雖片章隻句散在諸書者, 採掇無遺也, 不謂盛且備乎. 殊不知尙逸而在吾日本, 亦不尠也. 當時遣唐之使留學之生與彼其墨客韻士, 肩相比臂相抵, 則其研唱嘉藻, 記其所口, 騰其所記裝以歸者, 皆比比不已.

라고 하여 그 편집한 動機를 서술하고 있다. 여기에 단지 新羅의 崔致遠 등 몇 명의 시가 단편적이나마 보충된 것인데, 특히 최치원의 시가 ≪全

唐詩≫에 수록되지 못한 것은 崔致遠과 羅隱 관계에서 後說하겠지만 자
못 애석하고 객관성이 결여된 현상이 아닐 수 없다. 다음에 ≪全唐詩逸≫
에 수록된 시인의 詩題를 보기로 한다.

> 崔致遠(卷中) <袞州留獻李員外> 七絶 一首와 詩句 七聯句
> 金立之(卷中) 七言句 七聯句
> 金可紀(卷中) <題遊仙寺> 一聯
> 金雲卿(卷中) 詩句 一聯
> 朴昻(卷中) <太乙山人路次雲際寺>二句

≪全唐詩逸≫은 ≪全唐詩≫에서 누락된 소수의 시를 보충한 작은 책
이지만 그 가치는 당시연구가에게 적지 않다. 그 중에 신라인의 시가 수
록되어 있어서 더욱 重視되어 왔다. 다음에 시집에 실린 5인의 詩와 短
句들을 記述하고자 한다.

1. 崔致遠 : 〈袞州留獻李員外〉 絶句 1首와 7聯句(卷中)

본래 더 이상 贅言을 필요치 않을 만큼 익히 論究된 작가가 崔致遠이
다. 다만 그가 外邦國 唐에서 18세에 賓貢科에 及第한 후, 江蘇 江寧縣
尉를 시작으로 侍御史와 內供奉으로 紫金魚袋까지 下賜받아 國威를 宣
揚하고 더구나 高駢을 도와 <檄黃巢書>[1]를 써서 國亂을 平定하는데 기
여한 입장에서, 新羅 憲康王 11年(885)에 신라에 錦衣還鄕하였는데, 겨우
郡大守나 阿湌의 직위를 받았을 뿐, 고국에서의 삶은 寂寞하였다고 본

---

1) 檄黃巢書에서 「不唯天下之人, 皆思顯戮. 抑亦地中之鬼, 已議陰謀.」 구는 황소를
   침상에서 떨어지게 했다 함.

다.2) 世間에 知音도 없고 得意할만한 現實도 아니므로 歸國 후의 人生은
오히려 在唐時期보다 如意하지 않았다고 記述되어 있다. 예컨대, 金富軾
의 ≪三國史記≫(卷46 列傳)에 보면,

　　　최치원을 서방에서 당나라를 섬기다가 동으로 고국에 돌아오니 모두
　　난세를 맞아서 불운하고 고생하여 움직이면 곧 허물을 얻어서 불우함을
　　스스로 상심하였다. 다시는 벼슬에 나가 뜻을 펴지 못하고 소요하며 초야
　　와 강변에서 지내며 누대나 지키며 송죽을 심고 서사를 베개 삼아 풍월을
　　읊다가 최후에는 가족을 데리고 가야산 해인사에 은둔하였다.
　　　致遠自西事大唐, 東歸故國, 皆遭亂世, 屯邅蹇連, 動輒得咎, 自傷不遇.
　　無復仕進意, 逍遙自放山林之下, 江海之濱, 營臺樹, 植松竹, 枕藉書史, 嘯詠
　　風月, 最後帶家隱伽倻山海印寺.

라고 하여 出衆한 能力으로 인해 牽制를 當하여 隱居의 餘生을 보내게
한 상황과 그의 末路를 寫實的으로 서술하고 있으며, 조선의 朴趾源도
<咸陽郡學士樓記>(≪燕巖集≫ 卷1)에서 최치원의 귀국 후의 身世를 凄
切한 삶의 逆境을 다음과 같이 記述하기를,

　　　아아! 고운이 천자의 조정에서 입신하여 당왕실이 마침 어지러워 부모
　　의 나라로 발걸음을 거두었다. 그러나 신라조정이 끝나가매 천하를 둘러
　　보니 몸을 의탁할 곳이 없어 마치 하늘 먼 끝에 뜬 한가로운 구름 같아서
　　고달프고 외로우며 재능을 펴고 숨김에 무심하였다.
　　　嗟乎孤雲立身天子之朝, 而唐室方亂, 斂跡父母之邦, 而羅朝將訖, 環顧天
　　下, 身無係著, 如天末閒雲, 倦卷孤征, 卷舒無心.

라고 하여 위대한 문인의 文學을 발휘하지도 못하고 시들게 만든 要因
을 확인하게 한다. 그의 詩가 ≪全唐詩≫에 실리지 못한 이유가 어디에

---

2) 千寬宇, ≪人物로 본 韓國古代史≫, pp.380-383(정음문화사, 1988).

있든 간에 合當하지 못했음을 이미 前章에서 거론한 바이므로 再論하지
않을 것이지만 母國에서조차 冷待를 받은 風土는 한국적 입장에서 볼
때 古今이 大同小異하다고 생각되어 필자의 心氣가 不便하다. 오늘날 韓
國漢文學의 鼻祖로 推仰하면서 완전하게 최치원의 文學을 照明하는 계
기가 되기를 바란다. 최치원의 시가 ≪全唐詩≫ 正篇에서 제외되고 겨우
이미 열거한 5인의 밖에 두어 詩逸篇에 일본인 河世寧에 의해 삽입된
<兗州留獻李員外> 七絶 한 수와 詩句 七聯句만이 수록된 것을 여기에
소개하여 살핀다.

> 연꽃 떨어지니 가을 연못에 비 오고,
> 수양버들 소슬하니 새벽 언덕에 바람 부네.
> 마음 책 속에서 노곤할 뿐,
> 가는 세월 술잔 속에 묻혀서 지내련다.
> 芙蓉零落秋池雨, 楊柳蕭疎曉岸風.
> 神思只勞書卷上, 年光任過酒杯中.

이 시는 제2·4구에 '東' 운으로 押韻하고 平起式을 講究하고 있다. 이
어서 詩句 聯句들은 다음과 같다.

> ① 무늬 진 피리 소리 속에 朝夕으로 물결이 출렁이고,
> 푸른 산과 그림자 속에 옛날과 지금의 사람 하나로다.
> 畫角聲中朝暮浪,
> 青山影裏古今人. (<登慈和山>)

> ② 안개 드리운 보랏빛 밭이랑에 천 가닥의 버들 서 있고,
> 해지는 붉은 누대엔 한 곡의 노래 들리네.
> 煙低紫陌千行柳,
> 日暮朱樓一曲歌. (<長安柳>)

③ 낙수의 파도소리에 초목이 새롭고,
숭산의 구름그늘에 옛 누대 섰어라.
洛水波聲新草樹,
嵩山雲影舊樓臺. (<留贈洛中友人>)

④ 구름 하늘 덮으니 용이 꿈틀거리듯 하고,
바람 높은 가을달에 기러기 행렬 가지런하다.
雲布長天龍勢逸,
風高秋月雁行齊. (<送舍弟嚴府>)

⑤ 바람 실은 꾀꼬리소리 앉은 자리 위에 요란한데,
해 따라 지는 꽃 그림자 숲 속에 기울도다.
風遞鶯聲喧座上,
日移花影倒林中. (<春日>)

⑥ 향기로운 뜰에 취하니 떨어지는 꽃잎이 소매에 가득 차고,
그윽한 길 따라 읊조리니 돌아가는 저 달이 수막에 걸렸구나.
芳園醉散花盈袖,
幽逕吟歸月在帷. (<成名後酬進士田仁義見贈>)

⑦ 먼 산을 바라보니 안개 밖은 저녁인데,
시름에 젖어 노 저어 돌아가는 뱃머리엔 햇빛이 뉘엿뉘엿.
極目遠山煙外暮,
傷心歸棹日邊遲. (<春懷>)

　위의 시구들의 詩風이 晩唐 初期의 柔弱과 華美를 發散하고 있으며,
山水를 묘사함이 謝康樂과 韋應物에 상통한다. 詩句들의 면모를 보면 ①
은 華靡한 묘사와 愛自然, ②는 長安의 번성, ③은 詠竇的인 의식, ④는
자연현상의 生動感, ⑤는 春氣의 躍動, ⑥은 晩唐風의 纖細, ⑦은 鄕愁를
각각 표현하고 있다.

2. 金立之 : 7聯句(卷中)

≪全唐詩≫序에 보면,

신라 헌덕왕 7년에 김흔을 따라 당나라에 들어갔다.
新羅憲德王七年, 從金昕入唐.

라고 하니 憲德王 7년은 唐憲宗 元和 10년(815)에 해당한다. 따라서 김립 지는 헌종 이후 入唐하여 交往했음을 보여준다. ≪全唐詩逸≫에는 七言 句 七聯句가 수록되어 있다.

① 안개 걷힌 나무 끝에 깃든 새 놀라고,
   이슬 맺힌 이끼 위엔 흐르는 반딧불 가물대네.
   煙破樹頭驚宿鳥,
   露凝苔上暗流螢. (<秋夜望月>)

② 산사람 달보고 어이 잠을 생각하겠소.
   한결 찬 샘 만지니 온 손에 서리로다.
   山人見月寧思寢,
   更掬泉滿手霜. (<峽山寺翫月>)

③ 절간에 비 개이니 솔빛 차고,
   선림에 바람이니 대 소리 은은하다.
   紺殿雨晴松色冷,
   禪林風起竹聲餘. (<贈靑龍寺僧>)

④ 바람이 옛 절 스치니 자욱한 안개 흩어지고,

달이 앞 숲에 이르니 대나무에 맺힌 이슬 맑도다.
風過古殿香煙散,
月到前林竹露淸. (<宿豊德寺>)

⑤ 더욱 한가론 밤은 맑고 깨끗한 절경을 더하고,
곡강의 밝은 달은 마음을 텅 비게 하누나.
更有閑宵淸淨境,
曲江澄月對心虛. (<贈僧>)

⑥ 찬이슬 벌써 내리니 기러기 북녘으로 가고,
노을진 구름 점점 흩어지니 달이 서쪽으로 흐르도다.
寒露已催鴻北去,
火雲漸散月西流. (<秋夕>)

⑦ 뜰 매화 껍질 벗고 봄 맞아 웃으며,
뜰의 풀 움트니 절기의 향기 기다리네.
園梅坼甲迎春笑,
庭草抽心待節芳. (<早春>)

　위의 시구들은 禪趣와 詩情의 融合이라 하겠다. 위의 시구를 보면 시인의 다양한 의식이 표현되어 있으니 ①은 생물에 대한 섬세한 愛着, ②는 山川과의 合一, ③은 山寺에서의 參禪, ④는 合自然의 一心, ⑤는 參禪의 淸淨, ⑥은 自然에 대한 觀察, ⑦은 春節의 生氣를 각각 묘사한다. 그리고 ≪舊唐書≫「東夷列傳」에 보면,

　보력 원년 왕자 김흔이 조정에 오다. 대화 원년 4월에 사신을 보내어 조공하다.
　寶曆元年, 其王子金昕來朝. 大和元年四月, 皆遣使朝貢.

라고 하니 이는 ≪全唐詩≫上의 연대와 차이가 있어, 寶曆 元年은 敬宗

시(825)인고로 10년의 차이가 생긴다. 어느 說이 상세한지 지금의 자료로
는 분명하지 않다.

3. 金可紀 : 〈題遊仙寺〉 1聯(卷中)

韓致奫의 ≪海東繹史≫ 卷67에 ≪太平廣記≫에 수록된 金可紀에 대한
故事는 眞實 與否를 떠나서 한 신라인의 矜持를 喚起시켜 준다. 그 기록
을 보면 다음과 같다.

김가기는 신라인이다. 빈공진사로 성품이 침착하여 도술을 좋아하며
사치를 좋아하지 않았다. 때론 기를 마셔 몸을 닦으며 스스로 학식이 많
고 문장이 뛰어나다고 여겼다. 용모가 맑고 고우며 거동과 언담이 자못
중국의 풍취가 있었다. 급제하자마자 종남산 오곡에 칩거하며 은일의 흥
취를 지니고서 손수 기이한 꽃과 과일을 많이 심으며 항상 분향하여 정좌
하며 깊은 상념에 젖은 듯 하고 또 도덕경과 여러 선경을 끊이지 않고 외
우다가, 3년 후 본국으로 돌아가고자 바다 건너갔다가 또 와서는 도복을
입고 종남산에 들어가, 음덕을 힘써 행하여 사람이 바라는 바 있으면 거
절함이 없이 정성껏 일삼아 주니 아무도 함부로 대할 수 없었다. 대중 12
년 12월 갑자기 임금께 글을 올리기를, 「소신은 옥황상제를 모시어 영문
대시랑이 되매, 명년 2월 25일 하늘로 올라가는 시기입니다.」하니 선종이
극히 이상히 여겨 중사를 보내어 입궐토록 하였더니 굳이 사절하고 들지
않고 옥황에게 바라기를 조서를 사절하고 신선에 관장되어 속세에 머물
지 않도록 하니 드디어 궁녀 네 명과 향약, 황금비단을 하사하고 또 중사
두 사람을 보내어 숨어서 시종케 하였다. 김가기는 홀로 조용한 방에 거
하여 궁녀와 중사가 거의 접근하지 못하였는데, 매일밤 방안에서 늘상 객
담과 웃음소리가 들려오매, 중사가 엿보니, 단지 보이는 건 선관과 선녀
가 각각 용과 봉황 위에 앉아서 의연히 대하고 있으며 또 모시는 자가 적
지 않거늘, 궁녀와 중사가 감히 놀라지도 못했다. 2월 25일에 봄빛이 드리
운 예쁜 꽃들이 찬란한데, 과연 오색구름에 학과 봉황, 흰 고니 날고 생황

과 피리, 악기들이 울리며 날개 덮개한 옥 수레에 깃발 달고서 하늘 가득히 신선이 많은데 승천하여 떠나가니, 조정 선비, 서민들 구경꾼이 계곡을 메워서 보며 경탄해 마지않았다.

　　金可紀新羅人也. 賓貢進士, 性沈精好道, 不尙華侈, 或服氣鍊形, 自以爲樂博學强記屬文. 淸麗美姿容, 擧動言談, 逈有中華之風. 俄擢第, 於終南山子午谷葺居, 懷隱逸之趣, 手植奇花異果極多, 常焚香靜坐, 若有思念, 又誦道德及諸仙經不輟. 後三年, 思歸本國, 航海而去復來, 衣道服, 却入終南, 務行陰德. 人有所求, 初無阻拒, 精勤爲事, 人不可偕也. 唐大中十二年十二月, 忽上表言, 「臣奉玉皇詔爲英文臺侍郞, 明年二月二十五日, 當上昇時.」宣宗極以爲異, 遣中使徵入內, 固辭不就. 又求玉皇詔辭以爲別仙所掌不留人間, 遂賜宮女四人香藥金綵, 又遣中使二人專伏侍者, 可紀獨居靜室, 宮女中使多不接近, 每夜聞室內常有客談笑聲, 中使窺竊之, 但見仙官仙女各坐龍鳳之上, 儼然相對, 復有侍衛非少, 而宮女中使不敢輒驚. 二月二十五日春景硏媚花卉爛漫, 果有五雲唳鶴翔鸞白鵠·笙簫金石·羽蓋瓊輪幡幢, 滿空仙仗極衆, 昇天而去, 朝列士庶觀者, 塡隘山谷, 莫不瞻禮歎異.

　여기에서 김가기의 卒年이 唐 大中 13년(859, 新羅 憲安王 3年)임을 말하고 있고, 仙家에 心醉하여 昇天할 만큼, 道敎의 列仙 가운데 하나였던 것을 알 수 있다. 終南山은 더욱이 道家思想의 중심지로서 道觀이 많아 神仙을 추구하는 요람지이어서, 唐代 文人들이 出入을 자주하며 수다한 仙詩를 남기고 있다. 李白과 王維의 각각 <下終南山過斛斯山人宿置酒>(≪李太白全集≫ 卷20)와 <終南別業>(≪王右丞集箋注≫ 卷3)[3]가 그 예이다. 그리고 「服氣鍊形」은 道家 특유의 修身法으로 行炁나 長嘯를 內丹이라 하고, 服食仙藥을 外丹이라 하는데 「行炁」는 중국 고대 민간신앙의 하나로 莊子의 「吐故納新」과 서로 비슷하다. 그래서 葛洪은 「行炁」를 기록하기를,[4]

---

3) 王維의 「終南別業」(卷3) : 「中歲頗好道, 晩家南山陲. 興來每獨往, 勝事空自知. 行到水窮處, 坐看雲起時. 偶然值林叟. 談笑無還期.」
4) 葛洪 ≪抱朴子≫ 內篇 卷7 「釋滯」(≪四部叢刊初編≫·商務印書館)

그런 고로 기를 행하면 때로는 백병을 고치고 전염병을 막으며 뱀과
범을 저지하고 종기의 피를 그치며 물 속에 살고 물위로 가며 배고픔과
목마름을 피하고 수명을 연장할 수 있다.
故行炁, 或可以治百病, 或可以入瘟疫, 或可以禁蛇虎, 或可以止瘡血, 或
可以居水中, 或可以行水上, 或可以辟飢渴, 或可以延年.

라고 하였고 또 「服食鍊丹」을 기록하기를[5],

상약은 몸을 편안하게 하고 생명을 연장시키며 하늘에 올라 천신이 되
게 한다. 오르내리며 놀고 온 신령을 부리며 몸에 날개가 돋게 한다. 중약
은 성정을 기른다. 하약은 병을 없애며 독충이 붙지 않게 하고 맹수가 범
치 않게 하며 악기가 돌지 않게 할 수 있다.
上藥令人身安命延, 昇爲天神. 遨遊上下, 使役萬靈, 體生毛羽. 中藥養性.
下藥除病, 能令毒蟲不加, 猛獸不犯, 惡氣不行.

라고 하였으니 이런 說理를 悟得한 행위의 결과가 逸話로 전래된 것이
다. 김가기의 入唐 시기는 확실치 않다. ≪全唐詩逸≫上에는 <題遊仙
寺>라는 제목 하의 1聯句만이 실려 있다.

물결이 어지러운 돌에 부딪쳐 길게 비 오듯 하고,
바람이 성긴 솔에 부는데 잔잔하기 가을 같네.
波衝亂石長如雨,
風激疎松鎭似秋.

이것은 終南山의 풍경을 描繪한 聯句인데, 한편 김가기의 詩友인 章孝
標는[6] 김가기의 귀국을 송별하는 시를 남기고 있으니, 김가기의 實在와

活躍을 분명히 하는 例證이 된다. 장효표의 <送金可紀歸新羅> (≪全唐詩≫ 卷506)을 보면,

> 당과에 급제하여 당나라 말을 하지만,
> 해 보면서 고향의 숲을 그리워하네.
> 물고기 넣는 방에서 밤잠에 드니 응달불 차고,
> 신기루 이는 아침에 머문 곳에 새벽노을 깊도다.
> 바람에 높이 날리는 한 잎 배는 고기 등에 날듯 하고,
> 밀물 맑은데 삼산이 바다 속에 솟아있네.
> 생각건대 문장이 음악에 어울리니,
> 복사꽃에 엎디어 그대에 취해 버렸네.
> 登唐科第語唐音, 望日初生憶故林.
> 鮫室夜眠陰火冷, 蜃樓朝泊曉霞深.
> 風高一葉飛魚背, 漸淨三山出海心.
> 想把文章合夷樂, 蟠桃花裏醉人參.

이 시에 대해서 明代 謝榛은 기술하기를,

> 장효표가 낙제하여 이르기를, 「구름 이어진 큰 집에 거할 곳이 없는데 다시 방이 붙은 누구 집은 대문이 날 듯 높으리.」라고 하였다. 후에 급제하여 이르기를 「말머리가 점점 양주 길에 드니 그 때의 사람들이 눈을 씻고 보나니 그 도량의 좁고 큼이 맹교와 같더라.」라 하였다.
> 章孝標下第曰 ：連雲大厦無棲處, 更榜誰家門戶飛. 後及第曰 ：馬頭漸入揚州路, 爲報時人洗眼看, 其量狹大類孟郊. (≪四溟詩話≫ 卷二)

라고 하여 孟郊를 닮아 意象이 孤峻[7]하고 詞意가 精確[8]하니 김가기의

---

6) 章孝標, ≪全唐詩≫ 및 ≪中國人名大辭典≫에 「桐廬人, 元和進士, 除秘書省正字, 太和中試大理評事, 工詩.」 其他 ≪全唐詩話≫와 ≪四溟詩話≫에 그의 詩話가 部分收錄.
7) 淸 沈德潛의 ≪說詩晬語≫ 卷上, 「孟東野詩, 亦從風騷中出, 特意象孤峻, 元氣不

작품을 集覽할 수 없으나, 장효표와의 交流에서 詩意가 相通하는 路線을 취하였음을 推理할 수 있겠다. 따라서 위의 인용시의 가치는 김가기를 파악하는 간접적 자료 이상의 의미를 지녔다고 하겠다.

4. 金雲卿 : 詩句 1聯(卷中)

金雲卿에 관한 기사는 ≪三國史記≫, ≪新·舊唐書≫ 등에 一見되고 있다. ≪三國史記≫에 보면,

> 고승전, 화랑세기, 악본 한산기에 또한 박인범·원걸·거인·김운경·김수훈 등이 있는데 단지 글만 전할 뿐 사서에 행적이 빠져 있어 열전에 넣을 수 없다.
> 其高僧傳, 花郎世記, 樂本漢山記, 猶存朴仁範, 元傑·巨仁·金雲卿·金垂訓輩, 雖僅有文字傳者, 而史失行事, 不得立傳. (卷46 列傳제6)

라 하였으니 ≪新·舊唐書≫(列傳 제149上 東夷)에도 ≪三國史記≫「文聖王紀」와 같은 내용이 기재되어 있다. ≪全唐詩逸≫에는 金雲卿의 시구 1연이 소개되어 있을 뿐이다.

> 가을 달밤 한가로이 곡을 듣노니,
> 가을바람에 옥피리 소리 들리네.
> 秋月夜閑聞案曲,
> 金風吹落玉簫聲. (<秦樓仙>)

無斲削耳.」
8) 宋 張戒의 ≪歲寒堂詩話≫ 卷上,「郊之詩寒苦則信矣, 然其各致高古, 詞意精確, 其才亦豈可易得.」

≪全唐詩≫에서 신라 시인의 작품이 본문에 전부 抽出되어 정리하지
못한 것이 있을 것이다. 그리고 실지로 신라인 作으로 간주되는데, 考證
의 未備로 인해 여기에 소개하지 않은 詩作 중에, 高元矩(상동 卷795)·溫
達(≪全唐詩逸≫ 卷中) 등이[9] 있으나 논술한 근거가 없으며, 시구 가운데
서 <過海聯句>(상동 卷791)는 賈島와 高麗使와의 和句인데, 전1연의 작
자인 高麗使를 ≪海東繹史≫에서는 李芝峰의 설을 인용하여 「고려사절
이란 전해진 바, 최치원이라 하나 혹시 잘못인가 한다. 단지 고려사신은
아니고 신라사신일 뿐이다.(高麗使俗傳爲崔致遠者, 恐誤, 但非高麗使, 是
新羅使.)」(卷47)라 하였기에 이것을 崔致遠 條에 記述할 수 없었다. 그리
고 당 문인으로서 신라인에 준 시가 또한 상당히 있는 바 특히 ≪海東
繹史≫에도 수록되었지만, 貫休(상동 卷826~837)는 송별시를 5수[10]나 남
기고 있고 그 제자인 齊己와 沈叔安, 顧況, 耿湋, 吉中孚, 李昌符 등도
송별시를 남기고 있어 당과 신라의 文物交流가 성행하였음을 더욱 분명
케 한다. 이들 상호간의 시우의 교류관계는 다음 장에서 살펴보고자 한
다. 이러한 본문의 의도가 漢文學의 중요한 위치를 차지하는 자료가 바
로 ≪全唐詩≫에 있다는 점을 着眼한 데 있지만, 逸脫이 不少하여 所期
의 成果를 거두지 못하고 거의 밝혀진 詩句를 再引出하는 데 그친 것을
遺憾으로 여긴다.

---

9) 高元矩는 韓致奫의 ≪海東繹史≫ 卷六十七에 高元固를 「渤海賓貢見全唐詩」라
   하였는데 실지로 ≪全唐詩≫上에는 高元裕와 高元矩 兩人이 相似할 뿐 元固는
   없는 바, 元裕는 이미 논하였고 元矩는 宣城人이라 注하고 있어 未詳. 溫達은
   「幽居山中」·「題潘岳六城南居店是源贊善處」 등 聯句가 실려 있는데 실지의 溫
   達과 同名異人인지 考證 不可함.
10) 貫休의 送新羅人詩로는 <送新羅衲僧>·<送僧之東都>·<送新羅人及第歸>·<送
   人歸新羅>·<送新羅僧歸本國> 등이 있음.

5. 朴昻:〈太乙山人路次雲際寺〉2句(卷中)

박앙에 관해서는 世次不詳이며 生平도 無考하다. 단지 日本 大江維時 編 ≪千載佳句≫ 卷下에 '唐代人'으로 수록된 바, 姓氏로 보아 新羅人으로 추측한다. 上記 詩題로 시 2구가 수록되어 있다.

> 명철한 임금이 열 번 불러도 어찌하여 병으로 사절하나
> 안개노을 속에 살며 요임금 신하되기도 허락지 않네.
> 明主十徵何謝病, 煙霞不許作堯臣.

이 시구는 太乙山人의 世俗을 버리고 山中隱居하는 高淡한 삶을 追念하여 간접적으로 자신의 世事에 매인 의식을 比喩한다. 河世寧이 ≪全唐詩逸≫을 편집하는 과정에 疏忽히 한 점은 出處가 애매한 것과 집중적인 편집의식의 缺如를 들 수 있으나, ≪全唐詩≫ 출간 이후에 간간이 일본 국내에서 수집한 자료에 국한하여 편집된 것을 감안하면 나름의 가치를 부여할 수 있다. 적은 분량의 책에서 신라인의 詩句가 비교적 많은 것도 ≪全唐詩≫ 編者의 偏見에 의해 崔致遠 시를 비롯하여 신라인의 시를 故意的인 漏落의 흔적을 보인 면과 상관된다. ≪全唐詩逸≫이 아니라면 極少의 신라인시조차 거론되지 못했을 것이며 추후에 陳尙君에 의해 추가 보충하는 進前도 기대하기 어려웠을 줄 모른다. 그런 의미에서 ≪全唐詩逸≫이 비록 薄弱하고 漏落된 대상이 많지만 나름의 價値를 인정하게 된다.

≪全唐詩補編≫上의 新羅人詩와 晚唐 古淡風

　陳尙君이 編校한 ≪全唐詩補編≫(中華書局, 1992)은 ≪全唐詩≫와 ≪全唐詩逸≫에 수록되지 않은 唐人의 시를 추가 수집한 소중한 자료로서 그 客觀的인 價値를 論하기 전에 우선 방대한 분량을 다년간 功力을 통하여 보충하는 작업을 진행하였다는데 적지 않은 의미가 있다. 陳尙君은 이 자료 속에 旣存 資料인 ≪全唐詩外編≫(中華書局, 1982)과 자신이 추가 보충한 ≪全唐詩續拾≫을 포괄하여 ≪全唐詩補編≫이라는 冊題를 부여하고 있다. ≪全唐詩外編≫에는 王重民의 ≪補全唐詩≫와 ≪敦煌唐人詩集殘卷≫, 孫望의 ≪全唐詩補逸≫, 童養年의 ≪全唐詩續補遺≫ 등 4종이 匯集되어 있는데 陳尙君이 신자료를 발굴하여 ≪全唐詩續拾≫이라 하여 60卷에 詩 4,300여 首를 載錄한 것은 唐詩硏究에 많은 補益이 된다고 본다. 필자는 우선 이 자료를 통하여 본문은 물론이어니와 羅唐 양국의 詩人의 交遊詩와 渤海詩를 수집할 수 있었으니 이 자료는 不可缺한 編書라고 평가할 수 있다. 본문에서 아래와 같이 道允, 慧超, 崔致遠, 新羅僧, 靈照, 金地藏 등 6인의 시를 추출하여 서술하는 것도 이 자료에 의거한 것이다. 시 풍격에서 古淡風이란 蘇軾이 ≪東坡題跋≫(卷上)에서

韓愈와 柳宗元의 시를 評하여 「고담을 귀히 여기는 자는 그 겉은 메마르나 속은 기름지다고 말하는데, 담백한 것 같으나 실은 아름다우니 도연명과 유종원의 부류가 이러하다.(所貴乎古淡者, 謂其外古而中膏, 似淡而實美, 淵明子厚之流是也.)」라고 한 문구에서 본격적인 풍격용어로 활용된 것으로 이 풍격은 形式이 質朴하면서 내용은 豊厚한 풍격을 지칭한다. 그러니까 外古中膏한 詩趣를 추구하는 것인데 그 대표적인 작가로 陶淵明이나 柳宗元을 들 수 있다. 이런 풍격의 시는 대개 平淡自然한 중에 激情을 함유한다. 만당의 非唯美派 시인들은 衰微하는 唐의 末運을 보면서 古淡한 시를 통하여 자신의 意志를 표현한 咸通十哲이나 三隱의 詩人群團을 예로 들 수 있다. 이런 풍격을 淸代 賀裳은 「어사가 담백하지만 시정은 농염하고 고사가 옅지만 언어는 깊으니 진정 사가의 삼매경에 들었다.(語淡而情濃, 事淺而言深, 眞得詞家三昧.)」(≪皺水軒詞筌≫)라고 강조하고 있다. 이 같은 맥락에서 晚唐의 古淡派라면 鄭谷, 張喬, 羅隱 등을 들 수 있다.

1. 道允:〈辭雪峰和尙〉(≪全唐詩續拾≫ 卷31)

≪全唐詩補編≫ 全唐詩續拾(卷31)에 道允의 生平을 기록한 내용을 보면,

도윤은 신라 한주 휴암인이다. 장경 5년에 당에 들어와 남천보원에 투신하여 스승으로 삼았다. 회창 7년에 귀국하여 함통 9년에 죽었으니 나이 71세로 세칭 쌍봉화상이라 하였다.
道允, 新羅漢州鵂巖人. 長慶五年入唐, 投南泉普願爲師. 會昌七年歸國. 咸通九年卒, 年七十一. 世稱雙峰和尙. (傳據祖堂集卷17)

라 하고 ≪唐詩大辭典≫을 보면,

> 도윤은 신라 한주 휴암인으로 속성은 박이다. 장경 년간에 입당하여 남천보원의 뒤를 이었다. 회창 7년에 귀국하여 쌍봉화상이라 불렀고 시호는 철감선사이다. 조당집에 전기가 있다.
> 道允(798~868) 新羅漢州鵂岩人, 俗姓朴. 長慶年間入唐, 嗣南泉普願. 會昌七年(847)回國. 號雙峰和尙, 諡澈鑒禪師. 祖堂集有傳.

라고 하여 中唐代에 入唐하여 활동한 승려로 서술되어 있다. 그의 시 <辭雪峰和尙>을 보면,

> 잠시 설령을 떠나서 구름과 짝하여 가니
> 계곡 입구가 막힘이 없이 길이 평탄하네.
> 선사는 이별의 한을 근심하여 품지 말지니
> 마치 가을 달이 늘 밝은 것 같도다.
> 暫辭雪嶺伴雲行, 谷口無關路坦平.
> 禪師莫愁懷別恨, 猶如秋月月常明. (≪祖堂集≫ 卷七)

이 시는 俗世를 超脫한 승려의 心境이 묘사되어 있다. 구름을 벗하여 가는 마음은 合自然의 의식이며 밝은 가을 달은 항상 平安하여 愁心이 없는 道人의 心性을 표현해 준다.

2. 慧超: ⟨逢漢使入蕃略題四韻⟩ 等 2首(≪全唐詩補逸≫ 卷19)·⟨南天路言懷⟩ 等 3首(≪全唐詩續拾≫ 卷10)

한국과 중국의 자료에 의하면 혜초(704~787)는 玄宗 時에 西域을 거쳐 五天竺으로 가서 求法하고 開元 15년 11월에 安西로 갔고 ≪往五天竺國

傳≫[1] 3卷을 지었는데 이 책은 唐代 中西交流를 연구하는데 珍貴한 자료로 기록되어 있다.[2] ≪全唐詩補編≫에 수록된 시 2수를 보건대 먼저 <逢漢使入蕃略題四韻>을 보면,

> 그대는 서방 토번이 멀다고 한탄하고
> 나는 동쪽길이 길다고 탄식하네.
> 길이 황폐하고 설산이 높은데
> 험한 시냇물에 도적이 성하네.
> 새는 날며 험한 산에 놀라고
> 사람은 외다리 건너기 어려워라.
> 평생 눈물을 닦지 않았는데
> 오늘 천 줄기 흘러내리네.
> 君恨西蕃遠, 余嗟東路長.
> 道荒宏雪嶺, 險澗賊途倡.
> 鳥飛驚峭嶷, 人去□[3]偏樑.
> 平生不捫淚, 今日灑千行.

이 시에서 혜초가 얼마나 힘든 旅程을 밟았는지를 확인하게 되고 <冬日在吐火羅逢雪述懷>를 보면,

> 찬 눈이 얼음에 뭉쳐 있고
> 찬바람은 땅을 갈라 매섭구나.
> 큰 바다는 얼어서 단을 이루고
> 강물은 낭떠러지를 넘어 맺혀 있네.
> 용문에는 폭포가 끊기고
> 정구 옆은 뱀 엉기듯 빙판이네.

---

1) ≪往五天竺國傳≫은 1908년 프랑스 Pelliot에 의해 敦煌에서 발굴.
2) ≪全唐詩補逸≫ 卷19 :「慧超, 新羅國僧人. 開元中曾遠赴五天竺國, 經我國唐時 安西等地. 詩二首.」.
3) 李丙疇, ≪韓國漢詩의 理解≫, p.63에는 「人去難偏樑」이라 함.

횃불 잡고 층계에 올라 노래하니
어찌해야 파밀 고원을 건널 수 있으랴.
冷雪牽冰合, 寒風擘地烈.
巨海凍墁壇, 江河凌崖囓.
龍門絶瀑布, 井口盤蛇結.
伴火上垓歌, 焉能度播蜜.

　　겨울날 파밀 고원을 넘는 고초가 시에 담겨 있다. 李丙疇는 ≪韓國漢詩의 理解≫(p.64)에서 이 시의 말연을 풀이하기를 「밤길에 횃불을 들고서 중턱에 올라 부르는 노래가 다소 어설프다」라고 하였지만, 필자는 해가 뜨기도 전에 旅程을 밟아야 하는 혜초의 切迫한 심정이 적절하게 표현되어 있다고 보아 독자의 肺腑를 찌르는 감동적인 구절로 본다. 위의 2수의 시에 대하여 ≪全唐詩補逸≫(卷19)에서 ≪大藏經≫ 2089號 遊方記抄 중에 실린 ≪往五天竺國傳≫의 일단을 인용하여 다음과 같이 기록하고 있다.

　　또 토화라국에서 동쪽으로 7일을 가면 호밀왕이 머무는 성에 도달했다. 중국 사신을 만나 토번에 들어가니 대략 4운을 시제로 하여 5언 가사를 취하였다. 겨울날 토화에서 눈을 만나 소회를 서술하니 5언시이다. 여기 호밀왕의 병마가 적고 약하여 스스로 지킬 수 없어 대식의 소관에 귀속되었다. 파밀 내천을 지나서 곧 총령진에 이르렀다. 개원 15년 11월 상순 안서에 이르렀다.

　　又從吐火羅國東行七日, 至胡蜜王住城. 逢漢使入蕃, 略題四韻, 取辭五言. 冬日在吐火逢雪述懷, 五言. 此胡蜜王兵馬少弱, 不能自護, 見屬大寔所管. 過播蜜川, 即至葱嶺鎭. 開元十五年十一月上旬至安西.

　　이것으로 이 시의 창작연대가 開元 15년인 727년인 것을 알 수 있고 혜초가 파밀 고원을 넘으면서 逆境의 客苦를 토로하였음을 본다. 한편

≪全唐詩續拾≫(卷10)에 3首[4]를 수록하고 있어서, 먼저 <摩訶羅國娑般檀寺述志>를 보면,

> 불교의 득도가 멀다고 걱정하지 않는데
> 어찌 녹야원이 멀다고 하리오.
> 비탈길이 험하다고 근심하고
> 업보의 바람 건 듯 분다고 생각 않네.
> 八塔은 실로 보기 어렵고
> 三藏은 불탄 지 긴 세월 지났네.
> 어찌하여 바라는 바가 충만한 가
> 눈으로 오늘 아침 보았노라.
> 不慮菩提遠, 焉將鹿苑遙.
> 祇愁懸路險, 非意業風飄.
> 八塔難誠見, 參著經劫燒.
> 何其人願滿, 目睹在今朝.

八塔과 三著를 살펴본 心懷를 적은 시이다. 그러나 현실은 三著는 불타 없이 求法 여행하는 시인의 심경이 만족하지 않으니 말연에서 눈으로 보았다고 묘사한 것이다. 이병주는 詩題의 '非常歡喜'를 들어서 만족한 감정표현[5]이라고 하지만 시 자체에서는 아쉬운 심정의 일단이라 본다. 다음으로 <南天路言懷>를 보면,

> 달밤에 한단 가는 길 바라보니
> 뜬구름이 두둥실 떠서 돌아가네.
> 글을 줄여 가는 편에 부치니
> 바람이 세차서 듣지 않고 가네.

---

4) 이들 시는 원래 ≪大正新修大藏經≫ 第51冊 慧超撰 往五天竺國傳에서 추출. 敦煌, p.3532.
5) 이병주, ≪한국한시의 이해≫, pp.60-61.

내 고향 하늘 저 언덕 북녘인데
타향은 땅 끝 서녘이네.
남쪽이어서 기러기 없으니
누가 계림으로 날아갈 가.
月夜瞻鄕路, 浮雲颯颯歸.
減書參去便, 風急不聽廻.
我國天岸北, 他邦地角西.
日南無有雁, 誰爲向林飛.

　멀리 西域으로 향해 가는 과정에 鄕愁가 밀려오고 孤獨感이 엄습한다. 그래서 말연에서 '林'을 慶州 鷄林으로 풀이한 것은 적절하다고 自評해 본다. 이어서 <哀求法漢僧>을 보면 이 시의 幷序에서 기술하기를,

　　산 속에 한 절이 있는데 이름을 '나게라태나'라고 한다. 이 절에 한 중국 승려가 있는데 죽었다. 그 큰 덕을 말하기를 ; 하늘에서 와서 삼장의 성교를 밝히고 고향으로 돌아가려 하나 문득 몸이 편치 않아 곧 승화하였다. 이때에 들어서 상심하지 않음이 없었다. 곧 4운의 시를 지어 저승길을 슬퍼한다. 5언이다.
　　山中有一寺, 名那揭羅馱娜. 有一漢僧於此寺身亡. 彼大德說 ; 從中天來, 明閑三藏聖敎, 將欲還鄕, 忽然違和, 便卽化矣. 于時聞說, 莫不傷心. 便題四韻, 以悲冥路. 五言.

　　고향의 등불은 주인이 없는데
　　타향에서 보배나무 꺾는구나.
　　신령은 어디로 가나
　　옥 같은 모습이 벌써 재가 되었네.
　　생각수록 슬픈 마음 애절하고
　　그대의 소원 따르지 못함이 슬프네.
　　누가 고향 길을 아는 가
　　공연히 돌아가는 흰 구름만 보노라.
　　故里燈無主, 他方寶樹摧.

神靈去何處, 玉貌已成灰.
憶想哀情切, 悲君願不隨.
孰知鄕國路, 空見白雲歸.

求法旅程에 天竺으로 가는 길에 스님의 사망을 哀悼하면서 덧없는 삶의 末路를 切感하여 지은 시이다. 序文에 보듯이 그 스님의 求道가 시인 자신의 정신과 相通하였기에 悲哀와 同情이 交叉하여 나온 시로 본다. 이 시는 賀裳이 만당 승려시인 無可의 시를 評하여 「무가의 시는 마치 가을 시내의 흐르는 샘과 같아서 비록 물결이 일지 않으나 또한 맑고 차서 기쁘다.(無可詩如秋澗流泉, 雖波濤不興, 亦淸泠可悅)」(≪載酒園詩話又編≫)라고 것과 상통한다.

3. 新羅僧 :〈偈〉1首(≪全唐詩續拾≫ 卷23)

≪全唐詩續拾≫ 卷23의 注를 보면,

신라승으로 법명을 상세하지 않다. 대의의 풍모가 높다는 말을 듣고 가 보니 대의가 이미 멸적하매 마침내 낭떠러지에 투신하여 주었다. 시 한 수가 있다.
新羅僧, 法名不詳. 聞大義之風造焉, 至則大義已寂, 遂投崖死. 詩一首.

라고 하여 누구인지는 몰라도 求法하려고 唐을 찾았으나 실의하여 투신한 승려로 보인다. 그가 남긴 詩題 不明의 시를 본다.

삼천리 길에 스승에게 인사하니
스승은 벌써 돌아가고 진탑도 닫혔구나.

귀신이 흐느끼며 주인이 없음을 탄식하니
텅 빈 산에 졸졸 흐르는 냇물만 보네.
三千里路禮師顔, 師已歸眞塔已關.
鬼神哭泣嗟無主, 空山只見水潺湲.

이 시는 칠언절구 형식으로 제1·2구에서 大義 禪師에 대한 敬慕心과
제4구에서는 대의가 이미 열반한 것을 失望한 마음을 각각 묘사하고 있
다. 이 시는 풍격상 方回가 皎然詩를 두고 「저산 교연은 시의 뜻과 시구
의 율격이 평담하다.(杼山皎然, 詩意句律平淡.)」(≪瀛奎律髓≫ 卷47)라고
평한 것과 의미상통한다.

4. 崔致遠:〈夢中作〉 等 5題 9首(≪全唐詩續拾≫ 卷36)

본서에 收錄된 시는 모두 18題 22首로서 그 중에 ≪東文選≫에 이미
수록된 시 13제 13수는[6] ≪東文選≫ 所載詩에서 다루기로 하고 본문에서
는 5제 9수를 살피도록 한다. 추가로 부언하자면 孫望이 編輯한 ≪全唐詩
補逸≫ 卷19(附錄卷)에 「友邦 新羅國」이란 항목으로 崔致遠의 시 30수와
慧超의 시 2수를 수록하고 있는데 최치원의 시는 ≪桂苑筆耕集≫ 수록분
을 선정 수록한 것이어서 본문에서는 생략하고 ≪全唐詩續拾≫에서도 ≪
東文選≫에 未收錄分만을 다음에 제시한다. 먼저 〈夢中作〉을 보면,

---

6) ≪東文選≫과 ≪全唐詩補編≫에 중복 수록된 시를 보면, 〈秋夜雨中〉(≪東文選≫
卷19), 〈登潤州慈和寺上房〉(同卷12), 〈送吳進士巒歸江南〉(同卷12), 〈秋日再經
盱貽縣寄李長官〉(同卷12), 〈暮春卽事和顧雲友使〉(同卷12), 〈山陽與鄕友話別〉
(同卷19), 〈古意〉(同卷4), 〈江南女〉(同卷4), 〈寓興〉(同卷4), 〈蜀葵花〉(同卷4),
〈題伽倻山讀書堂瀑布〉(同卷19), 〈贈金川寺主〉(同卷19), 〈臨鏡臺〉(同卷19) 등
이 있다.

더러운 흙 담에는 스승의 훈계가 있고
경전 상자에 나는 부끄럼이 없네.
난세에 무슨 일을 이루리오
오직 七敎를 더하여도 감당치 못하리라.
糞墻師有誡. 經笥我無慙.
亂世成何事, 唯添七不堪.(出處 ; ≪大正藏≫本≪唐大薦福寺故寺主翻經
大德法藏和尙傳≫)

　　이 시는 시인의 自己修養을 서술하고 있다. '七'은 七敎로서 사람이
지켜야 할 가르침이니 父子, 兄弟, 夫婦, 君臣, 長幼, 朋友, 賓客의 道理
를 말한다. 최치원의 <鄕樂雜詠>(5수)(出處 ; ≪三國史記≫ 卷32)은 시
자체의 意義도 크지만, 고대 演戱를 이해하는 자료로서 더 가치가 있다.
그 제1수 <金丸>을 보면,

　　　　몸 돌려 팔 펴서 금방울 놀리니
　　　　달 가고 별 뜬 하늘이 눈에 가득 어지럽네.
　　　　비록 초나라 의료라도 이보다 더 하리오
　　　　고래 노는 바다에 파도 일지 않으리라
　　　　迴身掉臂弄金丸. 月轉星浮滿眼看.
　　　　縱有宜僚那勝此, 定知鯨海息波瀾.

　　金丸은 본래 달(月)의 異稱이나 춤에 사용하는 금방울로 외적의 침입
을 막기 위한 주술적 의미를 지닌다. 제2구의 '滿眼看'은 눈이 어른거려
서 정신이 어지러운 느낌을 표현한다. 말구의 '息波瀾'은 平和와 安定을
바라는 의미가 있다. 제2수 <月顚>을 보면,

　　　　어깨는 높고 목은 움추려 머리칼은 우뚝한데
　　　　팔 거든 여러 선비 술잔을 다투네.

노래 소리 듣고서 모두 웃고
저녁 무렵에 깃발이 새벽까지 날린다.
肩高項縮髮崔嵬, 攘臂群儒鬪酒杯.
聽得歌聲人盡笑, 夜頭旗幟曉頭催.

月顚이란 일종의 가발을 쓰고 추는 다리꼭지춤으로 '群儒'는 춤꾼이
아니라 관객이어야 한다. 제2·3구는 춤의 흥을 돋우는 광경을 묘사하고
있다. 제3수 <大面>을 보면,

황금색 얼굴빛 바로 그 사람이
손에는 진주채찍 잡고 귀신 역할하네.
빠르고 느리게 걸으며 우아한 춤을 드러내니
완연히 봉황이 요춘무를 추는 듯 하네.
黃金面色是其人, 手抱珠鞭役鬼神.
疾步徐趨呈雅舞, 宛如丹鳳舞堯春.

제1구에서 황금빛은 皇帝를 상징한다. 황금탈춤을 추는 광경을 묘사한
이 시는 왕이 백성을 다스려서 泰平盛世를 누리기를 기원한다. 제1구에서
탈춤을 추는 그 사람이란 寫實的이며 生動的이다. 제4구에서 봉황이 堯春
舞를 춘다고 하였는데 '堯春'은 舞曲으로 堯임금 시대의 봄이니 堯風舜雨
와 같이 萬事亨通하는 태평시대를 상징한다. 제4수 <束毒>을 보면,

쑥대머리 푸른 얼굴이 인간과 다르니
무리 불러 뜰에 와서 봉황춤을 추네.
북을 둥둥 치고 바람은 살랑살랑 부는데
남쪽 북쪽으로 달리고 뛰며 그지없어라.
蓬頭藍面異人間, 押隊來庭學舞鸞.
打鼓冬冬風瑟瑟, 南奔北躍也無端.

이 시는 일종의 꼭두각시춤을 묘사한다. 춤추는 實感이 나서 시를 더욱
優雅하고 풍부하게 표현하고 있다. 제3구에서 '冬冬'과 '瑟瑟' 疊語를 사용
하여 擬聲語의 역할을 極大化 하고 있다. 최치원이 晚唐代에 入唐하여 문
단활동을 하였지만 그 시는 丁儀가 ≪詩學淵源≫(卷8)에서 「시가 만당에
이르러서 시의 사조가 새롭고 빼어나고 정교함을 다한다.(詩至晚唐, 思致新
穎, 務極精巧.)」라고 한 評語가 적절하다. 이어서 제5수 <狻猊>를 보면,

> 멀리 사막을 건너 만리 길 오니
> 털옷은 다 헤지고 먼지가 붙었네.
> 머리 흔들고 꼬리 치며 인덕을 보이니
> 웅장한 기세를 어찌 뭇 짐승 재주로 따르리오.
> 遠涉流沙萬里來, 毛衣破盡着塵埃.
> 搖頭擺尾馴仁德, 雄氣寧同百獸才.

이 시는 사자춤으로 제1연은 이 춤이 傳來된 來源을 말하고 제3구에
서 사자춤의 목적과 효과를 설명한다. 이 춤은 仁德을 강조하고 높이는
상징성을 지닌다. 다음으로 <寄顥源上人>을 보면,

> 종일 머리 숙여 붓끝을 놀리며
> 입 다물고 지내니 마음을 말하기 어렵네.
> 멀리 속세를 떠나 비록 못내 기쁘나
> 경치를 보는 마음 어찌 막으리오.
> 그림자 진 밝은 노을 길에 붉은 낙엽
> 부슬 밤비에 여울에 흰 구름
> 읊으며 경물을 대하니 매인 것 없으니
> 사방의 깊은 기연으로 佛道가 평안하기를.
> 終日低頭弄筆端, 從人杜口話心難.
> 遠離塵世雖堪喜, 爭奈風情未肯闌.
> 影闕晴霞紅葉徑, 聲連夜雨白雲湍.

吟魂對景無羈絆, 四海深機憶道安. (≪新增東國輿地勝覽≫ 卷30)

이 시의 제1연은 시인의 隱遁의식이 드러나고 제2연은 世俗을 脫皮하기가 어려운 심정을 토로하여 得道의 難得을 강조한다. 그리고 제4연은 상대방에게 現實을 超脫하여 求法의 길에 精進할 것을 당부한다. 칠언절구 <入山詩>를 보면,

스님이여 푸른 산 좋기는 말할 것 없어
산 좋은데 무슨 일로 다시 산을 나오나.
훗날 내 자취를 보시오
한번 청산에 들면 다신 돌아오지 않으리.
僧乎莫道靑山好, 山好何事更出山.
試看他日吾蹤跡, 一入靑山更不還. (出處 ; 金東勳, ≪漢詩選集≫)

이 시는 歸自然과 合自然의 높은 信心과 脫俗의식을 확인한다. 그리고 <智異山花開洞>을 보면,

동쪽 고을 화개동은
항아리 속에 별천지 있네.
선인이 옥베개를 밀치니
한평생 문득 천년이라네.
東國花開洞, 壺中別有天.
仙人推玉枕, 身世倏千年. (≪韓國文苑≫ 卷7)

이 시는 山寺에 은거하며 晚年을 보낸 居處를 대상으로 하여 禪境의 興趣를 明瞭하게 묘사한다. 최치원의 시는 主題와 風格이 多樣하여 質量 兩面에서 신라시의 유일한 巨峰이라 할 것이다.

5. 靈照 : 〈和麗天和尙頌〉(≪全唐詩續拾≫ 卷45)

영조(870~947)는 閩越지방에 遊歷하여 雪峰 義存에게서 禪旨를 터득하
였고 照布衣라는 칭호를 얻었다. 처음에는 婺州 齊雲山에 거주하여 世稱
齊雲和尙이라고 한다. 후에 越州 鏡淸院에 머물다가 皮光業과 불화하여
龍興寺로 옮기고 吳越王 錢弘佐가 龍華寺를 건립하고 住持로 청하니 眞
覺大師라고 불렀다.[7] 영조의 생애에 대해서 그 내용이 유사한 다음 ≪全
唐詩續拾≫(卷45)의 生平 부분을 보면,

> 영조는 고려인으로 민월지방에서 노닐다가 영봉을 이어받았다. 처움
> 절강 제운산에 머물러서 세칭 제운화상이라 한다. 후에 월주 경청원으로
> 옮겨서 전홍이 도와서 용화사를 축조하고 영조를 지주로 삼았다. 천복 12
> 년 윤 7월에 죽으니 나이 78세이고 시 한 수가 있다.
>
> 　靈照, 高麗人. 遊閩越, 嗣靈峰. 初住浙江齊雲山, 世稱齊雲和尙. 後移住
> 越州鏡淸院. 錢弘佐造龍華寺, 命照住持. 天福(後唐年號936년)十二年閏七月
> 卒, 年七十八. 詩一首.

라고 記述하고 있으니 다음에 <和麗天和尙頌> 시를 통해 그의 佛心을
알 수 있다.

> 두루 사막세계의 성스런 절간에
> 만나 머무는 곳에 언사에 말이 통하네.
> 문 위에서 소식을 보게 된다면
> 누가 능히 취산의 바위를 말할 가
> 遍周沙界聖伽藍, 觸處文殊共話談.
> 若有門上覓消息, 誰能敢道翠山嵒.

---

7) ≪中國文學家大辭典≫, 唐五代卷, p.403.

여기에서 人品上 溫厚하여 누구와도 和諧하고 得道하여 合自然의 禪趣를 보여주니 이 시를 禪趣詩라 할 것이다. 선취시는 參禪詩 중에 가장 格調가 높은 境地의 시이다. 이 이론은 嚴羽의 ≪滄浪詩話≫ 詩辨에서 以禪入詩를 논한 데에서 시작하고 王士禎의 神韻說에서 詩論으로 확립되었다. 이 용어는 이미 沈德潛이 「시는 선리와 선취가 있는 것을 귀히 여기고 선어가 있는 것은 귀히 여기지 않는다.(詩貴有禪理禪趣, 不貴有禪語.)」(≪說詩晬語≫)라고 한 바 있다.

6. 金地藏 : 〈酬惠米詩〉(≪全唐詩續補遺≫ 附錄)

김지장 자체는 앞에서 이미 개관한 바, 부연하여 附錄 友邦의 生平記錄을 보면,

> 김지장은 신라국 승려이다. 지덕 년간에 바다를 건너서 청양 구화산에 머물렀다. 일찍이 바위 사이의 백토를 밥에 섞어서 먹어 사람들이 그것을 이상히 여겼다. 나이 99세에 문득 제자들을 불러 고별하니 단지 산에서 돌이 떨어지는 소리만 들리고 갑자기 상자 속에서 가부좌하였다. 삼년이 지나 열고 탑에 들어가니 얼굴 모습이 살아 있는 것 같았고 마주 드니 움직이고 뼈마디가 마치 쇠자물쇠를 흔드는 것 같았다.
>
> 金地藏, 新羅國僧. 至德間渡海, 居靑陽九華山. 嘗以巖間白土雜飯食之, 人以爲異. 年九十九, 忽召徒衆告別, 但聞山鳴石隕, 俄頃趺坐於函中. 洎三稔, 開將入塔, 顔貌如生, 昇之而動, 骨節若撼金鎖焉.

여기서는 지장이 白壽를 누리고 涅槃하는 과정을 서술하고 있어 그의 參禪한 佛心을 알 수 있다. 다음 〈酬惠米詩〉 시는 ≪嘉靖池州府志≫(卷9)에 수록되어 있는 것을 陳尙君이 발굴한 것이다.

천자의 황금 수레 버리고 포의를 걸치어
수신하러 바다 건너 중국 서쪽에 왔네.
원래 황태자의 몸인데도
도를 사모하여 만나서 그것을 쓰시었네.
감히 문을 두드려 구한다는 말 못하고
어제 보내는 쌀을 탐하여 새벽까지 불 땠네.
오늘 저녁은 찹쌀밥을 먹었는데
배불리 먹어 지난날의 굶주림을 잊었네.
棄却金鑾衲布衣, 修身浮海到華西.
原身自是皇太子, 慕道相逢柯用之.
未敢叩門求地語, 昨叨送米續晨炊.
而今殘食黃精飯, 腹飽忘思前日飢.

진상군은 이 시를 李白의 次韻詩와 비교 고찰하여 모두 僞作이라고 하였으나 여기서는 그 고증을 중시하지 않는다. 다만 자료의 발굴과 가치가 중요하다. ≪九華山志≫의 기록을 보면 지장의 신분상 脫俗의 경지에 있는 高僧으로서 위와 같은 시를 지었을 리 없다는 논리를 가지고 僞作說을 내세우고 있다.

> 태백 시기에는 차운의 습관이 아직 없었음은 말할 나위 없는데 김지장은 천자의 자제가 못되니 이들 시는 진정 남이 보아 구토하게 한다. 이미 시 짓기를 배우는 자는 역시 천하고 속되지 않거늘, 이것은 아울러 이미 시 짓기를 배우지 않고 태백과 지장의 이름을 가탁한 것이다.
> 無論太白時未有次韻之習, 金地藏未爲天子第, 此等詩眞令人見而欲嘔. 曾學爲詩者亦不鄙俚, 此幷未嘗學爲詩而托名太白地藏者也.

한편 費冠卿의 ≪化城寺記≫에 의하면, 김지장은 신라왕자이면서 世子는 아니고 99세로 貞元 11년(795)에 죽었으니, 武后 神功 元年(697)에 태어났다고 기술하고 있다.[8]

---

8) ≪全唐詩補編≫, p.559.

≪全唐詩≫上의 新羅人과 唐人의 交遊詩

新羅가 唐과 교류를 시작한 시기는 ≪三國史記≫에 기록된 바[1] 眞平王 43년(621)을 전후한 初唐初인데, 실질적인 문물의 교류는 신라통일 이후에 친당으로 인한 정책에서 활발해졌다고 할 것이다. 이런 예를 ≪三國史記≫에서 보면,

① 사신을 당에 보내어 예기와 문장을 주청한 즉, 천명으로 관장하여 흥한 예를 써서 없애고 문관의 사림에서 그 문사를 모으고 바른 규례를 세워서 묶어 50권을 만들어 하사하였다.
遣使入唐, 奏請禮記幷文章, 則天命所司, 寫去凶要禮, 幷於文館詞林, 採其詞涉規誡者, 勒成五十卷, 賜之. (卷8「新羅本紀」八文王)

② 당의 문종이 외국인을 관장하는 관청인 홍로사를 위로하니 풀려 돌아가는 볼모와 나이 차서 귀국하는 학생이 모두 105인이었다.
唐文宗, 勅鴻臚寺, 放還質子, 及年滿合歸國學生, 共一百五人. (卷11「新羅本紀」十一文聖王)

---

1) ≪三國史記≫ 卷4, 「新羅本紀」四에 「四十三秋七月, 王遣使大唐朝貢方物, 高祖親勞問之, 遣通直散騎常侍庾文素來, 聘賜以璽書及畫屛風錦綵三百段.」

③ 항상 자제들을 보내어 조정에 자며 지키고 입학하여 강습하여 성현의 풍습과 교화를 본받고 오랜 습속을 다듬어서 예의의 나라가 되었다.
常遣子弟, 造朝而宿衛, 入學而講習, 于以襲聖賢之風化, 華鴻荒之俗, 爲禮義之邦. (卷12「新羅本紀」十二)

이상 열거한 예문에서 ①은 新文王 6년(686) 春正月에 입당하여 문물의 수용을 밝혔고, ②는 文聖王 2년(840)에 많은 質子와 학생이 당에 내왕했음을 말하고 ③은 高麗 太祖 시에 당풍을 배워 羅·麗의 문화적 기풍이 진작되었다고 서술하고 있다. 이로써 賓貢諸子의 내왕이 빈다한 중에 동시에 한문학의 정립도 용이한 국면에 들었음을 추측할 수 있다. 그 실례로 崔瀣의 「送奉李中父還朝序」(≪東文選≫ 卷84)를 보면,

진사로 인물을 구함은 본디 당에서 성행하니 장경 년간에 김운경이란 자가 있어 비로소 신라 빈공으로서 두사예방에 오르니 이로써 천우년 말까지 무릇 빈공과에 오른 자가 58인 이었다.
進士取人, 本盛於唐, 長慶初, 有金雲卿者, 始以新羅賓貢題名杜師禮榜, 由此以至天祐終, 凡登賓貢科者, 五十有八人.

라고 하여 金雲卿 등 58인이었다고 기록하고 있다. 본문이 신라와 당의 시교에 국한시킨다면 相交의 詩文 자료가 稀少하여 不得已 ≪全唐詩≫ 上의 신라인 시와 崔致遠, 朴仁範 등의 본국인의 교유시, 그리고 唐의 신라인에 贈送한 시를 수록하여 分類하고 列擧하여 시의 특성을 정리하는 작업을 加할 수밖에 없었다. 통일신라 이전 즉 初盛唐期보다는 中唐 후기 및 晚唐에 비교적 교유의 흔적이 있는 바, 이러한 점에서 한국 漢詩史의 초기 시대 구분과 풍격 설정에 참고로 보탬이 될 수 있으리라 본다.

1. 新羅人과 唐人의 交遊詩 分類 目錄

신라와 당의 교류관계의 시작은 주로 ≪全唐詩≫(中華書局, 1980)에서 수집하고 ≪桂苑集≫과 ≪東文選≫을 참고하였는데, 이것을 대체로 3개 면으로 분류하여 작품의 성격을 구별하였다. 먼저 '全唐詩 所載 新羅人 詩' 부분을 두어 당시에 함유된 한문학 자료에 의미를 두었고[2] 다음은 「全唐詩 外의 新羅人 贈唐人詩」라 하여 崔致遠 시 9수, 朴仁範 시 5수를 두었으며 끝으로는 「全唐詩 所載의 唐人 贈新羅人詩」라 하여 총 41수를 集錄하였는데 내용상 상호교류적인 자료로는 미흡하다 할 것이다. 여기서 이들 贈詩의 성격상 대충 첫째로 신라 留學生 중 落第者와 及第者에게 준 시, 둘째로 求法僧에게 준 시, 셋째로 藝事詩로 구별되는 데 旣說한 바 이들 시의 대부분이 晩唐代의 作이라는 데에 관심을 두어야 할 것이다. 이제 이상 3분류의 시제와 출처를 배열하면 다음과 같다.

1) 各文集 所載 新羅人의 贈唐人詩

    (1) 崔致遠, <陳情上太尉詩>(≪桂苑集≫)

    (2) 崔致遠, <歸燕吟獻太尉>(상동)

    (3) 崔致遠, <奉和座主尙書避難過維揚寵示絶句> 3수(≪상동≫)

    (4) 崔致遠, <楚州張尙書水郭相迎因以詩謝>(≪桂苑集≫)

    (5) 崔致遠, <酬楊瞻秀才送別>(≪桂苑集≫)

---

2) ≪全唐詩≫上의 新羅人作은 그 內容과 分析을 拙文 「≪全唐詩≫所載新羅人詩」 (≪韓國漢文學≫ 3・4合輯, 1979)에 揭載됨.

(6) 崔致遠, <酬吳巒秀才惜別二絶句>(《桂苑集》)

(7) 崔致遠, <留別女道士>(《桂苑集》)

(8) 崔致遠, <暮春卽事和顧雲友使>(《桂苑集》)

(9) 崔致遠, <和張進士喬村居病中見奇喬子松年>(《桂苑集》)

(10) 崔致遠, <上段員外>(《桂苑集》)

(11) 崔致遠, <贈田校書>(《桂苑集》)

(12) 崔致遠, <上馮員外>(《桂苑集》)

(13) 朴仁範, <江行呈張峻秀才>(《東文選》 卷12)

(14) 朴仁範, <寄香巖山睿上人>(《東文選》 卷12)

2) 《全唐詩》 所載 唐人의 贈新羅人詩

(1) 孫逖, <送新羅法師還國>(卷118)

(2) 陶翰, <送金卿歸新羅>(卷148)

(3) 沈頌, <送金文學還日東>(卷202)

(4) 劉愼虛, <海上詩送薛文學歸海東>(卷256)

(5) 李涉, <與弟渤新羅劍歌>(卷477)

(6) 姚合, <寄紫閣無名新羅頭佗>(卷496)

(7) 顧非熊, <寄紫閣無名新羅頭佗僧>(卷509)

(8) 顧非熊, <送朴處士歸新羅>(卷509)

(9) 章孝標, <送金可紀歸新羅>(卷506)

(10) 許渾, <送友人罷擧歸新羅>(卷528)

(11) 劉得仁, <送新羅人歸本國>(卷544)

(12) 張籍, <送金小卿副使歸新羅>(卷382)

(13) 張籍, <送新羅使>(卷382)

(14) 張籍, <贈海東僧>(卷383)

(15) 姚鵠, <送僧歸新羅>(卷553)

(16) 項斯, <送客歸新羅>(卷554)

(17) 馬戴, <送朴山人歸新羅>(卷555)

(18) 林寬, <送人歸日東>(卷606)

(19) 溫庭筠, <送渤海王子歸本國>(卷575)

(20) 皮日休, <送新羅弘惠上人>(卷608)

(21) 張喬, <送朴充待御歸新羅>(卷638)

(22) 張喬, <送慕待詔朴球歸新羅>(卷638)

(23) 張喬, <送賓貢金夷吾奉使歸本國>(卷638)

(24) 張喬, <送新羅僧>(卷639)

(25) 張喬, <送僧雅覺歸海東>(卷639)

(26) 張喬, <送人及第歸海東>(卷639)

(27) 杜荀鶴, <送賓貢登第後歸新羅>(卷691)

(28) 張蠙, <送友人及第歸新羅>(卷702)

(29) 陸龜蒙, <和襲美爲新羅弘惠上人撰靈鷲山周禪師碑送歸詩>
         (卷617)

(30) 鄭谷, <贈日東鑒禪師>(卷674)

(31) 徐夤, <贈渤海賓貢高元固>(卷708)

(32) 楊夔, <送新羅僧遊天臺>(卷763)

(33) 法照, <送無著歸新羅>(卷810)

(34) 無可, <送朴山人歸日本>(卷813)

(35) 貫休, <送新羅人及第歸>(卷826)

(36) 貫休, <送人歸新羅>(卷826)

(37) 貫休, <送新羅僧歸本國>(卷833)

(38) 貫休, <送新羅衲僧>(卷835)

(39) 齊己, <送高麗二僧南遊>(卷838)

(40) 齊己, <送僧歸日本>(卷840)

(42) 春臺仙, <遊春臺詩> 5수(卷862)

(41) 長須國駙馬, <詠妻>(卷867)

2. 新羅人과 唐人 贈送詩의 內容

위에서 詩題를 제시한 바와 같이 新羅人과 唐人의 交遊는 金眞德, 金地藏, 張籍 등을 除外하곤, 거의 中唐 末期와 晩唐에 出入하며 往來하였는데, 이들 교유에서 만당대의 것은 정통 晩唐風과는 相異한 중당의 寫實과 諷諭의 표현에 傾倒된 점은 혹시 「芳林十哲」을 중심으로 한 交流에 緣由한 것이 아닌가 한다.3) 앞의 節에 배열한 詩題 중에 상호교류와 문학영향, 그리고 정치 사회적 관계가 비교적 강한 文人에 국한해서 다음과 같이 몇 건을 열거하여 그 交往의 의미를 고찰하고자 한다.

1) 眞德女王이 高宗에게 보낸 祝詩

眞德女王이 唐高宗에게 준 <太平詩>(≪全唐詩≫ 卷797)는 연대상으로 眞德 太和 4년(650, 高宗 永徽 元年)이며 作詩動機는 ≪三國史記≫에서 기록하기를,

> 6월에 사신을 당나라에 보내려는데, 백제의 무리를 격파한 일을 아뢰니, 왕이 천에다 오언 태평송을 지어 김춘추의 아들 법민을 보내 당황제에게 바쳤다.
> 六月遣使大唐, 告破百濟之衆, 王織綿作五言太平頌, 遣春秋子法敏以獻唐皇帝. (「本紀」 五)

라 하고, ≪全唐詩≫ 注에 기술하기를,

---

3) 芳林十哲이란 許棠·喩坦之·劇燕·吳罕·任濤·周繇·張蠙·鄭谷·李栖遠·張喬 等.

영휘 원년에 김진덕이 백제의 무리를 대파하고 천에다 오언의 태평시
를 지어서 그 동생의 아들 법민을 보내어 바쳤다.
永徽元年眞德大破百濟之衆, 織綿作五言太平詩, 遣其弟之子法敏以獻.

라고 하여 唐과의 交分을 위한 외교적 의미를 지녔음을 말하였다. 이제
그 시를 다음에 보겠다.(앞장에서 이미 거론한 바 재인용함)

대당이 건국의 대업을 여시어,
우뚝 황제의 길 창성하시라.
창 멈춰 오랑캐 평정하시고,
문을 닦아 백왕을 이으시라.
하늘이 숭고한 비 베푸사,
모든 사물 다스려 밝은 이치 지녔어라.
깊으신 어지심 해와 달과 조화 이루고,
길운을 다루시어 좋은 때를 더하시라.
나부끼는 깃발 이미 빛나시니,
징과 북 참으로 요란하도다.
오랑캐 중에 명을 어기는 자,
잘리고 뒤집혀 큰 재앙 입으리라.
온화한 바람이 우주와 어울리어,
멀리 앞서거니 상서로운 기운을 드리워서,
사계절이 옥촉과 조화하여,
일월·오성은 만방을 살피시어,
산악은 재상을 내리사 보필케 하고,
황제는 충신을 두루 쓰시도다.
삼황오제께서 한 덕으로,
우리 황실 당나라 길이 밝히소서.
大唐開鴻業, 巍巍皇猷昌.
止戈戎衣定, 修文繼百王.
統天崇雨施, 理物體含章.

深仁諧日月, 撫運邁時康.
幡旗旣赫赫, 鉦鼓何鍠鍠.
外夷違命者, 翦覆被大殃.
和風凝宇宙, 遐邇競呈祥.
四時調玉燭, 七曜巡萬方.
維嶽降宰輔, 維帝用忠良.
三五咸一德, 昭我皇家唐.

 이 시를 증정한 대상인 唐高宗 李治는 高祖 李淵의 손자로 唐朝 제3대 황제이다. 그는 太宗 文皇의 제9자로 晉王에 封해지고 貞觀 17년(643)에 皇太子가 되고 在位기간이 34년이다. 文集 86권이 있었다고 하나 지금은 失傳하고 시 8수가 ≪全唐詩≫(卷2) 수록되어 있다. 太平詩에서 '大唐', '鴻業', '巍巍', '皇猷', '繼百王', '崇雨', '含章', '深仁諧日月', '和風', '呈祥', '幡旗赫赫', '鉦鼓鍠鍠', '玉燭', '七曜', '宰輔', '忠良', 그리고 말연의 어구가 上官에 대한 尊仰의 표현인데 이 시의 作詩가 원래 奉制的 성격을 지닌 것과 함께 풍격 또한 初唐(618~712)적이라 할 것이다. 초당이라면 시의 풍격상 承齊梁派와 反齊梁派가 양립하여 전자는 華靡한 궁체시를 추종하여 初唐四傑, 上官儀, 沈佺期, 宋之問 등이 聲律과 對偶에 역점을 두어 근체시의 완성을 주도하였고, 후자는 隱逸, 復古, 純樸, 淸淨을 주장하여 王績, 寒山, 陳子昂 등이 주류를 형성하고 있었는데, 당시의 궁실을 중심한 귀족층은 전자를 애호하여 <太平詩>에서 보는 숭고하고 웅장한 내용과 浮華한 표현은 李奎報의 「高古雄渾」(고아하며 고담하여 웅혼함)이란 평어와 상통한다고 보겠다.[4] 비록 이 시에 대한 高宗

---

4) 宮室에서 齊梁派를 愛好한 出處를 ≪唐詩紀事≫(卷一)와 ≪全唐詩話≫(卷一)에서 容易히 보는데, ≪唐詩紀事≫에 「太宗帝嘗作宮體詩……」 句와 高宗의 「過溫湯詩」를 例證으로 본다. 李奎報는 ≪白雲小說≫에서 「新羅眞德女王太平詩, 載於唐詩類記, 其詩高古雄渾, 比始唐諸作, 可相上下.」라 함.

의 答詩가 없지만 한시사상의 비중과 삼국통일의 媒體였을 것으로 본다. 고종의 시는 전형적인 齊梁風을 지니고 있어서 그 한 예로 <謁大慈恩寺>를 보면,

> 일궁은 만 길을 열고
> 월전은 팔천 척 솟아있네.
> 꽃 덮개는 둥근 그림자 날리고
> 깃발 무지개는 굽은 그늘을 끄네.
> 고운 노을은 멀리 장막을 두르고
> 수많은 진주는 촘촘히 수풀을 덮었네.
> 고요한 안개구름 밖에는
> 초연히 세상 밖의 마음이로다.
> 日宮開萬仞, 月殿聳千尋.
> 花蓋飛團影, 幡虹曳曲陰.
> 綺霞遙籠帳, 叢珠細網林.
> 寥廓煙雲表, 超然物外心.

初唐의 齊梁風의 시로서 象徵的이며 隱喩的인 묘사법을 강구하고 있다. 제1연은 해와 달의 運行을 日宮과 月殿으로 비유하고, 제2연은 寺院의 경치를 묘사하며 제3연은 노을을 마치 帳幕을 두른 것처럼 着想하며 珍珠는 수풀에 내린 맑은 이슬로 풀이된다. 말연에서 大慈恩寺에서 脫俗하여 參禪하는 僧侶의 자태를 표현하고 있다. 眞德女王의 시가 이 高宗의 시와 莊重하면서 精美한 면에서 묘사법상 相通한다.

2) 愛姬 薛瑤와 郭震의 因緣

薛瑤 자체는 졸저 ≪中國唐詩研究≫(국학자료원, 1994)에서 상술한 바

이니, 여기서는 단지 郭震(656~713)과의 관계에 한하여 羅唐 상호에 준 인상만을 보고자 한다. ≪全唐詩≫ 小序에 보면,

<blockquote>
설요는 동명국인이라. 좌무위장군 승충의 딸로 곽원진에 시집가서 첩이 되었으니 시 한 수가 있다.

薛瑤, 東明國人, 左武衛將軍承沖之女, 嫁郭元振爲妾, 詩一首.
</blockquote>

라고 하였고 同書의 注에 기술하기를,

<blockquote>
요는 일명 반속요라고도 하니 설씨의 나이 15세에 머리 깎고 출가하였다가 6년을 수도하며 가요를 지었다. 마침내 환속하여 곽씨에게 시집갔다.

瑤一作返俗謠, 薛氏年十五, 翦髮出家. 六年, 爲謠云云, 遂返.」(이상 ≪全唐詩≫ 卷799)
</blockquote>

라고 하여 설요가 15세에 부친 承沖이 죽자 剪髮하고 출가한 후, 6년 뒤에 환속하여 <返俗謠>를 짓고 郭震의 愛姬가 된 과정을 말하고 있는데, 특히 陳子昻(661~702)의 <館陶郭公姬薛氏墓誌銘>(≪陳子昻集≫ 卷6)(이미 거론했음)은 설요의 외모와 성품이 仙子라는 小號를 얻을 만큼 出衆하여 郭震의 寵愛를 받다가 죽자 우인 陳子昻에게 청하여 쓰여진 碑文이라고 보인다. 그 銘文 중의 일단을 보면,

<blockquote>
곽공은 호탕하고 호기 있는 사람이라서 패물을 갖춰 그녀를 맞고 거문고로 짝하여 서로 어울림이 비취새가 교태하 듯 하였다. 화려와 미색이 다하고 즐거움이 다하고 슬픔이 닥쳐와서 장수 2년 계사년 2월 17일 질병을 얻어 통천현의 관사에서 죽었다. 아! 슬프도다. 곽공은 슬퍼서 어쩔 줄 몰라라.

郭公豪蕩而好奇者也. 雜佩以迎之, 寶琴以友之, 其相得如靑鳥翡翠之婉變矣. 華繁艶歇, 樂極悲來, 以長壽二年太歲癸巳二月十七日, 遇疾卒於通泉
</blockquote>

縣之官舍. 嗚呼哀哉. 郭公恍然, 猶若未亡也.

라고 하였는데, 여기서 承冲이 金仁問과 동시에 입당했다 하니 그 시기가 高宗 永徽 2년(651)이며, 薛瑤의 졸년은 中宗 長壽 2년(693)임을 알 수 있는데, 그 작시 연대는 정확한 생존기간이 불명하여 단정하기가 쉽지 않다.5) 설요와 부부인연을 맺은 郭震(656~713)은 字가 元振이고 魏州 貴鄉人이다. 18세에 進士及第하고 通泉縣尉에 보임되어 관직을 시작하고 武后에게 寶劍篇시를 올려 右武衛鎧曹參軍을 제수 받아 평탄한 관로를 걷는다. 神龍 년간(705~706)에는 左衛將軍, 安西大都護 등 변방군 지휘관으로 활약하고 景雲 2년(711)에는 兵部尙書와 吏部尙書를 지내고 天先元年(712)에 朔方軍大總管을 역임한다. 그의 관직으로 보아 주로 국방계통의 책임을 맡았음을 알 수 있으나 문학에도 재능이 있어 관직생활 중에 李嶠, 蘇味道, 崔融, 杜審言 등 上官儀 이후의 「文章四友」 등 궁정시인과 출입하였고, 陳子昂 등의 자연시인과의 교우가 중후하여 齊梁 및 反齊梁에 두루 공유한 것을 본다. 설요를 만난 시기는 不明하나 대개 그의 나이 30대 후반으로 설정한다. 그 근거는 설요의 生卒시기가 불분명하고 곽진의 長安 시기가 설요가 卒한 이후인 병부상서 등을 맡은 시기가 아니므로 武后 시기로 추리하게 된다. 그의 21수의 작품(≪全唐詩≫ 卷66) 중에 <寶劍篇>은 풍격이 「사물에 기탁하여 뜻을 표현하니 시가 웅건하고 호방하다.(托物言志, 雄建豪放.)」6)한 반면, <子夜四時歌> 6수 등 시는 섬세하고 은일, 낭만적이어서 설요의 <返俗謠>와 동류의 華美

---

5) 韓致奫은 承冲을 薛闕頭라 하고 武德 4年(621) 入唐하고 太宗 貞觀 19年(645)에 卒하였다 하니 이렇다면 薛瑤는 貞觀 5年(631)生이 되므로 時代的 差異가 問題가 된다.(≪海東繹史≫ 卷17) 夫君인 郭震(656~713)의 生卒과도 差異가 있어 믿기 어렵다.
6) ≪新唐書≫ 卷122 本傳.

哀愁한 풍격을 제시하고 있다. 곽진은 사생활에 있어서 연회를 즐기어서 그의 落梅粧閣에는 수십 명의 婢가 있었다고 하며7) 설요를 특히 愛好하였고 설희의 생활도 奢侈하였음을 다음 ≪唐人軼事彙編≫(卷8)의 인용문에서 확인한다.

> 곽대공의 애희 설씨는 먹는 물건을 쌓아서 멋진 상자에 흩어놓고 화장용구를 모아서 꽃상자에 물들여 넣었다.
> 郭代公愛姬薛氏, 貯食物以散風盒, 收粧具以染花盦. (≪品物類聚記≫·
> ≪雲仙雜記≫ 三)

이같이 薛猺는 郭震의 寵愛를 받았고 곽진의 높은 權勢로 인해 愛姬로서 남긴 少女時節의 시가 傳來되고 唐詩集에 수록될 수 있었을 것이다. 여기서 <返俗謠>(≪全唐詩≫ 卷799)를 다시 보면,

> 구름같이 맑고 깨끗한 마음 되니,
> 생각이 정숙하고 굴은 죽은 듯 고요하여,
> 아무도 뵈지 않네.
> 아름다운 풀 향긋하니,
> 생각도 향기로운데,
> 어이할까 이 청춘을!
> 化雲心兮思淑貞, 洞寂滅兮不見人.
> 瑤草芳兮思芬蒕, 將奈何兮青春.

이 시는 騷風體에 머물러 있고 시어 또한 雲心, 瑤草 등 比擬法을 쓰고 있어 시체상 율시 이전의 작이라 하겠다. 한편 郭震의 시는 盛唐으로

---

7) 周勛初 主編 ≪唐人軼事彙編≫ 卷8 :「郭元振落梅粧閣, 有婢數十人. 客至則拖鴛鴦攝裙衫, 一曲終則賞以糖鷄卵, 明其聲也. 宴罷散九和握香.」≪紋聞錄≫(≪雲仙雜記≫一)(古籍出版社, 1995).

이어지는 過渡期의 시풍을 지녀서 齊梁風이 남아 있다. 그의 시는 古體詩 <古劍篇>과 五律 <塞上> 등 2수의 邊塞詩와 <寄劉校書> 등 2수의 寄贈詩, 그리고 樂府詩인 <子夜四時歌> 6수, <螢>·<雲> 등 7수의 詠物詩를 합하여 모두 17題 23首(≪全唐詩≫ 卷66)로 구성되어 있다. 여기서 곽진의 <子夜四時歌> 중에서 春歌 1수와 <二月樂遊詩>를 들어 본다. 먼저 전자의 시를 보면,

> 언덕 가의 버드나무 가지에는
> 벌써 봄바람이 불어온다.
> 첩의 마음은 마침 끊어졌건만
> 그대의 품은 생각 어찌 알리오.
> 陌頭楊柳枝, 已被春風吹.
> 妾心正斷絶, 君懷那得知.

이 시는 樂府體이지만 絶句의 형식을 갖추어서 제1, 2, 3구에 각각 押韻하고 있다. 제2연은 夫婦의 戀情을 哀切하게 묘사하고 있어서 곽진이 변방에서 오랜 관리생활을 한 입장에서 이 같은 詩情을 吐露한 바탕에는 설요와의 애정을 간과할 수 없다. 다음 후자의 시를 보면,

> 2월의 꽃향기 피는 때에 노닐며
> 난간을 열어 새벽 연못을 보네.
> 푸른 난초는 날로 잎을 토해내고
> 붉은 꽃떨기는 가지에 가득 차네.
> 버들 색은 바야흐로 바뀌는데
> 그대의 마음 변치 않기 바라네.
> 좋은 봄날 문득 생각이 많으니
> 오직 둘이 알아 잘 지내기를 바라네.
> 二月芳遊始, 開軒望曉池.

　　　　綠蘭日吐葉, 紅蕊向盈枝.
　　　　柳色行將改, 君心幸莫移.
　　　　陽春遽多意, 唯願兩人知.

　이 시는 景物을 직설적으로 묘사하면서 感傷에 젖는 심정을 노래한다. 樂遊는 陝西 長安 근교의 명승지인 樂遊原을 지칭한다. ≪長安志≫에「낙유원은 섬서 장안 남쪽 8리에 있는데 그 곳은 경성의 가장 높은 곳으로 한나라 당나라 때에 매년 3월 3일과 9월 9일에 경성의 여인이 이곳에 올라서 재액을 떨어버리는 제사를 보았다.(樂遊原, 在陝西長安南八里, 其地居京城最高處, 漢唐時, 每當三月三日, 九月九日, 京城士女就此登賞祓禊.)」라고 하여 낙유원의 立地를 서술하고 있다. 제2연의 綠蘭과 紅蕊가 色對比를 이루고, 제3연의 對偶法은 제2연의 對句와 함께 이 시의 興趣를 極大化하고 있다.

3) 金沔과 張籍의 友誼

　金沔이 憲德 4년(812, 唐 憲宗 元和 七年)에 回國할 때에 張籍이 준 송별시인 <送金少卿副使歸新羅>(≪全唐詩≫ 卷382)가 있는데[8] ≪海東繹史≫(卷67)에 ≪冊府元龜≫를 인용하여,

　　원화 7년 7월 경오에 신라 질자로써 위위소경에 응하여 적동색의 어대
　　(당대의 5품관리의 표시)를 하사 받고 김면은 시광록소경이 되고 조제책
　　부사를 지내다가 최릉을 수종하여 신라에 갔다.
　　元和七年七月庚午, 以新羅質子試衛尉少卿, 賜紫金魚袋, 金沔爲試光祿

---

8) 別個로 金沔에 준 陶翰의 <送金卿歸新羅>(≪全唐詩≫ 卷146)가 있으나 陶翰이 開元 17年(730)에 擢進士한 列傳과 時代上 不合하므로 事實과 無關.

라고 하여 金沔이 812년 弔祭冊立副使로서 崔稜을 隨從하고 新羅에 간 사실에서 眞否를 확인하게 된다. 金沔은 누구인지 不詳하며, 張籍(768~ 830. 字文昌, 東郡人)이 중당 시단에서의 비중이 크고 白居易, 元稹과 比 肩하는 新樂府의 主唱者인 만큼 중당 文風의 신라 流入과 상관된다고 할 것이다. 그가 金沔에 준 送詩를 보면,

> 구름 낀 섬 아득히 하늘가에 아련한데,
> 동쪽 향해 일 만리 한 돛대 휘날리네.
> 오래 신하로 은혜 깊이 받아,
> 이제 사신 도와 명 받고 돌아가네.
> 바다 건너니 응당 나라 소식 가지고,
> 집에 이르니 또한 절로 벼슬의 관복 드러나오.
> 예부터 이곳 떠난 이 수 없지만,
> 광채 나기 그대 만한 이 정말 드무네.
> 雲島茫茫天畔微, 向東萬里一帆飛.
> 久爲侍子承恩重, 今佐使臣銜命歸.
> 通海便應將國信, 到家猶自著朝衣.
> 從前此去人無數, 光彩如君定是稀.

라고 한 데에서, 이 시가 宋代 劉攽이 다음과 같이 평한 것과 또 張戒가 논한 풍격과 상통되는 점을 중시하게 된다. 劉攽의 그의 시화를 보면,

> 장적의 악부사는 청려하고 완미하며, 오언 율시도 평담하고 고운 데 칠 언시에서는 질박한 면이 수식적인 면보다 강하다. 소재가 각기 그 의당함 을 지니고 있으니 억지로 꾸며서 되는 것이 아니다.
> 張籍樂府詞淸麗深婉. 五言律詩亦平澹可愛, 至七言詩則質多文少. 材各 有宜, 不可强飾. (≪中山詩話≫)

라 하고 張戒의 시화를 보면,

> 장적의 시와 원진, 백거이의 율체는 오로지 사람의 마음 속의 일을 말
> 함으로써 공교함을 강구하였다. 백거이는 재주가 많고 시의가 절실하며
> 장적은 심사가 깊고 어구가 정밀한데, 원진의 시체는 가벼우면서 어사가
> 조급하다.
> 張司業詩與元白一律, 專以道得人心中事爲工. 但白才多而意切, 張思深
> 而語精, 元體輕而詞躁. (≪歲寒堂詩話≫ 卷上)

라고 하여 그의 시가 杜甫, 白居易와 相近해서 農民을 憐憫하고 權貴를
조롱하며, 傭兵을 諷刺하는 등의 民間疾苦의 主題를 다룬 것은 前代와는
다른 면을 신라에 주었다 할 것이다. 단지 修辭上 白話的 詩語의 구사는
외국인에겐(新羅) 활용상 難點이 있었으리라 보아 實地의 創作에는 有用
하지 못했을 것이다. 상기 시에서 '向東', '便應', '到家', '從前', '定是'
등이 바로 이런 시어이다. 장적은 이 시 외에도 신라인에게 준 시로
<送新羅使>(卷384), <贈海東僧>(卷384) 등이 있으니 그 중에 <送新羅
使>를 보면,

> 만 리 길 조정의 사신 되어서
> 집을 떠난 지 이제 몇 년인가.
> 응당 옛 가던 길 알건만
> 오히려 멀리 돌아가는 배에 오르네.
> 밤에는 교룡의 굴로 피하고
> 아침에는 구도천에서 밥을 짓네.
> 유유하게 고향으로 가면서
> 또한 바다 서쪽 하늘을 바라보네.
> 萬里爲朝使, 離家今幾年.

應知舊行路, 却上遠歸船.
夜泊避蛟窟, 朝炊求島泉.
悠悠到鄕國, 還望海西天.

이 시는 시인의 素脫하면서 直說的인 풍격이 浮刻되어 있다. 그러면서
送別하는 이별의 情이 가득 담겨 있다. 말연의 서쪽 하늘을 바라본다는
의미는 歸鄕하는 使臣의 기쁜 마음과 송별하는 시인의 섭섭한 마음이
동시에 表出되어 있다.

4) 章孝標의 仙人 金可紀에 대한 敬慕

金可紀에 대해 ≪海東繹史≫는 ≪太平廣記≫를 인용하여 다음과 같이
서술하고 있다.

> 김가기는 신라인이다. 빈공진사로 성품이 침착하여 도술을 좋아하며
> 사치를 좋아하지 않았다. 때론 기를 마셔 몸을 닦으며 스스로 학식이 많
> 고 문장이 뛰어나다고 여겼다. 용모가 맑고 고우며 거동과 언담이 자못
> 중국의 풍취가 있었다. 급제하자마자 종남산의 자오곡에 칩거하며 은일
> 의 홍취를 지니고서 손수 기이한 꽃과 과일을 많이 심으며 항상 분향하여
> 정좌하며 깊은 상념에 젖은 듯하고 또 도덕경과 여러 선경을 끊이지 않고
> 외우다가, 3년 후 본국으로 돌아가고자 바다 건너갔다가 또 와서는 도복
> 을 입고 종남산에 들어가, 음덕을 써서 행하여 사람이 바라는 바 있으면
> 거절함이 없이 정성껏 일삼아 주니, 아무도 함부로 대할 수 없었다.
>
> 金可紀新羅人也. 賓貢進士, 性沈靜好道, 不尙華侈, 或服氣鍊形, 自以爲
> 樂. 博學强記屬文. 淸麗美姿容, 擧動言談, 迥有中華之風. 俄擢第, 於終南山
> 子午谷葺居, 懷隱之趣, 手植奇花異果極多, 常焚香靜坐, 若有思念, 又誦道
> 德及諸仙經不輟. 後三年, 思歸本國, 航海而去復來, 衣道服, 却入終南, 務行
> 陰德, 人有所求, 初無阻拒, 精勸爲事, 人不可偕也. (卷67)

여기서 김가기는 終南山에 들어가 子午谷에서 道家術을 닦고 3년 후에 귀국길에 再入山하여 宣宗 大中 13년(859, 憲安王 3年)에 신선이 되어 승천했음을 알게 되는데, 종남산은 古來로 道觀의 중심지이다. 그의 <題遊仙寺>(≪全唐詩逸≫ 卷中) 1연이 있으니 다음과 같다.

> 물결 울퉁불퉁한 돌에 부딪쳐 길게 비 오는 듯하고,
> 바람 성근 솔에 불어서 잔잔하기 가을 같네.
> 波衡亂石長如雨, 風激疎松鎭似秋.

김가기와 章孝標의 관계를 맺어 놓은 근거는, 상호 交分의 증거는 불명하지만 김가기에 대한 만당초 대가인 장효표의 깊은 우의와 존경이 <送金可紀歸新羅>(≪全唐詩≫ 卷506)에 표현되어 있어서 신라인의 긍지를 보게 된다.9) 장효표는 字가 道正이며 錢塘人으로 生卒이 不詳하나 826년 전후에 在世하며 元和 14년(819)에 進士 급제하고 그 이후에 김가기와의 관계를 맺은 것으로 본다. 그가 可紀에게 준 시를 다음에 보기로 한다.

> 당과에 급제하여 당나라 말을 하지만,
> 해 뜨는 곳 바라보며 옛 숲 그리워하네.
> 배 안의 물고기 방 밤잠 자니 응달불 차고,
> 신기루의 아침 정박 새벽노을 깊네.
> 바람에 높이 나는 한 조각 배는 고기 등에 날 듯 하고,
> 조수 맑으니 삼산이 바다 속에 솟네.
> 생각하건대 문장이 그 나라의 음악에 어울리니,

---

9) 金可紀와 章孝標의 關係는 拙文 「≪全唐詩≫所載新羅人詩」(≪漢文學硏究≫3·4 合)를 함께 참고.

복사꽃에 엎디어 그대에 취하노라.
登唐科第語唐音, 望日初生憶故林.
鮫室夜眠陰火冷, 蜃樓朝泊曉霞深.
風高一葉飛魚背, 潮淨三山出海心.
想把文章合夷樂, 蟠桃花裏醉人參.

　위의 제1·2구에서 可紀의 학문과 애국심을 볼 수 있고, 제7·8구에서 가기의 문학에 대한 敬意를 보게 된다. 章孝標에 대해서는 明代 謝榛이 평하기를,

　　장효표가 낙제하여 이르기를, 「구름이어진 큰집에 거할 곳이 없는데 다시 방이 붙은 누구 집은 대문이 날 듯 높으리.」라고 하였다. 후에 급제하여 이르기를 「말머리가 점점 양주 길에 드니 그 시절의 사람들이 눈을 씻고 보나니 그 도량의 좁고 큼이 맹교와 같더라.」라 하였다.
　　章孝標下第曰 : 連雲大廈無棲處, 更榜誰家門戶飛. 後及第曰 : 馬頭漸入 揚州路, 爲時人洗眼看. 其量狹大類孟郊. (≪四溟詩話≫ 卷2)

라 하여 孟郊를 닮아 意氣가 高峻하고 辭意가 정확한 풍격을 지녔으니, 김가기 또한 孝標와의 交往에서 詩意가 상통함이 가능하였을 것으로 본다.

5) 崔致遠의 羅隱·顧雲·張喬와의 交流

　崔致遠의 입당 시기는 景文王 8년(868)으로서 만당 중엽(827~906)에 해당하니, 입당 후 咸通 15년(874, 景文王 14년)에 진사에 급제하기까지 6년, 그리고 그 후에 淮南相國인 高駢의 막하에서 종사하는 중에, 교분을 가진 羅隱·顧雲, 그리고 芳林十哲들을 만나며 특히 張喬와 우정이 은 것으로 본다. 崔致遠이 입당 시엔 李賀(790~816), 李商隱(813~856) 등의

시대가 갔지만 기려한 풍조에 纖巧·幽深·險僻, 그리고 冷艶한 특색이
가미되어 유미시가 창출되어 있던 시기인 동시에, 또한 杜牧(803∼953)
같은 우국적인 豪建風이 강하게 대립되어 있는 상황에 처해 있어 신라
의 文選風을 벗지 못한 崔致遠으로서는 자기의 선별에 의한 독자적인
풍조의 선택을 할 겨를이 없었을 것이다. 당시의 사회현실은 黨爭과 黃
巢의 亂으로 혼란되어 있어, 문인이 隱遁하여 사회풍자와 隱逸意識을 일
삼는 퇴폐풍조가 蔓延한 반면, 중당풍의 民苦와 事實의 표현을10) 이은
소위 芳林十哲의 일파가 尙存하고 있었으므로, ≪三國史記≫「列傳」에서
보듯이11) 崔致遠이 입당하면서 羅隱에게 稱許받고12) 顧雲과 교류한 사
실과 이들 3인이 高騈의 주위에서 祿을 먹은 사실을 다음 淸代 孫濤의
≪全唐詩話續編≫에서 확인할 수 있다.

> 나은과 고운이 같이 회남상국 고병을 알현하였는데 고운의 사람됨이
> 고아하고 엄율하거늘 고공이 마침내 고운을 가까이 하고 나은을 멀리하
> 였다. 나은이 무릉으로 돌아가려는데 손님과 운정에서 전별주를 마시는
> 데 한 여름이라서 똥파리가 좌석에 드니 고공이 부채로 몰아치면서 나은
> 을 놀려서 말하기를,「똥파리가 부채질에 좌석을 떠나네.」라고 하니 나은
> 이 응답하여 말하기를「도둑이 못에 걸려 문에 있네.」라고 하였다.
> 　隱與顧雲同謁淮南相國高騈, 雲爲人雅律, 高公遂屬雲而遠隱. 隱欲歸武
> 陵. 與賓幕酌餞于雲亭. 盛暑, 靑蠅入座, 高公扇驅之, 諧隱曰 : 靑蠅被扇扇
> 離席. 隱應聲曰 : 白波遭釘釘在門.

그러면 崔致遠과 상기 3인의 文人과의 一脈의 交流를 槪觀하여 본다.

---

10) 中唐風을 繼承한 文人들 즉 皮日休·陸龜蒙·杜荀鶴·聶夷中 등은 이미(Ⅱ)에서
　　詩題를 列擧한 바와 같이 新羅人과의 交流가 頻多하였으니, 崔致遠의 交友對
　　象에 影響을 주었으리라 볼 수 있다.
11) ≪三國史記≫ 卷46,「列傳」參照.
12) 拙著, ≪唐代 後期詩 硏究≫(푸른사상, 2001)에 羅隱과 崔致遠 관계를 논하였
　　고 이 책 다음 절에 이들의 교류를 상세히 서술한다.

(1) 羅隱과의 詩交13)

羅隱(853~909)은 字가 昭諫, 餘杭人이며, 詩文이 풍자를 위주 (≪唐才子傳≫ 卷9)로 하였는데, 그의 시풍이 대개 평범한 것이어서 明代 楊愼이 말한 바,

> 나은의 시는 비속한 면이 많으니, 이런 시는 그의 생애와 다르다.
> 羅隱詩多鄙俗, 此詩不類其平生. (≪升菴詩話≫ 卷4)

라고 한 것이라든가, 또한 淸代 薛雪이 말한 바,

> 나소간은 삼나의 으뜸으로, 어조가 높고 소리가 옥같이 고우니 만당의
> 부스러기와는 다르다. 마땅히 위단기와 같이 두고 말할 만 하다.
> 羅昭諫爲三羅之傑, 調高韻響, 絶非晩唐瑣屑, 當與韋端己同日而語.
> (≪一瓢詩話≫)

라고 한 평어에서 당시에 발출한 시인은 아니지만 소탈하고 평민적인 성격을 지닌 중당의 말류에 속한다 하겠다. 崔致遠과 相交한 시가 많지 않지만 崔致遠의 在唐 초기에 상당한 영향을 주었다고 보아서 다음 장에서 별도로 다루고자 한다.

(2) 顧雲과의 同事

顧雲(?~894)은 字가 垂象이며 池州人(지금 安徽 貴池)으로서 咸通 15년에 진사급제하고 乾符 년간에 秘書省 校書郎으로 崔致遠과 同年으로

---

13) 崔致遠과 羅隱의 관계는 다음 장에서 상세히 서술함으로 여기는 요약만 한다.

또 함께 高騈(821~887)의 淮南 幕府에서 從事하였다. 그의 시는 ≪全唐詩≫(卷637)에 7제 8수가 수록되어 있고 당시의 芳林十哲의 본지인 九華山에서 수업하였으므로 그의 시풍은 詳整하고 寫實的이며 杜荀鶴·殷文圭와도[14] 친교하여 氣風이 羅隱과 相似한 면도 있다.[15] 고운의 詩風을 이해하기 위하여 詠物詩 <詠柳> 제1수를 보면,

이슬 띠고 안개 머금고서 곳곳에 드리워
노란 움 터서 푸른 잎 흔들며 새싹 돋아 우삣쭈삣
보이지 않건만 긴 뚝에 바람이 건듯 버들솜 날리고
사랑스럽구나 넓은 밭이랑의 실가지에 비치는 햇빛.
비스듬히 채색 자리에 드리워 살랑대며 춤추고
장식한 누각에 낮게 내려와 수심어린 눈길 보내네.
이별의 정자에 봄이 아직 안 갔는데
천만 가지 다 꺾이어 처마를 스치네.
帶露含煙處處垂, 綻黃搖綠嫩參差.
長堤未見風飄絮, 廣陌初憐日映絲.
斜傍畫筵儌舞態, 低臨妝閣學愁眉.
離亭不放到春暮, 折盡拂簷千萬枝.

이 시에서 纖細하고 寫實的인 묘사와 자신의 情緖를 버들가지의 다양한 姿態를 통하여 표출하고자 한 전형적인 영물시의 寄興法을 본다. 고운의 崔致遠과의 관계에서 최치원이 29세에(885) 귀국할 때, 11년간의 同年 知己인 顧雲의 送詩 <送崔致遠西遊將還>(≪全唐詩≫에 未收錄)는 평

---

14) ≪唐詩紀事≫ 卷67,「雲子垂象, 池州醵賈之子也. 風韻詳整, 與杜荀鶴殷文圭友善, 同肄業九華. 咸通中, 登第爲高騈淮南從事.」

15) 顧雲의 저술은 ≪鳳策聯華≫ 3卷, ≪顧氏編遺≫, ≪苕川總載≫, ≪纂新文苑≫, ≪集遺具錄≫ 各 10卷과 ≪啓事≫ 1卷, ≪賦≫ 2卷이 있다고 하나 모두 逸失. ≪直齋書錄解題≫ :「鳳策聯華三卷, 唐虞部郎中淮南從事秋浦顧雲垂象撰. 多以擬古爲題, 蓋行卷之文也.」

소 崔致遠의 문학에 대한 欽慕를 보여주고 있으며 古體騷風을 지닌 작품
으로 제7구부터 최치원을 極讚한 점은 서로 깊이 이해하고 있음을 본다.

<blockquote>
내 듣기를 해상에 세 마리 금자라 있는데,
금자라 머리에 산이 높이 쓰여 있네.
산 위에 구슬과 조개, 황금의 궁궐 있고,
산 아래엔 천리만리 넓은 파도라네.
옆에 한 점 계림이 푸른데,
자라산 빼어나 기이하도다.
열둘에 배타고 바다 건너와서,
문장 중국을 감동시켰고,
열여덟에 전사원을 가로 다녀,
한 화살 쏘아 금문책을 부셨네.
我聞海上三金鰲, 金鰲頭戴山高高.
山之上兮, 珠宮貝闕黃金殿.
山之下兮, 千里萬里之洪濤.
傍邊一點鷄林碧, 鰲山孕秀生奇特.
十二乘船渡海來, 文章感動中華國.
十八橫行戰詞苑, 一箭射破金門策.
(陳尙君의 ≪全唐詩續拾≫ 卷34에는 ≪三國史記≫에 의거하여 收錄.
中華書局, 1992)
</blockquote>

위의 시에 최치원은 <孤雲篇> 시로 和答하기를,

<blockquote>
바람 따라 바다 위를 떠나서
달을 짝하여 세상에 이르렀네.
배회하며 머물지 못하고
아득히 다시 동으로 돌아가네.
因風離海上, 伴月到人間.
徘徊不可住, 漠漠又東還.
</blockquote>

라고 하여 兩人의 깊은 友誼를 확인하게 된다. 이와 함께 평소 崔致遠이
顧雲과 會同하여 友情을 담은 다음 <暮春卽事和顧雲友使>(≪東文選≫
卷12)는 뒤에 ≪東文選≫에 수록된 신라인시 부분에서 다시 거론하기로
하고 여기서는 단지 양인의 우정을 확인하는 선에서 다음에 인용한다.

> 동풍에 온갖 꽃향기 두루 나는데
> 정감은 오히려 많아 버들이 길게 드린 듯.
> 소무의 편지16) 돌아오니 깊은 변방 다하고
> 장자 꿈에 날아서 낙화에 분망하네.
> 남은 경치에 의지해 아침마다 취하니
> 떠나는 마음 마디마디 헤아리기 어렵구나.
> 마침 기수에 목욕하는 호시절이니
> 옛날 놀던 넋은 흰 구름 위로 끊이었네.
> 東風遍聞百般香, 意緒偏饒柳帶長.
> 蘇武書回深塞盡, 莊周夢逐落花忙.
> 好憑殘景朝朝醉, 難把離心寸寸量.
> 正是浴沂時節日, 舊遊魂斷白雲鄕.

여기에서 魂이 끊어질 듯한 이별의 아픈 심정을 묘사하고 있다. 詩的
묘사가 만당의 幽美한 표현보다는 淡白한 면을 볼 수 있다. 최치원이 顧
雲과 親交한 動機가 高騈의 幕府에 從事한 시기와 一致한 것은 최치원
의 문학형성과도 상관되는 것이다. 그래서 고병은 군인신분이지만 그의
시를 ≪全唐詩≫(卷598)에 단독 1권(47題 50首)으로 수록한 점을 注視해
보면 더욱 그 聯關性을 이해할 수 있다.

高騈이 이들 양인의 관계에 橋梁的 역할을 했다고 본다면, 고병의 文
學的 의식도 아울러 살펴 볼 필요가 있다. 고병은 字가 千里이며 幽州

---

16) 蘇武(B.C. 143~60) ; 자는 子卿, 杜陵人. 中郞으로 匈奴에 잡혀 19년을 절개
   지키다가 귀국. 시 4수와 <答李陵詩>, <別李陵詩>가 있음.

(지금 北京)人으로서 南平郡王 高崇文의 손자이다. 대대로 禁軍將領을 지내어서 어려서 武技를 익히면서 文學을 좋아하여 儒士와 교유하였다. 大中(847~857) 연간에 靈州大都督府 佐司馬를 지내고 御射에 能하여 落雕御史란 칭호를 들었다. 咸通(860~873) 연간에는 邊方功勞로 秦州刺史 兼防禦使를 除授받고 乾符 5년(878)에는 荊南節度使를 거쳐 燕國公에 封해졌다. 그의 시의 풍격에 대해서 ≪全唐詩話≫(卷5)에서는 「그 오만하여 불평함이 이와 같다.(其驕傲不平如此)」고 하여 시풍이 雄壯한 점을 지적하고 ≪升菴詩話≫(卷10)에서도 「높은 격조(高調也)」라 하고 丁儀는 ≪詩學淵源≫(卷8)에서 「시정이 빼어나서 장엄한 어사를 잘 쓴다.(詩情挺拔, 善爲壯語.)」라 하여 같은 맥락으로 評하고 있으며, ≪唐詩紀事≫(卷63)에는 「고병은 시 짓기를 좋아하여 우아하면서 기특한 풍조를 지닌다.(駢好爲詩, 雅有奇藻.)」라고 하여 그의 시풍이 奇特한 辭調를 지니고 있다고 評하고 있다. 고병의 시에 대해 더 구체적인 評語로 ≪太平廣記≫(卷200)의 서술을 보면,

> 당대 고병은 어려서 시 짓기를 좋아하여 성정에 따라 시를 지으면 그 풍격이 평범한 조류를 가로 끊어 우뚝하니 그 때 붓을 잡은 자 많이 그를 따라가지 못하였다.
> 唐高駢幼好爲詩, 雅有奇藻, 屬情賦詠, 橫絶常流, 時秉筆者多不及之

라고 하여 고병의 시가 晚唐詩의 綺麗한 潮流를 따르는 면과 다른 非唯美派에 속해 있었음을 알 수 있다. 이러한 풍격을 추구한 羅隱, 顧雲의 시에서 同質的 詩風을 확인하고 최치원 시풍을 이 맥락에 두고자 하는 필자의 의도도 여기에서 찾을 수 있다. 고병의 시 <訪隱者不遇>를 예로 들면,

낙화에 흐르는 물로 천태산인 줄 알겠나니
반쯤 취해 한가로이 읊으며 홀로 오네.
쓸쓸한 선옹은 어디에 갔나
붉은 살구나무 뜰에 가득한데
푸른 복숭아꽃 만발하네.
落花流水認天台, 半醉閒吟獨自來.
惆悵仙翁何處去, 滿庭紅杏碧桃開.

　　詩題上 超脫的이며 脫俗的이어야 하는 시이지만 다분히 肯定的이며
開朗하다. 그리고 活氣 넘치고 高壯한 氣風이 깃들어 있다. 그리고 한가
한 여름 산 속의 정자에 앉아서 지은 <山亭夏日>을 보면,

　　　　푸른 나무는 짙푸르고 여름 해는 긴데
　　　　누대의 기운 그림자가 연못에 드네.
　　　　수정 발이 흔들리며 산들 바람이 일고
　　　　시렁에 가득한 장미는 온 뜰에 향기롭다.
　　　　綠樹陰濃夏日長, 樓臺倒影入池塘.
　　　　水精簾動微風起, 滿架薔薇一院香.

　　이 시는 고병의 시풍의 다른 면을 알게 하니 詩中有畵的인 한 폭의 그
림을 聯想시킨다. 그래서 王維 시의 맛을 느끼게 한다 하여 「盛唐格調」
(≪網師園唐詩箋≫)라고 평하였고 ≪注解選唐詩≫에서는 이 시를 평하기를,

　　　　이 시는 산정의 여름 날 광경을 형용하여 그 오묘하고 미려함을 다하
　　　　고 있어 그림과 같다. 산정 인물을 생각하면 한 점의 먼지가 없다.
　　　　此詩形容山亭夏日之光景, 極其妙麗, 如圖畵然. 想山亭人物, 無一點塵埃矣.

　　라고 하여 고병 시의 隱逸浪漫的인 풍격을 보여준다. 이 같은 兩面的인

풍격이 고운과 최치원의 시에 直間接的으로 영향을 미쳤으리라 유추한다.

(3) 張喬와의 友誼

張喬의 字는 혹 松年이며,[17] 唐 僖宗 廣明中에 재세(880년 전후)하였으며 九華山을 중심한 芳林十哲의 1인이다. 그가 張籍과 杜牧의 아류로 평가된 것은 그의 문풍에서 오는 특성 때문일 것이다.[18] 즉 張籍과 杜牧은 함께 韓愈의 재현과 같은 영향을 받았기에,[19] 더욱 張喬의 시와 비교되었을 것이다. 그리고 두목에 대해서는 두목 자신이 말한 바,

> 모씨는 고심하여 시를 짓는데, 본래 고절함을 구한다. 기려함에 힘쓰지 않고, 습속에 빠지지 않으며, 옛것에 너무 빠지지 아니하고 지금의 사조에도 물들지 아니하고, 자신의 주관에 의하여 중도의 길을 걷는다.
> 某苦心爲詩, 本求高絶. 不務綺麗, 不涉習俗, 不今不古, 處於中間. (≪樊川文集≫ 卷16「獻詩啓」)

라고 한 것에서 그 당시의 풍조와는 다른 면을 갖고 있었다.[20] 장교가 상기의 두 문인을 따른 풍격에서 최치원과의 교우는 물론, 기타 신라인에게 준 시가 6수가 상존해 있는 것으로 보아 親羅派의 문인임을 알 수

---

17) 各傳에는 張喬의 字를 未詳으로 적고 있으나, 崔致遠의 詩題로 보아 或「松年」일 듯하다.
18) 宋代의 范晞文은 「對牀夜語」에서 「張喬多有好絶句. 河湟舊卒云, 「少年隨將討河湟, 白首淸時返故鄕. 十萬漢家零落盡, 獨吹邊曲向殘陽.」 亦籍·牧之亞.」(卷五)
19) 張籍의 韓愈와의 관계는 宋代 葛立方의 ≪韻語陽秋≫에서 「張籍, 韓愈高弟也…」(卷2)와 同書의 「張籍居韓門弟子之列, 又以愈薦爲國子博士.」(卷6), 그리고 淸代 孫濤의 ≪全唐詩話續編≫에서 「張籍, 丹陽集云, 張籍韓愈高弟也.」(卷上)라 한 것으로 알 수 있고, 杜牧에 있어서는 拙文「杜牧詩의 憂國的 豪建風」(≪中國文學≫ 7號, 車柱環博士回甲紀念)의 「詩의 淵源」에 詳細論述.
20) 辛文房의 ≪唐才子傳≫(卷6)에는 小杜라 呼稱되었다 하여, 「詩情豪邁, 語率驚人, 識者以擬杜甫, 故呼大杜小杜以別之, 後人評, 牧詩如銅丸走坡, 駿馬注坡, 謂圓快奮急也.」

있다. 최치원이 장교에게 준 <和張進士喬村居病中見寄喬字松年>(≪東文選≫ 卷12)에서 시명이 사해에 떨치고 古賢人을 이을 만 하다고 하며, 제3·4연에서 묘사한 시적 표현이 마치 「詩中有畵」를 연상케 하는데, 특히 제5·6구에서 立體感을 주는 「夜携孤嶠月」, 「朝捲遠村煙」 구는 南畵의 皴法을 도입한 描法이라 하겠다. 이제 그 시를 보기로 한다.

> 시명이 사해 전해져,
> 가도와 다툴 만한 이는 장교 같은 분이네.
> 소아 뿐 아니라 신시도 잘 하니,
> 그 품은 능력 옛 현인을 이었네.
> 명아주 지팡이로 달밤에 외론 산들을 더불어 하고,
> 갈대 주렴 아침에 걷으니 먼 마을 안개 자욱하네.
> 병들어 장빈구에 읊어 부치니,
> 이어서 낚시꾼 따라 성밖의 배에 드네.
> 一種詩名四海傳, 浪仙爭得似松年.
> 不唯騷雅標新格, 能把行藏繼古賢.
> 藜杖夜携孤嶠月, 葦簾朝捲遠村煙.
> 病來吟寄漳濱句, 因付漁翁入郭船.

장교와 신라인의 왕성한 교류는 羅末 麗初의 문학에 적지 않은 관계를 조성했다 할 것이다. 장교는 <送朴充待御歸新羅>(≪全唐詩≫ 卷638), <送綦待詔朴球歸新羅>(卷638), <送賓貢金夷吾奉使歸本國>(卷638), <送新羅僧>(卷639), <送僧雅覺歸海東>(卷639), <送人及第歸海東>(卷639) 등 다수의 신라인을 송별하는 시를 남기고 있어서 평소 장교의 교유관계를 확인하게 되며 장교의 문학이 신라인에게 영향을 주었을 것으로 추측된다. 다음에 장교의 <送人及第歸海東>는 아마도 최치원을 두고 지은 시라 해도 가할 만큼 단편시이지만 깊은 정을 담고 있다.

동풍이 해의 가에서 일어나니
초목이 일시에 봄기운이로다.
절로 중화로에서 웃으며
해마다 멀리 가는 사람을 보내네.
東風日邊起,　草木一時春.
自笑中華路,　年年送遠人.

　　이 시에서 '日邊'은 大闕 부근을 의미하기도 하니 제3구의 '中華路'와 의미가 상통하고 東風을 느끼는 봄을 詩語로 제시한 것은 떠나는 사람의 希望과 和平을 기원한다고 해석할 것이다. 장교는 신라승려가 귀국하는 것을 송별한 시도 看過할 수 없으니 먼저 <送新羅僧>을 보면,

동쪽에서 여기에 와서 참선을 배우고
병이 많은 속에 부처의 인연을 생각하네.
지팡이 잡고 바위의 절을 떠나서
길을 따라 바다의 배에 오르네.
돛대 내리고 부싯돌 두드리고
섬에 머물며 샘물을 길도다.
길이 부상을 향해 그리며 늙나니
또다시 젊은 날이 없음을 아노라.
東來此學禪,　多病念佛緣.
把錫離巖寺,　收經上海船.
落帆敲石火,　宿島汲瓶泉.
永向扶桑老,　知無再少年.

　　시인은 오랜 시간을 佛心으로 親交하며 지내던 신라 승려가 佛法을 닦고 귀국하는 광경과 말연에서 그립고 아쉬운 심정이 간절히 토로되어 있으니 扶桑은 곧 동방의 신라 승려의 고국이며 고향을 지칭한다. 그리고 <送僧雅覺歸海東>을 보면,

산천을 보며 마음은 고국에 있으니
한 가지 생각이 곧 천근이나 무겁네.
늙어 관중의 절을 이별하여
가을에 바다 밖 산으로 돌아가네.
새가 가는 길은 있건만
돛대 그림자는 자취가 없네.
몇 날 밤 지나야 파도가 그치고
먼저 고향의 종소리 들을 건가
山川心內地,   一念卽千重.
老別關中寺,   秋歸海外峯.
鳥行來有路,   帆影去無蹤.
幾夜波濤息,   先聞本國鍾.

　　이 시에서 앞의 2연은 승려의 故國을 그리워하는 심정과 歸國하는 광경을 묘사하고 뒤의 2연은 送別하는 시인의 別情을 비유적으로 표현하고 있다. 장교가 신라인을 대상으로 지은 시를 가장 많이 남기고 있다는 의미는 최치원을 위시한 신라 유학생들이 芳林十哲의 시풍을 비교적 選好하고 그 풍격을 수용한 경향이 있다는 것으로 평가하게 된다. 그 외에 최치원이 당인들에게 준 시들을 통하여 당에 체류 시에 다양한 친교를 맺었으니 <楚州張尙書水郭相迎因以詩謝>, <酬楊瞻秀才送別>, <酬吳巒秀才惜別二絶句>, <留別女道士>, <上殷員外>, <贈田校書>, <上馮員外>(이상 ≪桂苑筆耕集≫) 등의 시가 있다. 이 중에 <酬楊瞻秀才送別>을 보면,

　　　　바다의 뗏목이 격년으로 돌아오건만
　　　　금의환향하기엔 못난 재주 부끄럽네.
　　　　잠시 무성에서 이별하니 마침 낙엽이 지고

멀리 봉래섬 찾으니 꽃이 피네.
골짜기 꾀꼬리는 멀리 높이 날아갈[21] 생각하고
요동의 흰 돼지를[22] 다시 바치기 부끄럽네.
이제 비장한 마음으로 뒤에 만날 일 바라니
광릉의 풍월을 대하고 술잔을 들어보세.
海槎雖定隔年回, 衣錦還鄕愧不才.
暫別燕城當葉落, 遠尋蓬島趁花開.
谷鶯遙想高飛去, 遼豕寧慚再獻來.
好把壯心謀後會, 廣陵風月待啣盃.

이 시는 과거에 낙제하고 落鄕하는 唐人 楊瞻을 보내는 송별시인데, 시의 제목에서 귀국 전인 唐에서 지은 것으로 본다. 제2연은 고국에 대한 鄕愁를 토로하고, 제3연은 상대방의 雄志를 격려하고 겸양하여 不屈의 의지를 다질 것을 부탁하고 있다. 창작시기는 정확히 알 수 없지만 詩意로 보아 최치원은 이미 급제하여 高騈 막부에 종사관으로 재임하면서 文才를 발휘하던 시기로 본다.[23]

6) 陶翰의 友情과 配慮

도한은 潤州 丹陽人(지금 江蘇)으로 開元 18년(730)에 進士及第하고 禮部員外郞을 지낸 문인이다. 《新唐書》 藝文志에 《陶翰集》이 있었다고 하나 原注에 '卷亡'이라 하여 不傳하고 전해지는 詩文으로는 《全唐詩》

---

21) 谷鶯高飛 ; 사람이 출세함을 비유.
22) 遼豕 ; 遼東의 돼지. 요동의 흰 돼지가 특이하여 임금에 바치러 가다가 河東의 돼지가 모두 희므로 부끄러워 돌아갔다는 고사. 보잘 것 없는 재주를 자랑함을 비유.
23) 李源鈞, 「孤雲 崔致遠의 生涯」, pp.11-13(《孤雲의 思想과 文學》, 坡田韓國學堂, 1997).

(卷146)에 詩 17수와 ≪全唐詩補編·補全唐詩≫에 詩 1수, 그리고 ≪全唐文≫(卷334)에 文 20편이 남아 있다. 生平에 대해서는 ≪唐會要≫(卷76), ≪唐詩紀事≫(卷20), ≪唐才子傳≫(卷2)에 각각 부분적으로 기술하고 있다.[24] 도한은 五言古詩에 能하고 그의 <古塞下曲>, <燕歌行> 등 邊塞詩는 慷慨悲壯하여 殷璠은 그의 시를 評하기를,

> 역대 시인들 중에 시와 붓이 둘 다 아름다운 사람이 적다. 지금 도생은 실로 그것을 겸하고 있다고 말할지니 이미 흥취의 형상이 많고 또 풍골을 지니고 있다.
> 歷代詞人, 詩筆雙美者鮮矣. 今陶生實謂兼之, 旣多興象, 復備風骨. (≪河嶽英靈集≫ 卷上)

라고 하여 그의 시가 感興이 풍부한 盛唐詩的인 詩風을 보여준다고 하였다. 그에게 신라인을 전송하는 시가 2수 전하는 바, 이 속에도 情感이 충만하여 이별의 傷心을 짙게 담고 있다. 먼저 <送金卿歸新羅>(卷146)를 보면,

> 의리를 본받아 중국에 조공하니
> 각별한 은혜 먼 신하에 미치네.
> 고향의 마음으로 멀리 바다를 건너
> 나그네길 다시 봄을 보내네.
> 지는 해를 누구와 볼 것인 가
> 외로운 배에서 독서를 가까이 하네.
> 파도를 밀치고 나무새를 물고
> 잠시 머물며 고운 이로 흐느끼네.
> 예악은 외족 풍속을 바꾸고

---

24) 그 외에 ≪文苑英華≫(卷702)에 <禮部員外郞陶公集序>와 同書(卷390)에 陶賦가 전해진다.

의관은 중국제도를 새로이 하네.
청운의 뜻 이미 짝하였으니
그대 다시 손님으로 올 줄 알겠네.
奉義朝中國,　殊恩及遠臣.
鄕心遙渡海,　客路再經春.
落日誰同望,　孤舟讀可親.
拂波銜木鳥,　偶宿泣珠人.
禮樂夷風變,　衣冠漢制新.
靑雲已干呂,　知汝重來賓.

　여기 시인이 송별하는 대상이 신라 金雲卿인지는 不明하나 賓貢科에
及第하여 귀국하기에 말연에서 靑雲을 같이 했다고 하였으며 제4연에서
는 이별의 비애를 나무새를 입에 물고(銜), 흐느껴 운다(泣)고 하였다. 그
리고 <送朴處士歸新羅>(上同)를 보면,

　　젊어서 고국을 떠나서
　　이제 가니 벌써 노인이 되었네.
　　나그네는 외로운 배에서 꿈꾸고
　　고향 산에 쌓인 물이 동으로 나네.
　　자라가 잠기니 큰 언덕 무너지고
　　용이 싸우며 먼 하늘에 오르네.
　　그대 중국의 말을 배워서
　　돌아가니 이제 누구와 같이 하나.
　　少年離本國,　今去已成翁.
　　客夢孤舟裏,　鄕山積水東.
　　鼇沈崩巨岸,　龍鬪出遙空.
　　學得中華語,　將歸誰與同.

　이 시의 朴處士는 오랜 기간 당에 머물며 활동한 朴仁範인지 不明하
나 시에서 제3연은 박처사의 능력과 인품, 그리고 영향력을 짐작케 한다.

도한의 시에서 句節마다 切實한 感興을 자아내는 詩語와 詩意가 독자를
感化시키는 凝集力을 지니고 있다.

7) 羅唐 法僧의 求法的 交流

≪全唐詩≫에 실린 新羅僧의 시는 地藏(705~803)의 <送童子下山>
(≪全唐詩≫ 卷806)이 있으며, ≪全唐詩補編≫(陳尙君編·中華書局, 1992)
에 1수가 추가되어 있는데, 이 성당기의 인물 이후[25]에 法照·無可(835
년 전후 在世)·貫休·齊己 등의 승려가 신라와 교류한 送詩가 있으니,
그 중에 貫休와 齊己는 각각 4수와 2수의 시를 남겼으니 이상 열거한
내용을 승려와 그 시로 분류하여 살펴본다.

(1) 地藏

地藏의 시에서는 脫俗入禪의 境界를 表出하고 있으니, 다음에 그 시를
보기로 한다.

> 텅 빈 문이 적막한데 자네가 고향이 그립다고,
> 구름 덮인 방에서 이별하고 구화산을 내려가는군.
> 대 난간에서 죽마 즐겨 타고,
> 금 땅에서 금모래 모으며 게으름 피웠지.
> 냇가 아래 술병 띄워 쉬며 달 부르며,
> 옹이에 차 끓이면서 마냥 꽃 희롱했소.
> 잘 가오. 눈물일랑 흘리지 마오.

---

25) 地藏의 入唐時期는 「全唐詩小序」에 「至德初航海, 居九華山.」이라 하니, 至德
初(756~757)가 確實하면 盛唐期에 當함. ≪唐詩紀事≫卷73에도 「至德初, 落髮
航海, 隱於池之九華山.」라 함.

　　노승이 벗하니 안개 낀 노을 자욱하오.
　　空門寂寞汝思家, 禮別雲房下九華.
　　愛問竹欄騎竹馬, 懶於金地聚金沙.
　　添缾潤底休招月, 烹茗甌中罷弄花.
　　好去不須頻下淚, 老僧相伴有煙霞.

　兩國의 僧侶 交流는 晩唐에 頻繁하여서 新羅人 보다는 唐人의 시가
傳來되는 것이 많다.

(2) 貫休

　관휴(832~913)는 姓이 姜氏이며 字는 德隱으로 婺州 蘭溪人이다. 그의
시는 慷慨하고 매구가 「只堪供養佛」(오직 부처 공양을 다 할 뿐이다)(≪唐
詩紀事≫ 卷75)하여서, 貫休는 禪的인 感懷詩에 능하였다. 그러므로 孫光
憲은 ≪白蓮集≫ 序에서 「관휴선사만이 빼어난 기상이 어울려 이루어
있고 경계와 의취가 탁월하고 특이하여 거의 짝하기 어렵다.(唯貫休禪師
骨氣混成, 境意卓異, 殆難儔敵)」라고 평하였고, ≪唐才子傳≫(卷10)에서는
특히 그 詩風을 강조하여 評하기를,

　　관휴의 한 가닥 곧은 기상은 나라 안에서 짝할 이 없으니 의기가 높고
　트여 있으며 학문이 세밀하여 하늘이 영민한 재주를 주고 붓에서는 예리
　한 기상을 토해내어 악부고시는 당대의 으뜸이다. 비록 우뚝하고 기이함
　을 숭상하지만 매양 신의 도움을 얻으니 다른 사람이 거의 다 그 아래 있
　는 것이다. 옛날 이르기를 용의 모습으로 발로 차니 당나귀가 감당 못한
　다고 하니 과연 스님 중의 한 호걸이다.
　　休一條直氣, 海內無雙, 意度高疏, 學問從脞, 天賦敏速之才, 筆吐猛銳之
　氣, 樂府古律, 當時所宗. 雖尙崛奇, 每得神助, 餘人走下風者多矣. 昔謂龍
　象26)蹴踏, 非驢所堪. 果僧中之一豪也.

라고 하여 관휴의 품성과 문학이 출중하였음을 알 수 있다. 관휴가 신라
인에게 준 시가 다수 전해지니 그 시들에서 그의 詩風을 충분히 感知하
게 된다. 먼저 <送人歸新羅>(≪全唐詩≫ 卷806)를 보면,

어젯밤 서풍 일더니,
그대를 고향에 보내는구려.
쌓인 수심 땅 끝까지 달하는데,
해를 보니 부상에 오르네.
신기루 나니 날이 개이고
밀물은 어지러이 흘러가네.
昨夜西風起, 送君歸故鄕.
積愁窮地角, 見日上扶桑.
蜃氣生初霽, 潮痕匝亂流.

라고 하여 ≪近體秋陽≫에서 「시의 뜻이 곧고 엄정하고 어사의 정감이
거침이 없다.(詩志貞嚴, 而語則靑縱逸)」라고 한 평가가 매우 적절하다. 그
리고 <送新羅人及第歸>를 보면,

계수나무 향기 나고 거문고의 운치 함께하다가
먼 고향 길에 큰 자라 거느리네.
자리를 걸고 날 듯 밤을 달리겠다고 말 마오
바람 없으면 몇 년 걸린다고 말하리다.
옷 위의 햇빛은 진정 불이고
섬 가의 고기뼈는 배보다 더 크네.
고향에 갔다가 꼭 왕의 사신으로 와서 만나세
당서를 지어 한 편을 부치네.
捧桂香和紫琴煙, 遠鄕程徹巨鼇邊.
莫言掛席飛速夜, 見說無風卽數年.

---

26) 龍象 ; 佛敎의 용어로 智行이 겸비한 중을 이름.

衣上日光眞是火,　島傍魚骨大於船.
到鄕必遇來王使,　與作唐書寄一篇.

　위의 시는 ≪唐音癸籤≫에서 「奇思奇句」라고 評한 것처럼 奇怪하면서
豪放하다. '桂香'은 과거급제하여 성공한 것을 의미하고 '紫琴'은 벼슬하
여 悅樂하는 처지를 비유한다. '掛席'이 벼슬을 그만두고 귀국하는 입장
을 비유한다면 제4구는 시인의 이별하기 어려운 심정을 토로한다. 제3연
은 신라인의 出世와 成功을 기원하는 표현이다. 그리고 관휴는 특히 新
羅僧을 전송하는 시를 여러 수 남기고 있어서, 먼저 <送新羅僧歸本國>
을 보면,

　　　한 몸을 잊고 지극한 가르침을 구하다가
　　　구하여 얻어서 동쪽으로 돌아가네.
　　　언덕을 떠나서 하늘을 타고 가니
　　　평생 의지할 데 없도다.
　　　달은 도깨비불을 뽑아내고
　　　돛대는 큰 붕새타고 나네.
　　　고향 돌아간 후를 생각하니
　　　응당 자주빛 가사를 입고 있으리라.
　　　忘身求至敎,　求得却東歸.
　　　離岸乘空去,　終年無所依.
　　　月衝陰火出,　帆挳大鵬飛.
　　　想得還鄕後,　多應著紫衣.

　이 시는 같이 求道하던 신라승이 道得하고 귀국하는 것을 전송하면서
祝願한 시이다. 친숙하였기에 제2연에서 의지할 데 없도록 허전함을 토
로한다. 그리고 제3연에서 歸路가 順風하기를 바라고 말연에서는 修道생
활이 平坦하기를 祈願한다. 제3연의 묘사는 ≪唐詩歸≫에서 「至徹而渾」

라고 評한 것에 어긋남이 없다. 그리고 <送新羅衲僧>을 보면,

부상의 나뭇가지에 참된 기운이 기이하니
고인이 스승의 아이라고 불렀네.
스님의 육환쇠 지팡이는 가벼이 흔들거리고
만 길 구름은 높이 하늘에 얼키설키 떠가네.
베개 위엔 이미 고향의 꿈이 없는데
주머니에는 아직 돌비석을 지니고 있네.
너무 부끄럽네 높은 지위 추구함을
마침 바람이 맑으니 무사할 것이네.
扶桑枝西眞氣奇,　古人呼爲師子兒.
六還金錫輕擺撼,　萬仞雲嶠空參差.
枕上已無鄕國夢,　囊中猶挈石頭碑.
多慙不便隨高步,　正是風淸無事時.

이 시도 제1, 2연은 參禪的이고 氣象이 高邁하다. 말연은 시인의 반성
과 귀로의 太平을 축원하고 있다.

(3) 齊己

관휴의 제자 齊己(860?~937?) 또한 신라인과 相交가 적지 않으니 姓은
胡요, 名은 得生인데, 袁州 지방에서 大文人 鄭谷과 詩友가 되어[27] 詩風
또한 그에 상통하였다. 정곡의 시에 대해 여러 詩評들이 있어 歐陽修는
≪六一詩話≫에서 서술하기를,

그 시가 매우 뜻이 있고 아름다운 구가 많지만, 그 격조가 그리 높지

---

27) ≪詩話總龜≫；「僧齊己往袁州謁鄭谷, 獻詩曰；高名喧省闥, 雅頌出吾唐. ……谷
覽之云；請改一字, 方得相見. 經數日再謁, 稱已改得詩, 云；別掃着僧床. 谷嘉賞,
結爲詩友.」

않다. 알기 쉬어서 사람들이 많이 아이들에게 가르쳐주고 나 또한 어릴
때 외우곤 하였다.

    其詩極有意思, 亦多佳句, 但其格不甚高. 以其易曉, 人家多以敎小兒, 余
爲兒時猶誦之. (≪六一詩話≫)

라고 하여 정곡의 시가 격조는 높지 않으나 이해하기 쉬우므로 소아의
교육용으로 적당하다고 한 점이다. 그 근거는 송대 童宗說이 ≪雲臺編≫
서문에서 정곡의 시를 평하여 深奧하지는 않으나 道里에 合當한 뜻을
담고 있다고 한 데에서 확인할 수 있다.[28] 그리고 宋代 周紫芝는 詩話에
서 評하기를,

    정곡의 구름 시에서 「강가에 저녁이 되니 그림이 드리운 듯하고 어부
가 도롱이를 걸치고 돌아가네.」의 구 같은 것은 누구나 모두 기려하고 절
묘하다고 여기나, 그 기상의 천하고 속된 것을 모른다.
    鄭谷雲詩如江上晚來堪畵處. 漁人披得一蓑歸之句, 人皆以爲奇絶, 而不
知其氣象之淺俗也. (≪竹坡詩話≫)

라고 하여 奇絶하지만 淺俗한 면이 있다 하니 중당의 韓愈風에 白話的
俗味가 있다 하겠다. 한편 정곡의 시가 俗되지 않고 淸明하다는 평이 있
으니 辛文房의 ≪唐才子傳≫(卷9)을 보면,

    정곡의 시는 맑고 곱고 밝으며 속되지 않고 절실하여 설능과 이빈에게
상찬 받았다.
    谷詩淸婉明白, 不俚而切, 爲薛能、李頻所賞.

라고 하였으며, 명대 嚴嵩의 ≪雲臺編≫ 序文을 보면,

---

28) 宋代 童宗說의 ≪雲臺編≫序에 「論其格, 雖若不甚高, 要其煅煉句意, 鮮有不合
于道.」라 함.

무릇 시를 짓는 원칙은 말하기가 어려우니 자연의 경치가 빼어나지 않으면 영험한 지혜를 드러낼 수 없고 공부가 깊이 들지 않으면 미묘한 이치를 지어낼 수 없는 것이다. 내가 정도관의 작품을 읽으면 정밀하게 새긴 것이 세련되어서 때때로 달이 안개구름 속에 드러나는 듯한 상념에 들어서 긴 밤에 조용히 읊곤 한다.

夫詩之道難言矣, 非天景勝奇, 無以發靈智, 非功夫深到, 無以造微蹟. 余讀都官之作, 精刻洗鍊, 時有月露烟雲之思, 永夜靜吟.

라고 하여 시의 淸麗한 면을 강조하고 있다. 齊己의 시풍도 이에 比肩할 만하니 《五朝詩善鳴集》의 評에 「제기의 정신과 역량은 작고 큰 것 다 지니고 있어서 지니지 않은 것이 없다.(己公精神力量, 細大不捐, 無所不有.)」라고 하여 그 시인으로서의 재능을 평가하였고, 孫光憲의 《白蓮集》序에는 「스승의 취향은 고독하고 정결함을 취하여서 사운이 맑고 윤택하고 평담하면서 뜻이 원대하고 차고 높다.(師趣尙孤潔, 詞韻淸潤, 平淡而意遠, 冷峭而.)」라 하고 《唐音癸簽》에서도 「제기의 시는 맑고 윤택하고 평담하며 또 고원하고 냉초하다.(齊己詩淸潤平淡, 亦復高遠冷峭.)」라고 하여 정곡의 풍격과 같이한 면을 확인한다. 齊己의 시는 이처럼 俗되지 않고 淸明한 禪風을 추구하여 신라승에게 준 다음 시들은 그 풍격을 강하게 제시해 준다. 보건대, <送僧歸日本>(《全唐詩》 卷826)을 보면,

해는 동쪽에서 나와 서쪽에서 노니는데,
한 탁발로 한가로이 구주를 편력했네.
오히려 계림의 본사 그리워서
돌아가려고 바닷바람이 가을이기를 기다리네.
日東來向日西遊, 一鉢閑尋徧九州.
却憶桂林本師寺, 欲歸還待海風秋.

여기서 제1연은 僧侶의 求法旅程을, 제2연에서 고향을 잊지 못해 여름 장마와 태풍이 지나 바다가 잠잠할 가을 時期를 기다리는 狀況을 寫實的으로 각각 묘사하였는데 이것이야말로 시가 平淡하면서 意遠한 깊은 友情을 알게 한다. 그래서 이 시는 ≪唐詩評選≫에서 「성정을 가까우나 어사는 절로 멀다.(近情語自遠.)」라는 평에 근접하고 있다. 그리고 <送高麗二僧南遊>를 보면,

> 동쪽 해 뜨는 고향에서 떠나온 지 오래인데
> 중국의 신령한 불교 고적을 두루 찾으려 했네.
> 어디 푸른 산에서 어른을 만날 가
> 밝히 대사의 마음을 알겠노라.
> 日邊鄕井別年深,　中國靈蹤欲徧尋.
> 何處碧山逢長老,　分明認取祖師心.

이 시는 直說的인 표현과 間說的인 意趣가 前後 聯句로 묘사되어 시의 超脫의식이 더욱 돋보인다. 그래서 ≪唐詩矩≫에서 「시 전체가 직접적인 서술을 한 격식이다. 시를 처음 시작하는 기법이 온통 준엄하며 울려나서, 만당에서 다시 많이 얻을 수 없다. ……마침 처사의 인품이 말하지 않아도 절로 드러나서 시의 뜻이 남보다 열배는 높다.(全篇直敍格. 起法渾峭而響,　在晚唐亦不多得……方處士之人品不言而自見,　筆意高人十倍.)」라고 한 평구와 의미상통하니 시의 묘사가 平凡한 듯하나 담긴 뜻은 言外的이다.

(4) 法照

법조는 南梁(지금 陝西 漢中)人으로 淨土宗 승려이다. 大歷 2년(767) 衡州 雲峰寺에 머물렀고 동 5년 4월에는 五臺山 佛光寺에 가서 文殊, 普賢

등을 만나 佛法을 연수하였다. <淨土五會念佛略法事儀贊>, <淨土五會
念佛頌經觀行儀> 등이 ≪大正藏≫에 수록되어 있고 ≪全唐詩≫(卷810)에
시 3수가 실려 있는데 그 중에 신라인에 주는 송별시가 2수이다. 먼저
<送無著歸新羅>를 보면,

그대 만리 귀향길에 서니
불법의 인연을 헤아리기 어려워라.
신을 찾느라 많은 승복 헤어졌고
바다 건너니 작은 배가 가벼워라.
밤의 잠자리는 구름 빛에 의지하고
새벽의 집은 물소리에 임해 있네.
어느 해나 불경을 들고서
중국 성내에 올 수 있을 가?
萬里歸鄉路,　隨緣不算程.
尋山百衲敝,　過海一杯輕.
夜宿依雲色,　晨齋就水聲.
何年持貝上,　却到漢家城.

　법조는 盛中唐代의 승려로 新羅 승려가 入唐하여 求法修道하는 중에
交分하며 文學을 교류하였는데 이 시는 淡白하면서 순간적인 感情이 아
닌 깊은 友情을 표출해 준다.

　　(5) 無可

　무가의 俗姓은 賈이며 范陽(지금 河北 涿縣)人이며 賈島의 從弟이다.
出家하여 賈島와 靑龍寺에 同居하고 후에 越州, 湖州, 盧山 등을 遊歷하
였다. 姚合과 交往이 密接하여 酬唱詩도 적지 않다. 그리고 張籍, 馬戴,
喩鳧 등과 友善하여29) 그의 시가 ≪全唐詩≫(卷813)에 2권이나 수록되어

있다. 그의 詩風을 張爲의 ≪詩人主客圖≫에서 「淸奇雅正主 入室下」로 분류하였다. 그의 시에 대한 평가는 대개 그의 형 가도와 같이 古淡한 詩派로 분류하는 경향이 있으니 ≪唐音癸籤≫에서 「무가시는 형 가도와 격조를 같이 하며 또 때때로 출중한 구는 놀랍게 불붙 듯하다.(無可詩與兄島同調, 亦時出雄句, 咄咄火攻.)」라고 평하고 ≪載酒園詩話又編≫에서는 「무가시는 가을 냇물의 흐르는 샘과 같아서 파도가 일지는 않지만, 또한 절로 맑고 시원하여 기뻐할 만하다.(無可詩如秋澗流泉, 雖波濤不興, 亦自淸冷可悅.)」라고 하여 賈島派의 시풍으로 평가하고 있는데 가도와는 달리 승려시인이므로 脫俗의 境地를 더욱 추구한 면을 보게 된다. 그의 <送朴山人歸日本>을 보면,

> 바다가 개이고 저녁 돛을 열어 거니
> 응당 고향 소식이 아직 없겠네.
> 물은 황야 밖에 쌓이고
> 사람은 달무리 따라 도네.
> 고향 그리며 바람 탄지 오래어
> 하늘 따라 외론 섬에 오네.
> 중국의 사신이라면
> 서찰이 더욱 아득하리라.
> 海霽晚帆開, 應無鄕信催.
> 水從荒外積, 人指月邊廻.
> 望國乘風久, 浮天絶島來.
> 儻因華夏使, 書札轉悠哉.

　詩題에서 日本으로 歸鄕한다는 것은 對象이 朴山人인 점을 보아 日本은 新羅를 의미한다. 이 시 제1연에 대해서 ≪唐詩歸≫의 「깊은 사실을

---

29) 無可의 生平관계는 ≪唐才子傳≫(卷6)과 ≪中國文學家大辭典≫ 唐五代卷, p.69를 참조.

묘사함이 섬세하다.(寫幽事入細.)」라든가, 제2·3연에 대해 ≪瀛奎律髓≫의 「천하의 청고함을 다한다(極天下之淸苦)」라고 평가한 것과 일치한다.

8) 唐文人의 新羅僧에 대한 好意

(1) 皮日休:〈送新羅弘惠上人〉

피일휴와 그 시에 대해서는 拙著 ≪中唐詩와 晚唐詩 硏究≫(푸른사상, 2005)에 상세하게 기술한 바 이 자료를 참고하는 것으로 하고 여기서는 단지 신라 승려에게 준 시와 연관시켜서 살피려고 한다. 피일휴의 시는 420수로 ≪全唐詩≫(卷608~616)에 수록되어 있다. 그의 시풍에 대해서 近人 孟瑤는 피일휴가 白居易를 숭배하였다고 하면서 「소박하고 강건하여 범상한 소리와 같지 않다.(樸素剛健, 不同凡響.)」[30]라고 하여 시의 寫實性을 강조하였는데 이것은 청대 翁方綱이 「유와 맹교는 너무 검박하고 피일휴와 육구몽도 같은 부류인데 실로 한유와 맹교 이후 뒤지지 않는 바이다.(韓孟太儉, 皮陸一種, 固是韓孟後所不可少.)」(≪石洲詩話≫ 卷2)라 평한 것과 상통한다. 피일휴 자신도 그의 ≪文藪≫ 原序에서 이르기를,

> 문장은 이치를 다하는 것을 귀히 여기고, 이치는 마음을 바탕에 둠을 귀히 여긴다.
> 文貴窮理, 理貴原情.

라고 하였고, <鹿門隱書>(≪文藪≫ 卷9)에서 이르기를,

> 문학이 사람에 있어, 비유컨대 약을 잘 쓰면 고쳐지나, 잘못 쓰면 오히

---

30) 孟瑤, ≪中國文學史≫ p.292 참고.

려 해가 됨과 같다.

라고 한데서 그의 詩觀이 심오한 詩情과 人品의 修養에 주안점을 두고 도덕성을 중시하였다는 데에서 피일휴의 시풍이 만당대의 나약성과는 차별을 두게 된다. 그것은 그의 성격과도 상관되어서 「명분에 지식을 바람이 없다(名無求知)」(<動箴>, ≪文藪≫ 卷6)라 하였듯이 非安協的인 潔癖性과 일맥상통한다. 그러므로 그의 시는 사실주의적인 풍격을 높이 평가한 면이 있다. 그의 시가 사회현실을 솔직하게 묘사한 점에 대해서 杜甫, 元稹, 白居易 등의 영향을 크게 받아서, 만당시의 역풍을 불어넣은 경향을 보인 것으로 평가하기도 한다.31) 피일휴 자신도 <正樂府> 序에서,

악부는 대개 옛 성왕이 천하에서 채집한 시로서 나라의 손익과 백성의 애락을 알고자 함이라. 들어서 공에 힘쓰기 족하면, 시의 풍자이다. 지금 이른바 악부라는 것은 단지 위진의 미려나 진양의 부염을 가지고 악부시라 하니, 사실은 그렇지 않다.
樂府蓋古聖王采天下之詩, 欲以知國之利病, 民之休戚者也. 聞之足以勸乎功, 詩之刺也. 今之所謂樂府者, 唯以魏晋之侈麗, 陳梁之浮艷, 謂之樂府詩, 眞不然矣.> (≪文藪≫ 卷10)

라고 하여 그 당시의 晩唐詩의 頹微한 면을 비판한 것으로 풀이하기도 하며32) 近年에 와서는 피일휴를 新樂府의 繼承者로까지 浮刻시키는 觀

---

31) 劉揚忠의 <皮日休簡論> ; <皮日休的詩論, 受杜甫·元結·元稹·白居易的影響很大, 竭力強調詩歌反映社會現實和警戒人心的作用.>라 하고 목월의 글(前揭書)에는 <所以皮日休那時作時, 很容易接受白居易的影響, 而與他走同一的道路.>라 하였으며, 그 외에 鄭振鐸은 백거이 영향으로 <正樂府> 10편을 완료하였다고 하였으며(≪揷圖本中國文學史≫2, p.401), 孟瑤는 백거이를 숭배하였다고 하였다.(≪中國文學史≫ p.292)
32) 劉揚忠, 前揭書, p.196.

點을 볼 수 있으니,33) 그 예로 民生의 疾苦를 素材로 한 <橡媼歎>을 보기로 한다.

> 가을 깊으니 도토리 익어서
> 초목 우거진 언덕에 떨어지니
> 꼬부라진 백발의 노파가
> 주어 담느라고 새벽 서리 밟는다.
> 서둘러 주어 담아서
> 종일토록 해서야 광주리 채우네.
> 몇 번은 말리고 또 몇 번을 삶아서
> 한 겨울 양식으로 삼을 것이네.
> 산 앞에 익은 벼 있는데
> 푸른 이삭 향내 스며 오네.
> 한 톨이라도 거두어 정성껏 빻으니
> 알알이 옥구슬 같구나.
> 가져다가 관청에 바치고 나니
> 집에는 담을 상자 필요 없구나.
> 어찌하여 한 섬 남짓이
> 닷 말 밖에 안 된단 말인가.
> 교활한 아전은 형벌 두려 않고
> 탐관도 장물하기를 마다 않누나.
> 농사 때에 빚 얻어서
> 농사 마치니 관청창고로 돌아가거늘
> 겨울부터 봄까지
> 도토리로 주린 창자 채워야 하네.
> 나는 아나니, 전성자가
> 거짓된 인으로 외려 왕을 칭한 것을.
> 아아! 도토리 줍는 노파 만나니
> 어느 새에 눈물이 옷을 적신다.

---

33) 孟瑤의 ≪中國文學史≫(p.292)에는 元白 新樂府精神 계승이라 하고 邱燮友의 ≪中國文學史初稿≫(p.546)에는 聶夷中·司空圖등과 함께 晚唐新樂府詩人으로 분류하고 있음.

秋深橡子熟, 散落榛蕪岡.
傴傴黃髮嫗, 拾之踐晨霜.
移時始盈掬, 盡日方滿筐.
幾曝復幾蒸, 用作三冬糧.
山前有熟稻, 紫穗襲人香.
細穫又精春, 粒粒如玉璫.
持之納於官, 私室無倉箱.
如何一石餘, 只作五斗量.
狡吏不畏刑, 貪官不避贓.
農時作私債, 農畢歸官倉.
自冬及於春, 橡實誑飢腸.
吾聞田成子, 詐仁猶自玉.
吁嗟逢橡嫗, 不覺淚霑裳.

이 시는 피일휴의 시세계를 대표하는 작품이다. 시인은 여기서 唐末의 農民의 현실상을 심각하게 묘사하고 있어 質朴하여 자연적인 감동을 일으킨다. 老婦가 도토리(橡子)를 주워 먹는 어려운 생활을 묘사하는 것으로 시작된다. 첫4구에서 한 폭의 노부가 深山에서 도토리 줍는 그림을 보여준다. 깊은 가을 도토리가 익을 때, 黃髮의 노인이 숲에 우거진 언덕에서 아침 서리를 밟고 있다. 도토리 줍는 情景을 세심하게 묘사한다. 주워 담아서 광주리에 채우기까지 하루를 보내야 한다. 그 묘사의 事實性은 元稹과 白居易에 뒤지지 않는다. 도토리가 아니면 饑饉을 면할 수 없음은 土地가 瘠薄하고 災殃이 따르기 때문이다. 시인은 이것을 直說하지 않고 오히려 美境化하여 '襲人香' 3자로 표현하면서 땀의 결실을 추구하는 농부의 本分을 그리어 희망이 있는 농민의 生活相을 希願하는 것이다. 위의 처절한 기근상과 농촌의 喜樂相을 對照化시킨 것은 원래는 田園의 浪漫이 正常인데도 사실은 그러하지 못한 現實을 강조하기 위한 묘사상의 對法을 강구하기 때문이다. 여기서 도토리 줍는 노파를 통해

三種의 압박을 그리고 있다. 租稅의 過重이 그 하나다. 그들의 수확은 '納於官' 하고 나면 남는 것이 없다. 제8연은 바로 그것을 노래하고 있다. 다음으로 貪官汚吏의 貪索이다. 제9연의 '如何'는 농민의 기가 막힌 收奪의 辭이다. 그리고 셋째는 私債의 剝削이다. 만당의 貪官들은 官糧으로 私債를 놓아 搾取를 일삼으니 제9연에서 표출되었고 제11연에서 농민의 유일한 생명유지의 길로서 '도토리'의 登場으로 歸着되어진다. 시인은 비통한 현실에 말구로서 대신할 수밖에 없다. 춘추시대의 齊簡公相인 田成子(田常)의 假仁假義的인 手法에 比喩하면서 현실의 民生慘狀을 赤裸裸하게 그릴 수 있는 피일휴의 시 세계는 결코 만당대의 柔弱性과 거리가 있다.

한편 피일휴 시에서 非現實的인 脫俗味를 추구한 점이 있으니 다음 <題支山南峰僧> 시는 生物의 處地를 비유하여 승려의 超脫生活을 부러워하면서 자신의 身世를 直視하고 있다.

구름이 헤진 장삼에 스며들어 어깨를 덮은 데
남봉을 내리지 않은지 몇 해인지 모르겠네.
연못의 뭇 물고기 불계를 받은 듯
숲새의 외론 학은 참선을 하려는 듯.
닭 머리 대위로 외길을 열고
오리다리 꽃 속에서 버린 샘을 긇는다.
끝없이 먼 오도에서 할 일 감당할 바엔
차라리 이곳에서 선사의 숙면을 봄이 어떠리.
雲侵壞衲重隁肩, 不下南峰不記年.
池裏群漁會受戒, 林間孤鶴欲參禪.
鷄頭竹上開危徑, 鴨脚花中擿廢泉.
無限吳都堪賞事, 何如來此看師眠.

제2연은 물고기와 鶴과 같은 생물이라도 道得의 경지에 든 것같이 시인이 느낀 점을 묘사한 것이며, 제4연은 시인 자신이 속세에서 벗어나지 못하면서 俗情 속에서 脫俗의 세계를 希求하는 心懷의 一端을 그려놓고 있다. 한 자의 禪語를 쓰지 않았는데 禪境을 연상할 수 있다. 정신이 物外로 超脫하여 物我가 分別없는 세계를 피일휴는 그리워하고 있다. 이것은 王士禎이 말한 바, 「시와 선은 하나로서 차별이 없다.(詩禪一致, 等無差別.)」의[34] 의식으로 풀이한다면 피일휴시에 대한 다른 일면이 될 것이다. 피일휴시의 탈속의식은 후기 작품에서 散見되지만 경지에 이른 수준으로는 평가하기에 아쉬움이 있음을 인정한다. 피일휴의 이 같은 초탈의식은 다음 신라 惠弘上人에게 준 시에서 적절하게 그 특징을 보여준다.

> 서른 살에 삼베옷을 걸치니
> 물가의 새가 어찌 이름을 알리오.
> 문자는 계림의 돌에 새기만 하고
> 이름이 곧 많이 전해지네.
> 쪽배로 바다 건너 돌아갈 수 있고
> 고래 지느러미는 만금이 나가네.
> 새벽에 산봉우리에 올라가 횃불 태우면
> 오히려 한나라 궁궐에 이르리라.
> 三十麻衣弄,　渚禽豈知名.
> 字徹鷄林勒,　名雖卽多遣.
> 草越海還能,　抵萬金鯨鬐.
> 曉掀峯正燒,　却到漢家城.

　　隱遁과 超脫, 그리고 無慾의 의식을 보여주는 시로서 혜홍상인의 인품을 적절하게 묘사하고 말연에서 봉화불 피우듯 소식을 기다리는 심경을 보여준다.

---

34) 王士禎, ＜王漁洋鼇尾續文＞ ; ＜捨筏登岸, 禪家以爲悟境, 詩家以爲化境, 詩禪一致, 等無差別.＞

(2) 馬戴 : 〈送朴山人歸新羅〉

마대의 字는 虞臣이며 華州(지금 陝西 華縣)人이다. 會昌 4년 項斯, 趙
嘏와 進士에 及第하고 大中 초년에 太原軍幕府 掌書記를 시작으로 國子
博士를 역임하였다. 그의 시는 姚合[35], 賈島, 殷堯藩, 顧非熊 등 당대대
가와 親交하여 交遊詩가 많고 五言律詩에 能하고 ≪全唐詩≫(卷555~556)
에 시가 수록되어 있다. 그의 시에 대해서 ≪滄浪詩話≫에서 「마대는 만
당 제가의 위에 있다.(馬戴在晚唐諸人之上.)」라 하여 만당시의 상품으로
평하고 ≪升菴詩話≫(卷7)에서는 「엄우가 말하기를, 마대의 시는 만당의
으뜸이라 하였는데 정말이다.(嚴羽卿云 ; 馬戴之詩, 爲晚唐之冠. 信哉.)」라
고 하여 嚴羽와 같이 평가하고 있다. 그의 대표적인 시로 <楚江懷古>를
보면,

이슬 기운이 차가운 빛과 엉겨 있고
희미한 해는 초산 아래로 지네.
원숭이는 동정호 나무에서 울고
사람은 목란 쪽배에 있네.
넓은 호수에는 명월이 떠오르고
푸른 산에는 냇물이 굽이쳐 흐른다.
구름신은 보이지 않는데
밤새도록 홀로 가을을 슬퍼한다.
露氣寒光集, 微陽下楚丘.
猿啼洞庭樹, 人在木蘭舟.
廣澤生明月, 蒼山夾亂流.
雲中君不見, 竟夕自悲秋.

---

35) ≪全唐詩話≫(卷4) : 「戴與姚合善.」

下平聲 尤韻으로 押韻한 이 懷古詩에서 馬戴의 詩風을 集約할 수 있으니 시 전반에서 黃昏의 湖水 경치를 묘사하고 후반에서는 가을의 哀傷한 情感을 표현하고 있다. 明代 楊愼은 이 시를 「우아하면서 옛 격조를 지니고 있다.(雅有古調)」(≪升菴詩話≫ 卷7)라고 한 評은 이 시가 盛唐의 낭만성을 보여주기 때문이다. 마대가 신라 朴山人에게 준 다음 시에서도 이러한 풍격을 同感하게 된다.

> 아득히 멀리 끝없이 가는데
> 돛대 올려 바람에만 기대어 가네.
> 바다 가운데에서 구름 산을 보고
> 배 속에서 고향의 나무 그리네.
> 파도 잔잔하니 멀리 하늘이 솟고
> 모래톱이 평평하니 먼 언덕이 끝이 없네.
> 이별의 마음 어디에 부칠 건가
> 햇빛 끊긴 새벽노을이 동쪽에 나네.
> 浩渺行無極,　揚帆但信風.
> 雲山過海半,　鄕樹入舟中.
> 波定遙天出,　沙平遠岸窮.
> 離心寄何處,　日斷曙霞東.

詩題上의 朴山人은 위의 무가 시의 朴山人과 同一人으로 볼 수 있다. 이 시는 앞의 시와 意趣가 상통하여 친구 姚合의 시를 두고 평한 「맑고 오묘(淸妙)」[36]하고, 「씻은 듯 맑음(洗濯旣淨)」[37]이며, 그리고 「고요하면서 담백(恬淡)」[38]의 풍격과 近似함을 보여준다.

---

36) 姚勉, ≪雪坡集≫ 卷37, 贊府兄詩稿序 : 「晚唐詩姚秘監爲最淸妙.」
37) 胡震亨, ≪唐音癸籤≫ 卷7 : 「姚秘監詩洗濯旣淨, 挺拔欲高.」
38) 翁方綱, ≪石洲詩話≫ 卷2 : 「姚武功詩, 恬淡近人, 而太淸弱.」

(3) 楊夔 : 〈送新羅僧遊天台〉(卷763)

양기는 弘農(지금 河南 靈寶)人으로 進士及第하지 못하고 處士로서 昭宗 時(889~903)에 殷文圭, 杜荀鶴, 王希羽 등과 宣州의 田頵의 上客으로[39] 지냈으며 평생 江左에 遊覽하며 張喬, 鄭谷 등과 詩友로 교류하였다. 그의 文章은 寓意深遠하고 警策的이어서[40] 그 當時의 貪官의 非行을 풍자하였고 시는 ≪全唐詩≫(卷763)에 12수가 수록되어 있다. 양기는 신라승의 교류로 <送新羅僧遊天台>를 보면,

> 항아리 하나 들고 멀리 떠나니
> 가는 길은 적성 쪽이라네.
> 떠나가매 겹겹 구름이 드리워서
> 호수 동쪽으로 떠왔다가 가는구나.
> 담쟁이에 기어오르고 돌길을 올라서
> 자리를 걸고 쉬며 솔바람 맞네.
> 고개 돌려 계림 가는 길을 보니
> 오직 꿈에서나 서로 갈 수 있을 거나.
> 一瓶離日外, 行指赤城中.
> 去自重雲下, 來送積水東.
> 攀蘿躋石徑, 掛席憩松風.
> 回首鷄林道, 唯應夢相通.

시 속의 赤城은 浙江의 會稽山과 天台山 방향의 山名으로 당시인의 교류하는 본거지와 같은 지역이다. 이 지역 주변에는 天姥山과 白雲山이 있고 若耶溪와 鏡湖도 있어 賀知章, 李白은 물론 중만당대의 시인들의

---

39) ≪新唐書≫ 卷189 :「田頵字德臣, 盧州合肥人. 略通書傳, 沈果有大志. ……頵善爲治, 資寬厚, 通利商賈, 民愛之. 善遇士, 若楊夔, 康騈, 夏侯淑, 殷文奎, 王希羽 等皆爲上客.」
40) ≪唐才子傳≫ 卷10

隱居와 交流로 흥성하여 一名 '唐詩之路'의 명칭을 지니고 있다. 신라승이 가는 방향은 시인도 그리워하던 곳일 것이다.

그 외에 ≪全唐詩逸≫(卷上)에 소재된 明皇帝 즉 玄宗이 신라왕에게 보낸 <賜新羅王>은 羅唐 양국의 親交가 敦篤하고 相互 禮義를 존중한 정치외교적 의미를 지닌 자료로 본다. 시의 注序에 기술하기를,

> 동국통감 신라시에 「당조 천보 15년 사신을 보내 조공하매 황제가 촉에 있어서 황제가 친히 십운시 수찰을 지어 왕에게 하사하여 말하기를 ; 신라왕을 가상히 여기나니, 해마다 멀리 조공하여 능히 예악과 명의를 실천하매 시 한 수를 하사한다.」라 하였다.
>
> 東國通鑑新羅紀 : 唐天寶十五年遣使朝, 帝於蜀, 帝親製十韻手札, 賜王曰 : 嘉新羅王, 歲脩朝貢, 克踐禮樂名義, 賜詩一首.

라고 하여 天寶 15년(756)이라면 玄宗이 安祿山亂으로 蜀으로 피난하던 중에 그 해 6월 재상 楊國忠과 총애하는 楊貴妃를 馬嵬坡에서 伏誅시키고 7월 肅宗에게 讓位한 후에 신라 景德王에게 보낸 시인 것을 알 수 있다.

> 사방에는 빛나는 별이 나누어 있고
> 만상은 중추를 머금고 있네.
> 옥백의 예물로 천하를 두루 다녀서
> 산 오르고 바다 건너 먼 길로 서울로 돌아오네.
> 먼 생각으로 험한 푸른 언덕을 건디고
> 세월은 천자의 거동을 다스리네.
> 아득히 먼 땅 끝까지 다 가고
> 푸르고 넓은 바다 모퉁이까지 이어지네.
> 명의를 지키는 나라를 말하는데
> 어찌 산천이 다른 것을 말하리오.
> 덕행 있는 풍교를 전하게 하여

백성들로 법도를 익히게 하네.
의관은 예를 받들 줄 알고
忠信은 선비를 존중할 줄 아네.
진실하도다! 하늘이 살피시고
어질도다! 덕은 외롭지 않네.
노인을 안고 함께 다스리고
후히 베풀며 갓 벤 꼴을 엮네.
더욱 청운의 푸른 뜻을 중히 여기어
거친 풍상에도 항상 변하지 않으리라.
四維分景緯, 萬象含中樞.
玉帛遍天下, 梯杭歸上都.
緬懷阻靑陸, 歲月勒黃圖.
漫漫窮地際, 蒼蒼連海隅.
興言名義國, 豈謂山河殊.
使去傳風敎, 人來習典謨.
衣冠知奉禮, 忠信識尊儒.
誠矣天其鑒, 賢哉德不孤.
擁旄同作牧, 厚貺比生蒭.
益重靑靑志, 風霜恒不渝.

　　朝貢을 성실히 하는 新羅의 禮義에 讚辭와 激勵를 謹嚴한 語辭로 표현하고 있다. 이 시는 신라의 眞德女王이 唐高宗에게 바친 시와는 대조적으로 唐皇帝가 新羅王에게 직접 준 시라는 점에서 羅唐 양국의 政治와 文化의 교류 입장에서 注視할 필요가 있다. 이들의 신라인과의 관계가 新羅漢詩의 발달에 직간접으로 작용하였을 것이며, 그 후의 교류에 試金石이 되었다고도 할 수 있다. 羅唐文學에 시로 본 교류에 국한시켜 一見하였지만, 다방면에서 韓末까지 起伏을 겪으면서 중국과의 시 분야의 交往이 면면히 連脈되어 왔다. 신라시대에 당대 시문이 유행하여 元稹의 ≪白氏長慶集≫ 序에,

계림의 상인이 저자 거리에 자못 대단하였다. 스스로 말하기를 본국의
재상이 매양 백금으로 시 한편을 바꾸는데 위작이다 싶으면 재상이 즉시
분별할 수 있다.

　鷄林賈人, 求市頗切, 自云, 本國宰相每以百金換一篇, 甚爲僞者, 宰相輒
能辨別之

라 하고, 高麗朝에는 「문은 한 대를 본받고 시는 당을 본받는다.(文法漢,
詩法唐)」(≪牧隱文藁≫ 卷9), 「한대 문과 당시는 이에 성하였다.(漢文唐詩
於斯爲盛)」(≪補閑集≫ 序)라 하여 여전하였고, 조선에도 唐風을 師表로
삼아 許筠은 「동방의 시는 옛 것을 모방한 바 없고 독자로 조화와 중용
을 이루어 안연과 도잠, 포조 등 3시를 본받은 깊이 그 시법을 얻었고
여러 작은 절구는 당의 악부체를 얻었다.(東詩無效古者, 獨成和仲, 擬顔
陶鮑三詩, 深得其法, 諸小絶句, 得唐樂府體.)」(≪惺所覆瓿藁≫ 卷23)라 하
였고, 李晬光은 「최경창과 이달은 한 때의 시를 능통한 자다. 그들의 시
는 가장 당시에 가깝고 당인의 문자를 많이 본받았다.(崔慶昌, 李達, 一
時能詩者也. 其詩最近唐, 多襲唐人文字.)」(≪芝峰類說≫ 卷2)라 하여 그
비중을 가히 알 수 있다.

≪東文選≫에 수록된 崔致遠의 各體詩

韓國漢文學은 文字와 風格上 中國文學의 影響圈에 屬한다고 중국 측이 豪言하고 심지어 우리 측에서도 그같이 논하는 一面이 있으나 실지로는 한글창제 이전부터 文字와 思潮面에서 빌려온 과정만 있을 뿐, 우리는 우리 나름의 文學領域을 創出해 온 것이다. 그래서 洪萬宗은 ≪小華詩評≫에서 서술하기를,

점필재집에 의하면, 이르기를 : 시를 배우면서부터 우리 동방의 시를 얻어 보면 시로 이름난 자가 수백뿐이 아니다. 오늘날에서 신라 말기까지 올라가면 거의 천년 그 동안에 풍교를 알고 풍자를 묘사하고 억양을 열어 깊이 성정의 바름을 얻은 자는 당송과 맞먹고 후세에 모범이 될 만하다. 대개 동방시학은 삼국에서 시작하여 고려에서 성행하고 우리 왕조에 극치에 이르렀고, 점필재에서 오늘까지 또 수백 년간 문장의 대가들이 서로 걸출함을 이어서 그 전후의 작가는 이루 다 기록할 수 없다.

按佔畢齋集曰 : 自學詩來, 得我東詩, 而詩之名家者, 不啻數百. 由今日而上溯羅季, 幾一千載。 其間識風敎, 形美刺, 開闔抑揚, 深得性情之正者, 可以頡頏於唐宋, 模範於後世. 蓋東方詩學, 始於三國, 盛於高麗, 而極於我朝, 自佔畢至于今, 亦數百年, 文章大手相繼傑出, 前後作者, 不可勝記.

라고 하여 우리 漢文學의 由來와 그 優秀性을 중국에 비해 손색이 없고
또 독자성이 분명함을 강조하고 있다. 이러한 긍지를 지닌 先代의 선비
의식이 朝鮮시대 전체를 지배하여 결국은 중국과는 차별화된 문학창작의
地坪을 확정한 것이다. 이 같은 독자적인 主觀을 가진 한문학풍토에서 朝
鮮朝 成宗代에 御命으로 盧思愼, 姜希孟, 徐居正, 梁誠之 등이 主宰하여
編纂한[1] ≪東文選≫은 중국 六朝시대 梁代 蕭統이 편찬한 ≪文選≫에 비
교할만한 歷代文集으로 三國時代부터 朝鮮朝 初期까지의 諸家의 각종
文章을 수록하고 있어서 이 문집이 있으므로 해서 韓國漢文學의 문학적
存在價値가 확립된 것이다. 徐居正은 ≪東文選≫ 序에서 중국과 차별하
여 한국한문학의 獨自性을 강조하기를,

> 우리나라 역대 왕들이 이어서 백년을 함양하여 인물이 그 사이에 나와
> 서 가득 차고 순수하여 문장을 지으면 진동하여 우월한 자가 또한 옛날에
> 뒤지지 않으니 이것은 곧 우리 동방의 글이 송원대의 글이 아니고 또한
> 한나라 당나라의 글이 아니라 바로 우리나라 글인 것이다. 마땅히 역대의
> 글과 같이 세상에 행해지면 어찌 없어져서 전해지지 않을 수 있겠는가?
> 我國家列聖相承, 涵養百年, 人物之生於其間, 磅礴精粹, 作爲文章, 動盪
> 發越者, 亦無讓於古, 是則我東方之文, 非宋元之文, 亦非漢唐之文, 而乃我
> 國之文也. 宜與歷代之文, 并行於天地間, 胡可泯焉而無傳也哉.

라고 하여 편찬의 根本趣旨를 밝히고 있다. ≪東文選≫ 이전에 출간된
現存하는 詩文選集으로 高麗朝 編者未詳의 ≪夾注名賢十抄詩≫, 金台鉉
의 ≪東國文鑑≫, 崔瀣의 ≪東人之文≫, 趙云仡의 ≪三韓詩龜鑑≫, 金祉

---

1) ≪東文選≫ 序:「殿下天縱聖學, 日御經筵, 樂觀經史以篇翰著述. 雖非六籍之比,
   然亦可見文運之興替, 命領敦寧府事臣盧思愼, 吏曹判書臣姜希孟, 工曹判書臣梁
   誠之, 吏曹參判臣李坡, 曁臣居正裒集諸家所作粹爲一帙.」

의 《選粹集》 등이 있었으나 시대적으로나, 수록된 시문의 분량으로 보아서 總集으로서의 격식에 미달된다. 《東文選》에 수록된 詩文의 分類는 그 基準이 嚴正하여서 選文과정의 작품성을 고려하고 있음을 알 수 있는데 다음 《東文選》 序文의 일단에서 選文의 當爲性을 중국의 자료를 바탕으로 하여 밝히고 있다.

> 고대규범을 읽어 요순의 글을 알고 훈고와 서명을 읽어 삼대의 글을 안다. 진에서 한으로 한에서 위진으로 위진에서 수당으로 수당에서 송원을 거치면서 그 세대를 논하고 그 글을 살피면 곧 문선, 문수, 문감, 문류 제편이 또한 후세의 문운의 높낮이를 개론하고 있다.
> 讀典謨, 知唐虞之文, 讀訓誥誓命, 知三代之文. 秦而漢, 漢而魏晉, 魏晉而隋唐, 隋唐而宋元, 論其世考其文, 則以文選文粹文鑑文類諸編, 而亦槪論後世文運之上下者矣.

그리고 選文에 있어서는 文體를 문장의 기준으로 삼고 그 體의 分類 基準을 序文에서 또한 다음과 같이 밝히고 있다.

> 신 등이 높으신 분의 부탁을 받들어 삼국시대부터 지금까지를 채집하여 사부와 시문을 약간의 문체로 종합하고, 그 글의 이치가 바르고 치교에 도움이 되는 것을 취하여 장르를 나누어 모아서 130권이 되니 편성하여 바치매, 이름을 내리시어 동문선이라 하였다.
> 臣等仰承隆委, 採自三國, 至于當代, 辭賦詩文摠若干體, 取其詞理醇正有補治敎者, 分門類, 聚輩爲一百三十卷, 編成而進, 賜名曰東文選.

여기서 詩文은 辭賦와 詩文을 主對象으로 하고 내용은 治敎에 보탬이 되는데 두고 있음을 확인하게 된다. 그러므로 詩文이 지금 논하는 문학성보다는 儒家的 관점에서 選文한 경향이 있음을 부인할 수 없다.

《東文選》에는 9개의 시체에 약 386명의 작가와 작품 1,940여 수가 4

卷에서 22卷에 걸쳐서 수록되어 있고 高句麗 乙支文德, 新羅 無名氏, 崔致遠, 朴仁範, 崔匡裕, 崔承祐 등을 위시하여 高麗朝 中期의 崔承老, 朴仁亮, 金富軾, 그리고 末期의 李崇仁, 鄭夢周 등과 朝鮮朝 初期의 權近, 柳方善 등에 이르기까지 광범위한 시기의 시를 편집수록하고 있다. 이들 중에서 본문은 삼국시대의 작품이 극히 적은 현상황에서 한국한문학의 古代編 자료를 발굴하려는 의도에서 그간에 중국 방면에서 ≪全唐詩≫ 와 ≪全唐詩逸≫, 그리고 ≪全唐詩補編≫ 등에서 新羅人과 渤海人이라고 明記되어 있는 시인만을 추출하여 그 가능한 범위 안에서 시를 소개하고 분석하는 작업을 진행하여 왔다. 그 작업을 일차 완료한 상태에서 고려조 이전의 시를 총괄한다는 의미에서 국내자료까지 포함시켜서 新羅人의 詩 정리를 종결하기 위해서 ≪東文選≫에 수록된 5인의 신라인시 60수를 다시 거론하기로 한 것이다. ≪東文選≫ 자체의 편찬과정과 그 수록내용에 대한 개괄적인 설명은 기존 자료에서 볼 수 있는바2) 재론하지 않고, 본문은 단지 그 수록된 시에 한해서 분류하고 그 시풍을 분석해 나가려 한다. 일반적으로 新羅人詩를 거론하면 위의 5인을 들고 있는데 金眞德 외에 4인이 入唐한 賓貢才子이고 唐末期에 崔匡裕를 제외하곤 모두 과거급제한 자이므로 역대 국내자료와 현재의 논저에서 이들의 시를 晚唐詩風의 영향권에서 평가하고 있다.3) 이들 신라 문인들이 唐代 咸通 년간 전후에 入唐한 고로, 그 시대의 詩風과 연관시킬 수 있다. 그

---

2) 김종철, ≪동문선의 이해와 분석≫(청문각, 2006).
3) 李奎報, ≪白雲小說≫ : 「其詩不甚高, 豈其入中國在於晚唐後歟.」, 許筠, ≪惺所覆瓿藁≫ 卷25 : 「及羅季, 孤雲學士, 始大闕譽, 以今觀之, 文菲以萎, 詩糟以弱, 使在許鄭間, 亦形其醜, 乃欲使盛唐, 爭其工耶.」라 하고 민병수, 「高麗時代의 漢詩 研究」(1984), 이혜순, 「新羅末 賓貢諸子의 漢詩에 대하여」(≪韓國漢文學研究≫ 7輯), 김보경, 「全唐詩 所載 唐人贈新羅人詩 研究」(1992), 호승희, 「新羅漢詩研究」(1993), 姜慧仙, 「朴仁範・崔匡裕・崔承祐의 漢詩 研究」(1995) 등은 모두 晚唐風에 국한하여 거론.

러나 단순한 시대적 관점으로 시를 논평하기보다는 당대 전체를 대상으로 이들 시를 논구함이 객관성이 있다고 보아서 본문은 최치원 시 29수를 작품마다 당시와의 접목이나 비교 가능한 선에서 살펴보려고 한다. 고려조 李奎報의 ≪白雲小說≫에 崔致遠을 서술하기를,

> 최치원 고운은 아직 이르지 못한 일을 한 으뜸가는 큰 공을 세웠으니 동방학자는 모두 조종으로 삼는다.
> 崔致遠孤雲, 有破天荒之大功, 故東方學者, 皆以爲宗.

라고 하여 崔致遠을 漢文學의 宗으로 이미 추숭하고 있으며 조선조 洪萬宗은 ≪小華詩評≫에서 역시 東方文學의 祖라고 서술하기를,

> 당대 시어사 최치원에 이르러서 문체가 크게 갖추어지니 마침내 동방문학의 비조가 된다.
> 至于唐侍御史崔致遠, 文體大備, 遂爲東方文學之祖.

라고 明記하고 있다. 崔致遠詩 자체에 대해서 우리 측에서는 '悽惋'[4], '感慨'[5], '千仞絶壁, 萬里洪濤'[6] 등 여러 詩評을 가하고 있는데 한국한문학의 鼻祖로 삼는 데는 이의가 없다. 그러면서도 歷代로 일각에서는 최치원 시문을 貶下한 글들도 발견하게 되니 人間事 모두 是非는 있는 법인가. 다음에 인용하여 참고로 삼고자 한다. 먼저 고려 李奎報는 文은 인정하면서 詩는 好評하지 않았으니,

---

4) 洪萬宗, ≪小華詩評≫:「悽惋如崔孤雲姑蘇臺詩……」
5) ≪小華詩評≫:「崔學士孤雲之潤州慈和寺詩……余未嘗不歎其感慨.」
6) ≪玄湖瑣談≫:「息庵金相公錫冑, 嘗取東方詩人, 自羅麗至我朝, 各有品題. 其評曰:文昌侯崔致遠, 千仞絶壁, 萬里洪濤.」

그러나 그 시는 그리 높지 않으니 혹시 중국에 들어간 것이 만당 후에
여서인가?

　　　然其詩不甚高, 豈其入中國在於晚唐後故歟. (≪白雲小說≫)

라고 하였고 조선 成俔은 詩와 文 모두 貶下하기를,

　　　우리나라 문장은 최치원에서 비로소 일어났다. 치원이 당에 들어가 등
제하여 문명이 크게 떨치고 이제 와서 문묘에 배향되었는데 이제 지은 것
을 보면 시구에 능하다고 하나, 뜻이 정묘하지 않고 사육문에 기교로우나
어사가 정제하지 않다.
　　　我國文章, 始發揮於崔致遠. 致遠入唐登第, 文名大振, 至今配享文廟, 今
以所著觀之, 雖能詩句, 而意不精, 雖工四六, 而語不整. (≪慵齋叢話≫ 卷1)

라고 하여 문학수준이 文廟配享의 자격이 없다고 하였으며, 李滉은 최치
원이 佛敎에 歸依한 것을 비판하기를,

　　　최치원 같은 사람은 단지 문장만 숭상할 뿐으로 불교에 아첨함이 또한
심하다.
　　　如崔孤雲, 徒尙文章, 而謟佛又甚. (≪退溪先生言行錄≫ 卷5)

라고 하여 儒學을 숭상하는 國是에 不合함을 지적하였다. 그리고 李晬光
은 그의 시를 만당의 천속한 시류의 맥락에서 보기를,

　　　최고운 학사의 시는 망대 말엽에서 또한 정곡과 한악의 부류로서 경솔
하고 옅어서 두텁지 않다.
　　　崔孤雲學士之詩, 在唐末亦鄭谷, 韓偓之流, 率佻淺不厚. (≪芝峰類說≫ 卷8)

라고 하여 낮게 평가하였고, 중국에서도 夷族으로 취급 받아서 수모를

당한 면도 간과해선 안 된다. 중국에서 최치원의 文集 ≪桂苑筆耕集≫을
≪四部叢刊≫에 列入시키면서 청대 康熙帝 時의 ≪全唐詩≫에는 一句도
수록되지 않고 있음은 李奎報가 이미 ≪白雲小說≫에서 최치원을 ≪唐
書藝文志≫에 列傳을 두지 않은 이유를 외국인이라는 점에 배제시킨 것
이 아닌지를 거론하면서 불만을 토로한 것과 脈絡을 같이 하여 보게 된
다.[7] ≪東文選≫에 수록된 崔致遠 詩는 五言古詩 4首(卷4), 五言律詩 4首
(卷9), 七言律詩 9首(卷12), 五言絶句 2首(卷19), 七言絶句 10首(卷19) 등 29
수로서 신라인시 중에서 가장 비중이 크다.

1. 五言古詩 4首의 詠物과 懷古

≪東文選≫의 시부분에서 이 형식의 시를 서두에 수록한 것은 시체의
발생연대를 고려한 것으로 본다. 여기에 속한 시는 <寓興>, <蜀葵花>,
<江南女>, <古意> 등으로 주로 詠懷와 詠物, 그리고 懷古를 주제로 하
여 作詩하고 있다. 먼저 <江南女>를 보면,

> 강남은 풍속이 흔들리는데
> 딸을 길러 아름답고 사랑스럽네.
> 품성은 바느질을 부끄러워하고

---

7) 李奎報, ≪白雲小說≫:「按唐書藝文志, 載崔致遠四六一卷, 又刊桂苑筆耕十卷.
余未嘗不嘉其中國之廣蕩無外, 不以外國人爲之輕重, 而旣載於史, 又令文集行於
世. 然於文藝列傳不爲致遠特立其傳, 余未知其意也. ……其跡章章如此, 以之立
傳, 則固與藝文所載沈佺期, 柳幷, 崔元翰, 李頻輩之半紙列傳有間矣. 若以外國人.
則已見于志矣. 又於藩鎭虎勇, 則李正己, 黑齒常之等, 皆高麗人也. 各列其傳, 書
其事備矣. 奈何於文藝獨不爲致遠立其傳耶? 余以私意揣之, 古之人, 於文章, 不得
不嫌忌, 況致遠以外國孤縱人中朝, 躪躒當時名輩. 若立傳, 直其筆, 恐涉其嫌, 故
略之歟? 是余所未知者也.」

단장하여 관현을 만지도다.
배운 것이 우아한 소리가 아니니
다분히 춘정을 끌어내네.
스스로 말하기를 향기롭고 고운 모습
언제나 아름다운 좋은 시절이라 하네.
오히려 이웃집 여인을 비웃기를
아침 내내 베틀을 다룬다 하네.
베틀이 몸을 마구 지치게 하나
비단 옷은 그대에게 안 가리라.
江南蕩風俗, 養女嬌且憐.
冶性恥針線, 粧成調管絃.
所學非雅音, 多被春心牽.
自謂芳華色, 長占艶陽年.
却笑隣舍女, 終朝弄機杼.
機杼縱勞身, 羅衣不到汝.

이 시에 대해서 洪萬宗은 ≪小華詩評≫에서 평하기를,

내가 이 시를 보니 대개 느끼어 풍자하는 바를 지니고 지은 것이어서,
단지 삼오의 여아를 읊은 것이 아니다. 가사가 매우 고아하여 후세 사람
이 따를 수 없다.
余觀此詩, 蓋有所感諷而作, 非但咏三吳女兒也. 辭極古雅, 非後世人可及.

라고 하여 時代를 諷諭한 시로 평가하여 極讚하고 있다. 최치원이 唐에
滯留 時에 지은 시로 본다. 그 시기는 晩唐詩風上 李商隱, 溫庭筠 등의
唯美派와 羅隱, 張喬, 鄭谷 등을 중심으로 한 古淡派가 兩立하였는데 최
치원은 후자의 문인들과 교류하고 관직을 같이 하였고 특히 羅隱과의
교류가 깊었는데 흔히 唐詩史에서 羅隱을 淺俗派로 분류하여8) 中唐의

---

8) 李曰剛, ≪中國詩歌流變史≫ pp.454-458(臺灣 : 文津出版社, 1986).

白居易를 宗師로 하여 感物興懷하고 時事를 諷諭하며 口語를 驅使하는 경향이 있었다. 그래서 송대 范正敏은 ≪遯齋閒覽≫에서 이르기를,

당인의 시구 중에서 속어를 쓰는 자는 오직 두순학과 나은이 많다. 지금 사람이 많이 그것을 인용하면 왕왕 누가 지었는지 모른다.
唐人詩句中用俗語者惟杜荀鶴, 羅隱爲多. 今人多引之, 往往不知誰作.

라고 평하는데 최치원의 위의 시는 한 여인을 대상으로 하여 그 當時의 世態를 풍자한다. 풍속상 정숙치 않는 여인의 의식을 대변하면서 불필요한 勞苦를 비유하고 있다. 사용한 詩語는 제3연 '所學', '多被' 그리고 제4연 '自謂', 제5연 '却笑', 말연 '不到' 등은 口語體의 용어이다. 이어서 詠物詩 <蜀葵花>를 보면,

거친 밭 옆이 고요하고 쓸쓸한데
화려한 꽃이 부드러운 가지를 누르네.
향기 가벼운데 장마 비가 그치고
그림자는 보리 바람 따라 기울어 있네.
거마 탄 이를 누가 구경하리오.
벌 나비만 서로 엿보고 있네.
스스로 천한 곳에 태어난 것 부끄러워하니
사람들이 버린 것 한스럽기 그지없어라.
寂寞荒田側, 繁花壓柔枝.
香輕梅雨歇, 影帶麥風欹.
車馬誰見賞, 蜂蝶徒相窺.
自慚生地賤, 堪恨人棄遺.

이 시에서 事物을 묘사하여 자신의 性情을 寄興하는 전형적인 영물시의 구사법을 본다. 시인은 情景交融의 수법으로 先景後情의 절차를 통하여 心思를 은유적으로 풍자를 한다. 청대 李重華는 시에서 情景의 조화

를 강조하기를,

> 시에는 情이 있고 景이 있어 율시로 가벼이 말하면 4구 두 연이 반드
> 시 情景이 서로 바뀌어야 하고 반복해선 안 되며 景 속의 情, 情 속의 景
> 두 개가 순환하여 相生하여야 하니 곧 변화가 그지없는 것이다.
> 　詩有情有景, 且以律詩淺言之, 四句兩聯, 必須情景互換, 方不複沓, 更要
> 識景中情, 情中景, 二者循環相生, 卽變化不窮. (≪貞一齋詩說≫)

이처럼 시인이 보는 外的 事物과 內的 情感이 여하히 조화되어 作詩
化되느냐에 시의 成敗가 좌우되는데 위의 시는 예컨대 杜甫의 <江南逢
李龜年>과 相稱的 가치를 보여준다.

> 기왕의 집에서 늘상 보니
> 최구의 집 앞에서 몇 번을 들었는지.
> 마침 강남의 풍경 좋으니
> 낙화시절에 다시 그대를 만나네.
> 岐王宅裏尋常見, 崔九堂前幾度聞.
> 正是江南好風景, 落花時節又逢君.

이 시의 上2句는 追憶을 묘사하고, 下2句는 相逢을 묘사한다. 추억은
화려하나, 상봉은 落魄한다. 字面上으로는 景物묘사에 치중하지만 內面
으로는 섬세한 情感의 起伏이 담겨 있다. 落花시절에 江南친구를 만나는
마음은 강남을 더욱 미려하게 보여서 相逢의 심정을 부각시키는 反諷[9]
의 효과를 준다. 이와 같이 최치원 시에서 접시꽃의 素脫한 모습에서 시
인의 은둔하는 초라한 삶의 자태를 대변한다. 권력과 명예를 초월한 것
이다. 제1연은 접시꽃이 서있는 위치를 설명하고 제2연은 그 중에도 향

---

9) 黃永武, ≪中國詩學－鑑賞篇≫, pp.88-89(臺灣 : 巨流圖書公司, 1982).

기를 지니고 꽃의 역할을 지니고 있음을 부각시킨다. 제3연은 거마가 옆을 지나고 다행히 밟히지 않은 신세는 더욱 本分을 다하여야 하는 사명감을 지닌다. 말연에서 현실의 위상은 고달프지만 긍정하여 살아야 하는 인생의 길인 것을 보여준다. 이런 심경은 이국땅에서 겪는 비애를 토로한 것으로 본다. 그리고 <寓興> 시를 보면,

> 바라건대 명리의 문을 걸고
> 받은 몸 상하게 마오.
> 어찌하여 진주 캐는 이들
> 목숨 가벼이 바다 밑에 드나.
> 몸이 영화로우면 먼지에 물들기 쉽고,
> 마음에 때 묻으면 잘못을 씻기 어려워라.
> 담백한 마음 그 뉘와 의논하리오.
> 세상사람 단 술을 즐기니까.
> 願言扃利門, 不使損遺體.
> 爭奈探珠者, 輕生入海底.
> 身榮塵易染, 心垢非難洗.
> 澹泊與誰論, 世路嗜甘醴

이 시는 세상에 대한 功名心을 버리고 오직 洗心의 자세로 초월하여 바르게 살아갈 것을 다지는 시이다. 최치원은 名利와 正心의 중간에서 상당한 葛藤과 苦心을 토로하고 있음을 본다. 다음으로 <古意>를 보면,

> 여우는 미녀로 변할 수 있고
> 살쾡이도 서생이 되네.
> 누가 알리오 이상한 물건이
> 현혹하여 사람의 형상처럼 하는 것을.
> 변화하기 또한 어렵지 않으나
> 조심하기는 진실로 어려워라.

참되고 거짓됨을 분별하려거든
바라건대 마음의 거울을 닦고서 보기를.
狐能化美女, 狸亦作書生.
誰知異類物, 幻惑同人形.
變化尙非艱, 操心良獨難.
欲辨眞與僞, 願磨心鏡看.

경쟁사회의 일원으로 사는 데는 眞心을 지키기 어렵다. 正心으로 지조를 지니기가 어렵다. 그래서 心鏡에 자신을 비춰서 다듬어 바르게 해야 한다. 心鏡은 ≪圓覺經≫에 「지혜의 눈이 맑아서 마음의 거울에 밝게 비친다.(慧目肅淸, 照耀心鏡)」라 한 구처럼 마음의 萬象을 비추는 明鏡으로 여기서 正道를 걷는 교훈을 얻는다.

2. 五言律詩 4首의 詠懷와 贈酬

오언율시(卷9)는 <長安旅舍與于愼微接隣>, <贈雲門蘭若智光上人>, <題雲峰寺>, <旅遊唐城贈先王樂官將西歸夜吹數曲戀恩悲泣以詩贈之> 등으로 이들 시는 主題上 詠懷와 贈酬에 속한다. 먼저 <長安旅舍與于愼微接隣>을 본다.

상국인 唐나라에 매여 지낸지 오래니
만리타향 사람이 부끄럽기 그지없네.
어찌 顔回[10]의 누추한 골목을 견디리오
孟子의 집 이웃에 가까이 하게 되었네.
도리를 지켜서 오직 옛 것만 닦으니

---

10) ≪論語≫ 雍也 : 「子曰 : 賢哉回也. 一簞食一瓢飮, 在陋巷, 人不堪其憂. 回也, 不改其樂. 賢哉回也.」

정분을 나누는데 어찌 빈곤을 꺼리리오.
타향에서 아는 사람 적으니
그대를 자주 찾아도 싫어하지 마오.
上國羈棲久, 多慚萬里人.
那堪顔氏巷, 得接孟家隣.
守道唯稽古, 交情豈憚貧.
他鄕少知己, 莫厭訪君頻.

名利와 私心을 초월한 순수한 우정을 강조하고 있다. 그래서 시에는
顔回가 典故로 사용되고, 孟母三遷의 고사를 통하여 이웃의 중요성과 가
치를 강조한다. 최치원의 儒家的 의식이 시에 표출되어 있다. 다음으로
<贈雲門蘭若智光上人>을 보면,

구름 가에 정사를 꾸려서
조용히 참선한지 사십 여년이네.
지팡이로 산을 나가 걸은 적 없고
붓은 서울에 보내는 글 써 본적 없네.
대 횟대에는 샘물소리 졸졸대고
솔 창문에는 해 그림자 성글구나.
경지 높아 다 읊어내지 못하고
눈 감고 참다운 마음 眞如[11]를 깨닫노라.
雲畔構精廬, 安禪四紀餘.
筇無出山步, 筆絶入京書.
竹架泉聲緊, 松櫺日影踈.
境高吟不盡, 瞑目悟眞如.

이 시는 佛心에 젖어 脫俗을 추구한다. 반세기 동안 參禪하며 俗世와
絶緣한 智光上人을 기리면서 존경심을 토로한다. 스님은 眞如의 세계를

---

11) 眞如 ; 佛法의 本體. 不變, 不易, 平等, 絶對의 眞理. 眞實하고 변하지 않는 절
    대적인 萬有의 本性.

추구해온 본보기이다. 그런 지광상인을 통해 시인은 자신의 신세를 反芻하고 닮기를 希願한다. 제1, 2연은 온전히 上人의 佛道 인생을 묘사하고 제3, 4연은 참선의 환경과 경지를 단적으로 표현해 준다. 洪萬宗이 ≪小華詩評≫에서 이 시를 두고 「句格精緻」라고 한 것은 詩趣가 섬세하면서도 진실하기 때문이다. 이어서 <題雲峰寺>를 보면,

칡덩굴 잡고 구름 봉우리에 올라
널리 바라보니 세상이 텅 비누나.
온 산이 손바닥 위에 나뉘어 있고
만사가 가슴 속에 트이누나.
탑 그림자는 해 가의 눈에 드리우고
솔 소리는 하늘의 바람이구나.
안개와 노을은 응당 나를 비웃겠지,
발걸음 돌려서 먼지 낀 새장(속세)으로 들어감을.
捫葛上雲峰, 平觀世界空.
千山分掌上, 萬事豁胸中.
塔影日邊雪, 松聲天半風.
烟霞應笑我, 回步入塵籠.

이 시는 俗世를 超脫한 심경을 읊고 있다. 제2구부터 空界의 의식을 보여주며 제4구에서는 세상일이 마음에 일체 걸리지 않고 隔離되어 있다는 것이다. 그리고 제3연은 시인이 자연현상에 同化되어 있음을 확인하게 되고 말연은 여전히 俗事의 매임에서 완전히 벗어나지 못한 자신을 마치 안개와 노을이 비웃기라도 하는 듯이 느낀다는 인간이 지닌 世俗的인 屬性을 諷諭한다. 최치원의 시에서 佛家的 요소가 多量으로 感知되는데 이것은 어려서 儒家的 교육을 받고 渡唐하여 儒佛仙 三敎가 혼동된 晚唐 氣風을 접하면서 半佛半儒의 사상을 지니게 된 점을[12] 중시하게 된다. 다음으로 <旅遊唐城有先王樂官將西歸夜吹數曲戀恩悲泣以詩

贈之>를 보면,

> 인생사란 흥성하다가 쇠퇴하거니
> 헛된 삶이 진실로 슬프도다.
> 누가 알리오, 천상의 곡을
> 해변에 와서 불어줄 것을.
> 물 위의 누각에서 꽃을 보며 머물고
> 바람 부는 난간에서 달을 대하곤 했네.
> 어르신을 지금 못 뵈니
> 그대와 함께 두 줄기 눈물을 흘리네.
> 人事盛還衰, 浮生實可悲.
> 誰知天上曲, 來向海邊吹.
> 水殿看花處, 風欄對月時.
> 攀髯今已矣, 與爾淚雙垂.

깊은 정감이 흐르는 비애를 느끼게 한다. 인정이 넘치고 그리움이 짙게 우러난다. 흐느끼며 지은 시 속에 진실성이 담겨 있다. 말연은 初唐의 杜審言의 <和晉陵陸丞早春游望> 말연「문득 옛 가락을 듣노라니, 돌아가고픈 마음에 손수건을 적시네.(忽聞歌古調, 歸思欲霑巾.)」구보다 더 감정표현이 강하고, 초당 王勃의 <送杜少府之任蜀州> 말연「할 일 없이 기로에 서니 아녀가 모두 손수건을 적시네.(無爲在歧路, 兒女共霑巾.)」구보다 덜 人爲的이다. 그것은 李白이 孟浩然을 추앙하여 지은 <贈孟浩然> 시보다 독자의 심경을 감동시킨다. 이백 시를 보면,

> 나는 맹선생을 사랑하니
> 풍류는 천하에 떨치네.
> 홍안에 벼슬을 버리고

---

12) 金台俊, ≪朝鮮漢文學史≫ p.36 참조.

흰 머리로 솔과 구름 속에 누웠네.
달에 취하여 자주 몰아의 경지에 들고
꽃에 홀려서 임금을 섬기지 않았네.
높은 산을 어이 우러러 볼까?
오직 여기서 맑은 향내를 맡노라.
吾愛孟夫子, 風流天下聞.
紅顔棄軒冕, 白首臥松雲.
醉月頻中聖, 迷花不事君.
高山安可仰, 徒此挹淸芬.

이백 시에서 平淡하게 삶을 살아온 맹호연의 자태를 확인한다. 이백이
갖고 있는 단순한 山水가 아니라, 숭고한 品格을 엿보게 한다. 최치원
시에서는 숭고한 인격을 높이는 것은 물론, 보고픈 강렬한 人情까지 표
출되고 있다.

3. 七言律詩 9수의 寫景과 寄送

칠언율시는 <登潤州慈和寺上房>, <秋日再經盱眙縣寄李長官>, <送吳進
士巒歸江南>, <春曉偶書>, <暮春卽事和顧雲友使>, <陳情上太尉>, <和
張進士喬村居病中見寄喬字松年>, <酬楊贍秀才>, <野燒> 등으로서 이
중에서 먼저 <登潤州慈和寺上房>을 살피도록 한다.

올라가 잠시 갈림길 먼지와 떨어지니
읊조리며 흥망을 생각하니 원한이 더욱 새롭네.
고운 피리소리 조석으로 출렁대고
푸른 산 그림자엔 고금의 사람이 있네.
서리가 옥수화를 꺾어도 주인은 없고
바람이 금릉13)의 풀에 따스하니 절로 봄이로다.

사조14)의 남긴 경지 남아 있어서
오래 시객으로 정신을 상쾌케 하네.
登臨暫隔路岐塵, 吟想興亡恨益新.
畫角聲中朝暮浪, 靑山影裏古今人.
霜摧玉樹花無主, 風暖金陵草自春.
賴有謝家餘境在, 長敎詩客爽精神.

이 시에 대해서 洪萬宗은 ≪小華詩評≫에서 「나는 일찍이 그 감개함에 탄복하지 않을 수 없다.(余未嘗不歎其感慨)」라고 극찬하였고 李晬光은 ≪芝峰類說≫(卷8)에서 「최치원 지은 계원필경은 모두 대구의 글인데 시에서 '창 밖에는 한밤의 비 내리고 등불 앞에는 만리 고향의 마음이라.' 한 구절과 '무늬어린 피리 소리 속에 조석으로 물결 일고 청산의 그림자 속에 고금의 사람이 있네.' 일연은 가장 아름답다.(致遠所撰桂苑筆耕, 皆偶對之文, 而詩則窓外三更雨, 燈前萬里心·一絶與畫角聲中朝暮浪, 靑山影裏古今人·一聯最佳.)」라고 하여 제2연의 對句法을 높이 평가하고 있다. 이 시 제1연은 世俗을 벗어난 觀照의 심경을 노래하고, 제2연은 人生無常을 對偶형식으로 묘사하면서 제3연에서는 그 無常한 삶을 陳後主의 <玉樹後庭花曲>의 歡樂과 金陵의 春景과 대비시켜서 虛無로 결론짓고 있다. 말연에서는 六朝시대의 은일낭만시인 謝朓(464~499)의 <鼓吹曲>을 음미하면서 시인의 超脫心을 부각하고 있다. 사조는 시풍이 淸新하고 雋美하며 寄興이 深遠하여 잡다한 詞句나 玄言의 성분이 적다. 淸代 沈德潛은 ≪古詩源≫에서 사조의 시를 평하기를,

---

13) 金陵 ; 지금의 南京 일대. 晉나라 시에는 建康이라 함. 晉, 宋, 齊, 梁, 陳이 모두 여기에 도읍.
14) 謝朓(464~499) ; 자는 玄暉, 陳郡夏陽人. 六朝시대 宋代 시인. 은일낭만적인 시를 남겨 李白에 영향이 큼.

현휘 사조의 신령한 마음에서 나온 빼어난 시구를 매양 유명한 시구를 읊으면 깊고 조용하면서 맑아서 필묵 속과 밖을 다 느끼니 따로이 일단의 깊은 정과 오묘한 이치를 지닌다.

玄暉靈心秀句, 每誦名句, 淵然泠然, 覺筆墨之中, 筆墨之外, 別有一段深情妙理.

라고 그 시의 특성을 밝히고 있다. 그래서 이병주는 이 시를 풀이하기를,

이 시는 시간적인 초월을 통한 시인의 감회를 읊었다. 서정이 풍부하나 이를 서경으로 갈무렸기 때문에 시의 무게가 있다. 그러니까 정을 표상하되 경을 감쌌기 때문에 경중에 정이 감돌아 시를 영활케 했다. 아무래도 삼시의 으뜸이란 말이 빈 말이 아닌가 한다. (≪韓國漢詩의 理解≫ p.55)

라고 하여 이 시가 지닌 意趣를 적절하게 평가하고 있다. 한편 具本機는 이 시를 두고 평하기를,

산속에서 느끼는 세속 인간사에 대한 미련을 보다 적극적이고 긍정적으로 승화시키고 있다. 산에 올라 잠시 속세와의 인연을 끊는가 싶었으나 그 한적 속에서 떠오르는 고금 역사의 흥망성쇠가 오히려 흉중의 장대한 포부를 더욱 자극한다. (「崔致遠의 詩世界」, pp.20-21, ≪韓國漢詩作家研究1≫)

라고 하여 공통적인 시평이지만 그 폭이 더욱 넓고 적절하다. 그리고 <秋日再經盱貽縣寄李長官>을 보면,

외로운 다북쑥 같은 이 몸 은혜를 다시 입으며
읊으며 가을바람을 대하니 헤어질 일이 한스럽네.
문 앞 버들은 벌써 새잎이 시들었는데
나그네는 여전히 작년 옷 입고 있네.
길 잃은 하늘 아래 시름 속에 늙고

집은 안개물결에 격해 있어 꿈에나 돌아가리.
스스로 웃는 것은 몸이 삼짓날의 제비15) 같거늘,
무늬 진 들보 높은 곳에 또 날아왔다네.
孤蓬再此接恩輝, 吟對秋風恨有違.
門柳已凋新歲葉, 旅人猶着去年衣.
路迷霄漢愁中老, 家隔烟波夢裏歸.
自笑身如春社鷰, 畵樑高處又來飛.

이 시에서 「夢裏歸」가 핵심시어이다. 望鄕의 심정은 시인에게 절실하다. 그리고 계절에 鄕愁를 노래한다. 出仕에 대한 思念도 담겨 있고 高駢에게 의지하면서 자신의 내면에 잠재된 미래의 설계가 있었을 것이다. 제5구를 보면 밤하늘에 헤매는 신세이지만, 고독과 실의하는 심회가 보인다. 시의 淸新味가 精深한 의취와 平淡한 朴實味가 眞迫하게 드러나 있다. <送吳進士巒歸江南>을 보면,

절로 그대와 알고 몇 번 이별인가
이번에 서로 이별하니 한이 더욱 겹치네.
전쟁으로 곳곳에 일이 많으니
시와 술로 언제나 다시 만날 건가.
멀리 나무가 강가의 길에 우뻣주뻣 자라고
찬 구름은 말 앞 산봉우리에 드리웠네.
가다가 경치 만나면 새로운 시 전하면서
혜강16)이 마냥 게으름 피운 것 배우지 마오.
自識君來幾度別, 此回相別恨重重.
干戈到處方多事, 詩酒何時得再逢.
遠樹參差江畔路, 寒雲零落馬前峰.
行行遇景傳新作, 莫學嵆康盡放慵.

---

15) 春社鷰 ; 봄의 제사(음력 2월 戊일) 시기에 제비가 왔다가 秋社 시기에 돌아감.
16) 嵆康(223~262) ; 자는 叔夜, 譙國鍾人. 竹林七賢의 하나. 淸談을 논하고 문장이 뛰어남. 養生論, 無哀樂論, 太師箴이 유명. 嵆中散集 10권.

이 시는 詩語 구사의 기법이 다양하다. 제2구의 '重重'과 제7구의 '行行'라는 疊語를 사용하여 사실적이면서 생동감이 있고 제2연과 제3연은 엄정한 對句法을 강구하고 말구는 竹林七賢 嵇康을 典故로 활용하여 시가 주는 興趣에 균형을 주고 格調를 높이고 있다. 그러면서 제1연에서 '來'와 '相'자는 白話的 표현이며 말구의 '莫學'은 강조법으로 적절하다. 다음으로 <春曉偶書>를 본다.

> 못내 동으로 흐르는 물은 돌아오지 않고
> 오직 시속의 경치만이 이 내 마음 괴롭게 하네.
> 정을 품은 아침비가 부슬 또 부슬 내리고
> 요염한 꽃은 피기도 하고 아니 피기도 하네.
> 난세의 경치는 주인이 없고
> 덧없는 인생의 명리는 도리어 아득하도다.
> 생각하니 유령17)의 아내가 한스럽구나.
> 억지로 남편에게 술잔을 멀리하게 하였으니.
> 回耐東流水不回, 只催詩景惱人來.
> 含情朝雨細復細, 弄艷好花開未開.
> 亂世風光無主者, 浮生名利轉悠哉.
> 思量可恨劉伶婦, 强勸夫郎疎酒盂.

이 시는 봄의 情景을 통하여 景物과 벗하는 合自然의 性情을 노래하고 있다. 제1, 2연은 자연의 風物을 관찰하는 透視力이 엿보이고 제3연은 名利를 추구하는 인간의 世俗性을 可當치 않게 평가한다. 그러므로 시인은 말연에서 魏晉代 竹林七賢의 하나인 劉伶(221~300?)의 飮酒를 즐기며 隱遁한 삶을 比喩하여 그 처가 節酒를 强勸한 것이 道理가 아님을

---

17) 劉伶(221~300) ; 자는 伯倫, 沛國人. 竹林七賢의 하나. 방탄한 성품과 好酒함. 酒德頌이 있음.

지적하고 있다. 유령이 평생 너무 好酒하여 <酒德頌>을 지은 바가 있거늘, 그 처가 過飮은 攝生의 도리가 아니라고 挽留하자 유령이 말하기를, 「천생으로 유령은 술로 이름이 있다. 한번 마시면 한 말이며 다섯 말로 숙취를 푼다. 아내의 말을 삼가서 듣지 않는다.(天生劉伶, 以酒爲名 ; 一飮一石, 五斗解醒. 婦兒之言, 愼不可聽)」이라 하였다는 것이다.[18] 어떤 의미에서는 유령처럼 世事에 無心하며 隱逸을 추구하는 삶이 바람직할 수도 있다는 것이다. 다음 <暮春卽事和顧雲友使>를 본다.

> 동풍에 온갖 꽃향기 두루 나는데
> 정감은 오히려 많아 버들이 길게 드린 듯.
> 소무의 편지[19] 돌아오니 깊은 변방 다하고
> 장자 꿈에 날아서 낙화에 분망하네.
> 남은 경치에 의지해 아침마다 취하니
> 떠나는 마음 마디마디 헤아리기 어렵구나.
> 마침 기수에 목욕하는 호시절이니
> 옛날 놀던 넋은 흰 구름 위로 끊이었네.
> 東風遍聞百般香, 意緖偏饒柳帶長.
> 蘇武書回深塞盡, 莊周夢逐落花忙.
> 好憑殘景朝朝醉, 難把離心寸寸量.
> 正是浴沂時節日, 舊遊魂斷白雲鄕.

이 시는 漢代 蘇武가 匈奴에 19년간 人質로 잡힌 일과 ≪論語≫의 曾點 그리고 ≪莊子≫의 胡蝶夢과 白雲鄕 등 典故를 多用하여 唐代 道家風의 詩意를 보여준다.[20] 이 시에서 제3·4연은 이별의 情을 隱喩的으로

---

18) 楊家駱 主編, ≪中國文學家大辭典≫, p.96(臺灣 : 世界書局).
19) 蘇武(B.C.143~60) ; 자는 子卿, 杜陵人. 中郞으로 匈奴에 잡혀 19년을 절개 지키다가 귀국. 시 4수와 <答李陵詩>, <別李陵詩>가 있음.
20) 李炳赫, 「崔孤雲의 漢詩考」, ≪孤雲의 思想과 文學≫, pp.301-302.

묘사하고 詩語上으로는 제3연의 '好憑'·'把離心', 말연의 '正是' 등은 白話詩語로서, 唐代 元稹과 白居易體의 구사법, 그리고 羅隱 등 古淡派에서 흔히 보이는 描法을 쓰고 있어서 唯美보다는 寫實的 표현에 근접되어 있다.[21] 그리고 <陳情上太尉>는 唐의 고관 高駢의 幕府에 顧雲과 함께 들어가기 전에 지은 시로 본다.

> 나라 안에서 누가 외방 사람을 가련히 여기리오
> 나루터를 묻나니 어디가 두루 통하는 나루터인가.
> 본래 식록을 구하지 명리를 구하지 않으니
> 오직 부모영광을 위함이지 이 몸을 위함이 아니오.
> 나그네길 이별의 근심 중에 강가에는 비 내리고
> 고향으로 돌아갈 꿈속에 멀리 봄 햇볕 드리우네.
> 냇물 건너매 다행히 넓은 은혜 물결 입으니
> 원컨대 갓끈의 십년 묵은 먼지 씻고자 하네.
> 海內誰憐海外人, 問津何處是通津.
> 本求食祿非求利, 只爲榮親不爲身.
> 客路離愁江上雨, 故園歸夢日邊春.
> 濟川幸遇恩波廣, 願濯凡纓十載塵.

최치원은 실제로 高駢의 幕府에서 지낸 바가 있는데 이 시는 高駢에게 벼슬을 구하여 성취된 심정을 묘사하고 있다.[22] 제1연은 시인이 신라인으로 唐에 유학하고 及第하여 관직을 구함에 있어 차별이 있을 수 있음을 알게 한다. 通津은 官路를 찾는다는 의미이다. 제2연에서 俸祿을 구하는 이유가 名利와는 무관하고 一身의 榮達을 위함도 아니라는 것이다. 제3연은 이국에서 고국을 그리는 客愁를 토로한다. 그리고 말연에서

---

21) 顧雲은 <華淸詞> 등 8首의 詩를 남김.(≪全唐詩≫ 卷637) 羅隱에게 <送顧雲下第>가 있음.
22) 李源鈞 等 編, ≪孤雲의 思想과 文學≫, 李炳赫, <崔孤雲의 漢詩考> p.294(坡田韓國學堂, 1996).

고병의 배려로 막부에서 봉직하게 된 것을 恩波라는 敬稱으로 표현하고
있다. <和張進士喬村居病中見寄>를 보면 장교의 문학을 극찬하면서 賈
島에 비견하고 있다.

> 시명이 사해에 전해지니
> 가도23)와 겨룰만 한 이는 장교24) 로다.
> 뿐만 아니라 소아 같은 시는 새 격조 드러내니
> 그 품은 능력 옛 현인을 이었네.
> 명아주 지팡이로 밤에 외론 산들과 함께 하고
> 갈대 주렴을 아침에 걷으니 먼 마을 안개 자욱하네.
> 병들어 劉楨의 「장빈」 시구25)를 읊어서
> 그리하여 성내에 드는 배의 낚시꾼에 부치네.
> 一種詩名四海傳, 浪仙爭得似松年.
> 不唯騷雅標新格, 能把行藏繼古賢.
> 藜杖夜携孤嶠月, 葦簾朝捲遠村煙.
> 病來吟寄漳濱口, 因付漁翁入郭船.

이 시에서 장교의 詩名이 四海에 떨치고 옛 賢人을 따를 만하다 하고,
제3·4연에서는 繪畵美를 주어서 제3연의 경우는 南宗畵의 皴法을 도입
한 묘사로까지 부각되어 있다. 이 시 외에 禧宗을 따라 相公을 지냈던
蕭遘와 裴澈에게 준 글들이 전해지는데26) 羅隱에게 <送支使蕭中丞赴

---

23) 賈島(779~843) ; 자는 浪仙, 幽都人. 普州司戶參軍이란 한직을 지냄. 贈酬詩가
　 많고 荒凉冷落한 경치를 잘 묘사하여 愁苦幽獨한 심정을 표현하였다. 詩境이
　 奇僻하여 蘇軾은 郊寒島瘦라 하였다. 晩唐 古淡派 시인에게 영향이 크다. ≪全
　 唐詩≫에 시 4권이 있음.
24) 張喬 ; 자는 伯遷, 池州人. 許棠과 함께 九華四俊이라 칭하고, 喩坦 등과 함께
　 咸通十哲로 칭함. 시는 淸雅하고 ≪全唐詩≫에 2권이 있음.
25) 劉楨 ; 유정이 漳濱에 병들어 지내면서 지은 시.
26) 蕭述는 <春詩> 등 4首, 裴澈은 <孟昌圖> 1首가 傳해지는데(≪全唐詩≫ 卷
　 600), 최치원에게는 <史館蕭遘相公>(≪桂苑筆耕集≫ 卷7). <度支裴澈相公>(上
　 同), <史館蕭遘相公>(上同 卷8), <蕭遘相公>(上同 卷10) 등 있음.

闕>(≪全唐詩≫ 卷655)이 있어 최치원이 다양한 交友관계를 유지했음을
엿볼 수 있다. 다음으로 <酬楊瞻秀才>를 보면,

> 바다의 뗏목이 격년으로 돌아오건만
> 금의환향하기엔 못난 재주 부끄럽네.
> 잠시 무성에서 이별하니 마침 낙엽이 지고
> 멀리 봉래섬 찾으니 꽃이 피네.
> 골짜기 꾀꼬리는 멀리 높이 날아갈[27] 생각하고
> 요동의 흰 돼지를[28] 다시 바치기 부끄럽네.
> 이제 비장한 마음으로 뒤에 만날 일 바라니
> 광릉의 풍월을 대하고 술잔을 들어보세.
> 海槎雖定隔年回, 衣錦還鄉愧不才.
> 暫別蕪城當葉落, 遠尋蓬島趁花開.
> 谷鶯遙想高飛去, 遼豕寧慚再獻來.
> 好把壯心謀後會, 廣陵風月待啣盃.

이 시는 과거에 낙제하고 落鄕하는 唐人 楊瞻을 보내는 송별시인데,
시의 제목에서 귀국 전인 唐에서 지은 것으로 본다.[29] 제1연은 시인 자
신의 입장에서 겸손하게 표현하여 상대방에 대한 예의와 우정을 지닌
뜻이 담겨 있고, 제2연은 고국에 대한 鄕愁를 토로하고, 제3연은 상대방
의 雄志를 격려하고 겸양하여 不屈의 의지를 다질 것을 부탁하고, 말연
에서는 송별하지만 相逢하여 友誼를 굳게 다지기를 기대한다. 창작시기
는 정확히 알 수 없지만 詩意로 보아 최치원은 이미 급제하여 高騈 막

---

27) 谷鶯高飛 ; 사람이 출세함을 비유.
28) 遼豕 ; 遼東의 돼지. 요동의 흰 돼지가 특이하여 임금에 바치러 가다가 河東
　　의 돼지가 모두 희므로 부끄러워 돌아갔다는 고사. 보잘 것 없는 재주를 자랑
　　함을 비유.
29) 이 시의 작시 시기를 具本機는 「崔致遠의 詩世界」에서 밝혔음. p.7(≪韓國漢
　　詩作家硏究 1≫, 太學社, 1995)

부에 종사관으로 재임하면서 文才를 발휘하던 시기로 본다.30) 귀국하기
전 다년간(879~885) 顧雲, 羅隱 등과 교류하던 시기이기도 하다. 이 시기
에 고병을 대신하여 <檄黃巢書>를 지었고 신임이 두터웠다. 이어서
<野燒> 시는 들불 광경을 보며 세상욕망에 심취한 인간들을 휩쓸어버
리고 淨化된 세상을 希求하는 의취를 보여준다. 단순한 전원시적 의미
이상의 풍자시로서의 가치를 보여준다.

> 바라보니 깃발이 문득 요란하니
> 변방에 출정하는 군대인가 의심하네.
> 사나운 불꽃이 공중에 솟아 지는 해를 가리고
> 미친 연기는 들판에 뻗어 돌아가는 구름을 막네.
> 소와 말을 기르는데 방해된다고 저어하지 마오.
> 모름지기 여우와 살쾡이가 다 없어짐이 기쁘네.
> 오직 두렵기는 바람이 산 위로 몰고 가서
> 헛되이 옥석을 일시에 태울까 하네.
> 望中旌旆忽繽紛, 疑是橫行出塞軍.
> 猛焰燎空欺落日, 狂煙亘野截歸雲.
> 莫嫌牛馬皆妨牧, 須喜狐狸盡喪群.
> 只恐風驅山上去, 虛敎玉石一時焚.

이 시는 벌판의 들불을 보고 지은 것이다. 제1, 2연은 들불이 맹렬하
게 타고 있는 情景을 묘사하고 제3연은 群像의 몰락을 비유하고 있는데
말연에서는 제거할 수 없는 對象마저 태워지는 풍토를 염려하는 心懷를
피력하고 있다. ‘玉石一時焚’은 사악한 무리와 선량한 백성을 가려서 제
거하지 못하는 현실에 대한 심경을 토로한 것이다.

---

30) 李源鈞, <孤雲 崔致遠의 生涯>, ≪孤雲의 思想과 文學≫, pp.11-13(坡田韓國
　　學堂, 1997).

4. 絶句 12首의 詠懷와 友情, 그리고 超脫

1) 五言絶句 2首

오언절구(卷19)는 <秋夜雨中>, <郵亭夜雨> 등 2수로서, 먼저 <秋夜雨中>을 보면,

> 가을바람 속에 외로이 읊조리니
> 온 세상에 알아주는 자가 드물구나.
> 창 밖에 한밤의 비가 내리는데
> 등불 앞에서 만리 고향 그리는 마음.
> 秋風唯孤吟, 擧世少知音.
> 窓外三更雨, 燈前萬里心.

이 시에 대해서 李家源[31]과 金重烈[32]은 만년작으로 단정하는데 李炳赫은 단순히 고독한 심정을 노래한 시로 분류하고 있다.[33] 이 시에 대해서 이병주의 해설은 매우 구성진 맛을 느끼게 하니 그 풀이의 일단을 보기로 한다.

> 가을바람과 타향과 주루룩 내리는 궂은 가을비가 고향을 그리는 마음을 한껏 애닯게 보태고 있다. 쓸쓸하고 외로움이 배어 있으나 폭 가라앉아 여과된 정서로 값싼 타령조가 아니다. 격조 높은 철학이 깔려 있음이, 이 시를 더욱 무게 있게 한다. 가을바람과 세상길의 대구와, 한밤중과 만

---

31) 李家源, ≪韓國漢文學史≫, p.71(民衆書館).
32) 金重烈, ≪崔致遠의 文學研究≫, p.102(고려대 박사논문, 1984).
33) 李炳赫, <崔孤雲의 漢詩考>, ≪孤雲의 思想과 文學≫ pp.317-320(坡田韓國學堂, 1996).

리의 대가 시간과 공간, 공간 속에서의 조화 등으로 잘 짜여 있음을 보면, 한시의 오묘한 대구는 시를 읽는 재미를 북도우고 있음을 알 수 있다. 진작에 王維처럼 '少一人'을 의식하며 고향을 생각하는 노래에 '三更雨'는 바로 작자의 눈물로 둔갑했으니, 시사의 옹골짐이 장외에 거나하다. (≪韓國漢詩의 理解≫, p.45)

이 풀이는 전문적인 분석이 아니지만 그 감상력이 상당히 重厚하여 同感을 자아낸다. 이병혁의 풀이는 매우 논리적이어서 이 또한 윗글과 연관하여 비교가 되니 그 일단을 본다.

이 시의 구조를 보면 起句에서는 「쓸쓸한 가을바람에 괴로이 읊조리니」라는 것은 承句의 「온 세상에서 알아주는 사람이 없기」 때문이다. 산문식으로 말하면 세상에 알아주는 사람이 없기 때문에 괴로이 읊조리는 것이다. 轉句에서는 창밖에 밤비 내리는 장면을 제시하여 한층 더 외로운 마음을 느끼게 한다. 마지막 結句에 가서는 등불 앞엔 만리의 외로운 마음을 표현했다. 쓸쓸한 가을바람과 창밖의 밤비는 고독과 외로운 상황을 고조시켜 주는 객관적 상관물이다. (<崔孤雲의 漢詩考>, ≪孤雲의 思想과 文學≫, p.319)

이들 감상문이 학술적 가치보다는 단순한 감상 수준이지만 이 시를 깊이 이해하는데 도움을 준다. 다음으로 <郵亭夜雨>를 보면,

여관에 늦은 가을비가 내리는데
차거운 창가에 고요히 밤 등불이 비추네.
절로 애처러워 수심 속에 앉노라니
참으로 온갖 상념 떨친 스님이로다.
旅館窮秋雨, 寒窓靜夜燈.
自憐愁裏坐, 眞個定中僧.

이 시는 세속 생활 중에 겪는 고초와 가을비를 보는 계절의 情趣와
대조되어 느껴 오는 심정을 토로하고 있는데 삶의 試鍊이 參禪의 연단
과 다를 것이 없다고 보아서 超脫하고픈 심적 希求에서 말구와 같은 표
현을 한 것이다.

2) 七言絶句 10首

칠언절구는 <途中作>, <饒州鄱陽亭>, <山陽與鄕友話別>, <題芋江驛
亭>, <春日邀知友不至因寄絶句>, <留別西京金少尹峻>, <贈金川寺主>,
<贈梓谷蘭若獨居僧>, <黃山江臨鏡臺>, <題伽倻山讀書堂> 등이다. 순
서대로 시의 내용을 살펴보기로 한다. 먼저 <途中作>을 보면,

> 동서로 다니며 길의 먼지가 끼고
> 외로이 여윈 말을 채찍질하며 얼마나 고생했는지.
> 돌아감이 좋은 줄 모르는 게 아니나,
> 오직 돌아간들 또 집이 가난하네.
> 東飄西轉路歧塵, 獨策贏驂幾苦辛.
> 不是不知歸去好, 只緣歸去又家貧.

시인은 放浪氣가 있어서 彷徨하는 의식이 보인다. 이 시에서 歧路는
곧 목적지가 없는 방랑의 길이다. 시인의 시에 자주 등장하는 詩語이다.
錦衣還鄕하는 모습이 아니니 기로에 서있는 삶을 유지한다. 이 길은 누
구에게나 어느 시대에나 있는 길이다. 인생은 이런 길을 걸어가면서 자
신의 整體性을 다지는 것이다. 歸着地를 찾아가기 바라는 시인의 심정을
본다. <饒州鄱陽亭> 시를 보면,

석양에 읊조리며 서 있으니 생각이 그지없고
만고강산이 한 눈에 보이네.
태수가 백성을 걱정하여 연회를 멀리하니
강 가득히 풍월이 어부의 것이네.
夕陽吟立思無窮, 萬古江山一望中.
太守憂民疎宴樂, 滿江風月屬漁翁.

시인은 愛國愛民의 의식이 강하다. 시에서 太守의 말을 빌려서 애민의 심회를 보여준다. 그래서 자연풍경도 즐길 여유가 없다. 이 시는 治政者의 애민자세를 요구하는 풍자시로 평가할 수 있다. <山陽與鄕友話別>을 보면,

상봉하여 잠시 초산의 봄을 즐기고
다시 헤어지자니 눈물이 수건에 차네.
바람 맞으며 오히려 슬퍼함을 이상타 말지니
타향에서 고향 사람 만나기 어려워라.
相逢暫樂楚山春, 又欲分離淚滿巾.
莫怪臨風偏悵望, 異鄕難遇故鄕人.

송별시이지만 삶이 주는 평범성이 드러나 있다. 楚山은 당대 송별시에 자주 등장하는 이별과 客苦를 상징하는 地名으로서의 시어이다. 王昌齡의 <芙蓉樓送辛漸>을 보면,

찬비가 강 따라 내리는 밤에 오 땅에 들어서
새벽에 나그네를 보내니 초산의 나는 외롭네.
낙양 간 친구가 묻는다면
한 조각 얼음같이 마음이 옥항아리에 있다 하리.
寒雨連江夜入吳, 平明送客楚山孤.
洛陽親友如相問, 一片氷心在玉壺.

여기서 楚山은 시인이 있는 곳, 즉 친구를 송별하는 장소이다. 최치원 시의 초산의 봄을 즐긴다는 의미는 곧 있을 송별의 슬픔과 對比하여 그 아쉬움을 極大化하고 있다. 당시에서 초산을 시어로 사용한 시들은 대개 離別이나 客愁와 관련되어 있으니 孟浩然의 <早寒江上有懷>의 제2연 「나의 집은 양수 모퉁이에 있어, 멀리 초 땅의 구름 끝에 떨어져 있네.(我家襄水曲, 遙隔楚雲端.)」라든가, 李白의 <渡荊門送別>의 제1연 「먼 형문 밖을 건너서, 초땅에 따라와서 노네.(渡遠荊門外, 來從楚國遊.)」, 馬戴의 <楚江懷古> 제1연의 「이슬 기운에 찬 빛이 모이는데, 희미한 햇빛 속에 초산에 내려오네.(露氣寒光集, 微陽下楚丘.)」 구는 모두 그 좋은 예구라 본다. 그리고 <題芋江驛亭>을 보면,

> 모래 물가에 말 세워 돌아갈 배 기다리니
> 한 가닥 안개 물결이 만고의 시름 자아내네.
> 곧 산이 평평해지고 물이 말라야
> 세상의 이별이 겨우 끝나리라.
> 沙汀立馬待回舟, 一帶煙波萬古愁.
> 直得山平兼水渴, 人間離別始應休.

驛亭의 광경을 보며 지나던 길을 멈춘 상태에서 지은 시이다. 여행 중에 잠시 쉬고 가는 곳에서 다가오는 삶의 苦惱를 담고 있다. 山水를 보는 평범한 시야에서 단순한 이별의 서정을 통해서 人間事의 起伏을 비유한다. 이 시는 이별을 사라지는 것으로 보고 이별의 장소인 역정에서 바라보는 주변 산야를 인위적으로 산을 평평하게 하고 강을 마르게 할 수 있는 방법이 있다면 이별의 고통도 해결할 수 있으리라는 불가능한 희망사항을 제시한다. 이것은 이별도 불가피하다는 의미로 긍정한다. 구

본기는 이를 두고 소멸의 미학[34]이란 용어를 만들어서 이별 즉 사라지
는 관계의 괴로운 정서를 대변한다. <春日邀知友不至因寄絶句>를 보면,

> 항상 장안에서 옛 고생하던 일 생각나니
> 어찌 차마 헛되이 고향의 봄을 버리리오.
> 오늘 아침 다시 산놀이 약속을 저버리니
> 후회하노라 먼지 속세의 명리를 찾는 자 알게 된 것을.
> 每憶長安舊苦辛, 那堪虛擲故園春.
> 今朝又負遊山約, 悔識塵中名利人.

이미 귀국하여 唐에서의 생활을 회고한다. 그리고 현실의 刻薄을 한탄
하며 초탈하지 못함을 후회한다. 시인의 시에서 일관되게 토로되는 俗中
有淨의 심정이 깃들어 있다. 만당의 古淡派詩에서 흔히 보는 풍격을 발
견한다. <留別西京金少尹峻>을 보면,

> 서로 만나서 이틀 밤 지내고 다시 헤어지니
> 갈림길에 더욱 갈림길이 있음이 걱정되네.
> 손에는 계수나무 향기가 다 사라지는데
> 그대와 이별하면 마음의 얘기할 곳 없노라.
> 相逢信宿又分離, 愁見歧中更有歧.
> 手裏桂香銷欲盡, 別君無處話心期.

송별시에서 歧路에 기로가 있다고 한 것은 고생스러운 旅路를 의미하
는데 이것은 인생길과 같다. 桂香은 고귀한 향기로서 계수나무가 주는
이미지는 淸貴하고 出衆한 인품이다. 상대방의 인격과 우정을 기리고 그
벗과의 이별은 삶의 가치를 漸減시킴을 말구에서 토로한다. 이어서 <贈

---

34) 具本機, <崔致遠의 詩世界>, p.11(상동).

金川寺主>를 보면,

> 흰 구름어린 시냇가에 절간을 지어서
> 삼십년 동안 이 절의 주지로다.
> 웃으며 문 앞의 한 가닥 길을 가리키기를
> 곧 산 아래를 떠나면 천 가닥 길이 있다네.
> 白雲溪畔刱仁祠, 三十年來此住持.
> 笑指門前一條路, 纔離山下有千歧.

　절의 주지가 30년 이상 은거한 信心을 敬畏하면서 지은 시이다. 최치원을 儒佛仙 三敎를 깊이 이해한 시인이다. 제3·4구를 보면 한 가닥 길이란 수도자만의 외길이고 그 길을 벗어나면 世俗의 온갖 길이 기다리고 있으므로 이 두 극단적인 길에서 주지는 오직 한 가닥 길만을 추구하였기에 흠모하는 마음을 시에서 표현하였다. <贈梓谷蘭若獨居僧>을 보면,

> 솔바람 듣는 것 외엔 귀가 시끄럽지 않고
> 띠풀로 집을 지어 흰 구름 뿌리에 깊이 의지하네.
> 세상사람 길을 알가 오히려 원망하니
> 돌 위에 이끼가 신 자국에 더럽혀질 가 하네.
> 除聽松風耳不喧, 結茅深倚白雲根.
> 世人知路飜應恨, 石上莓苔汚屐痕.

　山寺에 묻혀 사는 스님에게 주는 시이다. 合自然의 實相과 의식이 동시에 표현되어 있다. 俗人이기에 仙人을 希願하고 세속적이므로 오히려 世俗을 원망한다. 이 시는 세속에 대한 肯定과 怨恨이 混在된 의식을 보여준다. <黃山江臨鏡臺>를 보면,

안개 낀 봉우리 우뚝 솟고 물은 출렁이고
거울 속의 집은 푸른 산봉우리를 대하네.
어디로 외론 배가 바람 안고 가는 가
문득 나는 새는 아득히 자취도 없구나.
煙巒簇簇水溶溶, 鏡裏人家對碧峰.
何處孤帆飽風去, 瞥然飛鳥杳無蹤.

시에 묘사되는 임경대의 경치는 詩中有畵 같은 광경이다. 제1연은 생동하는 自然美가 있어서 직감적이며 疊語를 한 구에 두 번 사용하여 더욱 寫實感이 있다. 제2연은 繪畵의 遠近法이 강구되고 皴法으로 섬세한 墨跡을 보여주어서 王維詩의 南宗畵의 기법을 본다. 끝으로 <題伽倻山 讀書堂>을 보면,

미친 듯 겹친 바위에 뿜어대어 뭇 산을 울리니
사람 소리 지척에서도 분간치 못하네.
항상 시비의 소리 귀에 들릴 가 두려워하여
일부러 흐르는 물로 산을 다 감싸게 하누나.
狂噴疊石吼重巒, 人語難分咫尺間.
常恐是非聲到耳, 故教流水盡籠山.

시인이 말년에 가야산에 入山하여 지은 시이다. 흐르는 山溪의 소리를 강렬하게 묘사하여 세상과 차단된 심정을 토로한다. 구본기는 이 시를 「옳고 그름을 다투는 인간사의 티끌 같은 분쟁이 싫어서 산 속에 숨어 자연의 소리로 방벽을 쌓았다.」[35)라고 분석하고 있다. 인간이라면 경우에 따라서 현실로부터 탈피하여 초탈하려는 순간적인 衝動心을 갖는다. 이것은 인간적인 양심과 本體的인 葛藤에서 나오는 현상일 것이다. ≪東文

---

35) 具本機, <崔致遠의 詩世界>, ≪韓國漢詩作家研究1≫, pp.23-24.

選≫에 실린 최치원 시가 29수인데 시의 풍격이 모두 세속에 대한 嫌惡
와 超脫의 의지가 짙게 표출되어 있어서 選詩上 편집자의 의도가 있지
않나 본다.

≪東文選≫ 所載 崔匡裕·朴仁範·崔承祐의 七言律詩와 中晚唐詩

≪東文選≫(卷12)에 실린 崔匡裕와 朴仁範, 그리고 崔承祐의 七言律詩는 각각 10首로서 그 내용의 성격에 따라 분류할 수 있는데 여기서는 이들이 入唐文人이므로 中晚唐의 詩風과 연관시켜서 살펴보려 한다. 이들의 시가 중국자료에서는 찾을 수가 없기에 신라인의 시를 논할 때 崔致遠을 제외하고는 타인의 시를 斷片的으로 밖에 접할 수 없다. 따라서 ≪東文選≫에 수록된 이들 3인의 시는 高句麗의 乙支文德과 金眞德의 시 각각 한 수와 최치원의 시 29수와 함께 귀중한 高麗 이전의 자료라고 평가된다.

1. 崔匡裕 詩 10首─皮日休·羅隱 등 晚唐詩와의 관계

최광유는 本貫이 慶州로서 신라 헌강왕 11년(885) 試殿中監 金僅을 慶賀副使로 하여 수행원으로 唐에 파견된 후 宿衛學生으로 유학하여 賓貢科에 及第하고 崔致遠, 崔承祐, 朴仁範과 함께 新羅 10賢의 하나로 호칭

되었다. 金台俊의 ≪朝鮮漢文學史≫에 최광유를 기록하기를, 「唐留學生
으로서 金茂先, 楊穎, 崔渙과 함께 宿衛에 있어 習業하다가 10년만에 賀
正使 金顥의 船次에 還國하였다.」[1]라고 하였다. 그의 시는 고려조에 간
행된 ≪十抄詩≫에 수록되어 있다. 최광유의 시 10수를 主題 別로 분류
하면 다음과 같다.

　　景物 : <御溝>
　　詠懷 : <長安春日有感>, <早行>, <商山路作>, <憶江南李處士居>
　　詠物 : <庭梅>, <細雨>, <鷺鷥>
　　送別 : <送鄕人及第還國>
　　贈酬 : <郊居呈知己>

1) 景物

<御溝>를 보면,

　　　길게 흰 비단을 펼친 듯 고요히 바람이 없고
　　　맑은 경치는 햇빛을 머금고 밝기가 거울과 같네.
　　　언덕의 버들은 비 그치자 파란 빛 비치고
　　　담장 꽃은 봄 속에 그림자 붉게 물들었네.
　　　새벽은 지는 달과 함께 성 밖으로 흘러가고
　　　밤은 잔잔한 종소리로 금중에서 나오네.
　　　사람이 은하수에 오를 마음 있다면
　　　뗏목 타고[2] 결코 여기를 지나기 어렵지 않으리라.
　　　長鋪白練靜無風, 澄景涵暉皎鏡同.
　　　堤柳雨餘光暎綠, 墻花春半影含紅.

---

1) 金台俊, ≪朝鮮漢文學史≫ p.31(漢城圖書株式會社, 昭和12年).
2) 乘槎 ; 漢代 張騫이 뗏목 타고 銀河水에 갔었다는 전설.

曉和殘月流域外, 夜帶殘鍾出禁中,
人若有心上星漢, 乘槎未必此難通.

　　이 시는 長安의 궁궐 도랑을 보며 지은 경물시이다. 그 묘사가 纖細하고 詩語에 色彩感이 있다. 제1연에서 백색과 햇빛은 색감이고, 바람은 소리이다. 그리고 제2연에서 녹색과 홍색이 색대비로 회화미를 더하고 제3연에서 종소리는 역시 성감이 담겨 있다. 말연에서 승화된 의식세계를 보여주며 시인의 은일낭만적인 초탈감을 토로한다. 그리고 시의 음절이 조화를 이루는 것도 생동감을 주는 요인이다. 이 시는 이상은 시의 정려한 맛과 상통한다. 賀裳이 이상은 시를 「綺才艶骨」[3]라고 평한 말은 그의 시가 精麗한 풍격이 있다는 뜻이다. 그의 정려풍은 杜甫에게서 배웠지만 정려의 경계가 같을 수는 없다. 두시는 노인의 장탄과 같다면, 이상은 시는 소년의 가벼운 탄식(輕嗟)같고, 두시가 인간적이라면, 이상은 시는 자아적이며 또 두시가 실제적이라면 이상은 시는 환상적이니, 인생관과 문학관 형성의 배경이 다른 것을 반영해 주는 것이다. 정려는 도끼 자국(斧鑿痕跡)이 있기 마련이니, 정미한 문학세계는 琢磨를 요하기 때문이다. 葛立方은 「작시는 조탁을 귀히 여기나 한편 도끼자국이 있어 흠이 날까 두려워한다. 그래서 그것이 뼈에 붙을까 두려우니, 이 때문에 어려운 것이다.(作詩貴雕琢, 又畏有斧鑿痕, 委破的, 又畏粘皮骨, 此所以爲難.)」[4]라고 하여 조탁이 귀중하다. 조탁은 音節의 和諧를 강구하는데 있다. 음절의 화해는 율절구의 平仄法을 지칭하는 것이 아니라 吟詠의 妙理를 조성해야 하는 것을 의미한다. 李重華는 ≪貞一齋詩說≫에서 「율시에 있어 평측만 논하면, 평생 입문할 수 없다.(律詩止論平仄, 終身不得入

---

3) 賀裳, ≪載酒園詩話≫ 卷4.
4) 何文煥, ≪歷代詩話≫에 수록된 宋代 葛立方 ≪韻語陽秋≫ 卷3, p.307.

門.)」라고 하였는데, 한 자의 성조가 단독이 아닌 합용될 경우, 4성이 일정한 원칙을 따를 수 없기 때문인 것이다. 王力은 그 예를 다음과 같이 설명하였다.

> 성조는 홑소리의 경우와 겹소리의 경우가 다르다. 예컨대, 북경어에서 『河北』의 北은 전부 발음하고 『北平』의 北은 반절만 발음하는데 모두 상성이다. 『北海』의 北은 또한 평양성으로 읽는다.
> 聲調單唸與合唸不一樣, 例如在北平話裏, 『河北』的 『北』是全唸的, 『北平』的 『北』 只唸一半, 都是上聲. 至於 『北海』的 『北』 又唸作平陽了.5)

시중의 음절은 자기창조여야 하지 前人의 것을 모방해선 안 된다. 따라서 袁枚는 ≪隨園詩話≫에서 「시는 음절이 있어, 맑고 가늘기가 마치 눈이 덮인 대나무의 얼음 실 같으니, 세상의 범상한 소리가 아닌 것이다. 이 모두가 천성으로 그렇게 되는 것이거늘 배우고 물어서 되는 것이 아니다.(詩有音節, 淸脆如雪竹冰絲, 非人間凡響, 皆由天性使然 非關學問.)」6) 라고 설명하였다. 이상은의 <楚宮> 제2수(卷5)를 보면,

> 이미 패옥 소리 듣고 가는 허리를 알고
> 또한 가야금 소리에 가냘픈 손가락을 느끼네.
> 已聞佩響知腰細, 更辨絃聲覺指織.

또 <日射>(卷5)를 보면,

> 햇살은 비단 창에 내리쬐고 바람은 사립문을 흔드는데
> 비단 손수건 만지작거릴 새 어느덧 봄날은 가네.

---

5) 王力, ≪中原音韻學≫ 上冊, p.93.
6) 袁枚, ≪隨園詩話≫ 卷9, p.36.

회랑의 사방에서 적막이 엄습해오고
푸른 앵무새는 붉은 장미와 짝하네.
日射紗窓風撼扉, 香羅掩手春事違
廻廊四合掩寂寞, 碧鸚鵡對紅薔薇.

위의 2수 시구는 음절의 和諧를 강구하여 정려미를 고취하고 있다. 이상은 시의 精麗라는 특색은 자연적 감각을 준다는 것이다. 즉 인위적인 조작의 느낌이 없다는 것이다. 최광유의 시를 이상은 시의 정려미에 비교하는 이유도 詩中有畵的인 繪畵美 속에 聲과 色, 그리고 光과 態 즉 繪畵의 기본 요소가 담겨 있어서 한 폭의 화려한 御溝 그림을 감상하고 있다. 그 안에 淸潔하고, 高遠한 격조가 있다.

2) 詠懷

<長安春日有感>을 보면,

삼베옷7)으로 갈림길 먼지 털기 어려우니
귀밑털이 희고 여윈 얼굴이 새벽 거울에 새롭구나.
상국의 좋은 꽃은 수심 속에 곱고
고향의 향기론 나무는 꿈속의 봄이네.
쪽배 타고 안개 낀 달 아래 넓은 바다를 생각하고
야윈 말 타고 관하에서 지쳐 나루터를 묻네.
다만 형설의 뜻을 얻지 못하니
푸른 버들의 꾀꼬리 소리에 크게 마음 아프네.
麻衣難拂路歧塵, 鬢改顔衰曉鏡新.
上國好花愁裏艶, 故園芳樹夢中春.

---

7) 麻衣 ; 唐宋代에 과거급제를 못한 사람이 입었던 옷.

扁舟煙月思浮海, 羸馬關河倦問津.
祗爲未酬螢雪志, 綠楊鶯語大傷神.

　唐 長安에서 及第하기 전에 지은 시로 본다. 제1연에서 麻衣는 布衣로서 평민의 신세를 말하고 고생하느라 머리가 세어 감을 묘사한다. 제2연에서는 이국에서 고향을 그리워하고 있고, 제3연에서는 현실을 직시하며 問津한다는 것은 속세를 초탈하고 싶은 愁心을 내포한다. 그리고 말연에서 得意하지 못한 처지에서 아름다운 새소리가 오히려 悲感을 자아낸다. 이 시를 皮日休 <春夕酒醒>의 다음 시와 비교하면,

　　　　음악이 끊어진데 술 취한 이 촌놈
　　　　영록주 술 내음 화로에 감돌도다.
　　　　한 밤에 깨어나니 붉은 촛불 짧은데
　　　　한 가닥 찬 눈물이 산호가 되었도다.
　　　　四弦才罷醉蠻奴,[8] 𨤍醁[9]餘香在翠爐.
　　　　夜半醒來紅蠟短, 一枝寒淚作珊瑚.

　이 시는 술에서 깨어난 직후 春夕의 정경을 찰나적으로 묘사한 것이다. 음악이 그치고 연회의 사람들도 모두 흩어지고 시인은 취한 중에 향기로운 술은 마음을 끄는 가운데 한밤의 봄 정경을 情中有景的 感懷로 묘사하고 있다. 한 가닥의 촛불에서 흘러내리는 촛물은 春夜의 風光과 조화하여 珊瑚의 자태로 영상되었다. 제1연에서 '醉'자의 묘법은 매우 오묘하다. '醉'자 속에 제2구로 이어지는 감흥이 '餘香'으로 표현되기 때문에 취중에도 술이 깨어 있고 또 더욱 주흥을 그리는 심회가 표출된다.

---

8) 蠻奴는 歌舞伎를 지칭. 羅鄴의 <自遣> ; <江上吹笛蠻奴>. 피일휴의 시에서는 자칭임. 通典 ; <襄陽, 春秋以來楚地也.> 日休는 襄陽人이므로 楚地를 荊蠻이라 칭한 데서 자칭한 것으로 봄.
9) 영록은 酒名. ≪北堂書鈔≫ 引吳錄 ; <湘東酃縣有酃水, 能釀美酒, 因以水爲酒名.>

이는 작자의 내심의 우수를 암시하는 曲切의 描法이다. 제2연에서는 '短'자로서 촛물이 다해 가는 아쉬운 정경을 그리면서 촛불을 산호같이 붉고 맑은 한 방울의 영롱한 대상으로 승화시킨 것은 春夕의 情景과 그에 따르는 심경을 조화한 수법으로 볼 수 있다. 이것은 단순한 정경의 심회가 아니라, 자신의 得意치 못한 신세를 物我一體이며, 情景交融의 경지에서 이루어진 시적인 영상이다. 최광유 시에서 '歧塵'은 방황을 의미하고, '愁裏艶'은 內心의 悲哀로 인해 꽃도 수심이 깃든 것처럼 보일 것이다. 그래서 '浮海'하고 싶은 절실감이 우러나고 처절한 심정 속에 '傷神'하고 있음을 사실적으로 표현한다. 피일휴의 말연에서 밤새도록 珊瑚 같은 눈물로 지새는 마음과 최광유의 수심 속의 꽃 자태가 서로 상통된다. <早行>을 보면,

> 닭소리 듣고 홀로 문빗장을 여니
> 여윈 말 슬피 만리정에서 우네.
> 높은 피리소리 멀리 조각달에 불어가고
> 채찍의 차거운 무늬는 지는 별을 움직이네.
> 바람 따라 울리는 성긴 메아리는 산 너머 기러기 소리
> 이슬 젖은 희미한 빛은 물 건너는 반딧불이.
> 누가 타향의 나그네 서러움 생각하리오
> 향 등불은 어디에서 은병풍을 비추는가.
> 纔聞鷄唱獨開扃, 羸馬悲嘶萬里亭.
> 高角遠聲吹片月, 一鞭寒彩動殘星.
> 風牽疎響過山鴈, 露濕微光隔水螢.
> 誰念異鄕遊子苦, 香燈幾處照銀屏.

해 뜨기 전에 旅程에 오른 심정을 客愁와 함께 吐露한다. 제1연은 出發 준비를, 제2연은 새벽에 길 떠난 하늘의 달과 별을 각각 묘사하고, 제3연은 산길을 가며 새소리를 듣고 반딧불도 본다. 말연은 客路에 보이

는 어느 집의 새벽등불이 더욱 시심을 돋운다. 역시 시 속에 立體感이
있어 소리와 빛, 바람과 이슬 등이 조화되어 한 장의 화폭이 되었다.
<商山路作>을 보면,

　　　　봄에 時嶺에 오르니 기러기가 낮게 돌고
　　　　말발굽은 느리게 눈진탕으로 옮기네.
　　　　綺里季10)의 집 옆엔 구름이 산굴을 감돌고
　　　　張儀山11) 아래엔 나무가 시내를 감싼다.
　　　　낭떠러지에 걸린 사나운 돌에 용과 범이 놀라고
　　　　목 메인 시내의 미친 샘물은 북과 장구를 친다.
　　　　나른하여 서울이 얼마나 되는지를 묻는데
　　　　끊어진 안개와 지는 해 모두 처량하도다.
　　　　春登時嶺鴈回低, 馬足移遲雪潤泥.
　　　　綺季家邊雲擁岫, 張儀山下樹籠溪.
　　　　懸崖猛石驚龍虎, 咽澗狂泉振鼓鼙.
　　　　懶問帝鄉多少地, 斷煙斜日共凄凄.

　　山中을 여행하는 과정에 客苦를 달래면서 지은 시이다. 제1연은 봄날
에 산길을 가는 광경을 묘사하고 제2연은 옛 賢人의 고택과 주거지를
지나며 회고하며, 제3연은 商山의 險路의 웅장한 자태를 사실적으로 묘
사하고 있다. 말연은 客愁를 표현하여 인생의 歷程과 비유한다. 이 시는
여정의 한 장면이지만 초탈과 은둔적인 의식이 담겨 있어서, 張祜의 寺
僧을 주제로 한 시와 상관된다. 송대 阮一閱은 이 점을 葛常之의 말을
빌려 장호를 다음과 같이 말하고 있다.

---

10) 綺里季 ; 漢代 商山四皓의 한 사람. 秦 나라 말년에 전란을 피하여 陝西省 商
　　山에 은거한 네 사람의 백발노인. 東園公, 夏黃公, 甬里先生, 綺里季. 후에 한
　　나라 惠帝의 스승이 됨.
11) 張儀 ; 戰國時代 유세가. 魏나라 사람. 諸侯에게 유세하여 蘇秦의 合縱說에 반
　　대하고 列國이 秦 나라를 섬겨야 한다는 連橫策을 주장.

장호는 산행을 즐겼고 고음이 많다. 무릇 그가 다닌 불사에서 왕왕 시
지어 노래하였는데, <제승벽> 같은 데서는 <객지에 술을 많이 대하다가
승방에 드니 오히려 꽃오 싫구나.(客地多逢酒, 僧房却厭花.)>라 하였다.
실로 승방과 불사가 그의 시를 통해 표방되는 경우가 많음을 알겠다.
　　張祜喜遊山而多苦吟, 凡所歷僧寺往往題詠如題僧壁云 : 客地多逢酒, 僧
房郤厭花, 信知僧房佛寺賴其詩標榜者多矣. (≪詩話總龜≫ 卷21)

그리고 송대 蔡正孫은 ≪詩林廣記≫(卷9)에서 孤山寺, 金山寺 등을 싣
고 평하였는데, 특히 금산사를 두고 評하기를,

　　남당서는 금산사를 승경이라 하였다. 장호가 읊은 시에는 <스님이 돌
아가니 밤배에 달이 뜨고 용이 나니 새벽 마루에 구름이 인다.>의 구절
이 있는데, 그 후로 시인들은 붓을 놓았다. 손방이 다시 읊은 한 수의 시
가 절창이라 불리었을 뿐이다.
　　南唐書云 : 金山寺號爲勝景, 張祜吟詩有『僧歸夜船用, 龍出曉堂雲』之
句自後詩人閣筆. 孫魴乃復吟一詩, 特號絶唱.

라고 하니 후세학자가 장호 시의 소재에 있어 寺僧의 중요성을 강조한
증거라 할 것이다. 이것은 시정이 천속을 면하는 근거가 되기도 하지만,
장호의 시 전체가 지닌 避俗의 특징이라는 데까지 확대하여 말할 수 있
는 것이다. 작시상 경계해야 할 점 즉, 「시는 진부한 데 매이는 것을 경
계할 것이며, 경박하고 헤매는 것을 경계할 것이다. 무릇 어사의 기세를
드러내는데 응당 비속함을 멀리 하여야만 시를 알 수 있다.(詩一戒滯累
塵腐, 一戒輕浮放浪, 凡出辭氣, 當遠鄙倍, 詩可知矣.)」(≪詩槪≫)라는 표현
과 대조해 볼 때 더욱 장호의 시에서의 소재 선택의 신선함을 먼저 강
조하지 않을 수 없다. 王國維가 말한 바 같이 「유아의 경지가 있고 무아
의 경지가 있다.(有有我之境, 有無我之境)」(≪人間詞話≫)라는 의미는 '我

로써 사물을 보는 것을 전자의 것이라면 '物'로써 사물을 보는 것을 후
자의 것이 되겠으니, 장호의 경물을 描繪하는 詩情에서부터 隱逸과 俗脫
을 추구한 면을 전자의 경우로 볼 수 있다. 이것은 '我'의 '情'을 위주로
하고 '物'의 '景'을 추종으로 했다고 보기 때문이다. 후자에 대해서 몰입
도가 덜한 지경이라 하기보다는 觀照의 精緻를 표현해 주는 시세계라 볼
수 있다. '境' 속에 반드시 '我'가 있으며 그 주체는 '我'이므로 「我相」이
澹遠의 (虛無가 아닌) 의식흐름인 것이다. 그래서 소위 「경물이 성정에
기탁한다.(景寄於情.)」(張德瀛, ≪詞徵≫)라는 말이 가능하다.[12] 장호의
<涓川寺路>를 보면,

> 해가 져 서쪽 시내가 으슥하니,
> 먼 데서 쫓겨 온 이 몸 시름이 솟구친다.
> 안개 진 이끼는 축축히 땅에 엉켜 있고,
> 대나무엔 달빛 어린 이슬방울 맺혀 있다.
> 때마다 스님이 오는 걸 보면,
> 다리 곁에 구름이 솟아오른다.
> 日沈西澗陰, 遠驅愁突兀.
> 煙苔濕凝地, 露竹光滴月.
> 時見一僧來, 脚邊雲勃勃.

이 시에서 전체구가 경물의 자태와 작자 자신의 그 속에서의 위치를
진솔하게 그려 놓았다. 제3·4구의 세밀함, 제5·6구의 경계묘사는 스님
의 天界遊覽을 연상케 하여 超脫의 妙法을 강구하고 있다. 시에서 '沈',
'陰', '遠', '突兀', '煙', '凝', '滴', '僧' 등의 글자는 말구의 제5자로 귀결

---

12) 情景의 주종관계를 謝榛의 다음 구에서 참고할 수 있다. <韋蘇州曰 ;『窓裏人
    將老, 門前樹已秋』, 白樂天曰 ;『樹初黃葉日, 人欲白頭寺』, 司空曙曰 ;『雨中黃葉
    樹, 燈下白頭人』, 三詩同一機杼, 司空爲優. 善狀目前之景, 無限凄感, 見乎言表.>
    (≪四溟詩話≫)

시키는 動中靜의 묘법이라 하겠다. 이러한 경지는 避俗의 의미이니 정적
이 깃든 속에 경물 묘사의 精緻함은 단순한 詩心의 발로 이상의 妙趣가
승화되어 나타나고 있다. 이것은 바로 시의 다음과 같은 단계에 들어선
장호의 작품수준이라 하겠다.

> 시의 경계는 유현을 귀히 여기고, 뜻은 한랭을 귀히 여기며, 말은 조탁
> 을 귀히 여긴다. 한랭하면 준영해지고, 조탁하면 고초해진다. 이와 같은
> 것은 모두 속된 것을 잘 피하고 진부한 것을 잘 피하는 것들이다. 또한 속
> 되고 진부한 것을 피하는 것뿐만이 아니니, 최고의 경지에 이른다 하여도
> 어찌 여기에 덧보탤 것이 있겠는가?
> 詩境貴幽, 意貴閒令, 辭貴刻削. 閒令便雋永, 刻削便古峭. 若此者皆善於
> 避俗, 善於避熟者也. 且不但避俗與熟而已, 卽登峰造極, 豈有加於此乎. (≪
> 說詩菅蒯≫)

이런 기준에서 滄浪이 말한 제일의적인 '以禪入詩'의 시세계에 장호를
동참시킬 수 있을 것이다.[13] 장호 시의 제2연은 곧 '유현을 귀히 여김(貴
幽)'과 '저속을 고침(醫俗)'이라는 시의 탁월성을 표출하고 있으니 최광유
의 시 제3연이 貴幽와 醫俗의 경지를 토로한 부분이 된다. 만당의 기풍
에서 독자적인 풍격을 형성한 최광유의 개성을 읽을 수 있다. <憶江南
李處士居>를 보면,

> 강남에서 전에 대공의 집을 지나는데
> 문 앞 텅 빈 강에는 새벽노을이 들었었네.
> 달 아래 앉아서 향기론 항아리에 죽엽주를 기울고
> 봄놀이하는 목란배엔 복숭아꽃이 떠있었네.
> 뜰 앞의 이슬 맺힌 연꽃은 섬돌을 붉게 물들고
> 창밖 맑은 산의 푸른 기운이 사창에 들어왔네.

---

13) 嚴羽, <詩辨>, ≪滄浪詩話≫ 참조.

다만 옛 놀던 일 생각나 자주 꿈에 맺히니
동풍에 초췌한 몸으로 서울에서 우노라.
江南曾過戴公家, 門對空江浸曉霞.
坐月芳樽傾竹葉, 遊春蘭舸泛桃花.
庭前露藕紅侵砌, 窓外晴山翠入紗.
徒憶舊遊頻結夢, 東風憔悴泣京華.

깊은 友情을 느끼게 하는 高雅한 시이다. 이 시를 지은 새벽 시간이 제1연에 나오고 벗과 유람하던 일을 회상하면서 제3연에서는 한 여름의 정취를 강하게 묘사한다. 그러나 말연에서 시인은 지금은 만날 수 없는 벗이 그리워 수심에 차 있는 것이다. 이 시는 ≪近體秋陽≫에서 「진지하게 정에 드니, 독자로 하여금 끊이지 않고 생각게 한다.(坦摯入情, 致令讀者亦依依繫想)」(鄭谷의 시 <久不得張喬消息>를 평한 것)라고 평한 것처럼 情分이 충만하다. 이 시를 鄭谷의 <久不得張喬消息>시와 대조해 보면, 傅義는 그의 校注本 序言에서 「'오래 장교의 소식을 못 듣고' 시는 자주 전쟁의 소란으로 해서 나그네 신세의 고생과 위험을 염려하는 것이다.(久不得張喬消息屢以兵戈擾攘 行旅艱危爲念.)」(≪鄭谷詩集編年校注≫ p.2)라고 이 시를 평가하고 있으니 보건대,

저 멀리 외로이 길 떠나서
회수를 따라서 오땅으로 간다.
난리는 어디가 심한가
편안히 집에 갈 수 없구나.
나무가 없으니 구름이 들에 드리고
돛대가 드무니 달이 호수에 차누나.
상심이 마을을 감도니
옛 밭 갈던 남정네 적을 수밖에.
天末去程孤, 沿淮復向吳.

亂離何處甚, 安穩到家無.
樹盡雲垂野, 墻稀月滿湖.
傷心繞村落, 應少舊耕夫.

이 시는 兵亂과 亡國의 수심을 동시에 그려놓고 있으니 전란으로 촌락은 인적이 드물어서 제4연은 그 광경을 直說해 준다. 이 시는 에 대해서 그래서 李襄民은 賈島의 풍격을 본받았다고 다음에 평하고 있다.

> 그 시는 근심하여 마음 아프고 처연하며 또 망국의 소리인 것이다. 그 뜻을 다듬고 애쓴 것을 보면 이는 가도에게서 본받은 것이다.
> 其詩憂傷凄厲, 亦不免爲亡國之音矣. 看其刻意用力, 是從賈氏門中來.
> (≪重訂中晚唐詩主客圖≫)

이처럼 최광유 시도 표면상으로는 단순히 벗을 추억하지만 시대적으로 보아 혼란한 정국에 벼슬을 벗고 落鄕한 대상으로 추리할 수 있다. 그래서 애틋한 情理가 깃들어 있다.

3) 詠物

영물시는 「정감에 부치어서 풍자한다.(寄情寓風)」를 바탕으로 하는 바, ≪四庫全書總目提要≫ 集部5의 <詠物詩提要>에서 기록하기를,

> 옛날 굴원은 <귤송>을 짓고 순자는 <잠부>를 지었는데, 영물의 작품은 여기에서 싹텄다. ……당시는 사물의 모양을 숭상하고 송시는 의론을 삽입하는데, 기탁된 정감과 붙여진 풍유가 그 가운데서 끝없이 흘러나오니 이것이 그 대체적인 비교이다.
> 昔者屈原頌橘, 荀況賦蠶, 詠物之作, 萌芽于是,……唐尙形容, 宋參議論,

而寄情寓諷, 旁見側出于其中, 此其大較也.

라고 하여 영물작품의 근본적인 착상의식을 피력하였으며 영물시를 짓는 의도는 시를 통하여 比興적 체재를 구사하니, 李重華는 이것을 다음과 같이 기술하고 있다.

> 영물이라는 체재는 제재로 말하면 부요, 시를 짓는 까닭으로 말하면 흥이요, 비이다.
> 詠物一體, 就題言之, 則賦也, 就所以作詩言之, 卽興也, 比也. (≪貞一齋詩說≫)

영물시의 작법에 대해서 구체적으로 여하히 표현해야 할 것인가에 대해서 원대의 楊載는 다음과 같이 기술하였는데 이는 전대의 작품에서 보이는 공통점과 후대의 작법의 기준을 제시한 것으로 본다.

> 영물시는 사물에 기탁하여 뜻을 펼치고, 두 구에 맞춰 사물의 형상을 노래하고 물상을 그대로 그려야 하나, 지나친 조탁과 기교는 피해야 한다. 제1연은 직설한 제목과 합치해야 하고 사물의 출처를 명백히 해야 된다. 제2연은 영물의 본체와 합치해야 하고, 제3연은 사물을 말하는 작용과 합치해야 하는데, 뜻을 말하기도 하고, 의론하기도 하고, 인사를 말하기도 하고, 고사를 사용하기도 하며, 외물을 구체적으로 실증하기도 한다. 제4연은 제목 외의 것으로 뜻을 표현하거나 혹은 본의로 그것을 결속한다.
> 詠物之詩, 要托物以伸意, 要二句詠狀寫生, 忌極雕巧. 第一聯須合直說題目, 明白物之出處方是. 第二聯合詠物之體, 第三聯合說物之用, 或說意, 或議論, 或說人事, 或用事, 或將外物體證. 第四聯取題外生意, 或就本意結之 (≪詩法家數≫ 卷1)

이 장법은 매우 세밀하게 묘사되어 있어서 시의 독창과 주관을 제약할 수 있지만, 그 본의는 순수한 영물시란 사물을 순수하게 묘사하되,

'寓懷'를 담아야 함을 알 수 있다. 다음 <庭梅>를 보면,

비단 같이 고운 서리 같은 빛 사방에 비치는데
마당 구석에서 홀로 섣달의 봄을 차지하네.
화려한 가지는 살짝 늘어져 남은 화장이 옅고
밝은 눈이 막 녹으니 묵은 눈물이 새롭네.
찬 그림자 낮게 금정 우물의 해를 가리고
찬 향기는 가벼이 옥창문의 먼지를 막누나.
고향에도 아직 냇가의 나무 남아 있어
응당 서쪽 만리 가는 이를 마지 하겠지.
練艶霜輝照四隣, 庭隅獨占臘天春.
繁枝半落殘粧淺, 晴雪初銷宿淚新.
寒影伍遮金井日, 冷香輕鎖玉窓塵.
故園還有臨溪樹, 應待西行萬里人.

　　이 시는 思鄕과 思友를 노래하고 있다. 제1연은 아직 春節이 아닌데 이미 흰 꽃망울이 맺힌 매화를 그리고, 제2·3연에서는 매화의 淨潔한 자태와 溫和한 향기를 묘사하며 말연에서는 타향의 心思와 鄕愁를 토로한다. 이 시와 비교하여 羅隱의 <梅花>를 보면,

오왕이 취한 곳 10여 리 밖에는,
들 비추고 옷깃 스치며 이제 막 만발하구나.
비 맞아도 산새 따라 흩어지지 않고,
바람에 의지하여 길손과 이야기 나누는 듯.
근심스레 歌席에 요염하게 꽃가루 나부끼어,
고요히 술동이 건드는 향기가 사랑스럽네.
그리운 벗에게 부치고자 하나 좋은 소식 없으니,
그대 위해 슬픈 중에 또 황혼이 지네.
吳王醉處十餘里, 照野拂衣今正繁.
經雨不隨山鳥散, 倚風疑共路人言.

愁憐粉艶飄歌席,　靜愛寒香撲酒罇.
欲寄所思無好信,　爲君惆悵又黃昏.

　여기에서 그리운 벗을 매화의 자태와 계절에 빗대어서 자신의 哀傷을
표출하니 諸家마다 評述하기를 나은의 불행한 관직생활을 비유한 것이
라 하나 自傷의 懷抱를 강조하는 것도 시의 흐름과 상관된다. 이것은 송
대 羅大經의 《鶴林玉露》(卷12)에서 나은을 평하기를,

　　만당시는 기미하고 풍골이 결핍되어 혹자는 이를 업신여겼으며, 또 왕
　　유·저광희 등에 근거하여 그 시대의 시인까지 업신여겼다. 그러나 의기
　　와 절개가 있는 인사도 왕왕 그 가운데서 나왔다. 나은은 건부 중에 진사
　　시험에 응시하여 열 번 이상 낙방하였다.
　　晚唐詩綺靡乏風骨, 或者薄之, 且因王維·儲光羲輩, 而幷薄其人, 然氣節
　　之士, 亦往往出於間. 羅隱乾符中擧進士, 十上不第.

라고 하여 官路의 不順함을 부각시키고 있다. 나은의 영물시에는 자기갈
등 속에 자연의 현상을 넣어서 諷諭한 점이 매우 허다한데 최광유의 시
도 영물 자체에 충실하여 시의 가치가 부각되어 있으며 그 묘사가 纖微
하고 切實하여 나은을 능가할 만하다. 다음으로 <細雨>를 보면,

　　바람은 실을 켜듯 솔솔 불고 구름은 뭉개져 실처럼 흩어지는데
　　음산하게 가랑비 내리니 바다와 산은 봄이로다.
　　잔 이슬 내린 새벽 꽃은 붉은 눈물을 흘리고
　　가벼이 적신 안개 낀 버들은 푸른 눈썹 찡그리네.
　　고운 돌길 노루 발자국에 이끼 나고
　　모래언덕 말 발자국에 낀 먼지를 적시네.
　　수나라 양제의 비단 돛[14]은 응당 그대 꺼려했으리니

---

14) 煬帝錦帆 ; 隋나라 煬帝가 운하로 江都에 유람간 일.

오히려 도롱이 쓴 낚시꾼에게 잘 어울리라.
風繰雲緝散絲綸, 陰暄濛濛海岳春.
微泫曉花紅淚咽, 輕霑煙柳翠眉顰.
能鮮石逕麋蹤蘚, 解裛沙堤馬足塵.
煬帝錦帆應見忌, 偏宜蓑笠釣船人.

  이 시는 순수하게 봄비 내리는 광경을 곱게 묘사한 典型的인 晚唐 唯美派的인 작품이다. 그런데 그 묘사가 너무 美麗하고 比喩的이다. 제1연에서 바람이 불어오는 느낌을 비단실 켜듯 한다고 썼고 제2연에서 붉은 꽃에 가랑비가 맺힌 모습을 붉은 눈물 흘린다고 하고 안개 낀 버들가지를 푸른 눈썹을 찡그리는 것으로 비유한다. 제3연은 觀察力이 매우 緻密하고 情感的이고 말연은 富貴榮華 보다는 素朴한 野人의 삶이 더 意味가 있음을 강조한다. 이상은 시에도 같은 제목의 5言絶句 <細雨>가 있어 보면,

장막이 가벼이 날리는 백옥 마루에
대자리 거두니 푸른 상아 침상이라.
초나라 여인이 그 당시 생각에 잠기니
쓸쓸히 고운 머리카락 싸늘하게 날리네.
帷飄白玉堂, 簟卷碧牙床.
楚女當時意, 蕭蕭髮彩凉.

  이 시에 대해서 ≪李義山詩集輯評≫에서 「아름다움이 전체에 들어있다.(佳在渾成.)」라 하고, ≪玉谿生詩意≫에서 이르기를,

보슬비는 머리카락 같으니 장막이 흩날리고 대자리를 걷어 올리는 것으로 그 당시의 초의 여인을 회상하고 있어서 뜻이 절로 기탁되어 있다.
細雨如髮, 因帳飄簟卷而懷當時之楚女, 意自有托也.

라고 하여 가랑비의 자태를 여인의 머리발에 興托하고 시인의 섬세한 寄興的 技法을 이 영물시에서 보여준다. 최광유의 시는 이상은 시와 比肩할 만한 묘사능력과 興托을 제시한다. <鷺鷥>를 보면,

> 안개 낀 물섬에 해가 따스한데 부들풀 숲에 숨고
> 한가로이 말쑥한 서리털로 낚시 노인 벗하네.
> 높은 자취는 붉은 머리 학을 알지 못하고
> 한가한 정은 감색 깃털 기러기와 맞먹네.
> 嚴光15)臺 옆에 새벽에 개구리밥 꽃이 피고
> 범여16)의 뱃가에는 갈대의 눈 같은 꽃이 바람에 이네.
> 두 곳의 지는 해에 너무 사랑스러운 그대
> 짝을 지어 드리운 노을 속에 내리누나.
> 烟洲日暖隱蒲叢, 閑刷霜毛伴釣翁.
> 高跡不知丹頂鶴, 疎情應及紺翎鴻.
> 嚴光臺畔蘋花曉, 范蠡舟邊葦雪風.
> 兩處斜陽堪愛爾, 雙雙零落斷霞中.

저녁에 노니는 한 쌍의 白鷺의 아름답고 한가로운 飛翔과 그 자태를 假飾 없이 美麗하게 묘사한다. 시인은 제3연에서 嚴光과 范蠡를 詩語로 驅使하여 시인 자신의 隱遁的인 意識을 表出한다. 이 시를 나은의 순전하고 암울한 당말의 사회현상을 비유적으로 묘사한 <鷺鷥>와 비교하면,

> 석양은 아른아른 버들은 무성한데

---

15) 嚴光 ; 자는 子陵, 東漢人. 光武帝가 즉위 후에 富春山에 은거하여 낚시하던 곳을 嚴光臺라 함.
16) 范蠡 ; 春秋時代의 楚人으로 越王 勾踐을 도와서 吳나라를 멸망시키어 會稽의 치욕을 씻음. 그 후에 벼슬을 버리고 陶에 숨어 살면서 부호가 되매 세인이 陶朱公이라 불렀음.

바람맞는 해오라기가 물 속 깊이 비추네.
사람에게 결백을 뽐내지 말지니
물고기 부러워하는 마음 가진 줄 아노라.
斜陽淡淡柳陰陰,　風襲寒絲映水深.
莫謾向人誇潔白,　也知長有羨魚心.

이 시에서 한 마리의 새를 통하여 俗世의 혼탁함을 對比시켰으며 물
고기를 부러워하는 마음, 곧 拘束 없이 煩悶과 苦痛으로부터 超脫한 心
性을 단적으로 啓示해 주고 있으니, 최광유의 영물시는 그 풍격이 최고
의 수준에 도달하여 晩唐의 大家에 遜色이 없음을 확인하게 된다.

4) 送別

<送鄉人及第還國>을 보면,

월계수[17] 짙은 향기가 흰 삼베에 이는데
한 가닥 귀로는 저 하늘 끝을 가리킨다.
부모님 계신 높은 집에서 조석으로 요리를 하며
상국에서 기뻐 놀며 꽃에 취하길 그만두네.
붉게 비치는 신기루 물결은 해를 토하고
보랏빛 자라는 메부리에 가서 노을을 가로 지르네.
같이 고향을 떠나서 그대가 먼저 가니
외로이 빈 편지를 먼 집에 부치네.
仙桂濃香惹雪麻,　一條歸路指天涯.
高堂朝夕貪調膳,　上國歡遊罷醉花.
紅暎蜃樓波吐日,　紫籠鼇極岫橫霞.
同離故國君先去,　獨把空書寄遠家.

---

17) 仙桂 ; 과거급제하면 월계수를 머리에 씀.

이 시는 歸國하는 벗을 전송하며 哀切한 思鄕心을 토로한다. 벗은 及第하여 月桂樹 향기가 짙은데 자신은 麻衣 입은 布衣士에 불과하고 歸鄕하는 벗을 부러워하며 想像의 날개를 펴는 장면이 제1, 2, 3연에 전개된다. 말연에서 시인은 편지 한 장 고향에 부치고 싶은 그리움이 讀者의 心琴을 울리게 한다.

5) 贈酬

<郊居呈知己>를 보면,

거마를 탄 어떤 이가 잠시 찾으니
뜰 가득한 찬 대나무는 조용히 소근댄다.
숲새 집에 지는 햇빛은 시냇물에 멀리 비치고
발을 거두니 늦가을에 산언덕이 드높네.
계수나무 꺾으러 토끼 굴에 오르려 않고
고향편지 보내려 큰 파도 건널 일 없네.
중훼18)처럼 상나라 문서 지으면서
여 땅의 개19)처럼 천하게 되지 마오.
車馬何人肯暫勞, 滿庭寒竹靜肅騷.
林舍落照溪光遠, 簾捲殘秋岳色高.
仙桂未期攀兎窟, 鄕書無計過鯨濤.
生成仲虺裁商誥, 莫使非珍似旅獒.

이 시는 친구가 俗世의 出仕에 매이지 말고 高潔하게 살기를 바라며

---

18) 仲虺 ; ≪書經≫ 商書에 仲虺之誥篇.
19) 旅獒 ; 太保 召公에게 旅 땅의 개를 바쳤으나 珍物로 여기지 않았다 함.

자신도 같은 심정인 것을 보여준다. 제1·2연은 山川의 寂寞과 벗에게 보내는 友情이 조화되어 自然과 合一된 情感을 주고 시 후반에서 강렬한 벗을 향한 자신의 忠告를 제시한다.

2. 朴仁範 詩 10首—咸通十哲과의 관계

박인범은 孝恭王 時에 활동하였는데 唐 咸通시대(860~873)에 유학하여 賓貢科에 급제하고 귀국 후에 翰林學士와 守禮部侍郎을 지냈다. 咸通시대는 소위 晚唐의 淸雅派에 속하는 咸通十哲이 문학을 주재하던 시기로서 이 중에 鄭谷과 張喬가 유명하고 이들은 崔致遠 등 新羅文人과도 교류가 빈번하였다. 함통십철에 대해서 王定保의 ≪唐摭言≫(卷10)에 기술하기를,

> 함통 말년에 경조부해에 건주 李頻이 때마침 경조참군주시가 되었고 동시에 허당과 장교, 유탄지, 극연, 임도, 오한, 장빈, 주요, 정곡, 이서원, 온헌, 이창부가 있었으니, 그들을 일러서 십철이라 하였다.
>
> 咸通末, 京兆府解, 李建州時爲京兆參軍主試, 同時有許棠與張喬, 及喩坦之, 劇燕, 任濤, 吳罕, 張蠙, 周繇, 鄭谷, 李棲遠, 溫憲, 李昌符, 謂之十哲.

라고 한 바, 거명된 자는 12명인데 이 중에 ≪全唐詩≫에 시가 재록된 자는 鄭谷(卷674~677)을 위시하여 李昌符(卷601), 許棠(卷603~604), 周繇(卷635), 張喬(卷638~639), 溫憲(卷667), 張蠙(卷702), 喩坦之(卷713) 등을 들겠다. 흔히 만당의 시풍을 평하여 唯美的이며 精巧하며 懦弱하다고 하지만[20], 함통십철의 시풍은 비록 風骨은 부족하나 淸雅派로 분류하여[21]

---

20) 吳可, ≪藏海詩話≫：「至唐末人, 雖穩順, 而奇特處甚少, 蓋有衰陋之氣.」; 羅大

또 다른 풍격을 지닌 것으로 본다. 清雅라면 중당 李益의 樂府詩를 두고
評한 用語로서, 당대 張爲의 ≪詩人主客圖≫(卷1)에서 그를 '清奇雅正主'
로 추정하고 이하를 '高古奧逸主'로 지칭하고 있는 점으로 보아 악부시
는 從軍詩 이상의 清新高潔을 더하고 있다고 하겠다. 陸時雍의 ≪詩鏡總
論≫에 보면,

> 이익의 오언고시는 이백의 심오함을 얻었으나 해낼 수 없는 것은 호탕
> 함뿐이다. 태백은 힘이 남음이 있어서 고로 자득한데 이익은 고생해서 해
> 내는 것이다.
> 李益五古, 得太白之深, 所不能者澹蕩耳, 太白力有餘閒, 故游衍自得 :
> 益將矻矻以爲之.

라고 하였는데 이백 시를 浪漫·清新·雄偉·自然·樸質 등으로 특색 지우
는 것과[22] 비교할 때 이익은 이백에서 清新과 朴質을 터득함이 컸다.
金台俊은 박인범에 대해 ≪朝鮮漢文學史≫에서 기록하기를, 「그는 일찍
이 金渥과 함께 登第한 賓貢進士로서 돌아와 著作郞까지 되었으며 崔致
遠(孤雲)도 新羅王與唐江西高大夫湘狀에 ……伏以朴仁範苦心爲詩, 金渥克
己復禮, 獲窺樂境, 共陟丘堂, 自古以來, 斯榮無比」[23]라고 하여 박인범의
문학수업을 밝히고 있다. 박인범의 시 풍격에 대해서는 역대시평자료에
서 거론된 바는 없고, 최근 자료에서 張喬의 영향을 받은 것처럼 기술한

　　經, ≪鶴林玉露≫ 卷12 :「晚唐詩綺靡乏風骨, 或者薄之.」; 葉燮, ≪原詩≫ 外編
　　下 :「論者謂晚唐之詩, 其音衰颯.」

21) 李曰剛, ≪中國詩歌流變史≫上, p.511 :「(七)清雅派 : 此派詩以清眞雅正爲主, 崇
　　奉姚合, 作者翡翠粘紅, 寫送風物 ; 緣情託興, 唱酬友知. 工於點綴, 流於纖仄, 偏重
　　個人遭逢之抒發, 無多社會現實之詠歌. 以李頻爲主腦, 方干薛能爲前輩, 咸通十哲
　　爲後進.」(臺灣 : 文津出版社, 1987).
22) 劉維崇, ≪李白評傳≫, pp.26-273.
23) 상동서, p. 31

것[24]이 있지만 직접적으로 如何히 관계성이 있는지를 비교하지 않아서
객관성이 부족하다고 본다. 여하튼 함통십철과의 연관이라면 淸雅派의
사조도 담겨 있을 것이라는 점을 인정하면서 唐詩와 비교하기로 한다.
박인범은 ≪東文選≫(卷50)에 두 편의 贊文이[25] 수록되어 있어, 그 중
<梵日國師影贊>을 보면,

> 최상의 법은 아득하고 어둡다. 밝은 달은 희고 장강은 맑다. 저것은 이
> 미 형상이 있는데 나는 곧 형상이 없다. 형상이 없는 형상은 곱게 채색할
> 수 있다.
> 最上之法, 杳杳冥冥. 皓月之白, 長江之淸. 彼旣有相, 我乃無形. 無形之
> 形, 可以丹靑.

라고 하여 작자의 佛心이 次元 높게 表出되어 있음을 본다. 박인범의 시
10수를 주제별로 분류하고 그에 의해 시를 살피도록 한다.

> 送別 : <送儼上人歸乾竺國>, <江行呈張峻秀才>
> 贈酬 : <寄香巖山睿上人>, <上殷員外>, <贈田校書>, <上馮員外>
> 詠懷 : <早秋書情>
> 脫俗 : <涇州龍朔寺閣兼東雲栖上人>
> 懷古 : <馬嵬懷古>, <九城宮懷古>

---

24) 姜慧仙, <朴仁範・崔匡裕・崔承祐의 漢詩 硏究>, ≪韓國漢詩作家硏究1≫, pp.33-
34(太學社, 1995).
25) 다른 한편의 贊文은 <無导智國師影贊> : 「重席萬卷, 被甲六時. 嘿然無謂, 寂
爾無爲. 大經發露, 一塵內巨. 海欇入一. 波中龍飛, 虎去山澤. 空風雲餘, 氣窮未
窮.」

1) 送別

이 부류로 <送儼上人歸乾竺國>을 보면,

집이 넓은 바다와 떨어져 꿈에서도 벌써 아득한데
앞길은 하물며 雪山[26] 서쪽이네.
경쇠 소리는 점점 황하 근원에 멀어지고
돛의 그림자는 길게 지는 달을 따라 낮아지네.
葱嶺[27]의 귀신은 응당 잔교의 길을 열어주고
사막의 신은 함께 구름다리를 만들어 주네.
고향 떠난 천축의 다섯 나라 사람이 물으면
연호는 咸通[28]이라고 손수 써 주오.
家隔滄溟夢早迷, 前程況復雪山西.
磬聲漸逐河源逈, 帆影長隨落月低.
葱嶺鬼應開棧道, 流沙神與作雲梯.
離鄕五印人相問, 年號咸通手自題.

이 시가 咸通시기에 지어진 것이 확실한데 唐에서 乾竺國으로 귀향하는 스님을 전송하고 있다. 제1연은 儼上人이 가야 할 길을 묘사하고 제2연은 上人이 배 타고 떠나는 장면이며, 제3연은 머나먼 길에 신의 가호와 인도가 반드시 같이 할 것을 피력하며 말연은 비록 헤어지지만 그간의 情誼를 잊지 말고 기억하자는 권유로 매듭짓는다. 이 시를 정곡의 <淮上與友人別>와 비교하면 벗과의 이별을 빗대어서 망국의 시름을 묘사한 대표적인 시라고 보는데, 이 시를 명대 王鏊는 그 슬픈 이별의 정이 간설적으로 강렬하게 다가온다고 호평하여 「'그대가 소수와 상수로

---

26) 雪山 ; 天山의 별칭.
27) 葱嶺 ; 敦煌 서방에 있는 산.
28) 咸通 ; 唐代 懿宗의 연호(860~873).

가면 나는 진땅으로 가리라.' 구는 슬픈 이별을 말하지 않았으나 슬픈
이별의 뜻이 언외에 흘러넘친다.(君向瀟湘我向秦, 不言悵別, 而悵別之意
溢于言外.)」(≪震澤長語≫)라고 하였고, 근인 劉永濟는 평하기를 「명대 호
원서는 이 시를 칭찬하여 한 번 노래하면 세 번 감탄한다고 하였다.
……대개 당나라 말기에 국세가 쇠미해지고 전란이 빈번하니 그것을 시
에 반영해 넣으매 자연히 쇠잔하게 느껴진다.(明胡元瑞稱此詩有一唱三嘆
之致, ……蓋唐末國勢衰微, 亂禍頻繁, 反映入詩, 自然衰颯也.)」(≪唐人絶句
精華≫)라고 극찬하고 있다. 정곡의 시를 보면,

> 양자강 가의 버드나무에 봄이 오는데
> 버들 꽃 속에 수심어린 그는 강을 건는다.
> 저녁 바람에 울리는 이별의 피리소리에
> 그대 소수와 상수로 가고 나는 진땅으로 가리라.
> 揚子江頭楊柳春, 楊花愁殺渡江人.
> 數聲風笛離亭晚, 君向瀟湘我向秦.

  이 시에 대해서 역대시평이 적지 않은데 그 중에 다음 몇 종의 시평
을 보기로 한다.

  ① 명대 桂天祥 ; 격조가 준일하니 정곡에게도 이런 작품이 흔치 않다.
  調逸. 鄭谷亦有此作, 不多見. (≪批點唐詩正聲≫)

  ② 명대 謝榛 ; (절구) 무릇 기구가 폭주 같아야 문득 울리는 소리가 쩌
렁 나고, 결구가 종을 치는 것 같아야 맑은 소리가 여운이 있는 것이다.
정곡의 <회수 가에서 벗과 이별> 시의 '그대는 소수와 상수로 가고 나는
진땅으로 가네'의 이 결구는 폭주 같으나 여운이 없다.
  (絶句)凡起句當如爆竹, 驟響易徹. 結句當如撞鐘, 淸音有餘. 鄭谷淮上別
友詩 君向瀟湘我向秦, 此結如爆竹而無餘音. (≪四溟詩話≫)

③ 王士禎 ; 시의 정취가 미묘하고 아름다우며 격조가 높게 울린다.
情致微婉, 格調高響. (≪唐人萬首絶句選評≫)

④ 청대 黃叔燦 ; 꾸미고 새기는 것 조탁을 하지 않고 자연스레 뜻이
온후하니 이는 성당의 풍격이다.
不用雕鏤, 自然意厚, 此盛唐風格也. (≪唐詩箋注≫)

⑤ 청대 黃生 ; 뒤의 두 말은 진실로 떠나는 정자에서 부는 피리소리를
듣는 듯하여 처량함이 그지없다.
後二語眞若聽離亭笛聲, 凄其欲絶. (≪唐詩摘鈔≫)

위에서 ①은 시의 俊逸함, ②는 시의가 강렬하되 여음이 부족함, ③은
성정이 완약하면서 격조가 높음, 그리고 ④는 성당의 수준, ⑤는 시의의
처절함 등으로 각각 품평하였는데 전체적으로 정곡시에 대한 평가상 매
우 의외의 稱語라고 본다. 특히 ③과 ④는 정곡시의 위상을 만당시에서
上品에 놓는 근거가 된다. 박인범이 함통시인과 교류하면서 이처럼 정곡
과 상통하는 시풍을 체험하여 역시 淸雅하고 凄凉하며 격조가 높으면서
국가의 安危를 의식하는 시를 지을 수 있었다. 다음 <江行呈張峻秀才>
를 보면,

목란노로 저녁에 물억새꽃 핀 물섬에 정박하니
이슬 찬 데 귀뚜라미 소리는 가을 언덕을 감도네.
썰물 진 옛 여울에는 모래톱이 빠져 있고
해가 지는 찬 섬엔 나무의 모습이 수심에 찬 듯 하네.
바람이 몰아치는데 강가에는 기러기 무리지어 날고
달이 전송하는 중에 하늘 끝에는 홀로 배가 떠가네.
함께 길 떠난 나그네 신세가 싫고 이미 늙었으니
심사를 말할 때면 눈물이 흘러내린다.

蘭橈晚泊荻花洲, 露冷蛩聲繞岸秋.
潮落古灘沙觜沒, 日沈寒島樹容愁.
風驅江上群飛雁, 月送天涯獨去舟.
共厭羈離年已老, 每言心事淚潛流.

　　당대 문인 張峻이 길 떠남에 보낸 시로서 표현이 假飾 없이 寫實的이며 정감이 순수하여 감동적이다. 제1연은 가을이란 季節的 감각을 갖게 하여 물억새꽃과 귀뚜라미가 그 表徵이며, 제2연은 離別하는 장소를 묘사하여 送別의 情이 더욱 강하게 浮刻된다. 제3연은 이미 벗은 가고 외롭고 空虛한 심정이 우러나고 말연은 시인이 他國에서 지내는 신세를 절감하면서 悲哀를 감추지 못하고 있다. 이 시를 張喬의 <送友人進士許棠>과 비교하면, 吳喬의 ≪圍爐詩話≫에서 「정감과 경물이 잘 어울린다.(情景浹洽.)」라 하고, ≪唐賢小三昧集續集≫에서 「삼사구는 매우 아름답고 경물 묘사가 생동적이며 빼어나다.(三四絶佳, 寫景警策.)」라고 한 評語와 상통한다. 張喬의 시를 보면,

　　　　고향을 떠나 여러 해인데
　　　　돌라갈 길은 멀어 아득하네.
　　　　밤불은 산머리 저자에 일고
　　　　봄강에 배가 나무 가지 끝에 뜨네.
　　　　전쟁의 근심으로 귀밑털이 세고
　　　　질병에 가족이 온전함이 기쁘네.
　　　　어디서 맛있는 음식을 맞으리오
　　　　밀물 파도가 메마른 땅을 적시네.
　　　　離鄉積歲年, 歸路遠依然.
　　　　夜火山頭市, 春江樹杪船.
　　　　干戈愁鬢改, 瘴癘喜家全.
　　　　何處營甘旨, 潮濤浸薄田.

제1·2연은 情景交融의 표현으로 박인범의 위의 시 제3·4연과 묘사상의 技法이 합치한다. ≪唐摭言≫에서 장교시를 「시구가 청아하여 아득히 더불어 짝할 자가 없다.(詩句淸雅, 夐無與倫.)」라 하고 ≪近體秋陽≫에서 「장교의 시는 높고 맑으며 문득 홀연히 와서 멀리 속진 밖으로 향하니 그것을 읽으면 바람이 솔솔 일게 한다.(喬詩高淸, 突綻漂忽而來, 逈出塵外, 讀之令人風生習習.)」라 한 평구가 박인범 시에서도 적절하다.

2) 贈酬

먼저 <寄香巖山睿上人>을 보면,

> 오히려 앞길을 생각하니 문득 마음 어두워지니
> 함께 강과 바다에서 노닐며 우연히 같이 배를 탔네.
> 구름 낀 산에서 뜻을 모을 날 언제일가
> 솔 사이 달 아래에서 글 짓던 일 벌써 십년이네.
> 나루터 잃고 궁궐 아래에 의지하는 이 몸 절로 한탄하니
> 어찌 속세 버리고 시냇가에 누워 지냄만 하리오.
> 안개 자욱한 물결로 막혀 천리도 더 되니
> 기러기발의 편지로 전할 수 없네.
> 却憶前頭忽黯然, 共遊江海偶同船.
> 雲山凝志知何日, 松月聯文已十年.
> 自嘆迷津依闕下, 豈勝抛世臥溪邊.
> 煙波阻絶過千里, 鴈足書來不可傳.

睿上人에게 부치는 시로서 자신이 俗世에 몸을 두고서 脫俗하지 못하는 處地를 탄식한다. 제1·2연은 뜻을 같이 하여 情誼를 나누던 일을 회상하고 제3연은 하찮은 벼슬살이 하느라고 世俗에서 벗어나지 못하는

신세가 한탄스럽고 草野에 묻혀 사는 삶이 더 가치 있음을 睿上人에 비유하고 있다. 하나는 超脫, 다른 하나는 現實에 있어 각각 입장이 다르니 鴈足書로도 소식 나누기 어려울 것이다. 다음으로 <上殷員外>를 보면,

> 諸葛亮의 전략과 謝惠連[29]의 시로
> 막부에 앉아 친히 십만 군사 이끄네.
> 준마가 구름 위에 오를 날 끝내 있으리니
> 봉황이 날개 칠 일 벌써 기약하네.
> 산의 절을 찾아 그윽한 경치를 보기 좋아하고
> 강 누각에 올라 먼 회포를 말하기 좋아하네.
> 천박한 재주로 다행히 鄭驛[30]에서 노닐어서
> 글을 올려 깊이 나눈 지기를 부끄러워하네.
> 孔明籌策惠連詩, 坐幕親臨十萬師.
> 騏驥蹋雲終有日, 鸞鳳開翅已當期.
> 好尋山寺探幽勝, 愛上江樓話遠思.
> 淺薄幸因遊鄭驛, 貢文多愧遇深知.

이 시에서 殷員外는 武將이고 그의 技倆과 懷抱를 賞讚한다. 그리고 시인은 은원외의 재능과 인격을 자신과 비교하면서 부족함을 겸손히 고백한다. <贈田校書>를 보면,

> 운각[31]의 선랑은 막부의 손님으로서
> 학의 마음과 소나무의 지조의 옛 시인이네.
> 맑기는 달같이 늘 티끌이 없고
> 향기롭기는 난초와 손초에 비겨서 절로 봄이로다.
> 밤낮으로 생황 소리 귀에 차지만,

---

29) 謝惠連(397~433), 陳郡 陽夏人. 문인으로 謝靈運은 族兄. 雪賦 등 문장이 다수.
30) 鄭驛 ; 漢代 鄭當時가 長安 근교에 驛을 두어 賓客을 초청한 곳.
31) 芸閣 ; 秘書閣

평생 책과 칼을 몸에서 지니네.
응당 괴로운 수자리에서 무슨 일 하려니
남은 물결을 빌려서 말라 가는 붕어를 구하소서.32)
芸閣仙郞幕府賓, 鶴心松操古詩人.
淸如水鏡常無累, 馨比蘭蓀自有春.
日夕笙歌雖滿耳, 平生書劍不離身.
應憐苦戍成何事, 許借餘波救涸鱗.

　　이 시는 田校書에게 주는 증수시이나 내용은 소나무의 志操와 香草의 貞節을 지니고 學問과 武藝를 갖춘 전교서를 稱賀하고 困窮한 處地의 현실을 打開하는 能力을 기대한다는 것이다. <上馮員外>를 보면,

晉나라 陸機33) 집안의 辭賦는 여러 영재를 압도한 데
오히려 헛되이 전하는 과거의 이름이 우습구나.
지조는 응당 찬 무성한 대나무이며
마음의 샘은 맑은 옥항아리 못지않네.
멀리 군대 깃발 따라 오랑캐 막느라고
아직 봉황을 좇아서 서울에 못 가네.
연꽃 막부34)가 등림35)에 수용되기 바라니
날아서 좇기는 새가 절로 슬피 우노라.
陸家辭賦掩群英, 却咲虛傳榜上名.
志操應將寒竹茂, 心源不讓玉壺淸.
遠隨旌旆來防虜, 未逐鸞鴻去住城.
蓮幕鄧林容待物, 翩翩窮鳥自哀鳴.

---

32) 涸鱗 ; 涸轍鮒魚－수레바퀴 자국에 괸 물에 있는 붕어. 사람이 매우 곤궁한 처지에 있음을 비유.
33) 陸機(261～303), 자는 士衡, 吳郡 華亭人. 대문인으로 太子洗馬, 河北大都督 등을 지냄. 辨亡論, 文賦 등 다수.
34) 幕府의 美稱.
35) 鄧林 ; ≪淮南子≫에 夸父가 막대를 버리니 鄧林이 되었다고 한 바, 과보는 獸神으로 河水를 마시고 西海로 물 마시러 가다가 죽었다 함.

馮員外의 志操를 대나무에 비유하고 玉壺 같은 고결한 人品을 欽慕한
다. 역시 武將으로서 변방에서 국방에 전념하느라 出世의 기회를 갖지
못하지만 벗의 운명을 생각하니 마음이 우울해짐을 금치 못하면서 만당
대의 혼탁한 사회풍조를 비유한다.

3) 詠懷

<早秋書情>을 보면,

> 늙은 홰나무꽃이 지고 이른 매미 우니
> 오히려 지난 해 이 날의 여정이 생각나네.
> 온갖 客愁가 정감 따라 일어나고
> 몇 가닥 서릿발이 가난해서 생기네.
> 어이 알았으리 계수나무 꺾으니(과거급제를 의미) 마음이 밝아짐을
> 이제 가을을 맞으니 꿈에도 안 놀라네.
> 받은 은혜 생각할수록 은혜 더욱 무거우니
> 그 덕에 보답하려니 몸이 가벼워지네.
> 古槐花落早蟬鳴, 却憶前年此日程.
> 千緖旅愁因感起, 幾莖霜髮爲貧生.
> 堪知折桂心還暢, 直到逢秋夢不驚.
> 每念受恩恩更重, 欲將酬德覺身輕.

이 시는 과거급제하고 所懷를 기록한 시이다. 제1연은 이국생활의 고
난과 시험을 위한 준비의 과정이 추억으로 생각나고, 제2연은 유학에서
겪은 鄕愁와 逆境으로 수많은 감회에 잠기고 고향을 떠난 외국생활은
신체의 무리가 오고 그로 인해 無白의 현상이 나타났을 것이다. 제3연은

과거에 급제하니 심신의 고통도 사라지고 유학의 목적이 성취되니 가을의 계절적 감회도 덜 느끼게 된 것이다. 말연에서 인간은 감사할 줄 알아야 하는 사회적이고 인륜적인 의식의 소유자이므로 시인도 은혜와 희열의 교차 속에 심신이 상쾌하고 가벼웠을 것이다. 시가 주는 이미지는 매우 寫實的이다. 誇張이나 修飾이 없어 만당의 함통십철파의 시풍이 보이고 소위 淺俗하거나 美辭麗句를 다용하던 唯美派와는 구별된다. 고사용어는 '折桂' 정도이어서 盛唐의 풍격마저 보인다.

4) 脫俗

<涇州龍朔寺閣兼東雲栖上人>[36)을 보면,

    날 듯한 선각은 푸른 하늘에 솟아 있고
    월궁의 생가는 뚜렷이 들리네.
    등불은 흔들흔들 반딧불처럼 좁은 길을 밝히고
    사다리는 빙글빙글 무지개처럼 바위에 이르네.
    흐르는 물 따라 가노라니 언제나 다 할 가
    대나무는 찬 산에 둘러서 만고에 푸르네.
    是非며 空과 色의[37) 이치를 묻노니
    백년의 시름에 취해 있다가 깨어 앉누나.
    翬飛仙閣在靑冥, 月殿笙歌歷歷聽.
    燈撼螢光明鳥道, 梯回虹影到岩扃.
    人隨流水何時盡, 竹帶寒山萬古靑.
    試問是非空色理, 百年愁醉坐來醒.

---

36) 涇州 ; 甘肅省 涇川縣. 周穆王이 西王母를 만나 연회를 했다는 瑤池.
37) 般若心經 ; 「色卽是空, 空卽是色.」

이 시에서 제1연은 장대하고 화려한 용삭사의 누각을 묘사한 부분이
며, 제2연은 天上世界에 超然히 솟은 누각으로 오르는 가파른 길을 그려
서 더욱 超脫한 심경을 대변한다. 제3연은 萬古不變한 자연의 이치를 過
客과 같은 인생과 비교하면서 삶의 無常을 절감케 한다. 말연에서는 禪
理詩的인 禪語를 구사하여 佛心에 심취하는 禪趣와 禪境을 보여준다. 嚴
羽가 말한 詩禪一致(≪滄浪詩話≫ 詩辨)의 표현이라고 본다. 그래서 이병
주는 이 시를 분석하기를,

> 삶이 곧 빈 껍질이요, 죽음이 곧 삶이라는 진리에 사로잡혀 시름하자니 깨
> 우침이 와락 치밀어 와서 의혹을 삭힌 것이다. (≪韓國漢詩의 理解≫, p.56)

라고 이 시에 대한 감상을 피력하고 있다.

5) 懷古

박인범의 회고시는 古淡的이다. 古淡이란 高古와 平淡의 합성의 의미
이다. ≪詩人玉屑≫에 이르기를,

> 옛 사람이 지은 시는 바로 풍조가 고고함을 주로 하고 있는데, 비록 뜻
> 이 멀고 말이 성글지라도 모두가 아름다운 작품이다.
> 古人作詩, 正以風調高古爲主, 雖意遠語疏, 皆爲佳作. (卷10)

라 하고 또 이르기를,

> 평담함에 이르고자 하면, 순수와 아름다움 가운데서 나와서 그 분잡하
> 고 화려한 것을 떨쳐내야 평담한 경지에 이를 수 있다.

欲造平淡, 當自組麗中來, 落其紛華, 然後可造平淡之境. (卷10)

라고 하여 시작의 풍격으로 그 의미를 밝히고 있다. 張祜의 회고시에서 이러한 성격을 추출할 수 있다는 결론이기보다는 삶의 역경을 돌아보는 심사의 상으로서의 가치를 인정할 수 있다는데 더 큰 문학적인 의미가 있다. 그러면 장호의 회고시는 어떠한 지를 이제 그 일단을 다음에 보고자 한다. 먼저 <鄴中懷古>를 보면,

> 업의 성 아래로 흐르는 장하의 물,
> 밤낮 동쪽으로 흐르니 봄을 기억할 리 없도다.
> 궁중의 능 바라보던 곳에서 애간장 태우는데,
> 누대에도 사람 없으니 견딜 수 없구나.
> 鄴中城下漳河水, 日夜東流莫記春.
> 腸斷宮中望陵處, 不堪臺上也無人.

이 시는 작자 자신의 역사적 고사를 가지고 당시의 그 인물은 무상하다는 허무를 읊고 있다. 너나 나나 모두 겪을 수밖에 없는 자연의 조화를 따라야 하는 운명을 담담하게 노래하였으니, 薛雪이 「영사는 의론을 드러내지 않음을 기교로 삼는다.(詠史以不著議論爲工)」(≪一瓢詩話≫)라고 평한 것과 일맥상통하고 있는 것이다. 또 <松江懷古>를 보면,

> 푸른 숲은 오의 물가에 아련하고,
> 푸른 산은 태호에 깊어 있네.
> 범려 찾는 이 아무도 없는데,
> 안개 낀 강물에는 땅거미가 어둑어둑.
> 碧樹吳洲遠, 青山震澤深.
> 無人蹤范蠡, 煙水暮沈沈.

여기서 옛 거인의 자취는 현실에서 사실 그대로 받아들여야 하고 그
것이 바로 자연의 순환이요, 필수적인 路程인 것을 작자는 忌憚없이 묘
사하였다. 이것은 풍자도 아니요, 가식도 더욱 아닌 삶의 엄연한 역사인
점을 인식케 한다. 범려의 고사를 애탄하지도 않고 말구에서처럼 담박하
게 수용하고 있는 것이다. 무정해 보이지만 사실은 깊이 감추어져서 현
시되지 않는다.38) 이런 고담적 각도에서 박인범의 <馬嵬懷古>를 보면,

> 임금의 해와 구름 깃발이 錦城39)으로 향하니
> 신하들 서로 보며 깊이 마음 상했네.
> 용안엔 한이 맺혀서 자주 고개 돌리는데
> 옥같은 모습은 혼을 재촉해서 벌써 죽었네.
> 이로부터 저녁 산은 슬픈 빛이 많고
> 지금도 흐르는 물에 수심의 소리 있네.
> 공허히 남은 이슬 젖은 한가론 꽃이
> 마치 선녀의 얼굴에 눈물이 가득 찬 듯 하네.
> 日旆雲旗向錦城, 侍臣相顧暗傷情.
> 龍顏結恨頻回首, 玉貌催魂已隔生.
> 自此暮山多慘色, 到今流水有愁聲.
> 空餘露濕閑花在, 猶似仙娥臉淚盈.

安祿山의 亂이 平定되고 唐 玄宗이 蜀지방에서 歸京하는 중에 楊貴妃
를 처형한 馬嵬坡驛을 지날 때의 심정을 상상하면서 이 시를 지은 것이
다. 제1연은 귀경하던 현종의 行次를 묘사하고 제2연은 驛에서 죽은 貴
妃를 회상하며 깊은 傷心을, 그리고 제3연은 왕의 상심으로 인해 山川을
보는 시각이 悲哀로 차 있음을 표현한다. 그리고 말연에서 시인은 왕의

---

38) 傅庚生, ≪中國文學欣賞擧隅≫에 「澹泊, 非無情也, 其情隱而不顧, 溫而不厲, 輒
   未易辨也.」(勢度與韻味)
39) 錦城 ; 지금 四川省 成都.

심정과 귀비의 恨을 추리하면서 한 송이 꽃에서 귀비의 눈물어린 얼굴을 聯想하고 있다. 이 시는 白居易의 <長恨歌>를 再演한 것 같은 인상을 준다. 제1·2연은 「천지가 돌고 바뀌어 임금의 수레가 돌아오다가 여기에 이르러 머뭇거리며 떠나지 못하네. 마외파 아래의 진흙 속에 옥같은 얼굴을 보이지 않고 죽은 곳이 텅 비었네. 군신이 서로 보며 옷을 다 적시니 동쪽으로 성문을 보며 말 가는 대로 돌아가네.(天旋地轉廻龍馭, 到此躊躇不能去. 馬嵬坡下泥土中, 不見玉顔空死處. 君臣相顧盡霑衣, 東望都門信馬歸.)」 구와 상통하고, 제3연은 「연꽃은 얼굴 같고 버들은 눈섭 같으니, 이것을 대하고 어찌 눈물을 아니 흘리리오?(芙蓉如面柳如眉, 對此如何不淚垂.)」 구, 그리고 말연은 「옥 같은 얼굴에는 조용히 눈물이 하염없이 흐르니 배꽃 한 가지에 봄비가 맺힌 듯 하네.(玉容寂寞淚闌干, 梨花一枝春帶雨.)」 구와 의미가 상통하니 시인은 白居易의 이 시를 想起하면서 着想하였을지도 모른다. ≪唐宋詩醇≫에 「백거이의 시사는 특별히 오묘하여 감정과 글이 서로 살아서 침울하고 가라앉아 애절한 가운데 풍자가 들어 있다.(居易詩詞特妙, 情文相生, 沈鬱頓挫, 哀艶之中, 具有諷刺.)」라고 하였듯이 박인범의 시도 情景交融하고 詩中有諷하는 맛을 느끼게 한다. <九成宮懷古>[40]를 보면,

> 옛날 文皇이 나라를 평정하여
> 사방이 태평하여 숲과 샘이 있는 정원에서 노닐었네.
> 노래와 북 소리 안개 낀 하늘 밖에 울리고
> 羽林軍의 호위병이 나무 앞에 줄지었네.
> 옥 누대의 금 섬돌에 푸른 노을 어울리고
> 비취빛 누각의 붉은 난간에는 흰 구름 이어 있네.
> 橋山의 달 아래에서 황제의 관과 칼을 생각하니

---

40) 隋代의 行宮으로 唐太宗이 九成이라 고침.

오래 두고 지나는 이 마다 슬퍼하노라.
憶昔文皇定鼎年, 四方無事幸林泉.
歌鍾響徹煙霄外, 羽衛光分草樹前.
玉榭金階青靄合, 翠樓丹檻白雲連.
追思冠劍橋山月, 千古行人盡慘然.

　隋代의 行宮을 보면서 지은 시이다. 唐太宗이 나라를 平定하고 머물곤
하였던 행궁을 보면서 시인은 태종의 雄壯하고 高貴한 자태를 연상하고
200년 이상 세월이 흐른 후에도 행궁에는 여전히 雄志가 깃들어 있다고
제3연에서 묘사한다. 그러나 그 昌大하던 唐의 國勢가 晩唐에 쇠멸해 가
는 國威와 비교하면서 말연에 悲哀를 토로한다. 만당의 사회풍토를 보며
그 悲感을 표현한 걸작이다. 이 시는 張喬의 <題河中鸛雀樓>[41]를 놓고
평가한 「제3연은 새로운 뜻이 완곡하게 드러나다.(頸聯新意婉曲.)」(≪增定
評注唐詩正聲≫)라든가, 「상쾌하고 건실하여 운치가 있다.(爽健有韻)」(≪唐
賢小三昧集續集≫)라고 한 어구와 일맥상통한다.

3. 崔承祐 詩 10首(卷12)－中晩唐詩와의 관계

　최승우는 本貫이 慶州이며 眞聖女王 4년(890) 唐에 건너가서 國學에 3
년간 유학하고 893년 賓貢科에 급제하였다. 崔致遠, 崔彦撝와 함께 三崔
의 하나이다. 재당시기에 교유의 폭이 넓어서 그의 시에 나오는 韋大尉,
李舍人, 曹松, 陳策, 薛雜端, 李秀才 등에게 酬贈하는 贈送類가 8수나 되
며 禮部侍郎 楊涉[42]과 관계로 이국인으로서 평탄한 관직생활도 가능하

---

41) <題河中鸛雀樓> : 「古樓懷古動悲歌, 鸛雀今無野燕過. 樹隔五陵秋色早, 水連三
　　　晉夕陽多. 漁人遺火成寒燒, 牧笛吹風起夜波. 十載重來値搖落, 天涯歸計欲如何.」
42) ≪三國史記≫ 卷46 : 「崔承祐以唐昭宗龍紀入唐, 至景福二年, 侍郎楊涉下及第.」

였다. 귀국 후에 後百濟 甄萱 아래에서 高麗 太祖에게 보내는 檄書 <代
甄萱寄高麗王書>를 지었으며 ≪餬本集≫을 지었으나 전하지 않는다. 김
태준은 ≪朝鮮漢文學史≫에서 기록하기를, 「昭宗景福中에 及第하여 故國
에 돌아왔으니 詩로서 餬本集이 있엇다고하나 傳치 아니하고 오즉 東文
選에 崔匡裕, 朴仁範과 함께 各各 十首의 詩가 남아 있을 뿐이다.」(상동
서, p.31)라고 하여 다른 자료와 상이하지 않다. 한편 최승우는 신라에
道敎를 전래한 道脈의 하나로 보는데[43], 唐代 鍾離權에게서 僧慈惠, 金
可紀와 함께 道脈을 이어받아 귀국한 후에 최치원에게 전수되는 과정에
서 중요한 인물로 거론된다. 그러니까 최승우는 道敎的 사상을 지닌 시
인으로 평가하여 시를 이해해도 가하다는 논리가 선다. 최승우의 시 10
수를 주제별로 분류하면 다음과 같다.

    詠懷：<鏡湖>, <讀姚卿雲傳>
    贈酬：<獻新除中書李舍人>, <贈薛雜端>, <憶江西舊遊因寄知己>
    送別：<送曹進士松入羅浮>, <春日送韋大尉自西川除淮南>, <關中送
        陳策先輩赴邠州幕>, <別>
    友情：<鄴下和李秀才與鏡>

1) 詠懷

<鏡湖>[44]를 보면,

    채궐산 앞 월나라 땅에

---

43) 文相琦, <崔致遠의 儒道敎思想에 대한 考察>, 李源鈞 等 編, ≪孤雲의 思想과
    文學≫, pp.106-111(坡田韓國學堂, 1996).
44) 浙江省 紹興縣에 있는 호수.

청황색의 가을 물이 맑게 하늘에 이어 있네.
갈대꽃 흩어져 모래 위에 눈이며
마름풀 흔들대니 나루 어구에 바람이 이네.
동방삭은 붉은 주머니 차고 멀리 놀았고
치이자 범여[45]는 계수나무 노를 저어 바쁘게 갔네.
명황 玄宗이 하지장[46]에게 주신 후에
만경의 은혜 물결이 끝내 그지없네.
採蕨山前越國中, 麹塵秋水澹連空.
蘆花散撲沙頭雪, 菱茭吹生渡口風.
方朔絳囊遊渺渺, 鴟夷桂楫去忩忩.
明皇乞與知章後, 萬頃恩波竟不窮.

이 시는 鏡湖의 경치와 호수와 연관된 故事를 서술하여 시인의 은둔
의식을 표출한다. 제1·2연은 호수의 위치와 가을의 景物을 설명하고 제
3연은 東方朔과 范蠡의 典故를, 그리고 말연은 賀知章이 만년에 은거한
곳인 경호를 통해 唐의 恩惠를 잊지 않는다. 경호를 기점으로 한 浙江省
新昌縣 일대는 '唐詩之路'라 하여 하지장을 비롯하여 李白, 杜甫 등 대시
인들의 유람지로 수다한 시를 남긴 곳이기도 하다. 이 시를 皮日休 <太
湖詩>와 대조하면, 胡震亨은 「태호 제편은 매 편마다 확 트이고 기염한
구가 풍부하다.(太湖諸篇, 才篇開橫, 富有奇艶句.)」(≪唐音癸籤≫ 卷8)이라
하여 피일휴의 <태호시> 20수를 기염한 묘사의 장처를 지닌 것으로 평
가하였다. 詩境은 幽玄을 소중히 해야 하며 詩意는 閑冷을 소중히 해야
하는데, 이것은 시의 高雅를 강조할 수 있는 의미가 된다.[47] 더욱이 濃
俗하지 않고 枯淡하지 않는 詩趣를 堅持하여야 시의 幽艶함을 표출하게

---

45) 鴟夷子는 五湖에서 배를 타고 越國으로 간 范蠡를 지칭.
46) 賀知章(659~744), 자는 季眞, 越州 永興人. 自號는 四明狂客. 初盛唐代 시인.
   太常博士, 太子賓客, 秘書監 등을 역임. 은퇴 후에 현종이 하사한 鏡湖 일대
   (지금 浙江省 新昌縣)에서 여생을 보냄.
47) ≪說詩菅蒯≫ 云, 「詩境貴幽, 意貴閒冷, 辭貴刻削.」

된다.[48] 그리고 그 속에 氣魄, 곧 美中有情의 개성이 담겨져야 한다.[49] 피일휴의 <태호시> 20수는 그 대표적인 작품으로서 字句가 精細하면서 洗練되어 태호의 風光을 淸麗하고 審美하게 묘사하고 있다.[50] 이 시를 지으면서 피일휴 자신도 경물에 찬탄한 것을 보면 작자의 시심을 읽을 수 있다. 즉 詩序에서 보면,

> 아! 강산이 깊고 빼어나 지리지에 귀히 여기는 곳인데 내가 이르러 반
> 도 오르지 않은데 안개 속에 어조가 놀고 숲 속에 구름 달이 떴네.
> 噫, 江山幽絶, 見貴於地誌者, 余之所倒, 不翅於半, 則煙霞魚鳥, 林壑雲月.

라 하여 태호에 대한 감흥이 절정에 달했음을 알 수 있다. 그 중에 <明月灣>의 일단을 보건대,

> 새벽경치 맑기 그지없고
> 외론 쪽배 느긋이 돌아드누나.
> 가장 그윽한 곳 물어 보니
> 이름하여 명월만이라 하네.
> 산 바위 중턱에 비취새 둥지 쳐서
> 쳐다만 볼 뿐 오를 수 없네.
> 버들은 하늘거려 실그물 드리우고
> 등나무는 무성하게 꽃 수염 드리웠네.
> ……
> 맑은 샘 섬돌에서 나오고
> 좋은 나무 울타리에 서있네.

---

48) ≪拜經樓詩話≫ 云,「宏麗詩不落濃俗, 幽靜詩不落枯淡.」
49) ≪一瓢詩話≫ 云,「然要有氣魄, 無氣魄, 決非眞蘊藉.」
50) <太湖詩二十題> ; <初入太湖>, <曉次神景宮>, <入林屋洞>, <雨中遊包山精舍>, <遊毛公壇>, <三宿神景宮>, <以毛公泉一餠獻上諫議因寄>, <縹緲峰>, <桃花塢>, <明月灣>, <練瀆>, <投龍潭>, <孤園寺>, <上眞觀>, <銷下灣>, <包山祠>, <聖姑廟>, <太湖石>, <崦裏>, <石板> 등.

이 속에서 늙어 죽으리니
근심과 걱정일랑 모르겠노라.
좋은 경계에는 머물 곳이 없고
좋은 곳에는 버릴 경계 없으니
부끄러이 자적하지 못하지만
의연히 호수와 산에 살리라.
曉景澹無際, 孤舟恣廻環.
試問最幽處, 號爲明月灣.
半巖翡翠巢, 望見不可攀.
柳弱下絲網, 藤深垂花鬟.
……
淸泉出石砌, 好樹臨柴關.
對比老且死, 不知憂與患.
好鏡無處住, 好處無鏡刪.
椒然不自適, 脈脈當湖山.

　　이 시의 제1연은 遠近을 살린 點描法을 써서 5언의 字對를 강구하여 명월만의 정경을 함축미로 승화시킨다. 이것은 '隱' 의미와 통한다. 「드러난 글 밖의 깊은 뜻(文外之重旨)」과 「뜻이 글 밖에 나온다(義生文外)」(<隱秀>, ≪文心雕龍≫)의 뜻과 이어진다. 피일휴의 제1연은 영롱하면서 잡히지 않는 '거울 속의 얼굴(鏡中之相)'(司空圖, ≪二十四詩品≫)로 나타난다. 이어서 제3~6구에서는 정경에 대한 사실 그대로의 묘사를 逼眞하게 한다. 제19~22구는 '老·死'와 '憂·患'을 대비하고 '好境·好處'와 '無處·無境'을 대비시켜 묘사상의 妙悟를 강구하고 있다. 이 시의 함축미는 用筆法과 유관하다. 용필은 '曲'을 귀히 여기는데, 시인의 정감을 충분히 표현하는데 있어 寄言의 효용성을 강조하는 데에서 이 '曲'의 묘법을 강구하니 이 시에서는 제5~10구의 작풍이 기언의 의취를 고양시키고 있는 것이다. 이같이 최승우의 시도 시의 전후반이 각각 경물묘사

와 의지표현이 조화를 이루어 情景交融의 전형적인 예로 본다. <讀姚卿
雲傳>을 보면,

> 전에 비단 창에서 옥색 책주머니 들고
> 낙양의 지난 일에 너무 상심했네.
> 시름 벌써 아침구름 따라 흩어지고
> 원망의 눈물은 공허히 가는 강물 따라 길어지네.
> 금곡의 난간에서 몸 던지지 않고
> 오히려 송옥의 집 담장을 엿보누나.
> 생각하건대 도위가 재자를 아꼈나니
> 대개 공조는 특별히 바쁘다네.
> 曾向紗窓揭縹囊, 洛中遺事最堪傷.
> 愁心已逐朝雲散, 怨淚空隨逝水長.
> 不學投身金谷檻, 却應偸眼宋家墻.
> 尋思都尉憐才子, 大抵功曹分外忙.

이 시의 姚卿雲은 미상이나 그를 稱賀하는 내용이다. 제1연은 독서하
여 과거에 급제하지 못한 일을, 제2연은 세월의 흐름 속에 근심과 원망
은 구름처럼 강물같이 씻어져 버림을 토로한다. 제3·4연은 逆境 중에도
失意하여 自暴自棄하지 않고 宋玉의 문장에 비견할 만큼 내실을 다져서
都尉職에 오르고 國事에 헌신한 것을 상찬한다. 시인은 이국에서 급제하
고 관직도 맡고 交友관계도 원만하여 得意한 생활을 營爲하는 과정에
師表가 된 대상으로 하였음을 詩題와 시내용에서 확인하게 된다. 제3연
에서 晉代 石崇이 金谷에 賓客을 會同하여 同樂하던 故事를 들어 奮發
勉勵함을 비유하고 宋家는 漢代 宋玉으로 <洛神賦>, <高唐賦> 등 명
작을 남긴 문인인데 出仕後 得意하지 못하자 <九辯>을 지어 심사를 토
로하였다. 杜甫의 <詠懷古跡> 제2수는 곧 宋玉을 追念하여 지은 시로서
제1연 「잎이 시들어 지매 송옥의 슬픔을 깊이 알겠나니 풍류가 선비답

고 우아함을 역시 나의 스승이라.(搖落深知宋玉悲, 風流儒雅亦吾師.)」와
제3연「강가의 옛 집엔 공허하게 문장이 남아있고 무산의 선녀와 사랑
하던 황폐한 누대가 있어 어찌 꿈에서 생각하던 건가?(江上故宅空文藻,
雲雨荒臺豈夢思.)」라고 한 바와 같이, 시인은 요경운이 석숭과 같은 입장
을 극복하고 도전하여 송옥과 같은 文名을 얻은 의지를 본받은 점을 밝
히고 있다.

2) 贈酬

<獻新除中書李舍人>을 보면,

오색의 신선 붓이 자미성51)에 드니
새로운 업적으로 화평한 일 도우리라.
현경의 돌 위에 항상 조서를 다듬고
임부의 나뭇가지에 벌써 시를 짓도다.
은촛대의 불꽃을 자르니 붉은 송이 방울져 지고
동대의 누각에는 물이 뚝뚝 떨어지네.
그대가 등용된 후에
맑은 바람을 이을 자 또 누구리오.
五色仙毫入紫薇, 好將新業助雍熙.
玄卿石上長批詔, 林府枝間已作詩.
銀燭剪花紅滴滴, 銅臺輪刻漏遲遲.
自從子壽登庸後, 繼得淸風更有誰.

이 시에서 제1연은 李舍人이 中書省에서 직책을 성공적으로 수행할
수 있기를 기대하고, 제2연은 구체적으로 할 任務내용을 서술하며 제3연

---

51) 唐代의 中書省. 비서관서로 紫薇(백일홍의 일종)를 심어서 붙인 명칭.

은 열심히 公務에 集中하여 헌신할 것을 부탁한다. 이러하면 말연에서는
官路에 新風이 불어 本人과 官署에 희망이 보이고 出衆한 인물이 될 것
임을 확신한다. 이 시는 出仕하는 이사인에게 주는 贈酬詩이지만 시 전
체가 肯定的이고 당당한 격려의 氣風을 준다. <贈薛雜端>을 보면,

성군이 조정의 기강을 바르게 하길 믿어
여러 해 공의 재주에 헌장을 맡기네.
고삐 쥐니 벌써 쌍궐의 길이 깨끗하니
관리들 모두 서릿발 같은 어사를 받드네.
기러기 푸른 하늘에 날아 벌써 떠오르고
솔개는 가을바람에야 날아오르네
장경교 옆을 돌아보지 말지니
문득 학문의 길에 들었다는 소식 들리네.
聖君須信整朝綱, 數歲公才委憲章.
按轡已淸雙闕路, 搢紳俱奉一臺霜.
鴻飛碧落曾猶漸, 鷹到金風始見揚.
長慶橋邊休顧望, 忽聞消息入文昌.

雜端은 御史雜端으로서 風氣를 단속하는 法規인 風憲을 맡은 관직이
다. 시인은 薛雜端이 유능하여 朝廷의 紀綱을 團束하는 중책을 맡게 되
니 期待와 羨望의 激勵를 보낸다. 이 시의 제1연은 설잡단에게 기강의
憲章을 수행케 한 것을 밝히고 제2연은 설잡단의 嚴正한 기강확립에 敬
意를 표한다. 제3연은 설잡단의 淸廉하고 出衆한 氣槪를 푸른 하늘의 기
러기와 가을바람의 솔개에 비유하고 말연은 설잡단의 不斷한 학문연구
의 자세를 칭찬한다. <憶江西舊遊因寄知己>를 보면,

칼을 파낸 성 앞에서 홀로 나루터를 묻고
물가에서 일찍이 사장군52)을 만났네.

시를 읊으니 추운 강에 둥근 달이 있고
시름을 토로하니 산 위의 조각구름 있네.
바람결에 솔개 소리는 외로운 베개 위로 지나고
별이 펼친 듯한 고기잡이 불은 여러 배에 나뉘어 있네.
흰 막걸리와 붉은 회가 꿈에도 그리우나
밝은 시절에 그대가 더욱 부러워라.
掘劍城前獨問津, 渚邊曾遇謝將軍.
團團吟冷江心月, 片片愁開岳頂雲.
風領鷹聲孤枕過, 星排漁火幾船分.
白醪紅膾雖牽夢, 敢負明時更羨君.

　이 시는 벗을 對象으로 回憶의 심정을 吐露하며 주어진 現實을 直視
하는 心的 葛藤을 보여준다. 제1연은 旅程의 상황을 묘사하고 제2·3연
은 初冬의 경치와 강가의 고독한 詩心을 읽혀준다. 그리고 말연에서 헤
어진 지 오래인 벗을 그리워한다. 이 시는 中唐代 戴叔倫이 은거하며 전
원을 가까이 하는 삶을 묘사한 <郊園卽事寄蕭侍郎>과 비교해 보면,

　　　희끗한 귀밑털의 이 몸이 임기가 차서 떠나니,
　　　가을바람이 옛 뜰에 스며드네.
　　　띠 풀을 엮어 따뜻한 방 꾸미고,
　　　우물을 고쳐서 맑은 샘물을 퍼내네.
　　　이웃마을의 뽕나무 배나무 가까이 있고,
　　　아이들은 웃으면서 떠드네.
　　　종일토록 힘든 일 없으니,
　　　잠시 멀리 있는 이에게 말을 부치네.
　　　衰鬢辭餘秩, 秋風入故園.
　　　結茅成暖室, 修井波淸源.
　　　鄰里桑麻接, 兒童笑語喧.
　　　終朝非役役, 聊寄遠人言.

---

52) 晉代의 謝尙이 牛渚에서 지냄.

이 시는 貞元 3년 가을 金壇에서 대숙륜이 죽기 2년 전인 만년에 쓴
것이다. 이때 蕭復은 侍郞이 아니었지만 舊情에 따라서 彼此間의 立場
(소시랑이 이때는 饒州에 좌천되어 있었음)을 위로하는 田園的인 낭만기
풍으로 白描하고 있다. 초가집(茅屋)과 맑은 샘(淸源), 뽕과 베(桑麻)와 아
동이 있는 郊園은 世俗의 고난(役役)이 없는 낙원인 것이다. 莊子가「평
생 고생하면서 그 성공을 보지 못한다.(終身役役, 而不見其成功.)」(<齊物
論>)라고 하였고 또「허수아비는 고생하고 성인은 우둔하다.(象人役役,
聖人遇鈍.)」(상동)이라 한 것에서 완전히 해방된 心界를 토로하고 있어서
최승우의 시가 주는 超然的인 의식과 상통한다.

3) 送別

<送曹進士松入羅浮>[53)를 보면,

  비 개이고 구름 걷히어 자고새가 나는데
  산마루의 강가에서 그리운 사람 말하네.
  염차의 미친 사람[54)이 사부 짓기 사양하나
  선성태수 謝脁와 감히 시를 말하네.
  달 계수나무 따러 험한 하늘에 오르지 않고
  안개 낀 노을 찾아 위태로운 세상을 피하네.
  칠십 개의 긴 냇물과 세 개의 동천에서
  여생의 명분을 이룸이 또 마땅하네.
  雨晴雲斂鷓鴣飛, 嶺嶠臨流話所思.

---

53) 羅浮 ; 羅敷. 廣東省에 있는 晉代 葛洪이 仙術을 터득한 山. 隋代 趙師雄이 꿈
   에 羅浮小女를 만남.
54) 厭次는 지명으로 東方朔이 염차인이므로 자칭 厭次狂生이라 함.

厭次狂生須讓賦, 宣城太守敢言詩.
休攀月桂凌天險, 好把煙霞避世危.
七十長溪三洞裏, 他年名遂也相宜.

晚唐대 시인 曹松(830?~902?)이 咸通시기에 湖南과 廣州 일대를 유람
갈 때 전송하는 시이다. 이 시는 관직을 떨치고 嶺南지방으로 떠나는 조
송을 위한 시이므로 제1연에서 '所思'는 바로 조송이다. 제2연은 東方朔
과 謝朓와 비견할 文才를 지닌 조송을 높이고 제3연에서 '月桂'는 벼슬
얻어 出世를 의미하는데 이것을 따러 오르지 않음은 出仕를 超脫하고 世
俗의 일을 避하는 의지의 표현이다. 말연에서 오직 자연과 어울리며 여생
을 보내려는 벗을 송별하는 시인의 同感的 서술을 보여준다. 曹松은 字가
夢徵, 安徽 潛山人으로 唐 昭宗 光化 4년(901)에 劉象, 王希羽 등과 進士
及第하고 校書郎을 제수받았으나 성품이 疏野方直하고 俗事를 멀리하여
관직엔 관심을 두지 않았다. 咸通十哲과 交遊하여 方干, 許棠, 喩坦之 등
과 交分이 溫厚하였으며 賈島를 배워서 元代 辛文房은 ≪唐才子傳≫에서
「괴로움이 시에 극대화되나 따로이 맛이 있어 괴이함에 빠지지 않는다.
……시를 지음이 깊고 그윽한 경지이지만 마르고 담백한 습성은 없다.
(苦極于詩, 然別有一種風味, 不淪乎怪也. ……爲詩深幽境. 然無枯淡之癖)」
라고 詩風(≪全唐詩≫ 卷716~717)을 평하고 있다. 이 시를 중당 大歷十
才子 盧綸 시와 비교하면, ≪三唐詩品≫에서는 이르기를,

그 연원은 왕균과 유신에서 나왔다. 참고는 뛰어나서 밝고 웅장함이 서
로 드러났다. ……절구는 맑고 꽃다움이 홀로 빼어나고 공교함이 성정을
다 묘사했다.
其源出於王筠, 庾信. 七古爲優, 明茂相宣. ……絶句淸英獨秀, 工寫神情.

라고 하여 시가 飄逸함을 강조하고 있다. 그리고 ≪載酒園詩話又編≫에
보면,

> 그의 시는 역시 진지하며 묘오에 들어 있다.
> 其詩亦以眞而入妙.

라고 하여 妙悟의 경지를 지적하였으며, ≪滙編唐詩十集≫에서는,

> 노륜의 시는 순박을 드러내어 따로 한 풍미가 되는데, 편마다 하자가
> 있고 전력한 면이 부족한 듯하여 아쉽다.
> 盧詩相朴, 別是一種風味, 恨篇各有瑕, 似乏全力.

라고 하여 그 시의 淳朴한 면을 지적하였고, 또 潘德衡은 ≪唐詩評選≫
에서,

> 노륜의 오언절구는 때로는 강건한 어구를 썼으며, 칠언율시는 성정이
> 깊고 고와서 일창삼탄의 소리를 지니고 있다.
> 綸詩五絶時作勁健語, 七律則情致深婉, 有一唱三嘆之音.

라고 하여서 시의 健全性과 抒情性을 높이 사고 있다. 이와 같이 노륜
시의 양면성을 인정하면서 노륜 시에서 송별시의 성격을 보면, 짙은 우
정과 함께 사회혼란에 대한 非常心理의 묘사가 최승우의 이 시와 상통
한다. 노륜의 <李端公>(≪全唐詩≫ 卷280)을 보면,

> 옛 함곡관은 낡아서 풀만 무성한데,
> 이별이라니 정말 슬픔 어이 견디랴.
> 길에 나서니 찬 구름 저 밖에 떠가고,

사람 돌아가니 저녁 눈이 내릴 때로다.
어려서 외로이 나그네 되어서,
많은 고난 겪으며 그대를 늦게 알았도다.
눈물 닦으며 멍하니 서로 대하니,
어지러운 세상에 어디에서 만날 건가.
故關衰草遍, 離別自堪悲
路出寒雲外, 人歸暮雪時
少孤爲客早, 多難識君遲
掩淚空相向, 風塵何處期

　　여기서 노륜은 李端에 대한 深厚한 友誼를 표현하면서 동시에 亂離의
사회현실을 그려내었다. 시에는 이별의 비애가 감돌고 있어서, 焦文彬은
이 시의 주에서55),

　　「길에 나서니 찬 구름 저 밖에 떠가고, 사람 돌아가니 저녁 눈이 내릴
　　때로다.」 구는 짙은 겨울의 구름으로 이별의 정경을 묘사하였으니 괴로움
　　이 열 배나 더한다. 떠나는 사람 멀리 가니 「길에 나서니 찬 구름 저 밖에
　　떠가고」라 하였고, 보내는 자 오래 서 있으니, 「사람이 돌아가니 저녁 눈
　　이 내릴 때로다.」라 하니 그리운 정을 묘사함에 그 여운이 그지없다.
　　　「路出寒雲外, 人歸暮雪時」 以濃冬密雲, 狀離別景, 苦增十培. 離人遠去,
　　「路出寒雲外」, 送者久立才「人歸暮雪」, 寫依戀之情, 餘味無窮.

라고 하여 景中有情의 극치를 보여준다. 이 시가 주는 妙味는 劉克莊의
≪後村詩話≫에서 「노륜, 이익은 오언절구를 잘 지었고 의취는 언외에
있다.(盧綸, 李益善爲五言絶句, 意在言外.)」라고 한 意趣의 餘韻과 어울려
있다고 하겠다. 이런 면이 최승우의 시에도 동시에 표출되어서 시의 同
質性이 돋보인다. <春日送韋大尉自西川除淮南>을 보면,

---

55) 焦文彬 等, ≪大歷十才子詩選≫, p.330(陝西 : 人民出版社).

광릉은 천하에 가장 웅대하니
잠시 어진 어사에게 거듭 맡기네.
꽃으로 보내며 그리워 금강에서 붙잡고
버들로 맞으며 오는 것이 늦다고 회수에서 끄네.
백성의 상처는 이제야 양약을 얻었으니
주야로 애쓰는 성군의 노고 덜어지리라.
마침 바람 앞에 거꾸로 날아가는 익새는
어디로 가야 닭떼를 벗어날지 모르네.
廣陵天下最雄藩, 暫借賢侯重寄分.
花送去思攀錦水, 柳迎來暮挽淮濆.
瘡痍從此資良藥, 宵旰終須緩聖君,
應念風前退飛鷁, 不知何路出雞群.

　　이 시는 雄壯한 氣風을 보여주는 송별시이다. 군인 韋大尉가 淮南으로
부임하는 것을 전송한다. 제1연은 부임지로 가는 위대위에 대한 信任을
말하고, 제2연은 이별하는 수심을 표현하고 제3연은 국가와 백성을 위해
헌신할 韋大尉의 능력을 확신하고 있다. 그리고 말연은 群鷄一鶴의 존재
로서 탁월한 지도자가 되어 주길 당부한다. 이 시는 從軍詩의 풍격을 보
여준다. 이런 시 성격을 중당대 李益의 從軍詩와 상관시켜 본다. 이익은
20년 종군생활에서 표현한 작품은 이익시를 대표하는 것이 되었다. 不遇
한 결혼생활과 그 결과로 인한 從軍 즉 현실도피의식의 행위인 때문에
종군시의 내용과 형식은 더욱 이익을 대신하는 것이겠다. 비록 성격이
僻疾하고 猜忌한 면이 있었다 해도56) 이는 그의 粗豪하고 假飾 없는 의
식의 所致라고 생각한다면, 그의 종군시를 이해하는데 도움이 되리라고
본다. 그는 慷慨와 發憤 외에는 작시의 다른 목적이 없었다. 따라서 그

---

56) ≪唐才子傳≫ 卷4, p.8 <李益傳> :「益少有僻疾, 多猜忌, 防閑妻妾, 過爲苛酷,
　　有散灰扃戶之談, 時稱爲妬癡尙書李十郎.」

는 王粲이나 謝靈運에 못지않은 차원 높은 평가를 받지 않았나 본다. 그의 詩集 序를 보면,

> 한대 이래로 왕찬은 종군작품을 지어서 축송을 드리고, 사령운은 수재를 송별하며 단지 사념을 서술하였으나 오직 이익만은 상쾌한 기품으로 수자리의 정감을 묘사하고 고난의 상황을 다 드러내었다.
> 然跡漢以來, 仲宣賦從軍, 祗貢頌諛, 靈運送秀才, 徒述懷思, 惟君虞以爽颯之氣, 寫征戍之情, 覽關塞之勝, 極辛苦之狀. (≪李尙書詩集≫ 序)

이와 같은 이익의 종군시로서 <赴邠寧留別>을 보면,

> 몸은 한의 비장을 이어 받아
> 머리 맨 즉 병사를 일컫네.
> 의협이 적으니 뭘 물으리!
> 종래엔 불평만 일삼았네.
> 누런 구름이 삭방을 끊어 부니
> 백설이 변성을 감싸네,
> 다행히 변방 응모하여
> 칼 가로차고 명성이나 얻어 볼까!
> 身承漢飛將, 束髮卽言兵.
> 俠少何相問, 從來事不平.
> 黃雲斷朔吹, 白雪擁沙城.
> 幸應邊書募, 橫戈會取名.

이 시의 제4구와 제7구로 보아 崔寧이 害를 당한 후[57] 이익이 邠寧節度使 韓游瓌의 부름에 응하면서 지었는데, 詩語에서의 邊塞的 성격 외에는 전혀 감정의 迂廻的 표현을 강구하지 않고 있음을 볼 수 있다. 따라서 語辭에 있어 比興의 수법을 홀시하여 상징성이나 의상 표현의 典故

---

57) ≪舊唐書≫·<崔寧傳>, ≪資治通鑑≫ 卷228 참조.

인용을 極少하게 借用하고 있을 뿐이니, 이는 즉 종군시의 풍격이 그의 인격과 상통하게 유출하고 있는 예증이 된다. 이처럼 최승우의 시도 단순하면서 솔직하게 묘사한 기법은 이익과 상관된다고 본다. <關中送陳策先輩赴邠州幕>을 보면,

> 예형의 사부와 육기의 문장으로
> 다시 명성을 높이어 벌써 우뚝 솟았네.
> 구슬 눈물로 멀리 배이부와 인사하고
> 대모 연회에서 이제 두장군을 모시네.
> 술잔 앞에는 눈 내리는데 서울을 노래하고
> 말 위에 오르니 산에 막힌 구름 없도다.
> 이제 막부에서 명성이 중하니
> 분홍 연꽃과 붉은 계수가(승진을 비유) 같이 향기롭네.
> 禰衡詞賦陸機文, 再捷名高已不群.
> 珠淚遠辭裴吏部, 玳筵今奉竇將軍.
> 尊前有雪吟京洛, 馬上無山入塞雲.
> 從此幕中聲價重, 紅蓮丹桂共芳芬.

　이 시도 從軍의 풍격을 지닌 것으로 제1연은 陳策이 文章이 뛰어나고 제2연은 忠誠心이 있으며 邠州의 幕府로 부임하는 광경을 묘사한다. 그리고 말연은 任地에서 名聲을 올리고 昇進하기를 기원한다. 앞의 시와 같은 웅대한 전형적인 송별시 형식을 지닌 시로서 作詩技法이 安定되고 緻密하다. <別>을 보면,

> 월땅에 들고 진땅에 노니니 슬픔이 일어서
> 매번 이별의 상심 안고 長亭을 묻노라.
> 석 잔의 푸른 술에 취하고
> 노래 한 곡조를 붉은 입술로 듣노라.
> 남포의 돛배에 바람이 솔솔 불고

동문에 말 달리니 풀이 파릇하다.
아녀자만 심사가 많은 것이 아니니
이별의 자리에서 눈물을 흘리네.
人越遊秦悵轉生, 每回傷別問長亭.
三尊綠酒應須醉, 一曲丹脣且待聽.
南浦片帆風颯颯, 東門驅馬草青青.
不唯兒女多心緒, 亦到離筵盡涕零.

이 시의 제1연은 이별과 상심이 같이 함을 한을 노래하고 제2연은 송별의 절차로 술 마시고 노래하는 이별주의 자리, 그리고 제3연은 이별의 장소와 말연에서 이별의 恨을 吐露한다. 이 시에는 口語의 활용이 보이니 '每回', '應須', '且', '不唯', '兒女', '亦到' 58)등이며 疊語 '颯颯', '青青'을 사용하여 生動感을 더해 준다. 典故로는 南浦는 ≪楚辭≫ 九歌59) 의 이별지에 근거하고, 東門은 漢代 疏廣 父子의 은퇴 고사60)와 연관된다. 이 시의 풍격은 鄭谷의 <淮上與友人別>과 대조해서 공통적으로 「情致微婉, 格調高響」(≪唐人萬首絶句選評≫)라는 評語와 상통하고 ≪唐詩箋注≫에서 평한 「조탁을 하지 않고 자연스레 뜻이 온후하다. 이것은 성당의 풍격으로서 왕창령과 왕유의 필묵과 매우 비슷하다.(不用雕鏤, 自然意厚. 此盛唐風格也, 酷似龍標, 右丞筆墨.)」라고 하여 마치 성당시 같은 風味를 준다고 하였는데 최승우의 이 시도 수식 없이 「성정과 문장이 함께 아름답다.(情文幷美.)」(≪詩境淺說續編≫)라고 묘사하고 있다. 정곡의 시를 보면,

양자강 가에는 봄버들이 나고

---

58) 강혜선, 앞의 논문, p.44(『한국한시작가연구1』).
59) 九歌, 「送美人兮南浦」.
60) <疏廣傳>, ≪漢書≫.

버들꽃 수심 속에 강을 건너네.
몇 마디 피리소리에 저녁 정자를 떠나니
그대는 소상을 향하고 나는 진을 향하네.
揚子江頭楊柳春, 楊花愁殺渡江人.
數聲風笛離亭晚, 君向瀟湘我向秦.

　　여기서 제3구의 '정자를 떠난다(離亭)'와 최승우 시의 '긴 정자를 묻다 (問長亭)'이 이별장소가 같고, 제4구의 '瀟湘'과 '秦'으로 달리 향하는 광 경은 최승우 시의 제1구 '人越遊秦'과 표현이 상통한다.

4) 友情

　　<鄴下和李秀才與鏡>을 보면,

한남재자는 낙신의 신[61]이니
매양 서로 칭할 자 몇이나 될 가.
물결치는 얼굴빛이 흘러넘치고
쭉 뻗은 검은 눈썹은 가지런하다.
어지러이 춤추는 소매로 가벼이 옷을 들추고
가냘프게 노래하는 자리에서 술을 보내 준다.
다만 명년 정월 보름에
아마도 몰래 금거울로 진나라 망한 일 묻겠지.[62]
漢南才子洛川神, 每算相稱有幾人.

---

61) 漢南才子는 曹植을 지칭하고 조식은 曹操의 아들로 鄴下는 魏의 서울이다. 조식은 洛神賦를 지음.
62) 六朝시대의 陳나라의 정치가 혼란하여 隋나라에 멸망하기 직전에 徐德言이 부인 樂昌公主에게 나라가 망하면 헤어지더라도 매년 정월 보름날 시장에서 거울 반쪽으로 맞추어서 만나자고 약속하였다. 진이 멸망한 후에 과연 반쪽 거울을 맞추어 만나게 된 고사. 이 시구는 헤어져도 상봉을 기약함을 비유.

波剪臉光爭乃溢, 山橫眉黛可曾勻.
紛紛舞袖飄衣擧, 裊裊歌筵送酒賓
只恐明年正月半, 暗敎金鏡問亡陳.

　　友人을 칭송하는 시이다. 제1연은 우인을 曹植과 비견하여 탁월한 재
능을 칭찬하고 제2연은 우인의 俊秀한 용모를, 제3연은 우인의 風流를
각각 묘사하며 말연은 다시 相逢할 것을 기약한다. 시의 구성상 일반적
인 체제인데 그 속에 眞實이 담겨 있고 그 묘사법이 만당 유미파의 李
商隱 시를 연상케 한다. 賀裳이 이상은 시를 「綺才艶骨」[63]라고 평한 말
은 그의 시가 精麗한 풍격이 있다는 뜻이다. 이상은이 杜甫로부터 자신
의 정려풍의 결점을 이 音節의 조화를 배워서 보완한 것이다. 두보의
<解悶>(劉濬, ≪杜甫集評≫ 卷15)의 「신시를 고쳐서 길게 읊는다(新詩改
罷自長吟)」 구와 <長吟>(상동, 卷9)의 「새로 지은 시구가 좋아서 저절로
길게 읊노라.(賦詩新句穩, 不覺自長吟.)」 구는 음절이 平仄 보다는 吟詠에
그 중심을 삼고 있는 경우다. 따라서 袁枚는 ≪隨園詩話≫에서 「시는 음
절이 있어, 맑고 가늘기가 마치 눈 덮인 대나무의 얼음 실 같으니, 세상
의 범상한 소리가 아닌 것이다. 이 모두가 천성으로 그렇게 되는 것이어
늘 배우고 물어서 되는 것이 아니다.(詩有音節, 淸脆如雪竹冰絲, 非人間
凡響, 皆由天性使然 非關學問.)」[64]라고 설명하였다. 이상은의 <聞歌>(卷
6)를 보면,

　　　　살며시 미소 짓고 눈짓하며 노래하려 할 제
　　　　드높은 구름 미동도 않고 푸른 산은 우뚝 솟아있네.
　　　　동대에서 바라본 후 어디로 돌아가려나

---

63) 賀裳, ≪載酒園詩話≫ 卷4.
64) 袁枚, ≪隨園詩話≫ 卷9, p.36.

천자가 환궁하는 것 잊으신 지 얼마나 되었을까.
푸르게 덮인 길가엔 남쪽으로 가는 기러기 사라지고
가는 허리 궁전 안에선 北人들이 지나가네.
이 소리 애끓게 함은 오늘만이 아니니
향사 불빛 그대를 어이하려나.
斂笑凝眸意欲歌,　高雲不動碧嵯峨.
銅臺罷望歸何處,　玉輦忘還事幾多.
靑蒙路邊南雁盡,　細腰宮裏北人過.
此聲腸斷非今日,　香炧燈光奈爾何.

　여기에서 제1구는 歌者의 상황을 묘사하여 가자의 처절한 감동적 심사를 토로할 기식을 열고, 제2구에서는 청중이 가자의 엄숙함에 감화되어 경청하는 정경을 묘사했다. 그리고 중간 4구는 청중이 가사와 곡조의 처절에 동화되어 환상세계로 몰입하는 감흥을 서술하고 있어서 이러한 정려하면서도 고상한 시적 경지는 이상은 외엔 찾기 힘든 풍격을 이루고 있는 것이다. 이상은의 시는 '화려하나 속되지 않음(華而不靡)'(<司空圖與李生論詩書>, ≪王右丞集≫ 卷之末)인 것이다. 이상은은 <離騷>를 바탕으로 比興이 많고 두보를 배워 침울하면서 沈雄激壯이며 농염한 맛을 준다. 최승우의 시는 신라인 중에서 비교적 중만당풍이 고르게 깃들어 있지만 시풍상 독자적인 풍격을 형성하고자 한 면도 간과해선 안 될 것이다.

羅隱 詩와 崔致遠 詩의 兩面的 比較

崔致遠은 韓國漢文學의 鼻祖로 推崇되고 그의 詩文은 三國時代의 유일한 文集으로 후세에 간행되어 중국에서도 ≪四部叢刊初編≫에 ≪桂苑筆耕集≫이란 명칭으로 수록하고 있다. 그럼에도 같은 淸代의 叢集書인 ≪全唐詩≫에는 시 1구도 수록되어 있지 않고 日人 河世寧이 편집한 ≪全唐詩逸≫(卷中)에 시 1수와 시구 7구가 수록되고, 최근(1992) 復旦大學의 陳尙君 교수가 旣存의 王重民의 ≪補全唐詩≫와 ≪補全唐詩拾遺≫, 孫望의 ≪全唐詩補逸≫, 童養年의 ≪全唐詩續補遺≫ 등 4종을 모아서 校訂하여 ≪全唐詩外編≫이라 命名하고, 여기에 追後 蒐集한 唐詩를 總集하여 60卷으로 꾸며서 ≪全唐詩續拾≫이라고 제목을 붙여서 이것들을 한데 모아서 輯校하여 출간한 책이 ≪全唐詩補編≫ 3冊(中華書局)인데, 여기 ≪全唐詩續拾≫(卷36)에 18題 22首를 수록하고 있다.

그리고 국내에서는 ≪桂苑筆耕集≫, ≪崔文昌侯全集≫, ≪東國輿地勝覽≫, ≪東文選≫ 등 여러 文選集에 수록되어서 전해진다. 국내에 한국한문학의 독자적인 설정과 그에 관한 연구가 本格化되면서 최치원에 관한 수다한 論著가 발표되어 이제 최치원 문학의 位相과 價値를 詩文을 바탕으로 하여 상당히 深度 있게 整理한 단계에 와 있다고 평가할 수 있다. ≪韓國漢詩作家研究≫ 第1冊(太學社, 1995)의 첫 논문인 具本機의 崔致遠의 詩世界에서 (주1)의 孤雲의 詩文學에 대한 연구업적 목록을 보면 김중렬, 송준호 등 여러 학자의 論著目을 제시하고 있는데 그 외에도 수많은 자료가 최치원 연구의 名目으로 나와 있는 상황이다.

既存 崔致遠 문학 특히 詩에 대한 風格을 고찰함에 있어 具本機와 李炳赫이 지적하였지만[1] 최치원 시풍격을 상당 부분 晩唐의 李商隱, 溫庭筠 등의 唯美詩派로 분류하려는 論調가 있었음을 注視하고 이에 대한 객관적인 재고찰이 필요하다는 의미에서 本文을 着想하게 된 것이다. 본문을 展開하는 과정상 최치원은 이미 다각도로 고찰된 바, 一見하는 것으로 하고 風格을 비교하기에 앞서 먼저 羅隱과 그 시의 성격을 상세히 파악하는 작업을 선행하고자 한다. 그리고 상호비교는 철저한 客觀的 根據를 통해서 하기가 어려운 만큼 가능한 인간관계와 시의 주제와 풍격의 近似性을 종합하여 논리전개하려고 한다.

나은과 그의 시를 고찰하는데 나은의 생평과 문집관계를 밝히는 것과 나은의 시에서 詠物詩에서 나타나는 다양한 시의 성격, 특히 시의 기탁에 의한 풍자와 비유의 관계를 구명하는 것 등 두 가지 면으로 구분하여 논조를 전개해 나가는 것이 최치원의 시와 상관성을 구명하는데 도움이 되리라 본다. 羅隱(833~909)의 생애에 불명한 부분이 많지만 주어진 자료들만으로 몇 가지 이설들을 재조명하고 이해하는 선까지만 살펴보려 한다. 그리고 그의 시문집 판본은 가능한 한 수집된 자료를 활용하고 비교하겠으나, 일차적인 참고자료는 萬曼의 ≪唐集敍錄≫을 위시하여 각서의 序跋文에서 다수 참증할 수밖에 없다.

---

1) 具本機, <崔致遠의 詩世界>, p.5, 李炳赫, <崔孤雲의 漢詩考>, ≪孤雲의 思想과 文學≫, pp.326-328(坡田韓國學堂, 1997).

만당의 唯美派와는 다른 元稹·白居易의 현실주의를 따른 羅隱(833~909)의 시에서 綺麗함이 없는 것은 아니지만, 口語의 다용과 영물에 의한 현실풍자로써 490여 수의 핵심을 이루고 있다.[2] 이러한 나은의 시를 최치원 시와 비교하는 데는 독자적인 주관이 많이 개재되어 있음을 밝혀둔다. 이 비교는 하나의 시도적 의미가 크며 이의 객관화를 위한 初探의 과정이기를 바랄 뿐이다. 최치원의 입당 시기와 在唐 문예활동의 범위로 보아 나은과의 접목은 전혀 무모하지 않으리라 보아 착안한 것이다. 그런 의미에서 최치원의 시를 만당의 유미론자의 부류에 넣지 않고 전통적인 중당의 사실주의론과 古淡派의 각도에서 재조명하기 위한 작업인 것을 밝혀두려는 것이다. 특히 나은의 일파와 접목시키려는 강한 의지와 근거를 보여주기 위해서 양인의 시를 본격적으로 비교하기 전에 나은에 관한 상세한 분석을 선행하여 비교의 가능성과 개연성을 객관화하는 선결조건으로 삼으려 한다.

1. 羅隱의 生平과 文集 版本

≪舊唐書≫와 ≪新唐書≫에 羅隱의 傳記가 기술되어 있지 않으니, 그의 생애에 관해서는 다음과 같은 자료를 참조한다.

辛文房, ≪唐才子傳≫(傅璇琮 主編, ≪唐才子傳校箋≫, 中華書局, 1990.)
計有功, ≪唐詩紀事≫(王仲鏞 著, ≪唐詩紀事校箋≫, 巴蜀書社, 1992.)
雍文華, ≪羅隱集≫ 附錄(中華書局, 1983.)

---

2) 拙文,「晚唐羅昭諫 詠物詩의 諷刺性攷」(≪敎育論叢≫ 8輯, 1993)를 참조.

1) 生平關係

나은(833~909)의 생평은 그의 시를 이해하는데 필요한 범위 내에서
개관하고자 한다. ≪羅隱集≫ 부록의 「生平傳記」 부분에는 ≪吳越備史≫
의 「羅隱傳」과 나은과 유관한 「卷1」 條, ≪北夢瑣言≫(卷6과 卷17), ≪舊
五代史≫(＜羅隱傳＞), ≪新五代史≫(卷67), ≪唐摭言≫(卷3), ≪五代史補≫
(卷1), ≪宣和書譜≫(卷11과 卷14), ≪硏北雜誌≫(卷下), ≪西湖遊覽志餘≫
(卷11, 12, 24) 등 주로 고사성의 자료들을 수집하고 있어서 상기의 이미
인용한 것 외에 보조참고로 쓰일 수 있다. 그의 생평에 있어 비교적 상
세히 기술하고 있는 ≪唐才子傳≫(卷9)의 전문을 인용하여 부연 고찰을
가하고자 한다.

    나은의 자는 소간이며, 전당인이다. 어려서부터 영민하고 문장을 잘 지
었으며 시작이 더욱 뛰어나서 호연의 기품을 길렀다. 건부 초년＜874~
879＞에 진사에 오르고 과거에는 누차 낙방하였다. 광명 ＜僖宗・880＞ 년
간에 난리를 만나서 고향으로 돌아갔는데, 그 당시에 전상부가 東南절도
사로서 받들어 중히 여기니, 나은이 그에 의지하려 하여 배알하고 시를 지
어 바치니, 권수의 「하구를 지나며」에 「하나의 예형이 받아들이지 않고 황
조를 생각하다가 영웅을 속였도다.」 전류는 보고 크게 기뻐하여 글을 써
청하기를 「중선은 멀리 유형주에 의탁하니 대개 난세 때문이요, 부자께서
즐거이 노사구가 된 것은 단지 고향 때문이네.」 나은이 말하기를, 「이에
떠나지 않겠다.」하여 드디어 장서기가 되었다. 성품이 단순오만하며 담론
이 고상하고 활달하여 모든 사람에 뛰어나고 해학을 좋아하며 감성이 즉
흥적이다. 전류는 그 재능을 아껴서 앞뒤간에 수많은 하사를 하였다. 시
종 잠시도 서로 등돌리지 않았다. 절도판관・염철발운사로 옮기고 곧 저
작랑을 제수 받았다. 전류가 진해절도사 초기에 심숭에게 초사표를 짓게
하니 절서지방이 풍물이 넉넉하다고 꾸며서 썼거늘 나은이 말하기를 「지
금 절서 지방이 전쟁의 여파로 물자가 달리는데 조정의 신하가 마침 뇌물

에 간절한 중에 이 표문을 올리게 되면 장차 우리를 훌륭하다고 추길 것
이요.」하니 나은에게 고치도록 하였다. 「하늘이 차니 노루가 벌써 놀다갔
고 날이 저무니 소와 양이 내리지 않네.」 또 소종의 改名을 경하하는 표
문을 지으니 「왼쪽은 희창의 반자요, 오른쪽은 우순의 전문이로다.」하니
지은 자를 칭찬하였다. 사훈낭중에 옮기고 스스로 「강동생」이라 불렀다.
위박절도사 나소위가 그 명성을 사모하여 종문의 신분으로 받들어 숙부
로 모셨다. 이때에 나은도 늙어서 추대된 것이다. 나은은 재주를 믿고 남
을 업신여기니 사람들이 자못 미워하고 꺼렸다. 스스로 응당히 크게 쓰이
리라 여겼으나 한결 낙제만 하니, 제후의 식객이 되고 그로 인해 일을 하
게 되니 심히 당왕실을 원망하였다. 시문은 거의가 풍자위주이므로 비록
황폐한 사당과 나무인형이라도 대상이 되지 않는 것이 없다. 또한 성격이
편벽되고 남과 어울림이 적으며 군대를 좋아하지 않았다. 제사 드리는 중
에도 여유만만하여 태연하였다. 나은이 처음 빈곤한 중에 과거에 나왔는
데 종릉을 지니다가 광영의 기생 운영을 보니 재능이 있었다. 후에 10년
지나 낙방하고 지나게 되었는데 운영이 「나수재는 아직 백의 신세를 면
치 못했는가?」 하니 나은이 시를 주어 이르기를, 「종릉에서 취중에 헤어
진 지 10여 년 만에 다시 운영을 만나니 손바닥 위의 몸이로다. 내 아직
공명을 이루지 못했고 그대 아직 시집 못 갔으니 아마도 모두 남들만 못
한가보네.」 고운과 함께 회남의 고병을 알현하였는데 고병이 예의 없다고
여겼다. 고병이 후에 필사탁 장군에게 살해되니 나은은 연화각시의 풍자
를 지었다. 또 시로써 상국 정전에 의지하였다. 정전의 아름다운 딸이 있
는데, 시 읊기를 좋아하여 나은이 지은 「장화가 뛰어남이 붉은 글씨 같지
만, 유후의 종이 한 장 글에 못 미치네.」 이로 인해 간절히 사모하여 몸둘
바를 몰랐다. 나은이 문득 와서 알현하는데 그 딸이 발 새로 그 누추한 모
습을 엿보고서는 다시는 생각하지 않았다. 나은은 서법에 정통하여 장봉필
을 즐겨 썼는데, 이르기를 「붓은 문장의 재물이다. 이제 그대에게 높은 값
을 얻게 도와주리라.」하고는 즉시 안두 전백폭을 내어주니 사대부가 찾아
와서는 값을 물으매 천금에 이르렀다. 지은바 ≪참서≫·≪참본≫·≪회
해우언≫·≪상남응용집≫·≪갑을집≫·≪외집≫·≪계사≫ 등이 함께
세상에 전해진다.

隱字昭諫, 錢唐人也. 少英敏, 善屬文, 詩筆尤俊拔, 養浩然之氣. 乾符初
擧進士, 累不第. 廣明中, 遇亂歸鄕里, 時錢尙父鎭東南, 節錢崇重, 隱欲依
焉, 進謁投素作, 卷首過夏口云 ; 一箇禰衡容不得, 思量黃祖謾英雄. 鏐得之

大喜遇, 以書辟曰；仲宣遠託劉荊州, 蓋因亂世；夫子樂爲魯司寇, 祗爲故鄉. 隱曰；是不可去矣. 遂爲掌書記. 性簡傲, 高談闊論, 滿座風生. 好諧謔, 感遇輒發. 鏐愛其才, 前後賜予無數. 陪從不頃刻相背. 表遷節度判官, 鹽鐵發運使. 未幾, 奏授著作郎. 鏐初授鎭, 命沈崧草表謝, 盛言浙西富庶. 隱曰；今浙西焚蕩之餘, 朝臣方切賄賂, 表奏, 將鷹犬我矣. 鏐請隱更之, 有云；天寒而麋鹿曾遊, 日暮而牛羊不下. 又爲賀昭宗改名表云；左則姬昌之半字, 右爲虞舜之全文. 作者稱賞. 轉司勳郎中. 自號江東生. 爲朴節度羅紹威慕其名, 推宗人之分, 拜爲叔父. 時亦老矣, 嘗表薦之. 隱恃才忽睨, 衆頗憎忌. 自以當得大用, 而一第落落, 傳食諸侯, 因人成事, 深怨唐室. 詩文凡以譏刺爲主, 雖荒祠木偶, 莫能免者. 且介僻寡合不喜軍旅. 獻酬俎豆間, 綽綽有餘也. 隱初貧來赴擧, 過鍾陵, 見營妓雲英有才思. 後一紀, 下第過之, 英曰；羅秀才尙未脫白. 隱贈詩云；鍾陵醉別十餘春, 重見雲英掌上身. 我未成名英未嫁, 可能俱是不如人. 與顧雲同謁淮南高騈, 騈不禮. 騈後爲畢將軍所殺, 隱有延和閣之譏. 又以詩投相國鄭畋. 畋有女殊麗, 喜詩詠, 讀隱作至張華謾出如丹語, 不及劉侯一紙書, 由是切慕之, 精爽飛越, 莫知所從. 隱忽來謁, 女從簾後窺見迂寢之狀, 不復念矣. 隱精法書, 喜筆工葰鳳, 謂曰；筆, 文章貨也. 今助子取高價. 卽以雁頭箋百幅爲贈, 士大夫踵門問價, 一致千金, 所著讒書・讒本・淮海寓言・湘南應用集・甲乙集・外集・啓事, 並行於世.

　　이상의 장문에서 나은에 관한 몇 가지 인적 사항을 정리할 수 있다. 나은의 출신지가 '錢唐'(杭州)이라 하였는데, 자료에 따라 이설이 있다. 「餘杭」(≪唐詩紀事≫ 卷69)은 錢唐의 이명임에는 이의가 없으니 별호한데, 요는 '新城'이라는데 이설로 된다. 혹은 '新登'이라고도 한다.3) 이 이설을 傅璇琮의 「校箋本」도 「才子傳作錢唐人, 雖有所本, 仍誤.」라 하여 후설을 믿고 있으나, 「錢唐」의 근거는 ≪北夢瑣言≫ 卷6, ≪舊五代史≫ 本傳,

---

3) ≪吳越備史≫ 「羅隱傳」에 「羅隱, 字昭諫, 新登人也.」, ≪十國春秋≫卷12.「十國地理表」下新登條；「舊爲新城，　吳越天寶元年梁避廟諱敕改新登縣.」(今浙江省富陽縣西南) 謝先模 「羅隱籍貫考辨」(江西師範大學報, 1985年 第四期)에는 역시 나은의 출신을 '新登'으로 본다. 이 說에 대해서 沈崧의 「羅給事墓誌」의 「家本新城, 地臨浙水, 惟彼秀色, 鍾乎夫子.」라 한 同年輩의 記錄에 根據하기 때문이다.

≪舊唐書≫ 卷161, ≪宣和書譜≫ 卷11(<羅弘信傳>), ≪郡齋讀書志≫ 卷
16 등에 모두 전설로 기록되어 있어 여기서는 「墓誌」의 믿을만한 기록
에도 불구하고 辛文房의 기술을 따르고자 한다. 그리고 그의 조부는 知
微, 부는 修古로 조부는 福州福唐縣令을 지냈다 한다.4) 한편 나은의 生
平年代에 대해서는 지금까지 당대 沈崧의 <羅給事墓誌>(雍文華의 集本
附錄 재인)에,

> 개평 3년 봄에 앓아 눕고, 그 해 겨울 12월 13일에 서궐사에서 사망하
> 니 향년 77세이다.
> 以開平三年春寢疾, 冬十二月十三一發於西闕舍, 享年七十七歲.

라고 명기하고 있어서 이것으로 산출하면 나은의 생년은 文宗 太和 7년
(833)이며 졸년은 吳越(錢鏐王) 天寶 2년(909)에 해당한다.

나은의 성격은 한마디로 비정상적이라 할 수 있다. 浩然之氣가 있고
俊逸하여 詩才가 拔群하며 書法에 정통하여 특히 行書에 전형필법을 강
구하였지만,5) 반면 외모가 매우 누추하여 볼품이 없었고6) 성격은 오만
하고 남을 輕視하고 과감한 면이 있었으며 괴팍하여 자존심이 강한 면
모를 보인다. 그러나 偏僻한 면 외에도 권력지향적인 功名心이 적지 않
아서 錢鏐에 의거하는 변심을 읽을 수 있다. 이 같은 다기한 성품의 표
출이 그의 詩風에도 有關되어 있음을 後說할 수 있다. 그래도 그의 우인
沈崧은 「墓誌」에서,

---

4) 沈崧의 「墓誌」에 「曾祖諱偓, 字童知, 福州福唐縣令. 皇考諱條古, 應開元禮.」
5) ≪宣和書譜≫ 卷11 「行書」 五 ; 「隱雖不以書顯名, 作行書尤有唐人典型……」
6) 才子傳의 鄭畋의 딸과의 故事에 대한 本文 外에 胡仔의 ≪苕溪漁隱叢話≫ 前
　　集 卷24 ; 「……女見隱貌極陋, 遂焚其詩, 不復肯誦焉. 婚亦意不成.」

우리 임금 만나 절개 곧은 인물로 기록되고, 그것으로 고관에 이르렀으니, 살아 있을 때나 죽을 때나 은총이 가해져 자손들이 의탁할 수 있게 되었도다. 들과 밭이 부의로 내려지고 경건한 마음이 시종 표해지니 선비들도 그 때에 영달한 사람이라 말하였도다. 이미 우리 임금께서 왕 된 귀감을 밝히시지 아니하였다면 어찌 부군이 다재다능한 능력을 펼 수 있었겠는가?

    及遇我王, 錄爲上介, 致之大僚, 存沒加恩, 翼燕可託. 原田賻贈, 式表初終, 儒士於時, 亦謂達矣. 向非我王之支明王鑒, 豈展府君之多藝多才.

라고 志操와 氣稟이 높은 면으로 나은을 평가하였다. 나은은 낙방하다가 생애의 전기에는 鄭畋[7]과 高騈[8], 후기는 錢鏐[9]와 羅紹威[10] 등 사인의 은전을 받은 것을 알 수 있다. 재상인 정전과는 그 딸과의 사건으로 詩名이 알려졌고, 고병과는 顧雲과 대조적으로 불경죄로 소외당하였으나, 正義를 세울 수 있었다. 이들 양인의 밑에서는 관직을 얻지 못하였고, 전류 밑에서는 '掌書記'를 위시하여 '節度判官', '鹽鐵發運使', '著作郎', '사훈낭중'(906)을 지냈으며, 宗家인 羅紹威를 만나서 비록 연만하였지만 '給事中'에 천거되어(907, 開平 3年) 그로서는 최고의 지위에 오른 것이다.

2) 詩文集의 版本

나은의 시문집에 대해서는 現存하는 것으로 그의 시집인 ≪甲乙集≫

---

7) 鄭畋에 대해서는 ≪舊唐書≫ 卷178, ≪新唐書≫ 卷185.
8) 高騈에 대해서는 ≪舊唐書≫ 卷182. 나은도 <淮南高騈所造迎仙樓> 詩가 있음. ≪唐才子傳≫ 卷9.
9) 전류와 유관한 나은의 글로서 <錢氏九州廟碑記>, <代武肅王錢鏐謝賜鐵卷表>, <錢氏大宗譜列傳> 등 있음.(≪羅隱集≫ 雜著)
10) 羅昭威에 대해서는 ≪舊唐書≫ 卷181. ≪新唐書≫ 卷210. ≪舊五代史≫ 卷14. ≪新五代史≫ 卷39. ≪唐詩紀事≫ 卷61. 나은이 준 시 <贈紹威>가 있음.

十卷과 ≪讒書≫ 五卷, ≪廣陵妖亂志≫, 그리고 ≪兩同書≫ 등이 있으며, 이상에 들어 있지 않는 시문들을 수집·정리하여, 雍文華는 ≪羅隱集≫(中華書局, 1983)라는 命題로 校輯해내었다. 이 문집은 상기의 시문집을 포함하여 시에 있어서 ≪全唐詩≫(卷655~665)의 490수 외에 散存되어 있는 逸詩들로 수집되어 있으며, 특히 최근(1992) 출간된 孫望의 ≪全唐詩補逸≫과 童養年의 ≪全唐詩續補遺≫, 그리고 陳尙君의 ≪全唐詩續拾≫(이상은 ≪全唐詩補編≫에 合輯되어 있음. 中華書局)에 보충된 21수에서 8수가 이미 소개된 것을 확인할 수 있다.[11] 그리고 문에 있어서는 「雜著」라는 題下에 37편의 문류를 수록해 놓아[12] 羅隱文集으로서는 거의 작품총집이라고 할 수 있다. 이와 같은 校輯本이 나오기까지 現傳하는 시문집의 板本을 개관하여 작품의 校勘에 一助되게 하고자 한다.

나은의 시문집에 대한 書目은 자료서에 따라 달리하는 것도 있지만,[13] 대개 나은의 시로는 ≪甲乙集≫ 10卷, 문으로는 ≪讒書≫ 5卷, ≪廣陵妖亂志≫ 3卷, ≪兩同書≫ 2卷에 집약되어진다. 따라서 이들에 대한 시대별 판본상황을 다음에서 살펴보려 한다.

---

11) 孫望의 編本(卷之十三)에는 a＜獻淮南崔相公＞, 童養年 編本(卷12)에는 b＜膝王閣＞, c＜文選閣＞, d＜昭明太子廟＞, e＜下山過梅根＞, f＜金雞石＞, g＜掛劍處＞, h＜題廷和閣＞, i＜上亭驛＞, 그리고 陳尙君의 編本(卷四十五)에는 j＜鞠歌行＞, k＜宿法華＞, l＜題石門＞, m＜吳公約神道碑附詩＞, n＜繡＞, o＜詠柳＞, p＜過梁震居留題＞, q＜送竈詩＞, r＜下杜城＞, s＜華嚴寺＞, t＜鳳凰臺＞, u＜下第詩＞ 등 21首 중에 雍文華의 枚輯本에는 b·c·e·f·g·h·i·j 등 8首가 ≪甲乙集≫ 卷外로 補됨.

12) ≪羅隱集≫ 「雜著」에 수록된 文은 啓가 19篇, 碑銘이 5篇, 記가 4篇, 序가 2篇, 表가 1篇, 狀이 1篇, 論이 1篇, 傳이 1篇, 其他가 3篇으로 구성되어 있음.(pp.281-282. 目錄)

13) 鄭樵의 ≪通志藝文略≫·≪崇文總目≫, 陳振孫의 ≪直齋書錄解題≫, 그리고 ≪宋史藝文志≫·≪四庫全書總目≫ 등에는 上記의 書目 外에 ≪淮海寓言≫ 7卷, ≪湘南應用集≫ 2卷, ≪羅隱啓事≫ 1卷, 그리고 ≪吳越應用集≫ 3卷·≪汝江集≫ 3卷·≪歌詩≫ 14卷(上記 2種本은 ≪宋史≫에만 기재) 등이 있었다 하나 陳振孫이 말한 바 ＜求之未獲＞(解題)과 같이 今傳되지 아니하다.

(1) ≪甲乙集≫ 10卷

黃丕烈이 宋刊本을 찾기 전에는 明末의 汲古閣의 각본인 ≪唐人八家詩≫와 席玉照家의 ≪唐百名家集≫에 들어 있는 간본이 最早本으로 남았었는데, 그 얻은 시기와 판본의 상태에 대해 黃丕烈은 跋文(其一)에서 다음과 같이 기술하고 있다.

작년에 고간빈이 추시를 보고 돌아와서 나에게 송판 ≪羅昭諫甲乙集≫이 있다는 말을 하며 너무 늦어서 남에게 돌아갈까 안타깝다고 하면서 마음이 매우 불편해 하였다. 이미 거리의 사람이 금릉에서 돌아와서 그 일의 전말을 알려주었다. 대개 이 책은 작은 골목의 골동품점에 있었는데 가정 구목부가 가서 살펴보니 은 넉 량을 달라하기에, 송판본인지를 판별하지 못하다가 간빈이 가서 판별해 주기를 기다리는 차에 늦어버려 놓치고 말았다는 것이다……갑인년 가을의 일을 생각하건대 동년인 장빈우가 일찍이 금릉에서 송판본 ≪孟東野集≫을 얻어서 나에게 보내오니, 계창위와 안록촌의 소장본이었다. 이제 이 책을 보매 도장이 똑같거늘 두 책이 하나의 근원에서 나온 것이려니 언제 산실되었는지 모를 일이다. 이제 다시 모두 가져다가 서가에 꽂아 놓으니 한묵의 인연이 참으로 깊도다. 권수에 문태청과 어양산인 양가의 도장이 있는데, 나의 소장에는 본 적이 없었기에 특별히 밝혀두는 것이다. 십권본에도 毛刻本이 또한 그러하다. 그러나 자구가 다 부합되지 않으니 진정 송간본으로 보이지 않는다. 여산의 진면목은 이것이 으뜸인가 한다. 가경 신유년 여름 유월 보름 전날 땀을 닦으며 쓰다. 황비열.

去歲顧澗濱秋試歸, 爲余言有宋板羅昭諫甲乙集, 惜去遲, 爲他人得去, 心甚怏怏. 旣而坊間人自金陵歸者, 告余顚末, 蓋是書在委巷骨董舖, 嘉定瞿木夫往觀之, 需四兩銀, 未能決其爲宋刻, 且欲俟澗濱去一決之, 故遲遲不得也……因思甲寅秋, 同年蔣賓嵎曾在金陵得宋本孟東野集贈余, 爲季滄葦·安麓村所藏, 今觀是書圖章正同, 兩書同出一源, 而散失不知何時. 今復俱歸挿架, 翰墨因緣, 何其深歟? 卷首有文太淸·漁洋山人兩家圖章, 余所藏書未之見, 故特表出之. 至于十卷本, 毛刻亦然. 然字句未盡合, 諒未見宋刊. 廬山眞面目, 當以此爲最耳. 嘉慶辛酉夏六月望前一日, 揮汗書. 黃丕烈.

위의 글에서 보면, 고서의 발견시기는 嘉慶 辛酉年(1801년)에서 去歲이니까 1800년이 되며 판본상으로는 金陵에서 얻은 宋本 ≪孟東野集≫과 같은 도장이라면 臨安府의 棚北睦親坊에서 陳宅書舖印行인 書棚本이 된다. 그리고 王漁洋의 도장이 있는 것으로 보아 진본으로 확인했다고 밝히고 있다. 그런데 황비열이 그 跋文(其二)에서 이 책을 대조하고 나서 기록한 내용은 明代의 毛·席 양인의 장본 보다 앞선 것을 밝혀 주고 있다. 보건대,

    계해년 여름 오월 보름날에 신거현교의 백송일전에서 다시 펴서 읽으며 또 사권의 잔송본을 가져다가 일차로 대조해 보았다. 그 간인본 거의 뒤에 지배에는 '지정십일년'의 자적이 있으니, 대개 원인본인가 한다…… 권중의 묵정이 대개 같으며 사이에 고인의 교정보충한 글자가 상방에 써 있어서 신중했다고 말할 수 있다. 보충한 것을 여기에 기록하여 참고케 하노라…… 권사의 '고소대'시의 「高泰伯開基日」구 위에는 '대'자를 지어 넣었다. 모두 일곱 곳이거늘 어느 판본에 의거한 것인지 모르지만 자적으로 따져 보면, 毛·席 양가가 수장하기 전이라고 하겠다.
    癸亥夏五月望日, 重展讀于新居縣橋之百宋一廛中, 並取四卷殘宋本展對一過. 彼印本差後, 紙背有至正十一年字跡, 蓋元印也……卷中墨釘多同, 間有舊人校補字, 各書于上方, 可謂愼重矣. 就所補者錄於此, 以備參考. 如;……卷四姑蘇臺高泰伯開基日上作臺字. 共七處, 未知所據是何本, 就字跡論之, 當在毛席兩家收藏前.

여기서 첫 번째 跋文 이후 2년 뒤에(1803) 이 책이 至正 11년(1351)의 元印이 있고, 校補된 字가 明代 이전의 간본에 해당함을 재확인하고 있다. 그리고 黃氏 版本과 출처가 상사한 宋刊本에 대해서 楊紹和가 열람하고 난 후에 기록한 다음 글은 책의 형식에 대해서 상세히 설명하고

있다.

　　≪갑을집≫이 남에게 넘어간 것을 애석히 여겼도다. 몇 년을 지난 뒤에 나의 동쪽 지체높은 집 주인 초림 양상국의 소장에서 이 간본을 얻었는데, 권말에 엽문장의 수적이 있거늘 대개 창위본과 같은 각본인가 본다. 이 간본은 더욱 서붕본 중에서 상품이 되겠다. 매양 반엽이 십행이고 일행이 십팔자이며 권수미에 본기가 있어 「임안부 붕각대가의 목친방남쪽 진택서적포의 인행」이라고 쓰여 있다. ……권2·3·4에는 결자가 있는데 이 간본의 권3·5에 또 결엽이 있어서 교정과 보충이 없었음을 애석히 여기는 바이다.

　　惜甲乙集爲他人所得. 越數年, 得此本於吾東故家梁焦林相國所藏, 卷後有葉文莊手迹, 蓋與滄葦本同出一刻, 而此本尤書棚中上駟也. 每半葉十行, 行十八字, 卷首尾有本記云臨安府棚北大街睦親坊南陳宅書籍舖印行. ……卷二·三·四有缺字, 此本卷三卷五亦有缺葉, 惜無由校補. (≪楹書隅錄≫ 卷4)

　　여기서 분명한 것은 書棚本은 같지만 缺字와 缺葉이 있는 점으로 보아 황씨의 간본과는 다른 것임을 알 수 있다. 현재 四部叢刊은 黃氏本을 영인한 바, 楊氏本은 행방을 모른다.14)

　　(2) ≪讒書≫ 5卷

　　현전하는 판본은 송대의 것은 난득하고 원본에서 비롯할 수밖에 없다. 그것은 황비열에 의해 五卷本으로 확인되었으니, 그의 跋文을 보면 다음과 같다.

　　해녕의 오건이 양복길의 말을 바탕으로 듣건대 오홍의 책장사가 이르기를 오씨 가문의 장서가에 전질이 있는 것을 알고, 은근히 빌려서 베끼기를 원하였던 고로 같은 읍의 진중어에 부탁하여 나에게 빌려 베끼게 하

---

14) 萬曼은 ≪唐集紋錄≫에서 「四部叢刊據黃藏本影印, 楊氏藏本今不知在何處」(p.346).

니 사실상 나에게 이 책이 없었기에 감사하나니 이때가 을축년 봄(1805년)
의 일이다. 후에 내가 서점에서 마침 오매암(이름은 익봉, 자는 이중, 강소
오현인)의 초본을 앞 4권이 있어서 오건의 본을 보충할 만하여, 급히 책을
진전에게 부쳐서 오건의 원본 5권을 가져다가 서로 대조해 보니 실로 오
매암 것 보다 보탠 바가 많고 전 4권은 다시 내가 얻은 매암초본에 의거
하여 충족하는 바다……가경 병인 정월 11일(1806년), 황비열 요옹이 백송
일전에서 씀.

　　海寧吳君槎客, 因吳江楊進士慧樓有言, 聞吳興書賈云, 吳門藏書家見有
全帙, 尙願宛轉借鈔, 故託其同邑陳仲魚向余借鈔. 其實余無此書, 遂謝之,
此乙丑春事也. 後余從書肆果得吳枚庵鈔本, 有前四卷可補吳槎客本, 急寓書
仲魚取槎客原本五卷相質證, 實較吳枚庵多所裨益, 而前四卷復賴余所得枚
庵鈔本足之……嘉慶丙寅正月十一日吳趨黃丕烈蕘翁識於百宋一廛.

　　여기서 황비열이 ≪枚庵鈔本≫을 가지고 오건의 5권 원본과 대조하며
보충할 수 있었음을 밝히고 있는데, 이 초본에 대해 錢穀의 跋文에 의
하면,

　　　융경 2년 2월 중순(1568년)에 고종화의 원판을 빌려 베끼다.
　　　隆慶二年二月中旬, 借顧從化元板本鈔.

라고 하였는데 이 錢穀의 鈔本을 「융경 4년 7월 초1일 전숙보에게서 빌
려 베끼다.(隆慶四年七月初一日從錢叔寶借鈔.)」라고 하여 다시 베낀 사실
을 부기한 것을 「매암초본」의 발문에서 黃丕烈이 확인한 점에서 현재의
전본은 元本에 의거한 것을 알게 된다. 그러나 이 ≪讒書≫가 方回의 跋
에 의하면,

　　　참서란 울분하여 불평하는 말을 쓴 것으로 당세에 불우하여 그 노함을
　　　토로할 수 없는 데서 쓰여진 것이니 순희 2년 을미(남송 효종. 1175년)의
　　　신성현 지사 양사제의 집서를 상세히 볼지라……대덕 6년 임인 6월 19일

신사(1302년) 자양산인 방회

　　所爲讒書, 乃憤悶不平之言, 不遇於當世而無所以泄其怒之所作, 詳見淳
熙二年乙未知新城縣楊思濟集鈫……大德六年壬寅六月十九日辛巳, 紫陽山
人方回.

라고 하여서 ≪讒書≫가 咸通 8년(867)에 쓰여졌지만 (方回의 跋에 의거)
약 300년 후인 宋代 孝宗 때에 출간되었음을 알 수 있다. 그러니까 方回
와 黃德弼의 跋文(黃氏의 跋은 方回보다 몇 달 늦은 同年 仲秋後 五日의
것)이 楊氏의 集鈫보다 한 세기 더 지난 후의 것이어서 분명히 宋本도
있었지만 지금은 오건의 본이나 매암의 본 모두 元本의 초본이라는 점
에서 송본은 일실된 것으로 본다. 이것은 楊復吉의 跋에서 '永樂大典中
有隨齊批注曰 ; 讒書近刻於新城縣'이란 글에서 楊思濟의 鈫와 상합되기
도 한다. 그러한 黃丕烈의 정리가 있은 후에 吳騫에 의해 <維嶽降神解>
와 <疑鳳臺> 2편이 보완되어서[15] 오늘의 ≪羅隱集≫에 수록되어 전해
진 것이다.

(3) ≪廣陵妖亂志≫와 ≪兩同書≫

　　앞의 책은 ≪新唐書·藝文志≫에 郭廷誨의 撰으로 기재되고 ≪直齋書
錄解題≫와 ≪經籍考≫에 鄭廷晦와 郭廷誨의 작이라 하나. ≪說郛≫만은
나은의 작이라 하였다.[16] 이러한 說은 이 책의 作者說이 不一하다는 의

---

15) 吳騫은 嘉慶 丁卯年(1807)에 「重刻讒書跋」을 쓰고 다시 辛未 長夏(1811)에 「維
　　嶽降神疑鳳臺補刊跋」을 써서 4篇의(卷2) 缺文中에서 上記한 두 篇의 글을 補
　　充할 수 있게 된 사실을 다음과 같이 기록하였다. 「予以嘉慶丁卯重刻羅昭諫讒
　　書五卷, 第二卷中原闕蘇季子·維嶽降神解·忠孝廉潔·疑鳳臺四篇, 徧檢群籍, 無
　　從錄補. 今年春, 大興徐景伯太史從永樂大典鈔得維嶽降神解·疑鳳臺二篇, 屬仁
　　和陳扶雅孝廉.趙寬夫茂才展轉寄至, 爲之狂喜, 無異珠還而劍合也. 爰亟補刊卷末,
　　用公同好, 幷識嘉惠於諼云爾. 辛未長夏, 騫再跋.」(≪羅隱集≫ 附錄).
16) 繆荃孫의 跋文前段에 보면(後段은 引述됨), 「廣陵妖亂志, 新唐書藝文志作郭廷誨

미가 된다. 淸代 繆荃孫의 跋을 보면,

> ≪설부≫는 나은으로 보고 있다. 제서가 각기 다른데 고병. 여용지. 필
> 사탁의 일을 기록한 것을 ≪통감≫에서는 취하였다. ≪설부≫에는 4편만
> 있는데, ≪나소간집≫과 같다. 또한 ≪태평광기≫ 속의 4조와 ≪통감≫의
> 주 6조를 편집하여 보태 넣으니 대략 개요는 담고 있다. 광서 갑신(1904
> 年) 4월 강음 목전손이 발문 씀.
>
> 　說郛又以爲羅隱. 諸書各異, 所記高駢. 呂用之. 畢師鐸事, 通鑑頗取之.
> 說郛只存四篇, 羅昭諫集同. 又輯廣記中四條, 通鑑注六條增入, 略存梗槪. 光
> 緖甲辰四月江陰繆荃孫跋. (≪羅隱集≫ 附錄再引)

여기서 이 책이 ≪說郛≫에 근거하여 나은의 작으로 列入시킨 것이 처
음 나은의 작으로 인정한 경우가 되며 그 구성을 ≪태평광기≫와 ≪자치
통감≫에서 도움 받았음을 알게 된다. 특히 ≪羅昭諫集≫ 8卷本에 열입
되면서 郭氏作說이 퇴보하는데, 이 문집의 초간이 明代 萬曆中 姚叔祥의
重輯本이므로 그 이후에 확정된 듯하다.[17] 淸代 康熙 9년(1670) 張瓚의
輯本을 소개한 ≪四庫全書總目≫에서 「第七卷末一篇爲廣陵妖亂志」구를
볼 수 있음은 하나의 증거라 하겠다. 그리고 ≪兩同書≫가 단행본으로
≪寶顔堂秘笈≫에 편입되어 姚叔祥이 跋文에서,

> ≪양동서≫같은 것이 후에 문집과 떨어져 나와 규격이 가지런하고 담
> 긴 논조가 우아하고 풍섬하여 족히 오대의 한 저술을 갖추고 있다.
>
> 　若兩同書後出諸集之外, 卽置格排比, 而持論雅瞻, 足具五代一種著述也.
> (≪羅隱集≫ 附錄)

　作. 直齊書錄解題作鄭廷晦撰. 經籍考引陳氏又作鄭廷晦. 說郛又以爲羅隱.」(≪羅隱
集≫ 附錄
17) 萬曼, ≪唐集敍錄≫, p.349 참조.

라고 한 뒤부터 책으로서의 주목을 받게 되었는데, ≪四庫全書總目≫에 ≪吳越備史≫의 기록을 인용하며 이 책을 소개하지 않았지만, ≪兩同書≫ 이 책이 凡十篇으로 엄연히 전해지고 오히려 앞서 ≪참서≫와 ≪광릉요란지≫는 나은의 작에서 출입이 있었음을 밝히고 있다.[18]

2. 羅隱 詠物詩의 特性

만당 시단에서 唯美風이 유행할 때에, 독자적인 중당풍의 현실을 주제로 한 풍자의식이 넘치는 작품을 중심으로 시 490수(≪全唐詩≫ 卷 655~665)를 남긴 나은(833~909)을 다시 거론할 필요성을 느낀다. 나은의 詩數에 관해서는, 근년에(1992) 孫望의 ≪全唐詩補逸≫ 卷13에 <獻淮南崔相公>과 童養年의 ≪全唐詩續補遺≫ 卷12에 <滕王閣>·<文選閣>·<昭明太子廟>·<下山過梅根>·<金雞石>·<掛劍處>·<題延和閣>·<上亭驛>(이상 8수는 모두 ≪碧雞漫志≫ 卷5에서 수록.), 그리고 陳尙君의 ≪全唐詩續拾≫ 卷45에는 <鞦歌行>·<宿法華>·<題石門>·<吳公約神道碑附詩>·<繡>·<詠柳>·<過梁震居留題>·<送竈詩>·<下杜城>·<華嚴寺>·<鳳凰臺>·<下第詩> 등 21수가 추가되었다. 이미 살핀 바, 나은은 한국한문학의 비조라 할 崔致遠의 스승이며[19] 나아가서는 宋初의 실리적인 시류의 선도적 역할을 했다고 본다. 이러한 나은의 시에서 본고는 그의 영물시 55 수에서 그 시의 풍자예술을 살펴보고자

---

18) ≪四庫全書總目≫에, (前略) '吳越備史載羅隱所著, 有淮海寓言·讒書, 不言有此書. 然淮海寓言及讒書, 陳振孫已訪之未獲. 惟此書猶傳于今, 凡十篇. 上卷五篇, 皆終之以老氏之言. 下卷五篇, 皆終之以孔子之言. 崇文總目謂以老子修身之說爲內, 孔子治世之道爲外, 會其旨而同原.'
19) 拙文, 「全唐詩所載新羅人詩」 참조.(≪韓國漢文學硏究≫ 3·4合輯. 1979)

한다.[20] 원래 영물시는 「寄情寓風」을 바탕으로 하는 바, ≪四庫全書總目提要≫ 集部五의 「詠物詩提要」에서

> 옛날 굴원은 '귤송'을 짓고 순자는 '잠부'를 지었는데, 영물의 작품은 여기에서 싹텄다. …… 당시는 사물의 모양을 숭상하고 송시는 의론을 삽입하는데, 기탁된 정감과 붙여진 풍유가 그 가운데서 끝없이 흘러나오니 이것이 그 대체적인 비교이다.
> 昔者屈原頌橘, 荀況賦蠶, 詠物之作, 萌芽于是, ……唐尙形容, 宋參議論, 而寄情寓諷, 旁見側出于其中, 此其大較也.

라고 하여 영물 작품의 근본적인 착상의식을 피력하였으며 영물시를 짓는 의도는 시를 통하여 比興의 諷諭를 하는데 있음을 李重華는 다음과 같이 기술하였다.

> 영물이라는 체재는 제재로 말하면 부요, 시를 짓는 까닭으로 말하면 흥이요, 비이다.
> 詠物一體, 就題言之, 則賦也, 就所以作詩言之, 卽興也, 比也. (≪貞一齋詩說≫)

한편, 영물시의 작법에 대해서 구체적으로 여하히 표현해야 할 것인가에 대해서 元代의 楊載는 다음과 같이 기술하였는데 이는 전대의 작품에서 보이는 공통점과 후대의 작법의 기준을 제시한 것으로 본다.

---

20) 순수한 詠物詩로는 <牡丹花>, <雪>, <浮雲>, <香>, <白角簟>, <鸚鵡>, <金錢花>, <梅>, <桃花>, <梅花>, <柳>, <隋堤柳>, <仙掌>, <詠月>, <淚>, <子規>, <鷹>, <菊>, <殘花>, <錢>, <紅葉>, <雪>, <雪霽>, <埃子>, <茅齋>, <螢>, <蝶>, <輕>, <燕>, <野狐泉>, <鶯聲>, <聽琵琶>, <蜂>, <簾二首>, <村橋>, <柳>, <羅敷水>, <粉>, <野花>, <病驄馬>, <鷺鷥馬>, <小松>, <竹>, <牡丹>, <芳樹>, <聽琴>, <庭花>, <蟬>, <八駿>, <詠白菊>, <長明燈>, <竹下殘雪>, <杏花>, <金鷄石>.

영물시는 사물에 기탁하여 뜻을 펼치고, 두 구에 맞춰 사물의 형상을 노래하고 물상을 그대로 그려야 하나, 지나친 조탁과 기교는 피해야 한다. 제1연은 직설한 제목과 합치해야 하고 사물의 출처를 명백히 해야 된다. 제2연은 영물의 본체와 합치해야 하고, 제3연은 사물을 말하는 작용과 합치해야 하는데, 뜻을 말하기도 하고, 의론하기도 하고, 인사를 말하기도 하고, 고사를 사용하기도 하며, 외물을 구체적으로 실증하기도 한다. 제 4연은 제목 외의 것으로 뜻을 표현하거나 혹은 본의로 그것을 결속한다.

詠物之詩, 要托物以伸意, 要二句詠狀寫生, 忌極雕巧. 第一聯須合直說題目, 明白物之出處方是. 第二聯合詠物之體, 第三聯合說物之用, 或說意, 或議論, 或說人事, 或用事, 或將外物體證. 第四聯取題外生意, 或就本意結之. (≪詩法家數≫ 1卷)

이 장법은 매우 세밀하게 묘사되어 있어서 시의 독창과 주관을 제약할 수 있지만, 그 본의는 순수한 영물시란 사물을 순수하게 묘사하되, 「寓懷」를 담아야 함을 알 수 있다.

1) 羅隱 詠物詩의 諷刺性

나은의 시에 있어서 풍자예술의 일반론을 간략히 소개함으로써 국한된 본론의 내용에 대한 길잡이로 삼고자 한다. 나은의 풍자시를 거론함에는 먼저 그의 성격과 처했던 생활환경을 살펴볼 필요가 있다. 나은은 개성이 매우 강한 시인이다. 먼저 ≪唐才子傳≫에 보면,

성품이 단순하며 오만하고 담론이 고상하며 활달하여 모든 사람에 뛰어나고 해학을 잘하며 감성이 즉흥적이다.

性簡傲, 高談闊論, 滿座風生, 好諧謔, 感遇輒發.

라 하여 오만한 성격과 달변에 익살스러운 면을 지니고 있었고, ≪舊五代史≫「羅隱傳」에서는,

> 그의 시는 천하에 이름났고, 특히 영사시에 뛰어났으나, 譏諷하는 바가 많아 그로 인해 과거에 급제하지 못했다. 당 나라 재상 정전과 이울로부터 크게 인정받았다. 나은은 비록 문필로 칭송을 받았지만, 용모가 고루하였다.
> 詩名于天下, 尤長于詠史, 然多所譏諷, 以故不中第, 大爲唐宰相鄭畋·李蔚所知. 隱雖負文稱, 然貌古而陋.

라 하여 詩才는 있으나 용모가 古陋하여 볼품이 없다는 점과, ≪五代史補≫(卷1)에서의,

> 나은은 과거장에서 재능을 믿고 남을 깔보다가, 특히 公卿들에게 미움을 샀기 때문에 여섯 번 시험에 모두 낙방하였다.
> 羅隱在科場, 恃才傲物, 尤爲公卿所惡, 故六擧不第.

그리고 ≪四湖遊覽志餘≫(卷12)에서의,

> 나은은 신성사람이다. 사물에 박식하고 시에 능하였느나, 성품이 오만하고 좋고 나쁨을 즐겨 따졌으며, 은미한 것을 찾아 명명하면 왕왕 기발하게 적중되었다.
> 羅隱, 新城人, 博物能詩, 然性傲睨, 好議評臧否, 探隱命物, 往往奇中.

라 한데서 나은의 성품이 오만과 무시의 奇癖을 지녔음을 확인할 수 있다. 이러한 성격에서 나오는 작품은 응당히 直說이라기 보다는 隱喩와 批判의 성향을 띨 수밖에 없었기에 그의 영물풍자시는 몇 가지 특성을 보이고 있다.

나은의 시는 영물에 관한 시뿐만 아니라 시 전반에 걸쳐 諷刺性이 多出되어 있으니 ≪羅昭諫集≫ 序에 보면,

> 나소간의 시는 말 가운데 울림이 있고, ≪시경≫ 이후로 풍간의 뜻을 자못 많이 담고 있다. 혹자는 그의 시어가 매우 평이하다 하여 홀시하는데, 요컨대 전사의 호방하고 미려한 면에서 뛰어나지만 감흥 표현은 이뤄내지 못하는 자는 수십 수백에 이르는 것이다. 그의 시의 정밀하고 깊으며 자연스런 점은 초·성당에 뒤지지 않는 경지에 들어 있다.
>
> 羅昭諫詩言中有響, 三百篇後頗寓諷諫之意. 或者以其語多平易而忽之, 要之勝塡詞豪艶而無當於興感者什百矣. 況其精邃自然處, 正復不讓唐之初盛.

라고 하여 그의 시에 대한 칭찬을 諷諫이라는 기준에서 보내고 있으며, 또 ≪重刻羅昭諫江東集≫ 敍에서는,

> 당말 신성시인 나은은 그의 익살스럽고 얽매이지 않는 구절 때문에 난세에도 생명을 보전할 수 있었다고 세상에 전해진다. 당대에는 진사과를 중시하였는데, 소간의 「증운영시」를 읽어보면 그것을 근심하며 마음으로 아파하고 있다.
>
> 唐末新城詩人羅隱昭諫, 世多傳其詼諧不羈之句, 將以自全於亂世也. 唐世重進士科, 讀昭諫贈雲英詩, 爲惄焉心傷之.

라고 하여서 그의 시가 間說的 표현 때문에 오히려 당말의 패망난중에서 신세를 보전할 수 있었다고 까지 논평하고 있다. 序에서도 旣說하였지만 나은에게 있어 시의 풍자성은 돋보이는데, 그의 영물시에서의 풍자성은 생물이나 자연현상에 이르기까지 다양하게 표출된다. 나은의 영물시는 체재상 7언체를 위주로 하는데 그 표현방법이 대개 先詠物하고 後寓懷하고 있다. 예컨대, <白角篦>를 보면,

하얗기는 옥과 같고 매끄럽기는 이끼 같으니,
빗질 하고 거울 짝하여 먼지를 털도다.
이것을 끝이 뾰족한 물건이라 마라.
언제나 나쁜 머리카락을 단정히 하였도다.
白似瓊瑤滑似苔,　隨梳件鏡拂塵埃.
莫言此箇尖頭物,　幾度撩人惡髮來.

시각과 감각의 기관을 가지고 색채미를 가하여 옥이나 이끼에 비유하고 거기에 섬세한 관찰력으로 실용적 功能性을 강조하고 있는 것이다. 아울러 내용적으로 볼 때도 자신의 인격상의 內心을 토로하여 울분 해소의 대상이 되게 하였으니 <小松>을 보면,

벌써 서늘한 그늘이 자리 구석에 깔리니,
소리 좋아하는 선객 그냥 지나치지 않도다.
세상이 크게 변할 때 고상한 절개가 필요하나니,
인간세상에서 대부가 되지는 말지라.
已有淸陰逼座隅,　愛聲仙客肯過無.
陵遷谷變須高節,　莫向人間作大夫.

여기서 소나무 한 그루를 가지고 高節에 비유하였으며, 또 <雪>을 보면,

얼어붙은 들풀에 분가루가 겹쳐 있고,
뜰 안의 솔잎을 쓰니 우유가루 부서지듯.
차가운 창가에서 입김 불며 좋은 구절 찾고 있는데,
눈 한 조각이 종이 위에 녹아내리네.
撼凍野蔬和粉重,　掃庭松葉帶酥燒
寒窓呵筆尋佳句,　一片飛來紙上銷.

시인은 눈이 내림을 분가루와 젖에 비유하면서 마음의 淨潔을 표현하고자 하는데 詩興을 두고 있다. 이와 더불어 世上事에 대한 비유로써, <詠香>을 보면,

> 향수의 좋은 재료는 측백보다 귀한데,
> 박산의 화로 따뜻하여 옥루는 봄이로다.
> 그대 아껴서 꺼릴 것 없으니,
> 그 향내 맘껏 마시며 시름 젖은 몸 잊고져.
> 香水良材食柏珍,　博山爐煖玉樓春.
> 憐君亦是無端物,　貪作馨香忘却身.

향냄새의 그윽함을 통하여 속세의 身世가 가리어지고 헛되고 덧없음을 意趣 속에 담고 있는 것이다. 그리고 <蜂>을 보면,

> 평지와 산꼭대기는 말할 나위 없고,
> 끝없는 경치마저 다 빼앗겼구나.
> 온갖 꽃 찾아다녀 꿀 만들고 나면,
> 누굴 위해 고생하고 누굴 위해 달콤한가.
> 不論平地與山尖,　無限風光盡被占.
> 探得百花成蜜後,　爲誰辛苦爲誰甛.

꿀벌의 하는 일을 인간사의 虛無에 비교하려 하고 있다. 말구의 누굴 위해서 고생하고 또 달콤하게 하는지를 自問形式으로 표현하면서 벌을 民生에 비유하는 것이다. 이러한 기법은 초당대의 李嶠의 영물시에서 볼 수 있는 것으로[21] 나은에게 있어서는 만당의 작이라 할 수 없을 만큼 고차원적인 묘사를 강구하고 있다. 다음은 순전하고 암울한 唐末의 사회

---

21) 拙文,「李巨山詩論考」(≪中國硏究≫ 7輯) 참조.

현상을 묘사하는 正直性을 諷諭的으로 작품에서 보여준다. 예컨대, <鷺
鷥>를 보면,

> 석양은 맑고 고우며 버들은 그늘진 데,
> 바람맞는 해오라기가 물에 깊이 비추네.
> 사람에게 결백을 뽐내지 말지니
> 오래 물고기 부러워하는 마음 가진 줄 아노라.
> 斜陽淡淡柳陰陰,　風襲寒絲映水深.
> 莫謾向人誇潔白,　也知長有羨魚心.

이 시에서 한 마리의 새를 통하여 속세의 혼탁함을 대비시켰으며 물
고기를 부러워하는 마음, 곧 拘束 없이 煩悶과 苦痛으로부터 超脫한 心
性을 단적으로 계시해 주고 있다. 그리고 <雪>에서는,

> 모두가 풍년의 길조라고 말하는데
> 풍년의 길조면 어떻다는 건가.
> 장안에는 가난한 자 있으니,
> 길조가 많아도 안 될 일이지.
> 盡道豊年瑞,　豊年瑞若何.
> 長安有貧者,　爲瑞不宜多.

口頭上의 풍년과 모순을 직시하고 있다. 나은의 영물시에서 하나 더 특
기할 일반특성으로 과거에 대한 회고와 思念을 시에 寄託하는 점을 들
수 있다. 이것은 일종의 삶의 悲哀와 悼念의 發露인 동시에 內的 의식의
섬세한 感興을 代物形式을 통하여 유로시키는 것이다. <牡丹>을 보면,

> 지난 일을 묻고자 하면 어찌 말이 없으랴만,
> 이렇게 뿌리 맡겨온 지 60년이네.

따스한 향기 원호의 부채에 나부꼈고,
높은 품격 길이 공융의 술동이를 마주하네.
일찍이 난세를 걱정하며 몰래 영합하기 어려우니,
다시 기쁜 봄날의 지는 흥취 아직 남아 있네.
난간 등진 채 서로 비웃지 말지니
그대와 함께 주인의 은혜를 받느니라.
欲詢往事奈無言,　六十年來此託根.
香煖幾飄袁虎扇,　格高長對孔融罇.
曾憂世亂陰難合,　且喜春殘色尙存.
莫背欄于便相笑,　與君俱受主人恩.

　60년이나 된 모란꽃의 향기와 자태에서 세상의 혼탁상을 비교하며 모란을 보면서 봄빛이 남아 있듯이 희망을 잃지 않고 과거사에 대한 미련과 상념에서 自己悔恨의 念을 토로하고 있다. 이러한 성격은 淸代 李瑛의 ≪詩法易簡錄≫(卷13)에서,

　　영물시는 진실로 이 사물을 확실하고 적절하게 표현해야 하며, 외양을 버리고 흥취를 얻는 것이 더욱 소중하지만, 반드시 뜻을 기탁할 곳이 있어야 비로소 시인의 의취를 얻을 수 있는 것이다.
　　詠物詩固須確切此物, 尤貴遺貌得神, 然必有命意寄託之處, 方得詩人風旨.

라고 하였듯이 혼신의 의식으로 영물시의 寄託法을 가지고 최대한 내적 갈등을 표출하고자 했던 것이다. 이것은 ≪藝苑雌黃≫에서 <牡丹> 시를 두고서,

　　모란시는 「한령의 공이 이뤄진 뒤로, 버림받은 무성한 꽃은 한 봄을 보내누나」라 이르고 있다. 내 그것을 원화 연간에서 살펴보니 한홍이 선무절제사를 마치고 처음 장안 사저에 이르렀을 때 모란꽃이 있자 그것을 꺾어 버리라고 명하며 「내 어찌 아녀의 무리를 본받겠는가?」라고 하였다.

당시 모란은 부끄러워 마지않았으므로 나은에게 「버림받은 청춘」이라는
말이 있게 되었다.

　　牡丹詩云：自從韓令功成後, 辜負穠華過一春. 余攷之唐元和中, 韓弘罷
宣武節制, 始至長安私第, 有花命斸之, 曰：吾豈效兒女輩耶? 當時爲牡丹包
羞之不暇, 故隱有辜負年華之語.

라고 한 것이라든가, 宋代 姚寬가 ≪西溪叢語≫(卷上)에서,

　　모란시는 「가련토다. 한령의 공이 이뤄진 뒤로, 공연히 버림받은 무성한
꽃은 이런 몸으로 지내누나.」라 이르고 있다. 백정한의 ≪당몽구≫「한령
모란」의 주에 의하면 「원화중, 장안의 귀족 자제들은 모란을 숭상하였는
데, 한 그루의 값어치가 수만 전에 달하였다. 한황은 사저에 그것이 있자,
당장 꺾어 버리라」고 명하며 「어찌 아녀를 본받겠는가?」라고 말했다 한다.

　　牡丹詩云：可憐韓令功成後, 虛負穠華過此身, 據白廷韓蒙求韓令牡丹注
云：元和中, 京部貴遊尙牡丹, 一木値數萬. 韓滉私第有之, 據命斸去, 曰：
豈效兒女邪?

라고 한 평어는 곧 나은의 시에 보이는 悼故的 의식의 대변이라 할 수
있다. 이것은 나은이 과거에 不合格하는 不遇함과 나타난 성품의 교만성
에서 오는 二重的 葛藤과도 相關된다고 할 수 있어서, 何光遠이 쓴 ≪鑑
戒錄≫(卷7)에는,

　　나은의 풍자가 자못 깊어서 해마다 급제하지 못하였다. 과거 수험생 유
찬이 그에게 보낸 시에서 「사람들은 모두 그대가 비굴하다하나, 나만은
옳지 않다고 생각하네. 현명한 군주는 알현키가 이미 어려워졌는데, 청산
에 어찌 돌아가지 않는가? 세월은 부질없이 눈처럼 흰 귀밑 털에 더하여
가고, 먼지는 더럽게 베옷에 끼는구나. 예부터 공명 피해온 자들, 지금에
이르러 그 이름은 과연 사라졌는가?」라고 하였다. 나은은 이를 보고 식미
가를 상기하며, 마침내 스스로 돌아갔다.

　　羅隱以諷刺頗深, 連年不第. 擧子劉贊贈之詩曰：「人皆言子屈, 我獨以爲

非. 明主既難謁, 靑山何不歸, 年虛侵雪鬢, 塵汚在麻衣. 自古逃名者, 至今名
豈微?」隱覩之, 因起式微之思, 遂自歸.

라고 한 故事라든가 또 同人의 同書(卷8)에서 성격과 연관시켜서,

　　나은 수재는 사람들에게 오만하였고, 사물을 체득하여 풍자하였다. 처
음 과거 보러 가던 날, 종릉의 술자리에서 기녀 운영에게 절구 한 수를 주
었다. 훗날 낙방하여 다시 종릉을 지나다 운영을 만났다. 운영이 손바닥
을 어루만지며 「나 수재께선 아직도 백의 신세를 면치 못했나요?」라고 하
자, 나은은 비록 내심 부끄러웠지만, 곧 시로써 그녀를 조롱하였다 ; 「종
릉에서 취중에 헤어진 지 10여 년 만에, 다시 운영을 만나니 손바닥 위에
이 몸을 올려놓누나. 내 아직 공명 이루지 못했고 그대 아직 시집가지 못
했으니, 가련하도다 우리 모두가 남들만 못하구나.」
　　羅隱秀才傲睨于人, 體物諷刺, 初赴擧之日于鍾陵筵上, 與妓雲英一絶. 後
下第, 又經鍾陵, 復與雲英相見. 雲英撫掌曰 :「羅秀才猶未脫白邪?」隱雖內
恥, 尋以詩嘲之 ;「鍾陵醉別十餘春, 重見雲英掌上身, 我未成名卿未嫁, 可
憐俱是不如人.」

라고 한 서술에서 나은 시의 諷刺性에 숨은 여러 要因들을 파악할 수
있다.

2) 自我傷心의 葛藤

　나은 시에서의 詠物技法은 旣說한 바와 같으며 그 당시의 유미풍에
대조하여 시가의 현실성이라고 할 수 있는 풍격을 보였는데, 그의 영물
시에서는 그 면을 더욱 중시하여야 할 것이다. 따라서 그의 시에는 自我
意識의 다양한 諷刺와 정치현실을 주테마로 하여 表出되고 있는데, 이런
현실을 강렬하게 의식한 시이기에, 詩語의 屬性이 白話詩처럼 多出되는

점을 또한 看過할 수 없는 것이다. 나은에 있어 갈등의식이 어떻게 풍자
적으로 묘사되고 있느냐 하는 점을 그의 영물시에서 찾아보도록 한다.
이런 류의 시는 자신의 不遇한 처신에서 起源하는데 과거의 落榜이나,
성격의 不調和 등으로 인해 自我虐待와 憎惡感이 澎湃했으리라 본다. 나
은의 散文에 보면 자신의 內心을 피력하고 있는 것을 확인할 수 있으니,
<答賀蘭友書>(≪讒書≫ 卷5)에는,

> 어려서부터 타향 떠돌며 궁색하게 지냈고, 산을 나온 지 20 년 동안 하
> 는 일마다 막혔으며, 남에게 사랑을 받아본 적이 한 번도 없었다.
> 少而羈窶, 自出山二十年, 所向摧沮, 未嘗有一得幸於人.

라 하고, 또 <投知書>(≪讒書≫ 卷5)에 보면,

> 성령이 통하지 않을 뿐더러, 진퇴 간에도 세태와 같지 않는 일들이 많
> 도다. 그리하여 책을 펼치면 답답한 마음 스스로 짊어져야 하고, 문을 나
> 서면 어디로 가야 할 지 알 수 없으니, 이 또한 천지간에 쓸모없는 사람인
> 가 하노라.
> 不惟性靈不通轉, 抑亦進退間多不合時態, 故開卷則悒悒自負, 出門則不
> 知所之, 斯亦天地間不可人也.

라고 하여 그의 自傷의 懷抱가 일시적인 현상이 아니라 少時부터 거의
습관화된 一聯의 不遇했던 成長과정의 환경에 起因했음을 알 수 있다.
그리고 이러한 불우는 일부의 특권층 이외에는 누구나 겪는 보편적인
것이어서 그의 <投知書>에서 보면,

> 일을 집행하는 사람은 건필를 들어 국가를 위해 공문서를 작성하고, 조
> 석으로 담론하고 생각하는 외에 사마상여를 얻은 자 몇 사람이고, 왕포를

얻은 자 몇 사람이며, 그와 같은 자를 얻어 사용한 자 또한 몇 이나 되는
가? 대저 옛날에는 현자를 부르고 양성함에 궁핍하고 슬픈 것을 위로해
주고, 춥고 배고픔을 아파하였을 뿐만 아니라, 농사일을 살피고 안부를
물었도다.

　　而執事者, 提健筆爲國家朱錄, 朝夕論思外, 得相如者幾人? 得王褒者幾
人? 得之而用之者又幾? 夫昔之招覽養士, 不惟弔窮悴而傷凍餒, 亦將詢稼穡
而問安.

라고 하여 어느 개인의 「泄怒」가 아니라 당시의 일반 지식분자의 심성
을 대변한다고도 볼 수 있다. 이제 시를 例擧하면서 분석하여 보기로 한
다. 먼저 客苦의 心氣를 표현한 <桃花>를 보면,

　　　따스하게 옷깃 스치는 향기 아득히 풍기는데
　　　매화 틈에 있고 버들에 가려 향내 가누지 못하네.
　　　몇 가지의 꽃은 곱게 탁문군의 술을 스치고,
　　　가까이 붉은 꽃은 송옥의 담에 기대어 있네.
　　　종일토록 아무도 없이 쓸쓸히 바라보는데,
　　　가끔 비 내리니 문득 슬퍼지도다.
　　　옛 산의 산 아래는 아직도 이와 같으리니
　　　고개 돌리니 동풍에 애간장이 끊누나.
　　　暖觸衣襟漠漠香,　　間梅遮柳不勝芳.
　　　數枝艶拂文君酒,　　半里紅欹宋玉牆.
　　　盡日無人疑悵望,　　有時經雨乍凄凉.
　　　舊山山下還如此,　　廻首東風一斷腸.

　　이 시에서 제3연은 季節과 자신의 處地에서 오는 悲感이 깃들고 제4
연은 還鄕하는 回憶의 哀切함을 토로하고 있다. 그리고 思友를 노래하는
것으로 <梅花>를 보면,

오 왕이 취한 곳 10여 리 밖에는,
들 비추고 옷깃 스치며 지금이사 만발하구나.
비 맞아도 산새 따라 흩어지지 않고,
바람에 의지하여 길손과 이야기 나누는 듯.
근심스레 歌席에 요염하게 나부끼는 꽃가루에,
고요히 술동이 건드는 향기가 사랑스럽네.
그리운 벗에게 부치고자 하나 좋은 소식 없으니,
그대 위해 슬픈 중에 또 황혼이 지는구나.
吳王醉處十餘里,　照野拂衣今正繁.
經雨不隨山鳥散,　倚風疑共路人言.
愁憐粉艶飄歌席,　靜愛寒香撲酒罇.
欲寄所思無好信,　爲君惆悵又黃昏.

여기에서 그리운 벗을 매화의 자태와 계절에 빗대어서 자신의 哀傷을
표출하니 제가마다 評述하기를 나은의 불행한 관직을 나열하며 自傷의
懷抱를 강조하는 것도 위의 시의 흐름과 상관된다. 이것은 宋代 羅大經
의 ≪鶴林玉露≫(卷12)에서 나은을 두고,

만당시는 기미하고 풍골이 결핍되어 혹자는 이를 업신여겼으며, 또 왕
유·저광희 등에 근거하여 그 시대의 시인까지 업신여겼다. 그러나 의기
와 절개가 있는 인사도 왕왕 그 가운데서 나왔다. ……나은은 건부 중에
진사 시험에 응시하여 열 번 이상 낙방하였다. ……황소가 난을 일으키자
전류에게 귀의하였다. 주온이 왕위를 계승하기에 이르자 통곡하여 전류
에게 의거하도록 권하였으나, 전류는 따를 수 없었다. 주온은 그의 명성
을 듣고 간의대부를 제수 했으나 나아가지 않았다.

晚唐詩綺靡乏風骨, 或者薄之, 且因王維·儲光義輩, 而幷薄其人, 然氣節
之士, 亦往往出於間……羅隱乾符中擧進士, 十上不第. 黃巢亂, 歸依錢鏐, 及
朱溫簒詔至, 痛哭, 勸鏐擧義. 鏐不能從. 溫聞其名, 以諫議大夫招之, 不就

라고 하여 官路의 不順함을 부각시키고 있다. 나은의 영물시에는 자기갈

등 속에 자연의 현상을 넣어서 풍유한 점이 매우 허다하다. <浮雲>을
보면,

> 일렁이며 뭉게뭉게 저절로 펴지며,
> 창오로 가지 않고 서울로 가누나.
> 무심히 아무 일 없다고 말하지 마오.
> 일찍이 초나라의 양왕을 걱정했던 적이 있네.
> 溶溶曳曳自舒張,　不向蒼梧卽帝鄉.
> 莫道無心便無事,　也曾愁殺楚襄王.

라고 하여 이 시에 대해 明代 閔元衢는 《羅江東外記》에서,

> 나은시의 「무심히 아무 일 없다고 말하지 말라, 일찍이 초나라의 양왕
> 을 걱정한 적이 있다네.」 이것은 당시의 일을 풍자한 것이다.
> 羅隱雲詩：「莫道無心便無事, 也曾愁殺楚襄王.」 此刺生事者.

라고 적절한 평을 가하고 있다. 이어서 <輕颸>을 보면,

> 가벼운 회오리바람은 시들은 잔디를 스치고,
> 가을 경치는 변방의 강을 쓸쓸하게 하네.
> 전장의 보루에는 평화로운 때가 적고,
> 제단엔 높이 올려진 곳이 많네.
> 초나라의 굴원을 존중하나,
> 한의 염파도 기억한다네.
> 운대의 의논을 따르지 않고
> 텅 빈 산에서 은둔자로 늙고 있다네.
> 輕颸掠晚莎,　秋物慘關河.
> 戰壘平時少,　齋壇上處多.
> 楚雖屈子重,　漢亦憶廉頗.
> 不及雲臺議,　空山老薜蘿.

이 시는 無常한 時流를 통하여 자신의 처지를 屈原이나 廉頗에 비견하며 潔白과 無私를 드러내고자 했다. 실지로 자연현상은 꾸밈이 없는 것이어서 나은의 자연에 대한 영물시에서는 直線的인 描法을 쓰곤 하였다. 그의 ≪讒書≫ 序의 첫머리에,

참서란 무엇인가? 강동의 나생이 지은 책이다. 내가 젊었을 때 언어 실력이 있다 자부하였는데, 서울로 온 지 7년 동안 추위와 배고픔이 꼬리를 물었으니, 보통 사람과는 아주 다르다 하겠다. 정해 년 봄 정월 그 지은 책을 들고 꾸짖어 말하였다. : 「다른 사람은 이것으로 영달을 누리는데, 나는 이것으로 치욕을 당하고, 다른 사람은 이것으로 부귀해졌는데, 나는 이것으로 곤궁해졌도다. 실로 이와 같으니, 나의 책은 스스로를 참언을 했을 따름이므로 '참서'라고 명명하는 것이다.」
讒書者何? 江東羅生所著之書也. 生少時自道有言語, 及來京師七年, 寒餓相接, 殆不似尋常人. 丁亥年春正月, 取其爲書詆之曰 : 「他人用是以爲榮, 而予用是以辱. 他人用是以富貴, 而予用是以困窮. 苟如是, 予之書乃自讒耳. 目曰讒書.」

라고 하여 자기의 체험을 통한 꼬집음을 自認하고 있다. 그런데 이 책의 「風雨對」(卷1)는 바로 자연현상을 가지고 삶의 역경과 相比하여 서술하고 있어서 나은의 자연현상에 대한 관념을 이해할 수 있다.

비와 바람, 눈과 서리는 천지가 권세를 떨치는 바요, 산천과 숲, 연못은 귀신이 숨는 바이다. 그러므로 풍우가 제 때 오지 않으면, 그 해엔 기근이 발생하고 눈서리가 제 때 내리지 않으면 사람은 질병에 걸린다. 그런 연후에 산천과 숲, 연못에 기도하여 치성을 드리면, 비와 바람, 눈과 서리 귀신의 소유라는 것이 명백해질 것이다. 하늘은 높아 이치를 치밀하게 할 수 없기에 그것을 산천에 기탁하고, 땅은 두터워 스스로 움직이지 못하기에 그것을 귀신에게 맡긴 것이 아니겠는가? 만약 제사를 제 때 드리지 않

으면 기근이 발생할 것이요, 보응이 오지 않으면 질병이 생길 것이니 이는
귀신이 천지의 권세를 이용하고 비와 바람, 눈과 서리는 소와 양의 근본이
기 때문이다. 계절은 또 무엇이며, 백성은 또 무엇인가? 이리하여 큰 도가
나타나지 않으면 그것이 희롱하는가 두렵고, 큰 정치가 아래에 들리지 않
으면 그것이 박한가 두려운 것이다. 그러니 무슨 말을 하고 싶겠는가?

    風雨雪霜, 天地之所權也. 山川藪澤, 鬼神之所伏也. 故風雨不時, 則歲有
饑饉, 雪霜不時, 則人有疾病. 然後禱山川藪澤以致之, 則風雨雪霜果爲鬼神
所有也明矣. 得非天之高不可以周理, 而寄之山川 ; 地之厚不可以自運, 而憑
之鬼神. 苟祭祀不時則饑饉作, 報應不至則疾病生, 時鬼神用天地之權, 而風
雨雪霜爲牛羊之本矣. 復何歲時爲? 復何人民爲? 是以大道不旁出, 懼其弄也.
大政不聞下, 懼其偸也. 夫欲何言.

    귀신이 천지의 권세를 주고 자연현상은 그의 재물에 해당한다는 의미
는 나은만이 想定한 想像의 표현이 되겠다. 그는 초목에 대한 남다른 애
착을 지녀서 <小松>을 보면,

    已有淸陰逼座隅,　愛聲仙客肯過無.
    陵遷谷變須高節,　莫向人間作大夫. (이미 인용)

    위에서 제2연은 소나무의 節槪와 高尙한 品格을 사실대로 그려서 자
기 의지의 근거로 삼았음을 알 수 있으며 內面의 不如意한 悲感을 담고
있다. 그러기에 宋代 王應麟은 이 시를 놓고 이르기를,

    나소간의 솔을 읊은 시에 「세상이 크게 변할 때 고상한 절개가 필요하
나니, 인간 세상에서 대부가 되지는 말지라」라고 하여 그 뜻이 또한 슬프
다. 당대 육신 그들은 누구인가? 소간이 전류가 거병하여 양을 토벌한 것
을 말한 것 통감에도 보이니 그 충의는 드러낼 만하다.

    羅昭諫詠松曰 :「陵遷谷變須高節, 莫向人間作大夫.」其志亦可悲矣. 唐六
臣彼何人哉. 昭諫說錢鏐擧兵討梁, 見通鑑, 其忠義可見. (≪困學紀聞≫ 卷18)

라고 하여 나은 자신이 진실된 忠義心의 所有者였기에 자신에 찬 直說的인 白描가 可能했으리라 본다. 그리고 그의 <牡丹花>의 일단을 보면,

> 가련토다. 한령의 공이 이뤄진 뒤로,
> 공연히 버림받은 무성한 꽃은 이런 몸으로 지내누나.
> 可憐韓令功成後, 辜負穠華過此身. (末聯)

라 하였는데, 이 시를 두고 宋代 姚寬은 평하기를,

> 나은의 모란시에 「가련토다. 한령의 공이 이뤄진 뒤로, 공연히 버림받은 무성한 꽃은 이런 몸으로 지내누나」라고 한 데, 백정한의 당몽구 한영모란의 주에 의하면 「원화 중에 서울의 귀족이 노닐며 모란을 귀히 여겨서 한 뿌리에 수만 양이나 되었다」.
> 羅隱牡丹詩云 ; 「可憐韓令功成後, 虛負穠華過此身」. 據白廷翰 唐蒙求 韓令牡丹注云 ; 「元和中, 京師貴遊尙牡丹, 一本値數萬」. (≪西溪叢語≫ 卷上)

라고 하여 이 꽃의 고아한 품격을 어찌 아이들만 본받을 건가. 萬人의 본보기가 되는 草木임을 강조하였다고 敷衍하고 있다. 나은은 靜物에 대한 묘사도 매우 섬세하여서 <長明燈>을 보면,

> 밝아오는 장명등은 대대로 깊어져서,
> 연기와 향기가 모두 그윽하네.
> 처음 불 밝힌 사람은 어디에 있는가?
> 지금까지 보이는 건 그 때의 불 뿐.
> 새벽엔 붉은 연꽃처럼 늪의 얼굴 보이고,
> 밤에는 찬 달처럼 연못 속에 가라앉네.
> 외로운 불빛 절로 용신의 보호가 있음인지,
> 참새가 희롱하고 누에나방이 날아도 여기엔 얼씬도 못하네.

破暗長明世代深,　煙和香氣兩沈沈.
不知初點人何在?　祇見當年火至今.
曉似紅蓮開沼面,　夜如寒月鎭澤心.
孤光自有龍神護,　雀戲蛾飛不敢侵.

이 시를 두고 明代 胡震亨은 이르기를,

　　나은의 장명등에 「처음 불 밝힌 사람은 어디에 있는가? 지금까지 보이
는 건 그 때의 불 뿐.」이라 하여 시어가 본받아 쓴 듯하며 용법이 한 번
순하고 한 번 뒤집혀 같지 않다.
　　羅隱詠長明燈 ;「不知初點人何在? 祇見當年火至今.」語似祖述而用法一
順一倒不同. (≪唐音癸籤≫ 卷11)」

라고 하여 제2연을 白居易의 ＜詠老柳樹＞의 「但見半衰臨此路, 不知初種
是何人」 구에서 본받았지마는 그 묘사법이 相異하여 한결 人傑의 無常
함과 世態의 不一함을 力說한 것으로 분석하고 있다. 나은의 자기갈등
의식은 성장기와 官路期 그리고 세대의 혼란(특히 黃巢의 난)에 의한 得
意치 못한 내면적 不滿의 多角的인 표현을 詠物의 수법으로 解消하는
삶을 營爲할 수 있었기에, 77세의 壽를 누릴 수 있었는지도 모를 일이다.

3) 政治社會에 대한 諷諭

　　나은의 시는 그 當時의 暗黑社會에 대한 廣範한 暴露와 批判을 하고
있음은 旣說한 바와 같다. 이것들이 直說이 아니라 間說的으로 표현되어
있다는 데에 그의 시에 나타난 풍자예술의 長點을 찾을 수 있다. ≪唐才
子傳≫(卷9下)에는,

시문은 거의가 풍자 위주이므로, 비록 황폐한 사당과 나무인형이라도
대상이 되지 않는 것이 없다.
詩文幾以諷刺爲主, 雖荒祠木偶, 莫能免者.

라고 하여 현실풍자에 능하였음을 알 수 있다. 그의 풍자는 논리성이 있
으며 수법은 전투적이랄 만큼 강렬하다. 그리고 寓言과 故事를 多用하였으
니 「越婦言」 같은 글22)은 부귀를 몹시 추구하는 한 부녀자의 고사를 가지
고 당시의 士大夫를 嘲弄하는 수법을 쓰고 있으며 사상적으로는 다소 浮
虛한 면이 있지만23) 胡震亨의 다음 글은 객관적인 평가라 할 수 있다.

나은이 정감에 젖어 먹물을 흠뻑 머금으면 적어 내어 거칠 것이 없으
매, 좋은 글이 적지 않으니, 어찌 부허함에 가려질 수 있겠는가? 그러나
필재로 말하면 당연히 오대의 여러 시인들의 위에 있다고 하겠다.
羅昭諫酣情飽墨, 出之幾不可了, 未少佳篇, 奈爲浮渲所掩, 然論筆材, 自
在僞國諸吟流上. (≪唐音癸簽≫ 卷8)

라고 독특한 풍모를 예시하고 있다. 그러면 나은의 영물시에 나타난 정
치사회현실의 풍자성은 여하히 볼 수 있는지에 대해 보려면, 먼저 나은
의 정치이상을 알아 볼 필요가 있다. 그는 ≪讒書≫ 序에서,

오늘 이후로 내가 지껄여서 뽐낸다고 꾸짖는 자가 있다면, 「양웅의 침
묵을 배워 백성을 속일 수 없다.」고 대답하리라.
而今而後, 有誚子以譁自矜者, 則對曰 ; 不能學揚子雲之寂寞以誑人.

---

22) 「越婦言」의 一段을 적으면 「……天子疏爵以命之, 衣錦以書之, 斯亦極矣, 而向
   所言者. 蔑然無聞, 豈四方無事使之然邪? 以吾觀之, 務於一婦人則下矣, 其他未之
   見也, 又安可食其食.」
23) ≪石洲詩話≫ 云 ; 「極負詩名, 而一望荒蕪, 實無足采.」

라고 하여 당말 난세에는 揚雄처럼 著書自守하겠다고 하였으며, 또 위의
序의 重序에서는,

> 대개 군자는 그 자리가 있으면 대권을 쥐어 시비를 결정하고, 그 자리
> 가 없으면 개인의 책을 저술하여 선악을 구별하였으니, 이것이 당세를 경
> 계하고 미래를 훈계하는 까닭인 것이다.
> 蓋君子有其位則執大柄以定是非, 無其位則著私書而疏善惡, 斯所以警當
> 世而誡將來也.

라고 하여 정치로써 是非를 분별하겠다는 抱負를 제시하고 있다. 나은은
정치적 立地를 전혀 확보할 수 없었으며, 사회는 혼란했기 때문에 풍자
의 濃度가 영물로 강렬하게 표출되었으리라 類推하게 된다. 그 예로
<雪>을 보면,

> 盡道豊年瑞, 豊年事若何.
> 長安有貧者, 爲瑞不宜多. (이미 인용)

여기서 支配階級의 백성에 대한 掠奪현상을 강하게 묘사하였으며,
<蜂>을 보면,

> 온갖 꽃을 따서 꿀을 만들고 나니
> 누굴 위해 맵고 쓰며 누굴 위해 단가.
> 採得百花成蜜後, 爲誰辛苦爲誰甛. (제2연)

이 시는 꿀벌과 苦難 받는 백성을 連繫시켜서 봉건사회 백성의 貧困
을 主題로 表達시켜 놓고 있다. 특히 나은은 통치자의 作態를 조롱 비판

하는데 躊躇하지 않았다. <金錢花>를 보면,

고운 이름을 가지고 나무를 감돌아 향기 내고,
느긋하게 짝지어서 가을 햇살 향해 있네.
이것을 감히 거둬들이게 한다면
응당 호족들에 의해 모두 찍혀 버리리라.
占得佳名繞樹芳,　依依相伴向秋光.
若敎此物堪收貯,　應被豪門盡劚將.

이 시는 豪族들의 良民 搾取와 貪財를 批判한 것이며 <香>을 보면,

물에 젖은 좋은 재목은 측백나무이니
박산의 화로 따뜻하고 옥루에는 봄이로다.
사랑하나니 그대는 또 범상치 않은 물건
향기를 탐내느라 몸을 잊네.
沈水良材食柏珍,　博山爐暖玉樓春.
憐君亦是無端物,　貪作馨香忘却身.

이 시에서는 香이라는 상징적인 사물 속에 貪色의 뉘앙스를 담아서
지배계급의 不倫的 생활을 조롱하고 있다. 그리고 <黃河>를 보면,

여기에 아교를 쏟지 말아라!
이 속의 천의를 밝히기가 어렵도다.
은하수로 통해 있으면 응당 굽어 있을 것이런만,
곤륜산에서 흘러 나왔으면 맑지 않으리라.
한 고조는 공신에게 맹세할 때 허리띠가 작다 하였고,
선인은 두우를 차지할 때 타고 간 뗏목이 가볍다 하였네.
삼천 년 뒤 누가 있을지 알겠는가?
어찌하면 수고로이 그대에게 태평을 알리게 할까.
莫把阿膠向此傾,　此中天意固難明.

解通銀漢應須曲，　才出崑崙便不淸.
高祖誓功衣帶小，　仙人占斗客槎輕.
三千年後知誰在，　何必勞君報太平.

이 시는 광대한 시제를 (詠物詩에 넣을 수 없지만 한 폭의 畵로 간주
했음) 통하여 天心과 민심의 一致가 太平이거늘 실지는 같지 않은 당시
의 현실을 비판하고 있으며 <堠子>의 일단을 보면,

　　종일토록 갈림길 옆에 있으니,
　　앞길도 헤아릴 수 있겠구나.
　　아직 얼굴 검은 건 부끄럽지 않으나,
　　다만 머리가 모난 것이 한스럽구나.
　　終日路岐旁，　前程亦可量.
　　未能慙面黑，　只是恨頭方.

이 시는 금전 권세만을 생각하여 골육 친척의 정리는 무너진 사회현
상을 풍자하였으며, <刻嚴陵釣臺>(≪讒書≫ 卷5)를 보면,

　　용 날고 뱀 숨어, 풍우가 서로 어긋나고, 방패와 창이 꺾이니, 아득 수
　　심의 꿈에 잠긴다. 어찌 해야 부귀해도 절개 바꾸지 않고, 궁달해도 속이
　　는 바 없을까? 오늘의 세상 풍속은 야박하고, 높은 벼슬만 서로 숭상한다.
　　아침에는 한 나그네였다가, 저녁에는 九品관리가 되며, 골육친척 간에도
　　이미 차등이 생겼다.
　　龍飛蛇蟄兮, 風雨相違, 干戈栽靡兮, 悠悠夢思. 何富貴不易節, 而窮達無
　　所欺? 今之世風俗偸薄, 祿位相尙, 朝爲一旅人, 暮爲九品官, 而骨肉親戚已
　　有差等矣.

漢代 光武帝가 즉위 후에도 故友를 잊지 않았다는 고사를 빌려서 부
귀영달만을 추구하는 세도가의 인심을 책망하고 있는 것이다. 아울러

<題神羊圖>(《讒書》 卷1)를 보면,

> 요 임금의 뜰에는 신기한 양이 있어, 부정한 것 뿔로 떠받았다. 후인이
> 그 형상을 그릴 때면 으레 머리의 뿔을 괴이하게 그려 신성한 동물임을
> 나타내었다. 순박함이 무너지면 양은 탐욕 부리는 성미를 갖게 되고, 사
> 람은 잔인한 마음을 갖게 된다.
>> 堯之庭有神羊, 以觸不正者. 後人圖形象, 必使頭角怪異, 以表神聖物..及
>> 淳樸消壞, 則羊有貪狼性, 人有剁割心.

당시의 정치가 암흑하고 사회가 극히 부패되어도 비판하는 자 하나
없음을 自己痛歎的 입장에서 토로하고 있다. 나은의 영물시에서 정치 사
회현실을 고발하는 예를 얼마든지 들 수 있지만, 시의 풍자성이 내용과
표현상 적절한 것을 選材하기란 용이치 않다.

나은의 영물풍자는 일관성 있게 표현되어서 또 「使宅魚」라는 漁父의
입장을 빌려서 정치횡포를 고발하고 있는 <題磻溪垂釣圖>[24]는 그의 上
官 錢鏐로 하여금 漁稅를 포기케 한 시이기도 한 점을 부언할 수 있을
것이다. 시의 한계는 시인의 한계를 능가할 수 있듯이 나은의 영물시는
나은이 처한 한계를 몇 배나 넘어서 교훈을 주고 있음을 다시 새롭게
느낀다.

나은은 奇人이었기에 그의 시도 거침없는 筆鋒으로 서술해 나갔다. 그
의 시에서도 영물시는 편수가 제한되지만 그의 의식을 감지하는데 매우
풍유적으로 표출하고 있다. 따라서 그의 영물시는 자아의식의 비애의 대
상으로 사물의 개성을 빌려 왔고 아울러 정치현실에 대한 사실성을 그
당시의 유미풍과는 다르게 보여주는데 그 대상을 영물의 간설적 描法으

---

24) 「題磻溪垂釣圖」 ; 「呂望當年展廟謀, 直鉤釣國更誰如, 若敎生在西湖上, 也是須
供使宅魚.」

로 강구하고 있다. 그런 면에서 나은의 시는 차후에 심도있게 다루어져
서 나올 때, 만당의 詩界의 최고봉(李商隱·杜牧을 능가)이 될 것이며 詩
史의 재술이 필요하리라 본다. 이제 沈崧이 쓴 <羅給事墓誌>에 보면,

<blockquote>

책 만 권 읽고 토론하며 선대 성현의 마음을 밝혀내고, 글 천 편을 지
어 당시 사람의 입에 오르내리게 되었도다. 오호라! 하늘은 위로하지 않
고 철인은 시들었도다. 개평 3년 봄에 앓아눕고, 그 해 겨울 12월 13일에
서궐사에서 사망하니, 향년 77세로다. ……우리 임금 만나 절개 곧은 인
물로 기록되고, 그것으로 고관에 이르렀으니, 살아있을 때나 죽을 때나
은총이 가해져 자손들이 의탁할 수 있게 하였도다. 들과 밭이 부의로 내
려지고 경건한 마음이 시종 표해지니 유사들도 그 때에 영달한 사람이라
말하였도다. 이미 우리 임금께서 왕이 된 귀감을 밝히시지 아니하였다면
어찌 부군의 다재다능함을 펼 수 있었겠는가? 그리하여 임금은 현자를 예
우한다는 명성을 얻었고, 신하는 집안을 영광되게 하였다는 찬미를 얻었
음이 분명하다. ……문무를 아울러 갖추신 우리 임금님, 빛이 되고 용이
되어 공훈이 쌓이고 경사가 남아돌아 현자들이 모여든다. 또 명문에서는
「우리 집은 본디 신성이고 땅은 절수에 임해 저 아름다운 경색이 선생에
게 모여든다. 정직하게 옛 것을 말하며 기예를 높이고 품덕을 아름답게
하여 문단에서 물러나면 영광스럽게 고향으로 돌아가리라.」고 하였다.

讀書萬卷, 討論見先聖之心, 擒藻千篇, 諷誦在時人之口. 嗚呼! 蒼天不弔,
哲人其萎,　以開平三年春寢疾,　冬十二月十三日歿於西闕舍,　享年七十七
歲……及遇我王, 錄爲上介, 致之大僚, 存沒加恩, 翼燕可託. 原田賻贈, 式表
初終, 儒士於時, 亦謂達矣. 向非我王之支明王鑒, 豈展府君之多藝多才. 所
以主有禮賢之名, 賓有榮家之美, 明矣……乃文乃武, 爲光爲龍, 勳積餘慶,
惟賢所宗, 又銘曰,「家本新城. 地臨淅水, 惟彼秀色, 鍾乎夫子. 惟直道古, 藝
高德美, 退罷文場, 榮歸故里.」

</blockquote>

라고 하여 나은에 대한 性品과 識見, 그리고 復古的 전통관(특히 재조명
해야 함) 등을 다시 재고하지 않으면 안될 만큼 다양하게 문제점을 제시
하고 있으며, 이것들이 아직까지 거의 관심의 的이 되지 않았음도 사실

이다. 이제 이의 실천이 필요한 시기에 달했으며 정당한 詩學의 맥을 잡아나가야 한다. 그리고 당대에 白話詩가 僧侶詩人이나 성중당대의 寫實派에 의해 주도되어 왔는데 만당대에는 羅隱 같은 전통유가관념의 소유자에게도 白話詩가 다작될 수 있었음은 역시 시의 諷諫을 위한 것이라 볼 수 있으며 나은 시가 갖는 특이한 일면이라 할 수 있다. 宋代 王楙도 벌써 이 점을 거론하여서,

> 당인의 시구 중 속어를 사용한 경우는 두순학과 나은이 많다 하겠다. 나은 시는 예컨대「서시가 오를 망하게 하였다면, 월나라가 망한 것은 또 누구 때문이던가?」「오늘 밤 술 있으니 오늘밤에 취하고, 내일 근심이 오면 내일 근심하세.」「내년에도 새 가지가 있을 터인데, 사정없이 불던 봄바람 끝내 아직 그치지 않았구나.」라 하였는데, 지금 사람들은 이들 시어를 많이 인용하면서도 흔히 누가 지었는지 모른다.
>
> 唐人詩句中, 用俗語者, 惟杜荀鶴, 羅隱爲多, 羅隱詩如曰 ;「西施若解亡吳國, 越國亡來又是誰?」曰 ;「今宵有酒今宵醉, 明日愁來明日愁.」…曰 ;「明年更有新條在, 攪亂春風卒未休.」今人多引此語, 往往不知誰作. (≪野客叢書≫)

라고 한 것도 이미 일찍부터 나은의 시에 대한 중요성을 제시해 준 豫言이라 하겠다.

3. 羅隱과 崔致遠 詩 比較可能의 根據

兩人의 관계에 있어서 相面의 근거는 淮南相國인 高駢의 幕下가 될 것이다.[25] 최치원의 입당시기(868)와 진사급제(874)의 6년간이 不明하지만 나은이 고병을 알현한 시기가「中和」(881~885)에서「光啓」(885~888)로[26]

---

25) 傅璇琮主編, ≪唐才子傳校箋≫卷九, p.126.

본다면, 이때는 최치원이 입당한 지 10여년이 지난 시기이므로 양인의 시풍이 상호간 독자성을 지녔다고 볼 수 있다. 그리고 양인이 相交한 시작을 남기지는 않았으나, ≪三國史記≫ 「列傳」에,

> 처음 서방에 유학갔을 때 강동시인 나은과 서로 알게 되었는데 나은이 재주를 믿고 스스로 높은 체하니 가벼이 인정하지 않았다. 어떤 사람이 최치원이 지은 시가 다섯 두루마리를 보여주었다.
>
> 始西遊時, 與江東詩人羅隱相知, 隱負才自高, 不輕許可. 人示致遠所製詩歌五軸(「崔致遠條」)

라고 하여 내면상으로는 高騈의 幕下에 있기 전에 이미 상면이 있었고 나은이 최치원의 문재를 인정하여 연령상으로(24년 나은이 연상, 金重烈의 <崔致遠의 文學硏究>, p.47) 보아서도 사제의 관계로까지 추리하게 된다. 이러한 요인을 바탕으로 최치원이 나은의 시와 비교될 수 있는 蓋然性을 상정해 보고, 이어서 양인의 시에서의 상통하는 점을 찾아보고자 한다.

최치원의 입당시는 만당에 있어 唯美派와 古淡派로 시풍이 양분된 상태에 있었는데, 최치원은 전자 보다는 후자에 더욱 인적인 맥을 잇고 있음을 보게 된다. 그것은 즉 「芳林十哲」이라 하여 중당의 白居易와 元稹, 그리고 孟郊와 賈島의 풍조를 높이어 사회현실의 풍자와 은둔을 취하고 당시의 유미풍에 반기를 든 시파인 것이다. 여기에 羅隱과 顧雲, 鄭谷과 張喬 등이 포진해 있었는데, 최치원의 시문과 행적이 대개 이들과 상관되어 있는 것이다. 여기서 먼저 나은 이외의 문인과의 연관을 가려서 보고

---

26) 崔致遠은 「獻詩啓」(≪桂苑筆耕集≫卷十七)에서 「某啓. 某竊覽同年顧雲校書獻相公長啓一首短歌十篇, 學派則鯨噴海濤, 詞鋒則劍倚雲漢, 備爲贊頌, 永可流傳. 如某者, 跡自外方, 藝唯下品, 雖儒宮慕善, 每嘗窺顔冉之墻, 而筆陣爭雄, 未得摩曹劉之壘, 但以幸遊國, 獲覩仁風.」

다음으로 나은과의 직간접적인 일맥상통점을 찾고자 한다. 高騈의 幕下에 나은과 같이 있었던 顧雲과의 관계를 보면, 과거급제의 동년인 최치원으로는 가까운 정분을 나누었다. 보다 선배인 나은을 가까이 하는데, 고운의 역할이 적지 않았을 것이다. 顧雲(?~894)의 시풍이[27] 詳整하고 사실적이어서(芳林十哲의 風) 나은과 상사하지만, 文選風의 신라시풍과 만당의 풍조를 보이는 최치원의 시를 보는 고운에게 있어서는 하나의 경이적인 인상이었다. 顧雲의 <送崔致遠西遊將還>(≪全唐詩續拾≫ 卷34)을 보면,

내 듣기를 해상에 세 마디 금자라 있는데
금자라 머리에 산이 높이 쓰여 있네.
산 위에 구슬과 조개 황금의 궁궐 있고,
산 아래엔 천리만리 넓은 파도라네.
옆에 한 점 계림이 푸른데
자라산 빼어나 기이하도다.
열둘에 배타고 바다 건너와서
문장이 중국을 감동시켰고,
열여덟에 전사월을 가로 다녀
한 화살 쏘아 금문책을 부셨네.
我聞海上三金鰲, 金鰲頭戴山高高.
山之上兮, 珠宮貝闕黃金殿.
山之下兮, 千里萬里之洪濤.
傍邊一點鷄林碧, 鰲山孕秀生奇特.
十二乘船渡海來, 文章感動中華國.
十八橫舒戰詞苑, 一箭射破金門策.

라고 하여 최치원에 대한 敬慕와 기대감을 함께 토로하고 있다. 그리고

---

27) 金重烈은 <崔致遠文學硏究>(p.87)에서 顧雲이나 羅隱을 따르지 않고 晚唐의 詞華派를 따랐다고 하였지만, 芳林十哲이 추종한 儒學風이나 元白의 寫實風, 그리고 俗語구사의 영향을 벗지 못한 것으로 본다. 新羅는 齊梁의 文選風의 영향권을 아직 脫皮하지 못한 데서도 歸國後의 孤雲詩風과 相關시킬 수도 있다.

최치원에게는 <暮春卽事和顧雲友使>(≪孤雲先生文集≫ 卷之一)과 <和顧雲侍御重陽詠菊>(≪十抄詩≫ 卷中)가 있고, 그리고 <七言紀德詩三十首>(≪桂苑筆耕集≫ 卷17)를 獻詩함에 있어 그 <獻詩啓>에 顧雲의 長啓와 短歌를(相公에 바친 것) 보고 자신의 시 30수를 쓰게 된 것으로 기술하고 있다.28) <暮春卽事和顧雲友使>를 보겠다.

> 동풍에 백향이 두루 난데
> 생각이 너무 많아 버들이 길게 드린 듯.
> 소무의 편지 돌아오니 깊은 변방 무너졌으니
> 장자 꿈에 나니 낙화가 분망쿠나.
> 잔영에 의거 아침마다 취하니
> 떠나는 마음 마디마디 헤아리기 어렵구나.
> 마침 욕기의 호시절이니
> 옛 놀던 넋 백문향에 끊이었네.
> 東風遍聞百船香, 意緖偏饒柳帶長.
> 蘇武書回深塞盡, 莊周夢逐落花忙.
> 好憑殘景朝朝醉, 難把離心寸寸量.
> 正是浴沂時節日, 舊遊魂斷白雲鄕.

　여기에서 제 3·4연은 아쉬운 이별의 정을 은유적으로 묘사하고 시어상으로는 제 3연의 '好憑'·'把離心', 제 4연의 '正是' 등은 白話語로서, 元白體의 구사법, 그리고 나은 등 古淡派에서 흔히 보이는 描法을 쓰고 있어서 유미보다는 사실에 가까워져 있다.29) 그리고 鄭畋과는 나은이 그의 관심의 대상이 되었었고, 당대의 권세가였던 만큼, 수다한 문인의 출입이 있었다. 최치원도 예외가 아니어서 정전과 相交하였으니, 그의 <鄭

---

28) 高騈은 「言懷」 등 47首의 詩를 남김.(≪全唐詩≫ 卷599)
29) 顧雲은 <華淸詞> 등 8首의 詩를 남김.(≪全唐詩≫ 卷637) 羅隱에게 <送顧雲下第>가 있음.

畝相公> 2수(≪桂苑筆耕集≫ 卷7)와 <太保相公鄭畝>(상동 卷9 共히 「別紙」임) 등은 바로 그 예증이 된다. 전자의 글의 일단을 보면,

> 삼가 생각컨대, 상공께서는 덕이 크시고 공훈이 많으시며 재학이 크고 깊으셔서 사방의 사람 입에 퍼지고 만승의 마음에 차시니 진실로 찬양할지며 더욱 우러러 볼 따름이로다.
> 伏以相公碩德茂勳, 雄才奧學, 播在四方之口, 沃於萬乘之心, 固絶贊揚, 但增瞻仰.

라고 하여서 상교의 깊이를 알게 한다. 최치원에 있어서 정전은 재당생활에 정착하는데 있어 큰 힘이 되었을 것이다. 정전 자신도 시명까지 있었고 문학을 애호하여 그의 시도 섬세하고 고아한 풍을 준다. <夜景又作>(≪全唐詩≫ 卷719)[30]을 보면,

> 방울가닥 소리 없고 주궁은 닫혔는데
> 작은 누각은 쓸쓸히 옥 떨기의 바람만 더하누나.
> 대침을 하고 있으니 침상 가득히 명월이 다가와서
> 이 내 몸이 오색 구름 속에 떠 있는가 하노라.
> 鈴條無響閉珠宮, 小閣涼添玉蕊風.
> 枕簟滿牀明月到, 自疑身在五雲中.

환상과 색채가 짙은 초탈적인 작품을 보여준다. 한편 최치원의 張喬와의 관계는 장교로서는 6수의 신라인에 준 시가 있고[31] 고운에게 준 <贈進士顧雲>이 있어서 나은과의 관계 정립에 간접적인 대상이 된다. ≪唐

---

30) 鄭畝은 <中秋月直禁苑> 등 16首를 남김.(≪全唐詩≫ 卷557)
31) 張喬는 170首의 詩를 남기고 있는데, (≪全唐詩≫ 卷638) 그 6首의 題를 보면 다음과 같다. <送朴充侍御歸海東>, <送碁待詔朴球歸新羅>, <送賓貢金夷吾奉使歸本國>, <送新羅僧>, <送僧雅覺歸東海>, <送人及第歸海東> 등.

才子傳≫ 卷10에 보면 「애써서 배운 바, 시구가 청아하나 그 조리가 적다.(以苦學, 詩句淸雅, 廻少其倫.)」라 하여 시의 淸雅함을 추구하였으니, 그의 <題賈島吟詩臺>에서 보듯이 가도의 풍격을 추숭한 것으로 본다.[32] 최치원이 장교에게 준 <和張進士喬村居病中見寄>[33]를 보면 장교의 문학을 극찬하면서 賈島에 비견하고 있다.

> 시명이 사해에 전해져
> 가도와 다툴만한 이는 장교 같아야 할지라.
> 소아 뿐 아니라 신시도 잘하니
> 그 품은 능력 옛 현인을 이었네.
> 명아주 지팡이로 밤에 외론 산들과 함께 하고
> 갈대주렴 아침에 걷으니 먼 마을 안개 자욱하네.
> 병들어 「장빈」구에 읊어 부치니
> 낚시꾼 따라 성 밖의 배에 드네.
> 一種詩名四海傳, 浪仙爭得似松年.
> 不唯騷雅標新格, 能把行藏繼古賢.
> 藜杖夜携孤嶠月, 葦簾朝捲遠村煙.
> 病來吟寄漳濱口, 因付漁翁入郭船.

이 시에서 장교의 시명이 사해에 떨치고 고현인을 이을만 하다 하고, 제 3·4연에서는 시적 표현이 繪畵美를 주어 제 3연의 경우는 南畵의 皴法을 도입한 묘사로까지 부각되어 있다. 이들 외에 희종을 따라 相公을 지냈던 蕭遘와 裵澈에게 준 글들이 전해지는데[34] 나은에게 <送支使蕭中丞赴闕>(≪全唐詩≫ 卷655)이 있어 소구를 놓고 羅·崔 양인의 관계

---

32) 傅璇琮 主編, ≪唐才子傳校箋≫ 卷10(p.302) 참조.
33) ≪孤雲先生文集≫ 卷之一(延世大 中央圖書館本影印本)
34) 소구는 <春詩> 등 4首, 배철은 <孟昌圖> 1首가 傳해지는데(≪全唐詩≫ 卷600), 최치원에게는 <史館蕭遘相公>(≪桂苑筆耕集≫ 卷7). <度支裵徹相公>(上同), <史館蕭遘相公>(上同 卷8), <蕭遘相公>(上同 卷10) 등 있음.

또한 긍정적으로 본다.

　이상과 같은 최치원과 상교한 당인들은 나은과도 교분이 있기 때문에 간접적으로 양인의 시를 비교시킬 수 있는 充分한 근거가 설정되었다고 할 수 있다. 그러면 양인의 직접적인 관계성을 하나 인술한다면 ≪唐才子傳≫에 나오는 고사 중에 沈崧이 쓴 謝表의 내용이 富庶하다고 하여 전류가 나은에게 개작케 하였는데[35] 그 문구의 「날씨가 차니 고라니가 일찍 놀았고 날이 저무니 소와 양이 내리지 못하네.(天寒而麋鹿曾遊, 日暮而牛羊不下.)」가 최치원과 여하히 연관되느냐 하는 문제이다. 이 점에 대해 金重烈은 최치원의 <姑蘇臺>에서 근원이 되지 않았는지를 거론하고 있다.[36] 이러한 관점은 양인의 관계상 매우 심도 있게 고찰한 논리라고 보며, 여기서도 그 가능성을 긍정하면서 부연하고자 한다. 먼저 최치원의 시를 본다.

> 황폐한 누대에는 고라니가 봄 풀에 놀고 있는데
> 버려진 뜰의 소와 양들은 석양 속에 내려 오도다.
> 荒臺麋鹿遊春草, 廢院牛羊下夕陽.

　앞의 謝表에서 「牛羊不下」와 비교해 볼 때 최치원의 이 시는 단순히 봄날 저녁의 敍景으로 볼 수도 있다. 나은의 謝表는 浙西地方이 전란으로 피폐되어 있는데도 沈崧이 假飾과 誇張을 부려 조정의 부당한 반응을 대비하여서 개작한 것인 만큼, 최치원과의 관계를 고려한 차원을 떠나서 오히려 나은의 <送王使君赴蘇臺>(상동)에서 제2·3연과 결부시켜

---

35) ≪新五代史≫ 卷67「錢鏐傳」에「鏐拜鎭海軍節度使·潤州刺史在景福二年.(893)」이라 하니 改作時期와 相通.
36) 金重烈은「崔致遠文學硏究」(高麗大學博士論文, 1983)(p.47)에서 나은의 文句를 최치원의「姑蘇臺」의 意趣와 相通시켜 나은이 引用한 것으로 意見을 提示했음.

서 봄도 생각해 볼 수 있다. 그 제2연을 보면,

> 두 지방이 전쟁으로 더구나 끊기었고,
> 몇 년 동안 고라니가 고소에 누워 있네.
> 지친 농부는 세금이 무거워 온 가족이 다 망하였고
> 옛 가족은 전란의 침략으로 태반이 없어졌네.
> 兩地干戈連越絶, 數年麋鹿臥姑蘇.
> 疲甿賦重全家盡, 舊族兵侵太半無.

라고 하니 고라니도 추위에 쉴 곳이 없다고 봄이 좋겠다.[37] 나은과 최치
원은 연령의 차이와 시단에서의 비중, 그리고 최치원이 신라인이라는 여
러 여건상, 최치원으로는 나은이 師承으로 하고 指敎를 받으며, 만당의
나은을 중심한 교우관계에서 시풍의 영향을 받았다고 할 수 있다. 漢文
學의 입장에서는 최치원의 독자성을 강조하지만 在唐의 시기에서만은
主從的 문학풍토를 拂拭시킬 필요가 없겠다. 귀국 후에 이룩된 문학이
더욱 한문학사적으로 중요한 것이기 때문이다. 따라서 다음에 이어질 양
인의 시 비교는 그 근거를 여기에 마련하였다고 할 것이다.

4. 羅隱과 崔致遠의 詩 比較論點

1) 兩人의 詩 風格 比較의 意義

최치원이 자신을 스스로 피력하여 <初投獻太尉啓>에 기술하기를,

---

37) 羅隱의 姑蘇臺와 有關한 다른 시들로 <秋日有寄姑蘇曹使君>, <姑蘇城南湖陪
曹使君遊>, <暇日有寄姑蘇曹使君兼呈張郎中郡中賓僚>, <姑蘇臺> 등이 있음.
(≪全唐詩≫ 卷657)

모는 신라인이다. 몸도 천하고 천성도 어리석으며 재주는 크지 못하고 학문은 풍부하지 못하다. 몸이 비록 비천하지만 나이 아직 젊으니 열 두 살에 계림을 떠나서 스무 살에 앵곡으로 옮겨 마침 푸른 옷깃의 선비들과 만나고 곧 황색 띠의 관리들을 따르게 되었다.

某, 新羅人也. 身也賤性也愚, 才不雄學不瞻, 雖形骸則鄙, 年齒未衰, 自十二則別鷄林, 至二十, 得遷鸎谷, 方接靑襟之侶, 旋從黃綬之官.

라고 하여 唐에서 異國人의 受侮를 堪耐하며 靑雲의 뜻을 성취하기 위한 內心을 버리지 않았으며 그러기 위해서 신라인의 자존심을 지키기 위하여 刻苦의 修學을 기울인 것을 다음 <再獻啓>(상동 卷17)에서 확인할 수 있다.

모는 이미 지사의 근면을 지니고 또 수심에 찬 사람의 고뇌를 품고서, 오로지 붓과 목편에 의지하여 감히 속에 맺힌 마음을 다 기술하려하니 마치 벽을 더듬어 캄캄한 중에 찾듯이 하였다. 문을 닫고 조용히 앉으니 자리는 차고 창가의 바람이 눈을 거두고 붓은 마르며 벼루 물은 얼음이 되었어도 공자의 韋編三絶을 본받으려 하였다.

某旣懷志士之勤, 又抱愁人之苦, 聊憑毫牘, 敢述肺肝, 且如踏壁冥搜. 杜門寂坐, 席冷而窓風擺雪, 筆乾而硯水成冰, 欲爲尼父之絶編.

이처럼 외방에서의 노력 때문에 그는 당에서는 물론, 신라 이후의 한문학의 비조로 그 문학을 추숭하는 것이다. 그러나 그가 만당대에 유학했다는 이유로 그의 시를 단지 유미적인 데에 둔 관념이 자고로 潛在되어 있었음은 再考해야 할 점이다. 그 예문으로 李奎報는 ≪白雲小說≫에서(≪詩話叢林≫ 春),

최치원 고운은 천지를 진동시킨 큰 공로가 있기에 동방의 학자들 모두 그를 으뜸으로 삼고 있다.

崔致遠孤雲有破天荒之大功, 故東方學者皆以爲宗.

라고 칭송하고는 이어서 이규보는 또

그러나 그의 시는 그리 높지 않으니 어찌 중국의 만당 말에 속한 때문
일까.

然其詩不甚高, 豈其入中國在於晚唐後故歟. (上同)

라고 寸評을 달고 있어서 그 評價 관념이 許筠에 와서도 如前히 다음과
같은 기술로 나타나고 있다.

최고운 학사의 시는 당 말기의 정곡이나 한악의 부류에 속하니, 오히려
비천하여 온후하지 않다.

崔孤雲學士之詩在唐末亦鄭谷韓偓之流, 寧俳淺不厚. (≪惺叟詩話≫ㆍ≪詩
話叢林≫ 秋)

이러한 최치원에 대한 평가는 만당대의 기술한 바 중당의 元ㆍ白과 韓
愈 및 賈島 등을 추숭하는 芳林十哲을 위시한 羅隱ㆍ顧雲 그리고 聶夷中
같은 유파는 배제한 데에서 나온 것으로 현실에 대한 풍자와 은둔의 念
을 시에 담은 시인들과의 교류를 트고 있던 최치원에게는 일치된 평이라
볼 수 없다. 최치원 자신도 그의 「獻詩啓」(≪桂苑筆耕集≫ 卷17)에서,

늘상 일찍이 안연과 염유의 담을 엿보았고 붓은 으뜸 되기 다투었지만
아직 조식과 유정의 보루를 얻지 못하였다. 그러나 다행히 중국에 유력하
면서 어진 풍모를 터득하였도다.

每嘗窺顔ㆍ冉之墻, 而筆陣爭雄, 未得摩曹ㆍ劉之壘. 但以幸遊樂國, 獲覩
仁風.

라고 한 것을 보면, 최치원의 정신적 바탕은 儒家에 두었고 그의 문학은 曹植과 劉楨에 기반하고 있음을 자술한 것을 분명히 밝히고 있다. 여기에 최치원의 시를 許筠처럼 香奩體의 부류로 분류한 것이 가당치 않은 것이다. 더욱 참고할 점은 孤雲을 변명하기 위한 자료의 하나라고 배제할 수도 있겠지만, 다음 盧相稷의 「孤雲先生文集重刊序」(≪孤雲先生文集≫)와 후손 國述의 「孤雲先生文集編輯序」(상동)는 상기의 논증을 뒷받침할 만한 것이다. 전자의 序를 보면,

> 고려조에 와서 신라의 현인을 모심에 선생 아니면 마땅한 자가 없으니 선생은 실로 동방에 처음 뛰어나 문학을 낳았다. 나라 안에 예의있는 풍속은 선생이 진정 창도한 것이다. ……선생의 학문은 사술육경을 바탕으로 하고 인을 근본으로 하며 효를 우선하여 종지로 삼았다. ……선생의 소원은 공자를 배우는 것이다. ……선생은 ≪경학대장≫을 지어서 성리학을 발현시켰다. ……고려조에 불경 암송이 더욱 성하니 ≪대장≫은 읽히지 않고 선생의 시문도 거의 읽히지 않았다.
> 至麗祀羅賢, 微先生, 無以當之. 先生實東方初頭出之文學也. 三千里內禮義之俗, 先生實偈發焉. ……先生之學, 以四術六經, 仁爲本, 孝爲先爲宗旨. ……先生之所願學孔子也. ……先生著經學隊仗一書, 發明性理. ……麗之時誦佛益甚, 不但不讀隊仗. 亦鮮讀先生詩文.

여기서 다소간 편견을 엿볼 수 있지만 최치원의 확고한 儒家的 도덕관을 제시해 준다고 본다. 그리고 후자의 序를 보면,

> 천운이 막히고 임금이 또 죽은 데다 나라의 풍속이 불교를 중시하여 유도가 있는지 몰랐다. 나아가도 받아들이지 않고 물러나 행할 곳이 없으니 마침내 산수에 물러나 끝마쳤다. 공자가 바다로 떠가고 맹자가 뜻을 얻지 못해 물러나니 이 어찌 근본을 다할 수 있겠는가. 아! 천 년 후에 태

어나서 천 년 전과 같아지기 바라니 글이 아니면 징험할 수 없다. 세상에
때로 '기려'하다고 선생을 나무라고 불교로 선생을 꾸짖으나 만당의 법도
가 정해진 규율이 있어 모든 쓰임에 사육체가 아니면 행할 수 없으므로
이에 따르지 않을 수 없었을 것이다.

　　天運否塞, 王又晏駕, 況國俗重佛敎, 而不知有儒道. 進不能容, 退無可施
之地, 遂放於山水而終. 尼父之浮海, 孟氏之不得而退, 是豈盡本旨也哉. 噫,
生於千載之後, 欲求彷佛乎千載之上, 則非文無以爲徵. 世或以綺麗短先生,
撰佛詆先生, 然晚唐文法自有定制, 凡百需用, 非四六則不得行, 此其所以不
可不從也.

라고 하여 최치원의 시풍이 綺麗함이 있다면 本意가 아닌 風潮에 불과
하다고 간주하고 있다. 나은의 시가 鄙俗한 점이 있지만,[38] 만당의 綺靡
에 물들지 않았고[39] 세파에 지절을 지켰으며[40] 諷諫을 지향한[41] 의지가
최치원과 상관시킬 수 있는 요인이므로 다음 주어진 특성을 통하여 양
인의 시를 상호 접근시켜 볼 수 있을 것이다.

2) 淡雅

시의 풍격이 여하하냐고 할 때, 막연히 논리 없이 體會한 감성을 토로
하곤 한다. 여기서도 '淡雅'란 매우 포괄적으로 이해할 수밖에 없다. 그

---

38) 楊愼의 ≪升菴詩話≫ 卷4에 「羅隱詩多鄙俗, 此詩不類其平生.」라 하고 王楙의
　　≪野客叢書≫ 卷6에는 「唐人詩句中, 用俗語者, 惟杜荀鶴·羅隱爲多.」라 함.
39) 羅大經의 ≪鶴林玉露≫ 卷12에 「晚唐詩綺靡乏風骨, 或者薄之, ……羅隱乾符中
　　擧進士, ……事鏐終於著作佐郞, ……又可以晚唐詩人薄之乎?」
40) 劉克莊의 ≪後村詩話後集≫ 卷1에 「羅隱有詩聲, 屢擯于名場, 然逢世亂離, 依
　　錢氏以庇身, 未嘗失節.」라 하고 于愼行의 ≪讀史漫錄≫에 「唐末詩人, 惟司空
　　圖·羅隱卓有風節」라 함.
41) 何良俊의 ≪四友齋叢說·詩≫에 「羅隱詩雖是晚唐」, 如 「霜壓楚蓮秋後折, 雨催
　　蠻酒夜深酤」 亦自婉暢可諷.

러나 나은과 최치원의 시에서의 '淡雅'는 '以故爲新'과 '平淡'을 추구하
는 것으로 접근해 나가야 할 것이다. 陳師道는 ≪後山詩話≫에서,

　　민남 지방의 선비 중에 시를 좋아하는 사람이 있어서 진부한 어구와
평범한 말을 쓰지 않고 시를 써서 매성유에게 보냈다. 답장에서, 그대의
시는 실로 공교롭도다. 그러나 옛것으로 새롭게 하고 속된 것으로 우아하
게 하지 못하였도다.
　　閩士有好詩者, 不用陳語常談, 寫投梅聖兪, 答書曰 : 子詩誠工, 但未丁能
以故爲新, 以俗爲雅爾.

라 하여 시의 예술효과를 거두기 위해서는 奇險한 의미를 추구하거나 난삽
한 이론을 이입시키는 것이 아니라 소재의 선택보다는 그 표현 내용의 創
新과 高雅를 강구해야 함을 강조하고 있다. 그리고 袁枚가 말한 바,

　　시의가 정밀하고 깊지 않으면 우뚝 독도의 세계에 설 수 없고 시어가 평
이하고 박실하지 않으면 사람마다 이해하여 터득할 수 없다. 주자가 말하기
를, 매성유의 시는 평담하지 않고 메말라 맛이 부족하다. 왜 그럴까? 정심이
부족하기 때문이다. 곽공보(宋人, 名祥正)는 말하기를 황산곡의 시는 많은
기력을 허비함이 매우 심하다. 왜 그럴까? 평담이 부족하기 때문이다.
　　非精深不能超超獨先, 非平淡不能人人領解. 朱子曰 : 梅聖兪詩, 不是平
淡, 乃是枯稿. 何也? 欠精深故也. 郭功甫曰 : 黃山谷詩, 費許多氣力, 爲是甚
底. 何也? 欠平淡故也. (≪隨園詩話≫)

라 한 데서 시어의 구사에 있어 典故와 美麗함을 止揚하고 자연적이며
詩味가 넘치는 淸新을 중시함을 알 수 있다. 이것은 魏慶之가 말한 바,

　　청신함에는 「들판의 경색이 날씨 추워지니 엷어지고, 인가는 난리 지
나니 띄엄하도다.」
　　淸新 ; 野色寒來淺, 人家亂後稀. (≪詩人玉屑≫ 卷3)

라고 하여 나은의 <秋浦> 시를 인용하며 예증한 것과 상통하는 것이다.
이제 그 <秋浦> 시를 본다.

> 맑은 냇물은 지는 햇빛에 드리운 듯
> 멀리 바라보며 깊은 상념에 끝이 없도다.
> 들판의 경색이 추워지니 엷어지고
> 인가는 난리가 지난 후 띄엄하구나.
> 오랜 가난에 몸도 영달 못하였고
> 병도 많아서 뜻과는 오래 어긋났도다.
> 아직 고깃배에 담은 이 몸
> 때때로 꿈속에서나 고향에 돌아갈까.
> 晴川倚落暉, 極目思依依.
> 野色寒來淺, 人家亂後稀.
> 久貧身不達, 多病意長違.
> 還有漁舟在, 時時夢裏歸.

이 시는 意趣와 표현어구가 모두 平常語에 의해 강렬한 望鄕을 내연
시키고 있다. 그러면 최치원의 <秋日再經旴眙縣寄李長官>(≪孤雲先生文
集≫ 卷之一)을 나은과 대비하여 보면,

> 외로운 다북쑥 같은 이 몸 은혜를 다시 입으며
> 읊으며 가을바람을 대하니 어긋남이 한스럽네.
> 문 앞 버들은 벌써 새잎이 시들었는데
> 나그네는 여전히 작년 옷 입고 있네.
> 길 잃은 하늘 아래 시름 속에 늙고
> 집은 안개물결에 격해 있어 꿈에나 돌아가리.
> 스스로 웃는 것은 몸이 삼짓날의 제비 같거늘,
> 무늬 진 들보 높은 곳에 또 날아왔다네.
> 孤蓬再此接恩輝, 吟對秋風恨有違

門柳已凋新歲葉, 旅人猶着去年衣.
路迷霄漢愁中老, 家隔烟波夢裏歸.
自笑身如春社鷰, 畵樑高處又來飛

나은의 시가 보다 서정적이지만 제2구와 제3연, 그리고 제4연이 최치원의 제2구와 제5구, 그리고 제6구와 시의가 상통하고 시어 또한 「夢裏歸」처럼 동의하다. 최치원의 시 또한 나은과 같은 계절에 향수를 노래한다. 出仕에 대한 사념도 동일하게 유로되고 高騈에게 의지하는 심정이나 나은이 득의하지 못하는 것이 의미 상통한다. 나은의 제7구와 최치원 제5구는 하나는 배에 있고, 다른 하나는 밤하늘에 헤매는 신세이지만, 고독과 실의하는 심회는 동일하다. 시의 淸新味가 精深한 의취와 平淡한 박실미로 인해 두 시에서 진박하게 드러나 있다. 그리고 나은의 <中元夜泊淮口>를 보면,

나뭇잎이 휘돌아 날리고 물은 고요한데,
어느새 외로운 노에 벌써 삼경이구나.
가을이 서늘하니 안개이슬이 등불아래 스며들고
밤이 고요하니 어룡이 둑에 다가오네.
베개 의지하고 깊은 상념에 잠겼는데,
누대 건너에서 누가 대들보를 감도는 소리를 내나.
비단 돛대의 님께서 넋이 나가신 듯
양주를 지나시면 응당 밝은 달을 보시겠지.
木葉廻飄水面平, 偶因孤棹已三更.
秋凉霧露侵燈下, 夜靜魚龍逼岸行.
敧枕正牽題杜思, 隔樓誰轉遶梁聲.
錦帆天子狂魂魄, 應過揚州看月明.

여기서 이 시는 전혀 만당의 味覺을 느낄 수 없다. 綺麗하다고 보겠지

만, 이 시는 「華而不靡」한 高雅美를 보여준다. 陸時雍은 이 시를 평하기를,

> 나은의 「가을이 서늘하니 안개 이슬이 등불 아래 스며들고, 밤이 고요
> 하니 어룡이 뚝에 다가오네.」 이 말은 심전기와 왕유와도 마땅히 대질시
> 킬 만하다.
> 羅隱 「秋凉霧露侵燈下, 夜靜魚龍逼岸行」, 此言當與沈佺期·王摩詰折
> 證. (≪詩鏡叢編≫)

라고 하여 이 시의 眞情流露와 朴素自然은 성당에 넣어도 可하다고 품
평한 것이다. 이것은 만당시가 지닌 詞體的인 흐름을 뛰어넘은 경지임을
인정한다고 볼 수 있다.[42] 高雅나 平淡은 그 자체가 枯燥한 표현에서 얻
기 어려우므로 수식에 의해 婉約에 들지 않도록 하기가 쉽지 않다.[43] 平
淡이란 평이한 常語에서 나온다면 오히려 천속한 데로 빠지기가 쉽다.
平淡은 天然한 데로 흘러갈 때에 '시의 平淡性'을 논할 수 있다. 이어서
최치원의 <寓興>(≪孤雲先生文集≫ 卷之一)을 보면,

> 바라건대 명리의 문을 걸고
> 받은 몸 상하게 마오.
> 어찌하여 진주 캐는 이들
> 목숨 가벼이 바다 밑에 드나.
> 몸이 영화로우면 먼지에 물들기 쉽고,
> 마음에 때 묻으면 잘못을 씻기 어려워라.
> 담백한 마음 그 뉘와 의논하리오.
> 세상사람 단 술을 즐기니까.

---

42) 吳可는 ≪藏海詩話≫에서 「晚唐詩失之太巧, 只務外華, 而氣弱格卑, 流爲詞體
　　耳.」라고 한 觀念을 脫皮한 評價라 할 것이다.
43) 葛立方은 「大抵欲造平淡, 當自組麗來中, 落其華芬, 然後可造平淡之境, 如此則
　　陶謝不足進矣. 今之人多作拙易語, 而自以爲平淡, 識者未嘗不絶倒也.」(≪韻語陽
　　秋≫)라 하여 平淡의 出源은 組麗에 있음을 강조.

願言局利門, 不使損遺體.
爭奈探利者, 輕生入海底.
身榮塵易染, 心□垢難洗.
澹泊與誰論, 世路嗜甘醴.

　　이 시는 묘사가 組麗하지 않지만 淸逸한 풍미를 지니고 있어 상기한 나은의 시 보다 오히려 淡白하다. 시의 또한 탈속적이어서 葛立方의 논리에는 불합하지만 天然하고, 반면 外華하지 않다. 그러나 최치원의 <海邊春望>(《桂苑筆耕集》 卷20)을 보면,

　　갈매기와 백로가 나뉘어 위아래로 날고,
　　먼 물가의 그윽한 풀은 무성하도다.
　　이때에 천리 밖에서 온갖 상념에 잠겼는데
　　멀리 보이는 저녁 구름이 아득히 가물거리네.
　　鷗鷺分飛高復低, 遠汀幽草欲萋萋.
　　此時千里萬重意, 目極暮雲翻自迷.

　　이 시는 경치를 노래함이 浩然하다. 포용력이 있으며 통쾌하다. 내용이 淡白하고 표현은 高雅하다. 이것을 두고 淡雅한 경지라 할 수 있을 것이다. 한편 나은의 시는 기설한 바, 속어를 다용하면서도 詩趣는 고상하며 초탈적인 데에 그 특징이 있다. 나은의 <自遣> 시를 보고자 한다.

　　얻으면 크게 노래하고 잃으면 가만히 있고
　　많은 근심 많은 원한이 또 그지없도다.
　　오늘 아침에 술 있으면 오늘 아침에 취하고
　　내일에 근심 오면 내일 근심하리라.
　　得卽高歌失卽休, 多愁多恨亦悠悠.
　　今朝有酒今朝醉, 明日愁來明日愁.

이 시는 시인이 여러 번 급제 못하고 실의에 찬 심정을 동요처럼(民謠) 묘사하고 있다. 표현이 솔직하지만 추상적인 서정이 깃들어 있다. 제1구는 情과 態가 하나로 형상화되어서 나타나고, 제2구는 무료한 가운데 삶의 진실된 현상을 묘사한 것이며, 제3·4구는 同意反復하여 시정을 음률의 重疊技法을 통해 분명히 표출한다. 특히 제4구에서 '愁'자가 전후 각각 명사와 동사로 의미 활용하는 口語의 舁化作用을 보게 한다. 최치원에게도 口語活用을 볼 수 있으니, <途中作>(≪孤雲先生文集≫ 卷之一)을 보면,

> 동서로 다니며 길의 먼지가 끼고
> 외로이 여윈 말을 채찍질하며 얼마나 고생했는지.
> 돌아감이 좋은 줄 모르는 게 아니나,
> 오직 돌아간들 또 집이 가난하네.
> 東飄西轉路歧塵, 獨策嬴驂幾苦辛.
> 不是不知歸去好, 只緣歸去又家貧.

이 시는 정처 없는 浪人의 心懷를 솔직담백하게 그리어 놓고 있다. 綺麗한 풍이 어디 있으며 工巧한 묘사가 한 곳도 없이, 제1구부터 완전한 白話文이다. 제1구의 '東飄西轉', 제2구의 '幾苦辛', 제3·4구는 모두가 백화이며 구어이다. 그러나 자연스럽고 진실하다. 천속하지 않고 감동적이며 그대로의 平淡이다.

3) 隱諭

나은시의 풍자에 대해서는 상기 영물시에서 상설하였기에 여기서는 양인의 시를 통한 비교만을 다루고자 한다. 나은이 자신의 不遇를 풍자한 <鸚鵡>를 본다.

무늬 새긴 활에 푸른 깃털 남은 것 원한하지 마라.
강남은 따뜻하고 농서는 차겁도다.
그대에 권하노니 말을 분명히 하지 마오,
분명히 말하다가 어려운 일이 생기리라.
莫恨雕箭翠羽殘. 江南地暖隴西寒.
勸君不用分明語, 語得分明出轉難.

隴西(隴山以西·陝西의 甘肅 변경)에는 앵무새의 産地로, 隴客이라고도
한다. 나은이 亂世에 救世의 포부를 지녔지만 불우하게도 55세에야 錢鏐
의 막하에 들어가니 뜻을 펴지 못함을 조롱 속의 앵무새에 비유한 것이
다. 시인은 제2연에서 언행의 신중을 강조하여 처신의 어려움을 대신하
였다. 이 시는 단순한 比興托物이 아니라, 앵무새의 말을 빌리는 형식으
로 자신의 心曲을 토로하며 언행의 경계를 스스로 다짐하고 있다. 최치
원도 在唐 시기와 귀국 후에도 불우한 지경에서 현실과 이상, 그리고 羅
末의 정치상황에 대해서 詠物을 통한 比興을 시에서 보여주고 있다.[44]
그의 신세의 불우를 읊은 것으로 <杜鵑>을 보기로 한다.

바위틈에 아스라히 선 나무뿌리
잎이 쉬이 마르고
풍상이 유독 스쳐 쇠잔해 보이네.
벌써 들국화는 가을의 요염함을 만끽하고
바위의 솔 찬 세월 이겨냄이 응당 부럽네.
가엽게도 꽃향기 머금고 푸른 바다에 서 있으니
누가 붉은 난간 앞에 옮겨 심었나.

---

44) 崔致遠의 諷刺性있는 詠物詩로는 <石峰>, <潮浪>, <沙汀>, <野燒>, <杜
鵑>, <海鷗>, <山頂危石>, <石上矮松>, <紅葉樹>, <石上流泉>, <東風>,
<題海門蘭若柳>(以上은 ≪桂苑筆耕集≫ 卷12), <蜀葵花>, <題興地圖>, <碧
松亭>(以上은 ≪孤雲先生文集≫ 卷之一).

뭇 초목과는 완연히 다르건만
단지 두렵기는 나무꾼이 범상히 보아 넘길 가 하네.
石罅根危葉易乾, 風霜偏覺見摧殘.
已饒野菊誇秋艷, 應羨巖松保歲寒.
可惜含芳臨碧海, 誰能移植到朱欄.
與凡草木還殊品, 只恐樵夫一例看.

　이 시는 두견화를 자신의 形象으로 擬人化시켜서 계절과 바위 틈새의
위치등을 刻苦의 映像이 되게 하였기 때문에 시어의 구사와 韻律의 調
和가 流麗하지만 그 意趣는 매우 凄切하고 고독하며 疎外된 현실생활상
을 암시해 준다. 이것은 沈德潛이 말한 바, 어떤 사상이나 도리를 物象에
기탁하는데, 同類의 事物과 連繫시켜 비유하는 기법인 「托物連類(≪說詩
晬語≫)와 상통하여서,45) 최치원은 두견화를 부각시키기 위해서 野菊과
松, 凡草木 등 同類의 초목을 등장시켜서 대비하고 있다. 한편 양인에게
는 지배계급의 제도나 언행의 부정을 통렬히 비판하는 내용을 은유적으
로 묘사하는 예를 중시하게 된다. 먼저 나은의 <黃河> 시를 보면,

　　여기에 아교를 쏟지 말지니
　　이 속에서 하늘의 뜻 밝히기 어렵네.
　　은하수를 건너오면 응당 굽어 있고
　　곤륜산에서 흘러 나왔으면 맑지 않으리라.
　　한 고조는 공신에게 맹세할 때 허리띠 작다 하였고,
　　선인은 두우를 점칠 때 뗏목이 가볍다 하네.
　　삼천 년 뒤 누가 있을지 알리오.
　　하필이면 지친 그대가 태평을 알리는가.
　　莫把阿膠向此傾, 此中天意固難明.
　　解通銀漢應須曲, 才出崑崙便不淸.

---

45) ≪說詩晬語≫ ;「事難顯陳, 理難言罄, 每托物連類以形之. 鬱情欲舒, 天機隨觸,
　　每借物引懷以抒之.」

高祖誓功依帶小, 仙人占斗客槎輕.
三千年後知誰在, 何必勞君報太平.

　　黃河의 형상과 水質을 빗대어 당대의 과거제도와 전반적인 당말의 정
치풍조에 대한 절망감을 표현하고 있다. 제1구의 혼탁한 물은 모든 분야
의 부패상을, 제2구의 天意는 皇帝의 명철하지 못한 것을 각각 지적한 것
이며, 제3·4구의 銀漢과 곤륜산은 조정의 귀문세력의 부조리를 지칭한
것이다. 제3연에서 두 전고를 사용하여 漢高祖의 平天下 시의 誓詞와 張
騫과 嚴君平의 占卜 고사에서[46] 나은은 조정의 부귀와 귀족의 전횡을 은
유적으로 비판하고 있다. 그러면서 제4연에서 기대할 수 없는 당조의 형
세를 비관한 것이다. 이 시에 대해 사어가 조급하다고 하여[47] 온후의 부
족을 탓하지만 풍자에 있어 직시와 냉혹이 결여된다면 그 진의를 올바르
게 표출시킬 수 없기 때문에 나은의 이 시는 착안과 構思가 진지하고 강
렬하다고 본다. 그리고 崔致遠의 <野燒>(≪桂苑筆耕集≫ 卷20)를 보면,

　　　　바라보니 깃발이 문득 요란하니
　　　　변방에 출정하는 군대인가 의심하네.
　　　　사나운 불꽃이 공중에 솟아 지는 해를 가리고
　　　　미친 연기는 들판에 뻗어 돌아가는 구름을 막네.
　　　　소와 말을 기르는데 방해된다고 저어하지 마오.
　　　　모름지기 여우와 살쾡이가 다 없어짐이 기쁘네.
　　　　오직 두렵기는 바람이 산 위로 몰고 가서
　　　　헛되이 옥석을 일시에 태울까 하네.
　　　　望中旌旗忽繽紛, 疑是橫行出塞軍.
　　　　猛焰燎空欺落日, 狂煙遮野哉歸雲.
　　　　莫嫌牛馬皆妨牧, 須喜狐狸盡喪群.

---

46) 班固의 ≪漢書≫ 卷一下와 上同書의 卷61,「張騫李廣利傳第三十一」참조.
47) 劉鐵冷은 ≪作詩百法≫에서「失之大怒, 其詞躁.」라 함.

只恐風驅上山去, 虛敎玉石一時焚.

이 시는 夕陽에 타는 들불을 통해 당시의 악한 관리와 사회의 병폐를 퇴치할 수 있기를 바라는 마음을 토로하고 있다. 제1·2연은 단순한 들불의 모습을 형용하고 있지만, 그 내면에는 분노의 불길이 타오름을 묘사한 것이고 제3연에서는 '狐狸'라고 하여 소인배의 작행을 불태워 쇄신되기를 바라며 희구하는 심회를 풍자한다. 그러나 제4연에서 그 쇄신과 개혁에 있어 옥석을 분별해야 함을 염려하니, 羅末의 개변을 시도할 수 있기를 간설적으로 제안한다. 나은과 최치원의 풍자시는 그 소재가 유사성을 지니고 있으며 대부분이 영물의 방법을 택하고 있다. 그 이유는 양인이 각기 그 조대의 말기에 처하였으며 그 풍조 또한 말세적 폐습을 드러내고 있었기 때문일 것이다.

4) 脫俗

避世니, 遁世니, 또는 隱遁이니 하여 자연에의 귀의와 종교의 신심에 초점을 맞추어서 어느 시인의 탈속의식을 부각시키는 경우가 상례이다. 羅·崔 양인에 있어서도 그 예외가 될 수는 없다. 최치원에게는 불가가 그 주요대상이 되지만 遊仙의 작을 인증하기에 부족하다. 나은의 탈속은 道仙을 위시하여 그 대상이 다양하다. 그러나 양인의 시에 나타난 공통적인 소재의 테두리 안에서 서로 비교하려고 한다. 최치원에게서 遊仙的인 소재를 찾을 수 없기 때문이다. 먼저 나은의 <偶興>을 보면,

무리를 따라 다니기를 이십 년,
곡강 연못가에 수레 먼지 피하련다.

지금은 시들하여 늙은 몸으로
한가로이 속세의 의기양양한 자를 보노라.
逐隊隨行二十春, 曲江池畔避車塵.
如今嬴得將裏老, 閒看人間得意人.

　여기서 은거한 심태를 悔恨的으로 그리고 있다. 그런데 최치원은 나은
보다 은거의 자세가 더욱 적극적이다. 그의 <題伽倻山讀書堂>(≪孤雲先
生文集≫ 卷之一)을 보면,

미친 듯 겹친 바위에 뿜어대어 뭇 산을 울리니
사람 소리 지척에서도 분간치 못하네.
항상 시비의 소리 귀에 들릴 가 두려워하여
일부러 흐르는 물로 산을 다 감싸게 하누나.
狂奔疊石吼重巒, 人語難分咫尺間.
常恐是非聲到耳, 故敎流水盡籠山.

　이 역시 속세의 雜事를 外面하고자 하는 隱遁의 심경을 노래하고 있
는데, 羅末의 사회혼란을 상징한 것이라기보다는[48] 단순한 자연의 景物
에 심취하고 歸依하고픈 순수한 심경의 표현으로 봄도 가할 것이다. 合
自然의 일단이다. 그리고 양인은 佛家의 심태를 통해 탈속을 추구하는
시들을 다작하고 있는데,[49] 나은의 <贈無相禪師>를 보면,

---

48) 李家源의 ≪韓國漢文學史≫(p.72) ;「이 詩는 新羅末期의 혼란한 社會를 잘 象
　　徵한 作品이었다.」
49) 羅隱에게는 禪詩로 <春晚寄鍾尙書>, <春獨遊禪智寺>, <廣陵開元寺閣上作>,
　　<秋日禪智寺見裴郎中題名寄韋瞻>, <春中湘中題岳麓寺僧舍>, <登瓦棺寺閣>,
　　<和禪月大師見贈>, <封禪寺居>, <題鑿石山僧院>, <靈山寺>, <甘露寺火後>,
　　<甘露寺看雪上周相公>, <秦望山僧院>, <寄無相禪師>, <金山僧院> 등이 있
　　으며, 崔致遠에게는 <和金員外贈巉山淸上人>, <題海門蘭若柳>(以上은 ≪桂苑
　　筆耕集≫ 卷20), <贈梓谷蘭若獨居僧>, <贈雲門蘭若智光上人>, <題雲峰寺>,
　　<登潤州慈和寺上房>, <贈希朗和尙>, <寄願源上人>(以上은 ≪孤雲先生文集≫

사람마다 모두들 부처님을 섬긴다고 하면서
마음으론 저자의 일에 바쁘구나.
오로지 말이 있어 산 위의 나그네가 된다면
생사의 길을 모두 잊으리라.
人人盡道事空王, 心裏忙於市井忙.
惟有馬當山上客, 死門生路兩相忘.

이 시에는 「空王」(부처의 尊稱) 이 외에는 禪語가 없지만 口語 속에
지극한 禪趣가 흘러넘친다.50) 최치원에서 <贈梓谷蘭若獨居僧>을 보면,

솔바람 듣는 것 외엔 귀가 시끄럽지 않고
띠풀로 집을 지어 흰 구름 뿌리에 깊이 의지하네.
세상사람 길을 알가 오히려 원망하니
돌 위에 이끼가 신 자국에 더럽혀질까 하네.
除聽松風耳不喧, 結茅深倚白雲根.
世人知路翻應恨, 石上莓苔汚屐痕.

여기에서 山이란 자연과 合一된 마음이 表出되어 있다. 求道者的 超脫
이며 忘機한 禪境의 極致를 보여준다. 최치원은 이런 脫俗의 심경에서
삶의 價値觀을 재조명해 주는 戒詩로 제시해 주고 있는 것이다. 양인의
禪詩는 禪語나 禪理를 구사하지 않고 소박한 口語나 題材를 통하여 독
자의 심금을 울려주고 있다.
주관의 객관화가 용이치 않은데, 양인의 시 비교는 바로 引證이 부족
하므로 객관화시키기에는 충분치 못한 것 같다. 나은과 최치원의 교분과

卷之一) 등이 있음.
50) 禪趣에 대해서는 拙著 ≪王維詩比較研究≫(北京 : 京華出版社, 1999) 제5장을
참조.

그 양인의 시 비교는 서로 일치되는 점이 많지 않으나, 連結의 고리를 마련하는 작업을 試圖하여 보았으며, 그 비교의 蓋然性에 대해서 주변의 상황과 처지도 더불어 거론해 보았다. 客觀性 與否를 가릴 만큼 深度가 부족하였으며 臆說도 적지 않다고 본다. 그리고 시의 비교도 皮相的인 相關性에만 치우쳐서 이 역시 문제점이 많다고 본다. 그러나 최치원의 시에 대한 이해를 다른 각도에서 芳林十哲의 사조 면에서 조명할 수도 있으리라는 점에서 非唯美派의 나은 시와 接脈시켜 본 것이다. 국내에서 崔致遠 시를 흔히 唯美派와 연관시켜 評하는 경향의 한 例로 비교적 오래된 자료이지만 韓國漢詩를 이해하는 중요한 지침서가 되기도 하는 李家源의 ≪韓國漢文學史≫의 崔致遠 부분51)을 보면, 최치원 시가 六朝의 綺麗한 四六體에서 벗어나지 못한 것처럼 서술하면서 그 원인을 하나는 梁代 蕭統의 ≪文選≫을 科試의 필수과목으로 삼았고52), 다른 한 이유는 中國의 영향이 몇 세기 후에 나타난 것이라고 하면서 각각 根據를 제시하였다. 그 근거의 하나로 李德懋의 글을 인용하기를,

> 대개 동국의 문교는 중국에 비해서 늘 수백 년을 뒤떨어져 세고서 겨우 좀 진전하니 동국이 처음 관심 있는 것은 곧 중국의 쇠퇴하여 싫증난 것이다.
>
> 大抵東國文敎較中國, 每退計數百年後始少進, 東國始初之所嗜, 卽中國衰晚之所厭. (≪靑莊館全書≫)

라고 하였는데, 이것은 전적으로 客觀性이 부족한 서술이다. 그래서 필자는 羅隱과의 聯關性을 提起하여 旣存의 최치원 詩文에 대한 평가를 再考할 필요가 있다고 본 것이다.

---

51) 李家源, ≪韓國漢文學史≫, pp.70-73(民衆書館, 1976).
52) 東鑑文鈔 序, (≪雲陽集≫ 卷10).

第2編

渤海 漢詩의 唐詩上의 位相

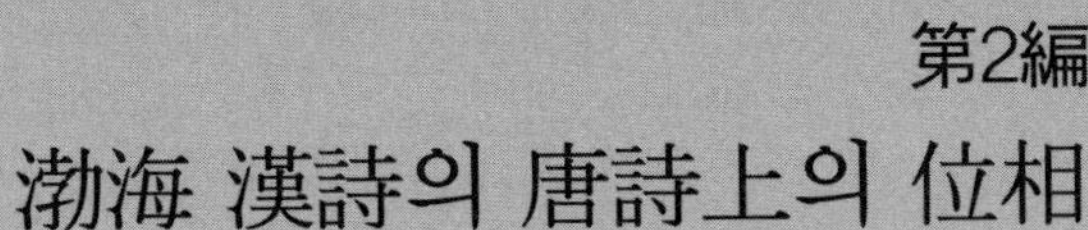

≪全唐詩≫上의 渤海人詩와 그 格調

≪全唐詩補編≫에 수록된 渤海人詩의 抒情

≪全唐詩≫上의 渤海人詩와 그 格調

　지금 중국은 東北工程이란 名目 下에 三國時代의 高句麗와 고구려를
계승한 渤海의 역사와 영토를 소위 地方 國家의 하나로 규정하려는 역
사의 虛僞造作을 감행하는 상황을 보면서 우리 後孫된 자의 形言하기
힘든 심정을 吐露하지 않을 수 없다. 우리 固有의 역사를 歪曲 造作하는
중국의 영토 확장 의도를 叱咤하면서 한편으론 우리의 시대적 召命에
적합한 歷史意識과 그 정통적인 研究對處를 절실하게 要求하는 時期에
처해 있다는 점을 切感한다.

　필자는 중문학도로서 다년간 唐詩를 위시한 中國詩와 韓國漢詩를 비
교 연구하는 作業을 수행하여 이미 ≪韓國漢詩와 唐詩의 比較≫(푸른사
상, 2002)를 비롯한 다수의 논문과 저서들을 발표한 바가 있다. 그러나
본문은 渤海國의 역사와 문화를 史學界에서 집중 연구하였지만 文學부
분에서 詩에 대해 거론한 자료가 거의 없었다는 점에서 散在되어 있는
자료를 수집하여 정리한다는 次元에서 探討하게 된 것이다.

　중국의 문학계의 의식도 渤海는 동북부의 한 지방 정도로 看做할 뿐
新羅와는 달리 한국역사상의 한 국가로 인정하지 않고 있기 때문에 우

리로서는 역사 못지않게 문학도 그 獨自的인 存立性을 유지하여 渤海文
學을 韓國漢文學의 중요한 領域으로 設定해야 한다. 중국문학에서 中唐
代의 대표적인 시인 高適도 한국한문학의 범주에 列入시켜야 할 것이다.
그렇다면 중국 자체는 경악하며 황당하다고 여겨서 각종 反論과 旣存
根據資料를 제시할 것이다. 그러나 우리는 우리의 역사의 하나인 渤海國
의 存在를 우리의 것으로 더욱 確定시키는 여러 분야의 연구작업을 緻
密하게 진행해야 하는 立場에서, 본문의 執筆目的도 文學 자체의 연구는
물론, 우리 역사의 整體性을 確固히 하고자 하는 데 있는 것이다.

　《東文選》을 포함한 국내의 각종 文獻에서 渤海人의 詩文를 찾을 수
없으니 시대적으로 高句麗의 멸망과 동시에 건국된 渤海의 역사로 보아
서 唐代와 동시대의 자료에서 渤海詩의 存在를 파악하여야 하므로, 자연
히 《全唐詩》, 《全唐文》, 《全唐詩逸》, 《中興間氣集》, 《河嶽英靈
集》, 《唐詩別裁集》, 그리고 최근의 陳尙君 輯校 《全唐詩補編》(中華
書局, 1992) 등에서 手工業的인 방법으로 일일이 檢討하여 蒐集하기로
하여 상당 기간 考證과 根據를 확인하면서 《全唐詩》에서 다음과 같이
多數의 渤海詩를 抽出하게 된 것이다.(아래 작가는 모두 渤海人으로 記
載되어 있음)

封行高, 《全唐詩》 卷33 詩 1首
高嶠, 《全唐詩》 卷72 詩 2首
高瑾, 《全唐詩》 卷72 詩 4首
高適, 《全唐詩》 卷211~214(4卷)
封敖, 《全唐詩》 卷479 詩 2首
封彦卿, 《全唐詩》 卷566 詩 1首
高璩, 《全唐詩》 卷597 詩 1首와 2句
高騈, 《全唐詩》 卷598 詩 1卷(47題 50首, 4句)
高元裕, 《全唐詩》 卷795 詩 2句

高雲, ≪全唐詩≫ 卷870 詩 2句

　이상에서 ≪全唐詩≫에는 高適의 시 4권과 8인의 시 13수와 4구가 수록되어 있음을 알 수 있다. 위와 같이 수집된 작가의 작품을 재록한 문집별로 구분하여 그 詩와 風格의 一面을 살펴보기로 한다.

　高句麗가 멸망하고 高王祚榮(在位期間 689~719)이 渤海를 건국하여 15대 末王 諲譔(재위 907~926)까지 唐과 밀접한 관계를 유지하면서 國力을 배양하고 독자적인 文化를 형성하였다. 儒學을 重視하여 胄子監을 설치하고 經書를 교육하였으며 唐에 소위 留唐生을 留學시켜서 新羅보다 더 많이 교류하였다. ≪新唐書≫ 渤海傳에「그 왕이 자주 제생을 경사의 태학에 보내어 고금의 제도를 익히게 하다.(其王數遣諸生詣京師太學, 習識古今制度.)」라고 기록하고 있으며 중국의 聖王을 숭상하여 <貞孝公主墓誌>에는「순임금을 짝하고 우임금을 닮으며 탕임금을 따르고 주문왕을 감싼다.(配重華而肖夏禹, 陶殷湯而韜周文.)」[1]라고 한 것으로 발해의 文物이 興盛하고 文學을 숭상한 기록을 확인할 수 있다. 여기에 거론되는 대상이 渤海人이라는 根據는 ≪全唐詩≫의 注와 ≪全唐詩補編≫의 作家生平, 周祖譔 主編의 ≪中國文學家大辭典≫ 唐五代卷(中華書局, 1992), 그리고 ≪中國人名大辭典≫(臺灣商務印書館, 1974)과 ≪中國文學家大辭典≫(臺灣世界書局, 1974), ≪全唐詩大辭典≫(語文出版社, 2000), ≪中國詩學大辭典≫(浙江敎育出版社, 1999) 등에서 기록된 자료에 의한 것으로서 대개 일치된 내용에 한해서 選定하였다.

---

1) 방학봉, ≪발해의 문화≫, pp.252-278(정토출판, 2005).

1. 封行高 : 〈冬日宴于庶子宅各賦一字得色〉(卷33)

≪全唐詩≫ 注를 보면,

> 봉행고는 관주 수인으로 윤의 형 아들로 문학으로 이름을 날리다. 정관
> 년간에 관직이 예부낭중에 이르고 시 한 수 있다.
> 封行高, 觀州蓚人, 倫之兄子, 以文學知名. 貞觀中, 官至禮部郎中, 詩一首.

라고 기록하고, ≪中國文學家大辭典≫唐五代卷에는 「渤海蓚(今河北景縣)
人」이라고 기술하고 있다. 蓚는 渤海國에 속한 지역이니 「觀州蓚人」[2]은
渤海人이 된다. 封氏가 渤海 蓚縣에 移居한 시기는 이미 春秋戰國시대로
보니 ≪新唐書≫ 表第11下 宰相世系下에 기술하기를,

> 봉씨는 강성에서 나왔다……하후씨 세대에 이르러 봉부가 제후가 되매
> 그 땅 변주 봉구에 봉부정이 있게 되니 곧 봉부가 도읍한 곳이다. 주대에
> 이르러 나라를 잃으니 자손이 제대부가 되어 마침내 발해 수현에 거하게
> 되었다.
> 封氏出自姜姓……至夏后氏之世, 封父列爲諸侯, 其地汴州封丘有封父亭,
> 卽封父所都. 至周失國, 子孫爲齊大夫, 遂居渤海蓚縣.

라고 하여 봉행고는 발해의 원주민인 것을 알 수 있다. 封行高의 <冬日
宴于庶子宅各賦一字得色>을 보면,

> 부군이 경애함이 중하니

---

2) 「觀州蓚人」이란 기록은 ≪舊唐書≫ 卷63 列傳13 封倫傳에 「封倫字德彝, 觀州
   蓚人.」이라 하고 또 「倫兄子行高, 以文學知名. 貞觀中, 官至禮部郎中.」이라 한
   바, ≪全唐詩≫의 기술은 ≪舊唐書≫에 의거함.

기쁘게 말하며 정이 그지없네.
바르게 맑은 소리 끌어내고
고운 문장은 다듬어 꾸미기를 다하네.
물이 맺혀 연못이 얼고
해가 따뜻하여 평정이 빛나네.
가득 채워 술잔을 기우니
끝내 두루 즐거워라.
夫君敬愛重, 歡言情不極.
雅引發淸音, 麗藻窮雕飾.
水結曲池冰, 日暖平亭色.
引滿旣杯傾, 終之以弁側.

　文才가 있어서 文學으로 名聲을 얻은 封行高의 시는 初唐의 五言律詩
의 형식을 구비하고 있으니 起聯은 發句이고 頷聯과 頸聯은 對句를 강
구하고 있으며 平仄도 一三不論, 二四分明의 원칙을 지키고 있어서 貞觀
년간의 律詩로서 格律이 整齊하다. 그리고 押韻은 平起入韻의 正格을 준
수하며 詩語는 平淡하여 齊梁風을 탈피하는 과정의 시라고 본다.

2. 高嶠 : 〈晦日宴高氏林亭〉·〈晦日重宴〉(卷72)

　《全唐詩》 注에는 단지 「司門郞中, 詩二首.」[3]라고 하였지만, 《全唐
詩大辭典》에는 「발해 수인이다. 태종 시에 재상 고사렴의 손자로 일찍
이 창부원외랑과 사무낭중을 역임하다.(渤海蓚人(今河北景縣)人. 太宗時宰
相高士廉之孫, 曾任倉部員外郞, 司門郞中.)」라고 상세하게 기술하고 있다.
그리고 《中國文學家大辭典》 唐五代卷에도 「渤海蓚人」이라고 기재하고

---

3) 《新唐書》 卷7下 宰相世系表 : 「嶠, 司門郞中.」라 한데 高氏三宴詩集에 「司府
　郞中」라 한 것은 誤記.

있어서 출신지는 분명하다. 高嶠는 生卒年이 不詳하나 太宗時에 관직을
역임하였으니 初唐人으로 보며 그의 시 五言律詩는 正格을 갖추고 있다.
먼저 <晦日宴高氏林亭>을 보면,

높은 누각에서 봄을 기다리는 맘을 쓰고
연회를 열어 물가의 모래에 앉네.
쌓인 물방울은 이끼 빛 머금고
밝은 하늘에는 햇빛이 흐른다.
노래는 평양 댁에 들고
춤은 석숭의 집을 대하네.
말 탈 수 있을 가 걱정 말지니
굴대 비녀장을 빼어 절로 수레 멈추네.
飛觀寫春望, 開宴坐汀沙.
積溜含苔色, 晴空蕩日華.
歌入平陽第, 舞對石崇家.
莫慮能騎馬, 投轄自停車.

이 시는 正月 晦日에 高氏林亭에서 3회의 會宴에 참석한 문사들이 華
字韻으로 連詩를 지어 ≪高氏三宴詩集≫을 남겼는데4) ≪全唐詩≫(卷72)
에 그 文人과 宴會詩를 수록하고 있다. 그들은 高正臣, 崔知賢, 韓仲宣,
周彦昭, 高球, 弓嗣初, 高瑾, 王茂時, 徐皓, 長孫正隱, 高紹, 郎餘令, 陳嘉
言, 周彦暉, 高嶠, 劉友賢, 周思鈞 등인데, 計有功의 ≪唐詩紀事≫(卷7)에
는 상기시를 지은 文士가 21인으로 陳子昂이 시집의 序를 썼다고 하였
다. 그 序의 一端을 보면,

---

4) ≪四庫全書總目≫ 卷186에 ≪高氏三宴詩集≫에 대해 기술하기를 「唐高正臣編.
　所載皆同人會宴之詩, 以一會爲一卷, 各冠以序, 一爲陳子昂, 一爲周彦暉, 一爲長
　孫正隱. 三會正臣皆預, 故彙而編之. 與宴者凡二十一人云云.」

발해의 동족 가운데 빼어난 자는 평양의 귀족이다. 봉대에 올라 벗과 휘파람 불고 그윽히 계천을 찬양하며 연회를 베푼다. ……갓 끈한 귀한 사람들 많이 모이니 장안의 빈객들 많이 모신다. 빼어난 인재들이 옥 같은 소리 울리니 스스로 문장과 풍아가 있는 객이로다.

有渤海之宗英, 是平陽之貴戚. 發揮鳳臺而嘯侶, 幽贊鷄川而留宴. ……冠纓濟濟, 多延戚里之賓 ; 鸞鳳鏘鏘, 自有文雅之客.

라고 하여 文士 중에 여러 명의 渤海 출신자가 참여였는데 高嶠, 高瑾 등이며 生平上에 기록되진 않았지만 高氏들은 대개 渤海人이 아닌 가 추측된다. 이 시의 제2·3연이 對句를 이루고 押韻도 一韻到底하고 있는 전형적인 律詩로서 世俗의 名聲을 超脫하고픈 歸田園的인 풍격을 보여 준다. 제3연에서 平陽과 石崇의 故事를 비유하여 자신의 平常心을 표현하고 末聯에서 出仕의 의지가 없음을 토로하고 있다. 그리고 <晦日重宴>을 보면,

가마 타고 뛰어난 벗을 찾고
기뻐하며 안지를 내려다보네.
가시나무에 서성대며 옛 친구 만나고
계수나무에 머뭇대며 깊은 지기를 기뻐하네.
보랏빛 난초가 방금 오솔길에 돋는데
꾀꼬리는 나뭇가지에서 울지 않네.
따로이 봄날을 기뻐하나니
푸른 하늘에는 구름과 안개가 걸쳐있네.
駕言尋鳳侶, 乘歡俯雁池.
班荊逢舊識, 酙桂喜深知.
紫蘭方出徑, 黃鶯未囀枝.
別有陶春日, 靑天雲霧披.

이 시는 앞의 시와 같이 동일한 시기에 동일한 宴會가 열린 장소에서

隱逸浪漫의 感懷를 묘사하고 있다. 會宴에 9인이 池字韻으로 이 詩題로 시를 지어 모아서 周彦暉가 序文을 썼는데[5], 위의 시 제1연의 ‘駕言’과 ‘乘歡’은 陶淵明의 <歸去來辭>에서 詩語를 借用하였고, 역시 제2·3연은 對句를 강구하여 연회에서 벗을 만나는 喜悅과 주변의 歸自然的인 景物描寫가 마치 王維詩의 詩中有畵的인 聲色感覺을 보여주어 華而不靡하다.

3. 高瑾 : <三月三日宴王明府山亭> 等 4首(卷72)

≪全唐詩≫ 注에 보면,

> 고근은 발해인으로 사렴의 손자이다. 함형 원년에 진사 급제하다. 시 4
> 수가 있다.
> 高瑾, 渤海人, 士廉之孫. 登咸亨元年進士第. 詩四首.

라고 기술하고 기타 자료도 모두 그 이상의 다른 내용이 없고 高宗 咸亨 元年(670)에 進士 及第하였으니 初唐人이다. 高瑾의 4수 시는 모두 會宴에서 지은 것으로 <三月三日宴王明府山亭>은 6인이 同賦하고 孫愼行이 序를 지었고, <上元夜效小庾體>는 上元에 놀이하며 6인이 春字韻으로 짓고 長孫正隱이 序를 쓴 시이고[6] 그리고 同題로 <晦日宴高氏林亭>과 <晦日重宴>이 있다. 이들 시 4수를 차례로 보기로 한다. 먼저 4言體

---

5) ≪全唐詩≫卷72 高正臣 부분에 <晦日重宴>의 注에 : 「是宴九人, 皆以池字爲韻, 周彦暉爲之序.」라 함.

6) ≪全唐詩≫卷72 高正臣 부분에서 <上元夜效小庾體>시 대해 「上元之遊, 凡六人, 皆以春字爲韻, 長孫正隱爲之序.」라 하고 <三月三日宴王明府山亭>에 대해서는 「同賦六人, 孫愼行爲之序.」

詩인 <三月三日宴王明府山亭>을 보면,

> 늦봄 원사에
> 봄옷을 비로소 다듬네.
> 동자 팔 구인이
> 낙수의 모퉁이에 있네.
> 강둑에는 풀이 변하고
> 굳은 나무에는 꽃이 피네.
> 은자가 말을 하면
> 신선이 배 타고 오네.
> 지저귀는 꾀꼬리 소리
> 붉은 뺨에 흐르듯 스며든다.
> 즐겁게 자리를 돌아가며 마시니
> 넉넉하고 한가롭도다.
> 暮春元巳, 春服初裁.
> 童冠八九, 于洛之隈.
> 河堤草變, 鞏樹花開.
> 逸人談發, 仙御舟來.
> 間關黃鳥, 瀺灂丹腮.
> 樂飮命席, 優哉悠哉.

이 시는 押韻이 整齊되지 않은 점으로 보아 詩經體를 模擬하였고 내용상으로는 宴會의 唱和詩인 만큼 同一韻으로 山水의 풍경과 情感을 吐露하는 형식을 취하고 있어서 시 자체의 個性보다는 脫俗的 合自然의 興趣를 담으려 하였다. 그리고 <晦日宴高氏林亭>을 보면,

> 산 정자에 들어 바라보니
> 석숭의 집이로다.
> 2월의 경치 일어나니
> 봄날에 복사와 오얏 꽃이로다.

꾀꼬리는 높은 나무에서 울고
기러기는 모래밭에 가서 쉬네.
서로 보며 같이 취하니
어찌 돌아갈 길이 먼 걸 알리오
試入山亭望, 言是石崇家.
二月風光起, 三春桃李華.
鶯吟上喬木, 雁往息平沙.
相看會取醉, 寧知還路賒.

　이 시도 聯詩인데 21인이 宴會에 참석하였고 거기서 唱和하면서 지은 시의 하나이다. 晉代 石崇의 家宴을 회상하면서 早春의 情趣를 만끽하고 友誼를 돈독히 하는 所懷를 담고 있다. <晦日重宴>도 上記의 시에 이어서 다시 베푼 연회에서 지었기 때문에 그 정취가 梱通한다.

문득 꾀꼬리 소리 계곡에 울리니
여기에 지기를 알겠노라.
마침 팽택의 술을 열어서
고양 연못으로 향하노라.
버들잎이 바람 앞에 하늘대고
매화 그림자는 오롯이 서 있네.
숲 정자의 저녁을 맘껏 구경하니
지는 햇빛이 흩어져 드리운다.
忽聞鶯響谷, 於此命相知.
正開彭澤酒, 來向高陽池.
柳葉風前弱, 梅花影處危.
賞洽林亭晩, 落照下參差.

　이 시는 陶淵明의 정신세계와 시 후반에서 謝靈運의 섬세한 山水묘사의 空靈性을 보여준다. 앞의 시 보다 더욱 脫俗의 意趣를 담고 있어서 歸田園的인 의식이 제3·4구에서 초봄의 정경을 버들잎이 하늘대고 매

화꽃이 곧게 돋아나는데 저녁의 석양을 배경으로 연회의 흥취를 極大化
시키는 효과를 더 하고 있다. 이어서 <上元夜效小庾體>를 보면,

> 첫해 보름날 밤에
> 지기 한 두 사람.
> 말 재갈을 잡고 골목을 나서
> 수레를 달려 연못가로 내려간다.
> 등불은 마치 달 같고
> 얼굴은 또 봄 같네.
> 그치지 않고 노닐면서
> 서로 기쁘게 해 뜨길 기다리네.
> 初年三五夜, 相知一兩人.
> 連鑣出巷口, 飛轂下池漘.
> 燈光恰似月, 人面倂如春.
> 遨遊終未已, 相歡待日輪.

이 시는 밤새도록 달빛 아래 벗들과 노닐고 봄을 느끼면서 날이 밝을
때까지 同志들과 情分과 意氣를 나누면서 삶의 哀歡을 交換하고 一年의
亨通을 기원하는 심정을 노래하고 있다.

4. 高適 : ≪全唐詩≫ 卷211~214(4卷)

中唐代 대시인 高適을 渤海人으로 분류하여 韓國漢詩에 列入시킨다면
중국 측은 물론, 한국 측에서도 難色을 表할 것이다. 기존의 이치로 보
아 용납하지 않을 것이며, 이해하지도 않을 것이다. 따라서 여기서는 高
適이 渤海人이라는 設定을 實證하는데 주안점을 두고자 한다. 高適의 문
학적 位相은 더 이상 論究의 의미가 없기 때문이다. 渤海의 역사는 우리

의 역사이며 그러므로 渤海人은 우리의 사람임이 분명하다. 현재의 영토가 역사적 사실을 호도하는 이유가 될 수 없으니 중국의 영토에 위치하고 있는 발해국이라고 하여 중국의 것이 아니다. 역사는 과거의 자취이지 현재의 상황에서 합리화할 수 있는 것이 아니기 때문이다. 唐代에는 渤海國이 唐의 영토가 아니고 高句麗를 계승한 우리의 국가이었기에 唐代의 渤海人은 엄연히 우리나라 사람인 것이다. 역사상으로 渤海를 우리 역사에 포함하면서도 문학상으로는 渤海人의 문학으로 구분하지 않았다. 高適이 渤海人인데 아무도 渤海文人으로 구별하지 않았는데 중국에서는 이미 이 점을 고려하여 高適은 渤海人이 아니라는 논리를 전개하였다.[7] 물론 渤海人이 아니라는 根據도 없고 다만 高適은 渤海人이라는 사실만이 기록으로 남아있는데도 황당한 주장을 한 것이다. 우리는 무엇을 하고 있는가. 韓國文學界(漢文學 포함)나 中文學界에서 그 누구도 말 한마디 한 적이 없다. 그것이 不合理하고 虛荒되다고 판단해서 인지 불확실하다. 필자는 高適이 분명히 渤海人이므로 그의 시를 渤海詩로 분류하고 나아가서는 우리 漢文學으로 編入하자는 논리이다.

다음에 高適이 渤海人이라는 기록만을 제시하는 것으로 본문을 대신하고 그의 詩文學에 대한 평가는 여기서 재론하지 않는다. 高適의 出身地에 대해서 청대 이전에 기술한 자료들을 보기로 한다.

> • 고적의 자는 달부이며 발해 수인이다.
> 高適, 字達夫, 渤海蓚人. (≪全唐詩≫ 卷211)
>
> • 고적의 자는 달부이고 창주인으로 양송 간에 객이 되다.
> 高適, 字達夫, 滄州人, 客梁宋間. (≪唐詩紀事≫ 卷23)

---

7) 1970년대 초에 臺灣의 학술지인 ≪大陸雜誌≫(刊號는 不明)에 「高適不是渤海人」이라는 논문을 게재했음.

• 고적은 자가 달부이며 창주 발해인이다. ……광덕 원년……부름 받아 형부시랑과 좌산기상시가 되고 발해현후에 봉해지고 영태 원년에 졸하였다.

高適, 字達夫, 滄州渤海人. ……廣德元年,……召還爲刑部侍郎, 左散騎常侍, 封渤海縣侯, 永泰元年, 卒. (≪新唐書≫ 卷134)

• 고적은 자가 달부이며 다른 자는 중무로서 창주인이다.

適, 字達夫, 一字仲武. 滄州人. (≪唐才子傳≫ 卷2)

• 자가 달부이며 다른 자는 중무로서 창주인이다. ……광덕 년간에 좌산기상시로서 발해후에 봉했다.

字達夫, 一字仲武. 滄州人. ……廣德中, 以左散騎常侍封渤海侯.
(≪唐詩解≫ 卷9)

• 자는 달부이며 항렬로 서른 다섯이다. 역사에 이르기를 그는 발해 수인(지금 하북 경현)이라 하지만 그 본적은 달리 단언하기 어렵다.

字達夫, 行三十五. 史稱其爲渤海脩人(今河北景縣, 其籍貫殊難斷言.
(≪中國文學大辭典≫ 唐五代卷) ; 陳尙君의 記述

• 고적의 자는 달부이며 다른 자는 중무로서 창주 발해인이다. ……형부시랑이 되고 산기상시로 전근하여 발해현후로 봉했다. 죽으니 시호는 충이다.

高適字達夫, 一字仲武. 滄州渤海人. ……還爲刑部侍郎, 轉散騎常侍, 封渤海縣侯. 卒, 諡曰忠. (譚嘉定 編, ≪中國文學家大辭典≫, 臺灣 : 世界書局)

• 자는 달부이며 항렬로 서른 다섯이고 발해 수인이다. ……나아가 발해현후에 봉했다.

字達夫, 排行三十五, 渤海脩人. ……進封渤海縣侯. (張忠綱 主編, ≪全唐詩大辭典≫, 語文出版社)

위에서 제시한 자료에서 다만 陳尙君만이 단언하기 어렵다고 하고 모

두 高適의 籍貫을 渤海로 기술하고 있어서 考證上 否定할만한 확실한
異議를 提起할 수 없다고 판단된다. 그러므로 高適은 渤海人임을 인정해
야 하고 향후 韓國漢文學에서 渤海詩를 거론하는데 高適을 포함시킬 수
있다면 이것은 韓中文學史上의 至大한 사건이 될 것이며 지속적으로 한
국 측에서 渤海文學의 하나로 高適을 거론하는 것이 가능하다. 다음에
고적시를 개관하는 중국역대의 詩評을 例示한다.

　　• 고적과 잠삼의 시는 비장하여 읽으면 감개하게 한다.
　　高岑之詩悲壯, 讀之使人感慨. (≪滄浪詩話≫)

　　• 고적의 재주는 높아 자못 雄氣가 있다. 그 시는 익히지 않아도 능하
고 작은 기교가 부족하지만 끝내 큰 재주이다.
　　高適才高, 頗有雄氣. 其詩不習而能, 雖乏小巧, 終是大才. (≪吳禮部詩話≫)

　　• 달부의 가행과 오언율시는 기골이 대단하다. 칠언율시는 화평하고
온후하지만 성당의 웅섬함을 이미 잃고 중당으로 들어갔다.
　　達夫歌行, 五言律, 極有氣骨. 至七言律, 雖和平婉厚, 然已失盛唐雄贍,
漸入中唐矣. (≪詩藪≫)

　　• 고적과 잠삼, 왕건 삼가는 고루 뜻을 새기고 시구를 다듬는 것에 능하
고 또 대아를 상하지 않으니 내용과 형식 모두 빼어나다고 말할 수 있다.
　　高岑王三家均能刻意煉句, 又不傷大雅, 可謂文質彬彬. (≪野鴻詩的≫)

　　• 그 연원이 좌태충에서 나와 재력이 종횡하고 의태가 웅걸하여 조어
에 오묘하니 매양 빼어난 말로 취하였다.
　　其源出于左太冲, 才力縱橫, 意態雄傑, 妙于造語, 每以俊言取致. (≪三唐
詩品≫)

　　• 상시의 북방의 기운은 종횡하고 장대한 마음은 뜻이 커서 옥을 쥐어
껴안듯 정의로워 여항에 떠돌아다니니 아마도 협객인가 한다. 그러므로 그

시는 곧 속마음을 드러내어 경물을 그려내는데 기골이 옥돌처럼 곱고 시
의 기세가 화려하면서 윤택하여 감상하는 마음이 아마도 평범하지 않다.
　　常侍朔氣縱橫, 壯心落落, 抱揄握瑾, 浮沈閭巷之間, 殆俠徒也. 故其爲詩,
直擧胸臆, 模畵景象, 氣骨瑯然, 而詞鋒華潤, 感賞之情, 殆出常表. (≪唐詩
品≫)

위에서 일괄적으로 평가되는 초점은 詩風이 氣骨, 雄氣가 있다고 하여
盛唐의 雄贍함이 덜하지만 高淡한 意態를 견지하고 있음을 칭찬하고 있다.

5. 封敖 : 〈春色滿皇州〉·〈題西隱寺〉(卷479)

≪全唐詩≫ 注를 보면,

　　봉오는 자가 석부이며 수인이다. 원화 년간에 급제하였다. 회창 초년에
좌사원외랑으로 한림학사, 지제고를 지내고 어사중승이 되었다. 대중 년
간에 평로, 흥원절도사를 거쳐 끝으로 상서우복사를 지냈다. 한고 8권이
있고 지금 시 2수가 남아있다.
　　封敖, 字碩夫, 蓨人. 元和中登第. 會昌初, 以左司員外郎召爲翰林學士,
知制誥, 還御史中丞. 大中中, 歷平盧, 興元節度使, 終尙書右僕射. 翰藁八
卷, 今存詩二首.

라 하고 ≪全唐詩大辭典≫을 보면,

　　봉오는 자가 석부이며 항렬은 네 번째로서 선세에 발해 수인이 되고
안읍에 거하였다. 원화 10년에 진사가 되어 우습유, 중서사인, 어사중승,
이부시랑, 태상경, 호부상서 등을 역임하고 상서우복사로 관직을 마쳤다.
문장이 공교하여 시에 능하고 아울러 서법을 잘 하였다.
　　封敖(?~862?), 字碩夫, 行四, 先世爲渤海蓨人(今河北景人), 家于安邑(今

≪全唐詩≫上의 渤海人詩와 그 格調　293

山西運城). 元和十年(815)進士, 歷仕右拾遺, 中書舍人, 御史中丞, 吏部侍郞,
太常卿, 戶部尙書等, 官終尙書右僕射. 工文能詩, 兼善書法.

라 하여 ≪全唐詩≫ 注와 비교하여 官職으로 右拾遺, 吏部侍郞, 太常卿,
戶部尙書 등을 지낸 것이 추가 되어 있으며 ≪中國文學大辭典≫ 唐五代
卷의 기록을 보면,

　　봉오는 원화 10년 진사 급제하였다. 강서관찰사 배감이 막부에 두었다.
대화 년간에 조정에 들어가 우습유가 되었다. 개성 년간에 또 원외랑으로
지주자사로 나갔다. 회창 2년 12월에 좌사원외랑과 시어사에서 잡사를 잘
안다하여 한림학사에 충원되었다. 동월, 가부원외랑으로 바꿔 임하였다. 3
년 5월 지제고에 보충되고 4년 4월에는 중서사인으로 옮겼다. 9월에 공부
시랑지제고에 발탁되어 여전히 한림학사로 충원되었다. 5년 3월에 학사를
그만두고 나아가 본관을 지키다가 곧 어사중승으로 옮기었다. 6년 사형수
를 잘못 석방하여 다시 공부시랑이 되었다. 선종이 즉위하여 예부시랑으
로 옮기었다. 대중 2년 지공거로서 문사를 많이 발탁하였다. 곧 이부시랑
이 되었다. 4년 8월 나가서 산남서도절도사가 되었다. 8년에 들어가 좌산
기상시가 되었다. 11년 8월에는 태상경을 제수 받았다. 그 이듬해 10월에
사저에 구부락을 설치했다는 일로 인해 좌천하여 국자좨주를 받았다. 얼
마 안 있어 다시 태상경을 제수 받았다. 함통 2년 나가서 치청절도사가
되었다. 3년 들어와 호부상서가 되고 상서우복사로 등용되어 죽었다. 봉
오는 글 씀이 풍섬하고 민첩하여 기이하고 난해한 것을 일삼지 않아서 어
사가 절실하고 이치가 뛰어났다. 일찍이 사진상변조를 지었으니 「그대의
몸을 상하면 짐의 몸에 통한다.」라는 말이 있어 무종이 보고 칭찬하고 궁
궐비단을 하사하였다. 이덕유가 회골을 격파하는 정책을 정하고 유진을
죽이는 공으로 태위에 나아가니, 봉오가 글을 지어 이르기를 ; 「모의하매
모두 같이 하니 다른 의혹을 말하지 않았다.」하니 이덕유가 봉오에게 일
러 말하기를 ; 「육생이 말하기를 한 맺힌 글이 뜻에 미치지 않다라고 한
데, 경의 이 말은 붓을 잡은 자로서 말하기 쉽지 않다.」라 하고 하사받은
옥대를 풀어 그에게 주었다. 이군옥과 시우가 되었다.
　　封敖(?~862?), 元和十年登進士第. 江西觀察使裵堪辟置幕府. 大和中, 入

朝爲右拾遺. 開成中, 又以員外郎出爲池州刺史. 會昌二年十二月, 自左司員
外郎兼侍御史知雜事充翰林學士. 同月, 改駕部員外郎. 三年五月加知制誥.
四年四月, 遷中書舍人. 九月, 擢工部侍郎知制誥, 仍充翰林學士. 五年三月
罷學士, 出守本官, 旋遷御史中丞. 六年, 因誤縱死囚, 復爲工部侍郎. 宣宗卽
位, 遷禮部侍郎. 大中二年, 知貢擧, 多擢文士. 旋爲吏部侍郎. 四年八月, 出
爲山南西道節度使. 八年入爲左散騎常侍. 十一年八月, 拜太常卿. 翌年十月,
因于私第設九部樂視事, 左授國子祭酒. 未幾, 復拜太常卿. 咸通二年出爲淄
靑節度使. 三年入爲戶部尙書. 進尙書右僕射, 卒. 封敖屬辭瞻敏, 不爲奇澁,
語切而理勝. 嘗草賜陣傷邊將詔, 有「傷居爾體, 通在朕躬」之語, 武宗覽而
善之, 賜之宮錦. 李 德裕以定策破回鶻, 誅劉稹功進太尉, 封敖草制云;「謀
皆予同, 言不它惑.」李德裕謂敖曰;「陸生有言, 所恨文不迨意. 如卿此語,
秉筆者不易措言.」解所賜玉帶以遺之. 與李群玉爲詩友.

라고 하여 詳細하게 그 生平을 記述하고 있다.[8] 이 기록에서 특기할 것
은 官職歷任時期를 밝히고 있으며 그의 文風이 豊贍하고 奇澁하지 않으
며 내용이 논리적이라는 점과 愛國의식이 깊어서 왕의 寵愛를 받고 만
당 대시인 李群玉의 詩友라는 점은 封敖의 文章을 평가하는 기준이 된
다. 그의 시 <春色滿皇州>를 보면,

---

8) 위의 기록은 ≪唐詩紀事≫ 卷50과 동일하고 ≪舊唐書≫ 卷168 列傳의 生平부
분과 相當 一致하니≪舊唐書≫를 옮겨 기술한 것이라 본다. ≪舊唐書≫의 기
록을 보면 다음과 같다. 「封敖字碩夫, 其先渤海蓨人. 祖希奭, 父諒, 官卑. 敖,
元和十年登進士第, 累辟諸侯府. 大和中, 入朝爲右拾遺. 會昌初, 以員外郎知制誥,
召入翰林爲學士, 拜中書舍人. 敖構思敏速, 語近而理勝, 不務奇澁, 武宗深重之.
嘗草賜陣傷邊將詔, 警句云;傷居爾體, 痛在朕躬. 帝覺而善之, 賜之宮錦. 李德裕
在相位, 定策破迴鶻, 誅劉稹, 議兵之際, 同列或有不可之言, 唯德裕籌計指畫, 竟
立奇功, 武宗賞之, 封衛國公, 守太尉. 其制語有遏橫議於風波, 定奇謀於掌握. 逆
禎盜兵, 壺關晝銷, 造膝嘉話, 開懷靜思, 意皆我同, 言不他惑. 制出, 敖往慶之, 德
裕口誦此數句, 撫敖曰;陸生有言, 所恨文不迨意. 如卿此語, 秉筆者不易措言. 座
中解其所賜玉帶以遺敖, 深禮重之. 然敖不持士範, 人重其才而輕其所爲, 德裕不能
大用之. 德裕罷相, 敖亦罷內職. 宣宗卽位, 遷禮部侍郎. 大中二年, 典貢部, 多擢
文士. 轉吏部侍郎, 渤海男, 食邑七百號. 四年, 出爲興元尹, 御史大夫, 山南西道
節度使, 歷左散騎常侍. 十一年, 拜太常卿, 出爲淄靑節度使, 入爲戶部尙書, 卒.」

황제의 마을에 봄빛이 바르고
초목이 우거진 곳에 기쁜 기운이 뜨네.
비단은 천자의 궁궐 옆에 펼쳐 있고
거울은 곡강 가에 비친다.
붉은 꽃받침은 소각에 피고
노란 실은 임금의 누각을 건드네.
천문에서 노래를 불어대고
구맥에서 비단옷 입은 이들 노네.
해가 가까우니 바람이 먼저 차고
인자함이 깊어 연못이 같이 흐르네.
응당 야윈 몸이거늘
중국에서 수고해야지.
帝里春光正, 葱蘢喜氣浮.
錦鋪仙禁側, 鏡寫曲江頭.
紅萼開蕭閣, 黃絲拂御樓.
千門歌吹動, 九陌綺羅游.
日近風先滿, 仁深澤共流.
應非顦顇質, 辛苦在神州.

이 시는 일종의 奉制詩 성격을 지니고 있어서 황제를 추앙하고 그 德을 칭송하며 시인 자신은 粉骨碎身하여 나라를 위하려는 의지를 말연에서 토로한다. 衰微해가는 晩唐의 運勢를 目睹하며 國家復興의 念願을 담으려 한 것이다. 그리고 <題西隱寺>를 보면,

삼년 동안 구화산에 못가니
하루 종일 방에서 지도를 펴네.
가을 절간을 기쁘게 날이 갠 후에 구경하고
신령한 산봉우리를 실컷 보다가 돌아오네.
원숭이는 제멋대로 스님 옆에 앉아있고

구름과 안개는 무심하게 나그네와 짝하네.
좋은 일로 세월을 보낼 수 있거늘
이미 세상의 명리와는 상관없다네.
三年未到九華山, 終日披圖一室間.
秋寺喜因晴後賞, 靈峰看待足時還.
猿從有性留僧坐, 雲靄無心伴客間.
勝事倘能銷歲月, 已拌名利不相關.

이 시는 九華山의 사찰을 소재로 하여 자신의 俗世超脫意識을 밝히고 있다. 秋景과 靈峰의 調和와 孤獨 속에 雲靄가 벗이 되는 시인의 觀照는 歸自然的 심정과 參禪하는 승려의 脫俗心이 혼합되어 無上의 禪境을 추구하게 한다.

6. 封彦卿 : 〈和李尙書命妓餞崔侍御〉(卷566)

≪全唐詩≫ 注에 보면,

　　봉언경은 수인이다. 대중 년간에 진사 급제하였다. 함통 년간에 중서사
　인 관직을 하고 종에 연루되어 사호로 좌천되었다.
　　封彦卿, 蓚人. 大中進士第. 咸通中, 累官中書舍人, 坐于琮, 貶司戶.

라고 하고 ≪唐詩紀事≫(卷59)에는,

　　언경은 대중 년간에 진사 급제하여 절동관찰판관이 되었고 호부상서
　오의 아들이다.
　　彦卿, 大中進士第, 爲浙東觀察判官, 戶部尙書敖之子.

라고 간단하게 기술하고 있으며 ≪中國文學大辭典≫ 唐五代卷을 보면,

자는 치원이며 그 선조가 발해 수인이다. 부친 봉오는 관직이 호부상서
에 이르렀다. 언경은 대중 원년에 진사 급제하였다. 대중 년간에 이눌절
의 동막관찰판관이 되었다. 함통 때에 청관과 현직으로 역임하여 중서사
인에 이르렀다. 13년에 종과 친했다하여 권신 위보형에게 원망을 받아서
조주사호로 좌천되고 이듬해에 태주자사로 옮겼다.
字峙元, 其先渤海蓚人. 父封敖, 官至戶部尙書. 彥卿大中元年登進士第.
大中中, 爲李訥癋東幕觀察判官. 咸通時, 歷位淸顯, 累官中書舍人. 十三年,
因與于琮善, 爲權臣韋保衡所忌恨, 貶爲潮州同戶. 次年, 遷台州刺史.

라고 하여 비교적 상세하게 기록하고 있다. 위의 기록에서 봉언경이 晚
唐 宣宗 大中·咸通 年間(847~873)에 尙書職에 오르는 관리이고 성품이
淸廉하며 권력투쟁에 희생되어 대중 13년(859)에는 左遷生活을 겪었고
이듬해에는 刺史로 復職된 것은 전적으로 인품에 의한 것을 확인한다.
대중 원년(847)에 진사가 되어 관직생활 중 淸官과 顯職으로 평판을 들
었으니 邊方人으로 중앙정치무대에서 활약한 경력으로 보아서 부친 封
敖의 後光도 있겠으나 그 爲人 됨이 高邁하였음을 알 수 있다. 그의 시
<和李尙書命妓餞崔侍御>를 보면,

大臣은 잠시 푸른 강물의 손님이 되어
문득 청총마를 타고 함진으로 들도다.
그대 위해 서하조를 부르고서
날이 저무니 더욱 상심하여 떠나노라.
蓮府纔爲綠水賓, 忽乘驄馬入咸秦.
爲君唱作西河調, 日暮偏傷去住人.

이 시는 潮州同戶로 左遷되어서 지은 작품으로 보는데 送別詩 형식이

지만 내용은 忠誠心과 疏外感이 동시에 含蓄되어 있다.

7. 高璩 : 〈和薛逢贈別〉과 2句(卷597)

≪全唐詩≫ 注를 보면,

> 자는 영지이고 발해인이다. 진사 급제하여 좌사부를 지냈다. 대중 년간
> 에 승랑을 지내고 함통 년간에 중서시랑평장사를 맡았다.
> 字瑩之, 渤海人. 登進士第, 累佐使府. 大中朝, 歷丞郎. 咸通中, 守中書侍
> 郎平章事.

라 하고 ≪唐詩紀事≫(卷53)에서는,

> 백민중이 검남절도에서 형남으로 전임하여 충주를 거쳐 백락천의 유적
> 을 찾아서 시를 지어 이르기를, 「남포의 꽃이 물가에 피어 있고 동루의
> 달이 비추는데 바람이 인다.」라 하니 고거가 그 때에 서기로서 시를 지어
> 이르기를, 「관청에 이르니 아무도 쓰지 않은데 시를 쓴 목판을 다시 찾으
> 니 먹물이 아직 새롭다.」 고거는 재주자사에서 조정에 들어가게 되어 면
> 주를 거쳐서 자사 설봉과 월왕루에 오르니 설봉이 시로써 송별하여 이르
> 기를, 「바꾸어 타고 처음으로 검외주에 오르니 전심하여 기쁜 일이 백성
> 을 부하게 하네. 마침 좋은 날에 노닐며 한편으론 이 가을에 반원와철[9]하
> 노라. 객이 파가를 들으며 한밤을 보내고 신선의 발자취를 따라서 높은
> 누대에 오르네. 한 맺힌 연정이 깊은 줄 알아 장강이 조석으로 흐른 소리
> 듣네.」라 하니 고거가 화답하여 말하기를, 「검외와 면주는 으뜸가는 주로
> 서 임금께서 오히려 기뻐 그대 머물게 하였네. 노래 소리 아름다워 긴 원

---

9) 攀轅臥轍 ; 수레의 멍에를 끌어당기고 바퀴 아래에서 자며 수레가 가지 못하게
　 한다는 뜻으로 지방관이 떠나는 것을 섭섭히 여기어 그 유임을 간청하는 정의
　 간절함을 말함.

한을 더하고 피리 색은 처량하여 가을 같도다. 오직 기뻐서 새벽 피리를
생각하며 홀로 구름과 물에 빠져서 정처 없는 방랑하며 높은 누각에 올랐
네. 여기를 떠나면 만나기 어렵다고 말 마오 이별을 한하며 말 타고 강 따
라 가노라.」

　　白敏中自劍南節度移荊南, 經忠州, 追尋樂天遺跡, 有詩云；「南浦花臨水,
東樓月映風.」 璩時爲書記, 有詩云；「公齋一到人非舊, 詩板重尋墨尙新.」
璩自梓州刺史入朝, 經綿州, 與刺史薛逢登越王樓, 逢以詩贈別云：「乘遞初
登劍外州, 傾心喜事富民侯. 方當游藝依仁日, 便到攀轅臥轍秋. 客聽巴歌消
子夜, 許郢音仙躅上危樓. 欲知恨戀情深處, 聽取長江旦暮流.」 璩和云：「劍外
綿州第一州, 尊前偏喜接君留. 歌聲婉轉添長恨, 管色凄凉似到秋. 但務歡娛
思曉角, 獨耽雲水上高樓. 莫言此去難相見, 怨別徵黃是順流.」

라고 하여 高璩의 遊覽과 薛逢과의 시교를 비교적 상세하게 摘示하고
있다. 그리고 ≪新唐書≫(卷177) 「列傳 第102 高元裕傳」을 보면,

　　원유의 아들 거는 자가 영지이며 진사 급제하여 좌사부를 거쳐 좌습유
로 한림학사가 되고 간의대부로 발탁되었다. 근세학사로 성랑을 넘어 관
직에 든 자로는 오직 정호만이 천자의 사위인 상주가 되고 고거는 총애로
승진하였다. 의종 시에 검남동천절도사을 받고 중서시랑와 동중서문하평
장사를 받았다. 달포를 지나 죽으니 시호는 사공이다.

　　元裕子璩, 字瑩之, 第進士, 累佐使府, 以左拾遺爲翰林學士, 擢諫議大夫.
近世學士超省郎進官者, 惟鄭顥以尙主, 而璩以寵升云. 懿宗時, 拜劍南東川
節度使, 召拜中書侍郎, 同中書門下平章事. 閱月, 卒. 贈司空.

라고 하여 高璩의 歷官실적을 列擧하고 있고, ≪中國文學大辭典≫ 唐五
代卷을 보면,

　　고거는 자가 영지이며 발해인이다. 부친은 이부상서 고원유이다. 고거
는 대중 3년에 진사 급제하고 비서성교서랑을 제수받고 백민중의 검남서
천과 형남 두 막부를 도와 장서기가 되었다. 12년에 우습유로 들어갔다.

이듬해에 한림학사로 충원되고 특별한 은총으로 기거랑지제고로 옮겼다.
다시 우간의대부로 발탁되어 여전히 지제고를 지냈다. 함통 2년 승지학사
와 고부시랑으로 옮기었다. 이듬해 조산대부와 병부시랑을 더 맡고 아울
러 지제고를 겸하고 검교예부상서로써 동천절도사가 되었다. 6년 들어가
병부시랑과 동중서문하평장사가 되었다.

 高璩(?~865) 字瑩之, 渤海人, 父吏部尙書高元裕. 璩大中三年登進士第,
授試秘書省校書郞, 出佐白敏中劍南西川, 荊南二幕, 爲掌書記. 十二年, 入
拜右拾遺. 翌年, 充翰林學士, 特恩遷起居郞知制誥. 再擢右諫議大夫, 仍知
制誥. 咸通二年, 加承旨學士, 遷工部侍郞. 次年, 加朝散大夫, 兵部侍郞, 幷
知制誥, 以檢校禮部尙書爲東川節度使. 六年, 入爲兵部侍郞, 同中書門下平
章事. 不久卒, 贈司空.

라고 하여 만당대에 부친 高元裕의 뒤를 이어 여러 高官을 역임한 대표
적인 渤海人인 것을 알 수 있다. 그의 시 <和薛逢贈別>을 보면,

   검외와 면주는 으뜸가는 주로서
   임금께서 오히려 기뻐 그대 머물게 하였네.
   노래 소리 아름다워 긴 원한을 더하고
   피리 색은 처량하여 가을 같도다.
   오직 기뻐서 새벽 피리를 생각하며
   홀로 구름과 물에 빠져서 정처 없는 방랑하며 높은 누각에 올랐네.
   여기를 떠나면 만나기 어렵다고 말 마오
   이별을 한하며 말 타고 강 따라 가노라.
   劍外綿州第一州, 尊前偏喜接君留.
   歌聲婉轉添長恨, 管色凄凉似到秋.
   但務歡娛思曉角, 獨耽雲水上高樓.
   莫言此去難相見, 怨別徵黃是順流.

 이 시는 高據가 梓州자사로 있다가 綿州를 거쳐서 朝廷에 들어가는
길에 薛逢을 만나서 越王樓에 올라 唱和한 시로서 哀切한 別情을 토로

한다. 그리고 시제가 없는 시 1聯을 남기고 있으니 다음과 같다.

공의 집에 오니 사람은 옛 사람이 아니고
시 적은 목판을 다시 찾아보니 필묵이 아직도 새롭구나.
公齋一到人非舊, 詩板重尋墨尙新.

8. 高騈 : 〈言懷〉 等 47題 50首, 4句(卷598)

고병은 晩唐의 군인이며 정치가로서 문학도 出衆하여 그 시가 ≪全唐
詩≫(卷598)에 단독 1권으로 수록되어 있어서 高適을 渤海人으로 斷定하
는 데는 客觀性이 不足하여 단지 그의 풍격만을 詩評을 통하여 소개하
는 선에서 머물렀는데 비해 고병은 그 祖父 高崇文이 엄연한 渤海人이
란 사실을 ≪新唐書≫(卷170) 列傳 第95에 「고숭문의 자는 숭문이며 그
선조가 발해에서 유주로 옮겨가서 칠세대 동안 달리 이거하지 않았고
개원년간에 다시 그 가문을 드러냈다.(高崇文字崇文, 其先自渤海徙幽州,
七世不異居, 開元中, 再表其閭.)」라고 하여 본래 渤海人임을 明記하고 있
다.[10] 그래서 고병은 중국자료에 직접 발해인으로 기술하지 않았다 해도
祖父와 함께 渤海郡王에 封해지는 사실로 분명히 渤海人으로 확정한다.
고병에 대해서는 ≪新唐書≫(卷224) 列傳 第149下 叛臣下에 記述하기를,

고병의 자는 천리이며 남평군왕 숭문의 손자이다. 집안이 대대로 금위
를 맡았고 어려서 자못 다듬고 삼가며 의지를 굽혀 문학을 하여 여러
선비와 교제하고 곧게 치도를 말하매 양군의 사람들이 더욱 그를 칭찬하

---

10) 高騈이 渤海人이라는 점을 기록한 자료로 千寬宇, ≪人物로 본 韓國古代史≫,
　　p.381에 「고변은 渤海系로 高崇文－高承簡－高騈의 三代가 모두 節度使를 歷
　　任하였다.」라고 서술됨.

여 높혔다. 주숙명을 섬겨 사마가 되었다. 두 마리 수리가 함께 날거늘 고병이 말하기를, 나는 귀하니 그것들을 마땅히 적중시킨다고 한 발에 두 마리 수리를 관통시키니 뭇사람이 크게 놀라서 낙조시어라고 불렀다. …… 위소도에게 조서를 내려 고병에게 제도염철전운사를 맡게 하고 시중 관직을 더하며 백호를 더 주어 발해군왕에 봉하였다.

高駢字千里, 南平郡王崇文孫也. 家世禁衛, 幼頗修飭, 折節爲文學, 與諸儒交, 踸踸譚治道, 兩軍中人更稱譽之, 事朱叔明爲司馬. 有二鵰並飛, 駢曰；我且貴, 當中之. 一發貫二鵰焉, 衆大驚, 號落鵰侍御. ……詔韋昭度領諸道鹽鐵轉運使, 加駢侍中, 增實戶一百, 封渤海郡王.

라고 하여 조부 高崇文의 손자이며 文學을 嗜好하고 선비와 교제하며 渤海郡王에 封해진 것을 알 수 있다. 그의 幕府에 대시인인 羅隱을 위시하여 顧雲, 그리고 崔致遠까지 從事케 하면서 文人과의 교류를 원활히 하였던 것이다. 이런 그의 詩風에 대해서는 이미 앞의 羅唐交遊詩의 「顧雲과의 同事」 부분에서 개관한 바, ≪全唐詩話≫(卷5)에 「驕傲不平」라든가, ≪升菴詩話≫(卷10)에는 「高調」라는 短句로 評하고 있다. 그의 시(≪全唐詩≫ 卷598)를 主題別로 분류하여 詩題를 제시하면 다음과 같다.

① 詠懷 : <言懷>, <遣興1>, <遣興2>, <閨怨>, <寓懷>, <殘春遣興>, <寫懷> 2首
② 寄贈 : <寄鄠杜李遂良處士>, <和王昭符進士贈洞庭趙先生>, <依韻奉酬李迪>, <贈歌者> 2首, <渭川秋望寄右軍王特進>, <對花呈幕中>, <寄題羅符別業>
③ 脫俗 : <步虛詞>, <訪隱者不遇>, <筇竹杖寄僧>
④ 送別 : <留別彰德軍從事范校書>, <安南送曹別勅歸朝>
⑤ 季節 : <送春>, <山亭夏日>, <池上送春>, <邊方春興>, <海翻>
⑥ 友情 : <宴犒蕃軍有感>, <春日招賓>, <塗次內黃馬病寄僧舍呈諸友人>, <聞河中王鐸加都統>
⑦ 古跡 : <南海神祠>, <湘妃廟>, <馬嵬驛>, <太公廟>
⑧ 遊覽 : <入蜀>, <蜀路感懷>, <過天威徑>, <赴西川途經虢縣作>,

<錦城寫望>, <平流園席上>

⑨ 邊塞：<塞上曲>2首,　<廣陵宴次戲簡幕賓>,　<赴安南卻寄台司>,
　　　　<南征敍懷>, <邊城聽角>
⑩ 詠物：<對雪>, <風箏>

이상의 主題에 의한 시 分類를 통하여 高騈의 시는 詠懷와 寄贈, 그리고 遊覽과 邊塞詩에 置重되어 있음을 볼 수 있다. 그리고 體制上으로는 5言律詩 1수, 7言律詩 6수, 5言絶句 5수, 그리고 나머지는 모두 7言絶句로 구성되어 있어서 晩唐의 絶句 短篇의 流行과 상관된다. 위의 主題別 分類詩에서 중요한 주제를 選別하여 그 성격을 살피기로 한다.

1) 詠懷詩

<遣興>을 보면,

> 술잔 잡고 술을 사랑하지 않고
> 낚시대 쥐고 고기잡이 안하네.
> 오직 혜강의 밤놀이가
> 마치 내 마음의 게으름과 같도다.
> 把盞非憐酒, 持竿不爲魚.
> 唯應嵇叔夜, 似我性慵疏.

이 시는 삶에 있어서 人爲的인 형식을 벗어나서 竹林七賢처럼 無爲自然의 경지를 추구하고 싶은 興趣를 담고 있다. 이어서 <寫懷> 2수를 보면,

> 고기잡이 낚시대로 소일하고 술로 수심을 잊으니
> 한번 취해 잊으니 만사가 그만이라.

오히려 한팽이 한왕실 일으킨 것 한하니
공을 이루고 오호에서 놀지 않음이라.
漁竿消日酒消愁, 一醉忘情萬事休.
卻恨韓彭興漢室, 功成不向五湖遊.(其一)

꽃이 서원에 가득하고 달은 연못에 가득한데
생황으로 노래하니 고운 배 흔들대며 가네.
이제 몰래 이 마음과 약속하니
軍旗는 움직이지 않고 酒旗만 휘날리네.
花滿西園月滿池, 笙歌搖曳畫船移.
如今暗與心相約, 不動征旗動酒旗.(其二)

　　위의 두 시에서 첫 시는 自然의 順理에 따라 살면서 세상일을 잊는
것이 上策인데 옛날 한팽이 나라를 일구는 功이 있으나 자연에 노니는
일만 못하다는 超脫的 의식을 보여주고 둘째 시는 고병은 군인으로서
국방의 책임이 크지만 世慾을 脫皮하려는 坐忘의 念願도 있었기에 酒旗
만 휘날리고 싶었을 것이다.

2) 寄贈詩

<寄零陵李逐良處士>를 보면,

　　잠시 은거하여 세상일 잊으려니
　　쉬면서 꿈에나 중성에 들 수 있네.
　　연못가에서 글을 써서 선배를 본받아
　　좌우명으로 삼아 후생에 본보기로 삼네.
　　吟社의 나그네 저녁에 진나루로 돌아가고
　　醉鄉의 어부 날 맑은데 미피로 떠나네.

봄이 와도 산중의 소식은 없으니
종일토록 아무도 없고 곁에 냇물만 흐르네.
小隱堪忘世上情, 可能休夢入重城.
池邊寫字師前輩, 座右題銘律後生.
吟社客歸秦渡晩, 醉鄕漁去渼陂晴.[11]
春來不得山中信, 盡日無人傍水行.

　시인은 잠시 세상일을 떨치고 山中에 홀로 깊은 思索을 모색하고 싶어 한다. 시도 짓고 술을 마시면서 山水를 벗하고 싶어 한다. 그리고 <對花呈幕中>을 보면,

해당화가 봄 가지에 막 피니
먼저 칠언시를 읊는다.
오늘 꽃 아래에서 술 마시니
자주 절도사 깃발을 거두지 말라.
海棠初發去春枝, 首唱曾題七字詩.
今日能來花下飮, 不辭頻把使頭旗.

　봄에 시를 읊으면서 自然을 벗 삼으며 軍務를 一時的이나마 잊고 싶은 심정으로 지은 시다. 고병은 不斷히 現實과 理想을 동시에 追求하는 煩悶이 많은 시인이다.

3) 遊覽詩

　<過天威徑>을 보면,

---

11) 吟社는 시 짓는 곳. 醉鄕은 술 취한 別天地.

이리와 늑대 굴에 아침하늘이 막힌데
전장의 말이 쉬며 우니 장령에 안개 자욱하네.
귀로가 험준한데 이제는 평탄하니
한 가닥 천리 길이 곧기가 현 같네.
豺狼坑盡卻朝天, 戰馬休嘶瘴嶺煙.
歸路嶮巇今坦蕩, 一條千里直如弦.

　　邊方의 戰場의 行軍에는 대부분 險難한 길이다. 그러나 天威徑 길은 平坦하여 行進도 편하고 마음도 홀가분하다. 시인은 맡은 所任이 順坦하기를 祈願하고 있었다. 이어서 <錦城寫望>을 보면,

촉강의 물결 그림자 푸르게 흐르는데
사방을 보니 안개 낀 꽃이 군누대를 감싸네.
금성에 인가는 얼마 안 되는데
봄이 와서 나무 끝에 걸려 있구나.
蜀江波影碧悠悠, 四望煙花匝郡樓.
不會人家多少錦, 春來盡挂樹梢頭.

　　景物에 대한 典型的인 描寫이다. 景中有情이며 情景交融이다. 그러나 시인은 四川의 錦城지방을 지나면서 掩襲하는 孤獨感을 제2연에서 보여준다.

4) 邊塞詩

<塞上曲> 2首를 보면,

이년 동안 변방 수자리에 전쟁이 끊기니

하만곡 한 가락에 온갖 한이 새롭네.
이제부터 봉림의 관문 밖의 일에
누가 고심할지 모르겠네.
二年邊戍絶煙塵, 一曲河灣萬恨新.
從此鳳林關外事, 不知誰是苦心人.(其一)

언덕 위의 정벌 간 사람 언덕아래 넋이 되니
죽든 살든 같이 한나라 장군을 한하네.
만리 사막의 고통을 모르고서
헛되이 평화의 횃불 올리니 구름에 드네.
隴上征夫隴下魂, 死生同恨漢將軍.
不知萬里沙場苦, 空擧平安火入雲.(其二)

熾熱한 戰爭의 상황을 보여준다. 앞의 시는 邊方의 고생을 端的으로
묘사하고, 뒷 시는 凄切한 전쟁터의 實狀을 보여주면서 平和가 오기를
바라고 있다.

5) 季節詩

<邊方春興>을 보면,

풀빛이 길게 있고 경계가 길게 새로운데
고요하게 낚싯대 잡고 물가에 있네.
왕의 군사 되어 몸은 이미 늙었는데
고생은 누구를 위한 것이지 모르겠네.
草色長在境長新, 寂寞持竿一水濱.
及得王師身已老, 不知辛苦爲何人.

이 시는 邊塞詩로 分類할 수 있으나, 邊方에서 봄날의 情景을 浮刻시
킨 면에서 季節感覺이 두드러진다. 그러나 憂國心이 짙게 배어 있다.

6) 詠物詩

<對雪>을 보면,

> 여섯모 눈꽃이 날라 창가에 들 때
> 앉아서 푸른 대나무 보니 옥가지로 변하네.
> 이제 높은 누대에 올라 바라보니
> 세상의 나쁜 길을 다 덮었네.
> 六出飛花入戶時, 坐看靑竹變瓊枝.
> 如今好上高樓望, 蓋盡人間惡路岐.

이 시의 제1연은 눈 내리는 광경을 섬세하고 사실적으로 묘사하였는
데 청죽이 경지로 보는 시인의 관찰이 영물시의 기흥법을 활용한 면에
서 탁월하다. 그리하여 그 흥탁이 세속으로부터 초탈한 심회로 승화된다.
그리고 <風箏>을 보면,

> 밤이 고요하고 현 소리는 푸른 하늘에 울리니
> 음율이 멋지게 바람 따라 들려오네.
> 어렴풋이 곡조가 들리는 듯하더니
> 다시 다른 곡조로 옮겨 가네.
> 夜靜弦聲響碧空, 宮商信任往來風.
> 依稀似曲才堪聽, 又被移將別調中.

이 시는 直說이며 寫實이다. 그 속에 시인의 心境이 隱逸浪漫的으로

表出된다. 시인은 항상 現實의 辛苦를 超脫의 昇化된 의식으로 淨化하고 나아가서는 삶의 價値를 그 속에서 渴求하고 있다. 그래서 그의 시가 晚唐에 있으면서 오히려 ‘高調’라든가 ‘驕傲不平’이라는 평가를 받고 있다고 할 것이다.

9. 高元裕：詩 2句(卷795)

≪全唐詩≫ 注를 보면,

> 자는 경규이며 발해인이다. 개성 년간에 한림학사가 되고 이부상서로 마쳤다.
> 字景圭, 渤海人. 開成中翰林學士, 終吏部尙書.

라 하고 ≪新唐書≫(卷177) 「列傳 第102 高元裕傳」을 보면,

> 고원유의 자는 경규이며 그 선조가 발해인이다. 진사 급제하여 절도부에 일 맡기었다. 우보궐로 부름 받아 상주 길에 마침 방사 조귀진이 역마를 타니 원유가 꾸짖어 말하기를,「천자가 역을 설치한데 그대가 감히 내달리는가?」좌우에 명하여 뺏도록 하고 돌아와서 자세히 아뢰었다. 경종이 조정을 보는데 일정하지 않으니 점점 일을 궁궐에서 결정하는데 환관이 고개들어 방자하매 대신이 들어가 왕을 뵐 수 없었다. 원유가 간언하여 말하기를,「지금 서방 세력이 남방 관아를 중시하여 추밀의 권세가 재상을 능가하다.」라고 하였다.
> 高元裕字景圭, 其先蓋渤海人. 第進士, 累辟節度府. 以右補闕召, 道商州, 會方士趙歸眞擅乘驛馬, 元裕詆曰：天子置驛, 爾敢疾驅邪? 命左右奪之, 還, 具以聞. 敬宗視朝不時, 稍稍決事禁中, 宦竪恣放, 大臣不得進見. 元裕諫曰：今西頭勢乃重南衙, 樞密之權過宰相.

위에서 字가 景圭이며, 「그 선조가 아마 발해인일 것이다.(其先蓋渤海人.)」이라고 기록된 바, 그는 渤海 출신의 명신인 것으로 알려지고 있다. 그는 義氣가 넘치는 인품을 지닌 것을 보게 되니 이어서 高元裕의 열전에 그 인물을 평하기를,

> 원유는 성품이 근면하고 검약하며 경술에 박통하였다. 늘 관리로서 우뚝 풍채가 있어서 그 당시에 존중을 받았다.
> 元裕性勤約, 通經術. 每於爲吏, 嚴嚴有風采, 推重于時.

라 하였으니, 관직이 諫議大夫·翰林侍講學士, 그리고 말년엔 吏部尙書로써 나이 76세로 졸하매, 尙書右僕射에 추증되었다. 高元裕의 七言詩 2句가 수록된 바, 그것을 인술하면 다음과 같다.

> 중승이 나라 위해 어진 인재를 뽑으니,
> 빈한한 준재가 명철한 등용제도로 길이 열렸도다.
> 中丞爲國拔賢才, 寒俊欣逢藻鑑開.

그리고 본시 句末에 「贈知貢擧陳商見池陽志」라 副題를 달고 있다. 그의 列傳을 보면,

> 장락태자가 즉위하여 보필할 만한 사람을 뽑으니 빈객을 겸하였다. 어사 중승에 나아가서 건의하기를 ; 기강 있는 관리를 뽑아야 하니, 직분을 다하지 않는 자는 파면하기 바랍니다.
> 莊洛太子立, 擇可輔導者, 乃兼賓客. 進御史中丞, 卽建言 ; 紀綱地官屬須選, 有不稱職者請罷之 (≪新唐書≫「高元裕傳」)

라 하였으니, 여기서 賓客과 본래의 渤海人이란 점을 重視해야 할 것이

며, 본 시구의 내용과 列傳의 建言을 대조하면, 시구에서 高元裕의 稟節을 알 수 있다.

10. 高雲 : 詩 2句(卷870)

≪中國文學大辭典≫ 唐五代卷을 보면,

> 일명 고정이라 하나 틀린 것이다. 발해로서 숙종 시에 재세하였다. 유전난 후에 강남이 피폐한데 원재가 조용사로 임명되어 더욱 거듭하여 거두어들이니, 고운은 이에 백착가를 지어 원재를 나무랐다. 이 노래는 지금 단지 2구만 남아 있다.
> 一作高亭, 誤. 郡望渤海. 肅宗時在世. 劉展亂後, 江南凋敝, 元載任租庸使, 猶重斂之, 高雲乃作白著歌以譏之. 此歌今僅存二句.

라 하여 渤海人이며 盛唐代에 在世한 것을 알 수 있다. 이 시구는 劉展의 亂 후에 江南이 疲弊하여지니 元載가 租庸使를 임명하여 세금을 무겁게 거두매 고운이 <白著歌>를 지어서 元載를 나무랐다는 記述에 의한다. 이 시에 대해서 ≪全唐詩≫ 注에 보면,

> 상원 년간에 이미 유전을 평정하니 조용사 원재가 오월땅에 병란으로 황폐한 후에도 백성의 생산이 오히려 공급되니 이에 호리를 불러 읍을 나누어 중히 거두니, 그 때 사람이 그것을 일정한 조세 이상으로 징수하여 횡령하는 일 즉 '백착'이라 하였다. 말한 바 그 거두어들이는 일이 명분이 없고 그 손대는 것이 모두 공공연하고 분명하여 의심하여 피할 수가 없었다. 이르기를, 세인이 말하기를 술에 취하여 백착이 된다하니 이미 각박한 부여으로 그 피폐함을 감당 못하니 반드시 엎어져서 술에 취하여 마치 도취된 자 같게 된다. 발해의 고정에 시가 있다.

上元間, 旣平劉展, 租庸使元載以吳越雖兵荒後, 民産猶給, 乃召豪吏分宰
列邑, 重斂之, 時人爲之白著. 言其役斂無名, 所著者皆公然明白, 無所嫌避.
一云, 世人謂酒酺爲白著, 旣爲刻薄之役, 不堪其弊, 則必顚沛酩酊如醉者之
著也. 渤海高亭有詩云云.

白著이란 일정한 租稅 이상으로 더 徵收하여 橫領하는 것을 의미하는
데 이 폐해가 크므로 고운은 시로 표현했는데 지금은 단 2구만 남아 있
다. 다음에 그 시구를 보면,

> 상원 년간에 관리가 벗기어 빼앗기를 힘쓰고
> 강회의 사람은 모두 백착이로다.
> 上元官吏務剝削, 江淮之人皆白著.

이 백착으로 인한 사회적 물의가 팽배하여 백성의 원성이 커서 민심
이 혼란하였는데 이 사실을 다음 ≪資治通鑑≫(卷222) 唐紀38 肅宗寶應
元年(762) 조에서 이미 상세하게 기술하고 있어 내용이 위의 ≪全唐詩≫
注와 유사하지만 다시 확인하고자 한다.

> 조세사 원재는 강회지방이 병란으로 황폐하였지만 그 백성은 여러 지
> 역에 비해 여전히 재물이 있어서 곧 호적에 따라 팔월 조세의 위반과 도
> 피자를 들어서 그 수를 계산하여 징수하였다. 권세 있는 관리를 골라서
> 현령을 삼아 감독하여 조세부담의 유무와 재산의 고하를 묻지 않고 백성
> 이 곡식과 명주 즉 물품이 있는 것을 살피는 자는 무리져 포위하여 그 소
> 유한 바에 의해서 나누니 심한 것은 열 중 여덟 아홉이 되어 이를 백착이
> 라 일컬었다. 불복하는 자가 있으면 엄한 형벌로 위압하였다. 백성 중에
> 곡식 열 섬이 있는 자는 명령을 족히 기다리게 되니 혹자는 서로 산택에
> 모여서 떼도둑이 되매 주현에서 통제할 수 없었다.
> 租庸使元載以江淮雖經兵荒, 其民比諸道猶有貲産, 乃按籍擧八月租調之
> 違負及逋逃者, 計其大數而徵之 ; 擇豪吏爲縣令而督之, 不問負之有無, 貲之

高下, 察民有粟帛者發徒圍之, 籍其所有而中分之, 甚者什爲八九, 謂之白著.
有不服者, 嚴刑以威之. 民有蓄穀十斛者, 則重足以待命, 或相聚山澤爲群盜,
州縣不能制.

여기서 白著으로 인한 사회적 副作用이 심했음을 알 수 있다. 元載
(?~777)는 그 당시 권력자로서 上元 2년(761)에 戶部侍郎을 거쳐 寶應 元
年(762)에는 中書門下平章事와 監修國史를 맡았고 그 후에 10여 년간 暴
政을 일삼아 忠臣을 배척하고 탈선하여 末路에 사형당한 자로서, ≪全唐
詩≫(卷121)에 시 한 수를 남긴 시인이기도 하다. 高雲이 남긴 이 시구는
民心을 대신하는 警策詩的 성격을 지니고 있다.

상기 항목과는 다르지만 唐文人이 渤海人에게 寄贈한 시를 통해 간접
적으로 발해인의 位相이 높았음을 인식하게 된다. 그래서 다음에 溫庭筠
(801~870)과 徐夤의 시를 양국 문인의 교류관계를 보고자 한다. 먼저 만
당대 유미파의 대가인 溫庭筠의 <送渤海王子歸本國>을 보면,

> 뛰어난 이치 바다보다 무겁지만
> 수레의 책은 본래 일가를 이루네.
> 공적을 쌓고 옛 고향으로 돌아가지만
> 아름다운 시구는 중국에 남았네.
> 국경에는 가을이 가득히 물들고
> 돛을 올리니 새벽노을이 뜨네.
> 대궐의 아홉 문에 경치가 좋은데
> 고개 돌리니 멀리 하늘 끝이로다.
> 彊理雖重海, 車書本一家.
> 盛勳歸舊國, 佳句在中華.
> 定界分秋漲, 開帆到曙霞.
> 九門風月好, 回首是天涯.

이 시는 渤海王子의 文學과 功績을 極讚하며 錦衣還鄕하는 王子를 위한 송별시이다. 그래서 시에는 傷心이나 悲哀가 전혀 表出되어 있지 않다. 沈德潛은 온정균 시를 평하기를 「정감은 글에서 나오고 글은 정감에서 나온다. 정감이 부족하면서 글이 많은 것이 만당시의 병폐인 것이다. 이런 뜻을 가지고서 온정균시를 얻으니 곧 참된 시가 나왔다.(情生于文, 文生于情. 情不足而文多, 晚唐詩所以病也. 得此意而去取溫詩, 則眞詩出矣.)」(《唐詩別裁集》 卷12)라고 하였으니, 이 시는 《唐賢小三昧集續集》에서 온정균의 <送人東游>를 두고 「높고 밝으며 건전하니 진실로 성당의 격조이다.(高朗明健, 居然盛唐格調.)」라고 평한 것에 적합하다고 본다. 그리고 徐夤의 <贈渤海賓貢高元固>를 보면,

<blockquote>
벼슬을 그만 둔 어느 해 말에
민산에 와서 나에게 글쓰기를 물었네.
등에는 금과 비취옥 메고 책 병풍을 둘렀는데
누가 나의 보잘 것 없는 글을 들고 동쪽을 지나나.
담자는 옛적에 공자를 만났고
요여는 옛날에 진시황궁을 비꼬았네.
아아! 대국의 벼슬한 문인 선비로서
몇 명이나 소박한 바람을 떨칠 수 있을까?
折桂何年下月中,　閩山來問我雕蟲.
背鎖金翠書屏上,　誰把蒭蕘過日東.
郯子昔時遭孔聖,　繇余往代諷秦宮.
嗟嗟大國金門士,　幾個人能振素風.
</blockquote>

서인은 字가 昭夢이며 莆田(지금 福建)人으로 乾寧 元年(894) 進士에 及第하고 釋褐秘書省正字를 지냈다. 그의 시는 《全唐詩》(卷708~711)에 4권으로 수록되어 있다. 그의 시풍에 대해서 馬允剛은 「흥취가 호방하고

풍부하여 뜻 하나도 찾아내지 않은 것이 없고 어사 하나도 다듬지 않은 것이 없으니 칠언율시가 뛰어나서 후인으로 배우는 자가 많다. 그러나 의미가 깊지 않고 또한 원대한 맛이 없다.(興致豪富, 無意不搜, 無詞不煉, 以七律見長, 後人學之者多. 然意味不深, 亦無遠致)」(≪唐詩正聲≫)라고 평하였는 바, 이 시는 시인의 謙讓과 高元固에 대한 칭찬을 담고 있다. 郯子와 孔子, 餘余와 秦宮의 관계를 설정하여 고원고를 賢人의 班列에 놓았고 발해인이지만 唐朝의 文人보다 出衆한 점을 말연에서 묘사하고 있다. ≪全唐詩≫에 所載된 渤海人의 詩는 新羅人의 詩보다 量的으로 많고 質的으로도 그 水準이 높다. 淸代 乾隆間에 ≪全唐詩≫를 編纂할 그 當時의 編者의 意識上, 新羅는 他國이라는 觀念이 潛在되어 있었으나 渤海는 이미 自國의 地方國의 하나로 認識한 데에 起因한다고 본다. 그리하여 거의 同時期에 編纂된 ≪四部叢刊初編≫에는 崔致遠의 ≪桂苑筆耕集≫을 單獨 文集으로 編成하면서도 48,000여 首의 唐詩를 總網羅한 ≪全唐詩≫에는 단 1句도 收錄하지 않은 점에서 確認하게 된다. 지금 中國 大陸에서는 東北工程이란 名目下에 渤海는 勿論이어니와 高句麗의 存在조차 自國化하는 作業을 進行하는 現實을 보면서 渤海의 文學을 찾아보려는 意圖가 더욱 절실하다고 할 것이다.

≪全唐詩補編≫에 수록된 渤海人詩의 抒情

　　陳尙君 編輯의 ≪全唐詩補編≫이 최근(1992)에 발간된 자료이지만 그
蒐集된 시의 分量과 蒐集經路, 그리고 根據로 보아 前代의 자료에 못지
않다. 그 일관된 蒐集姿勢와 객관적인 蒐集根據가 安當性이 있어서 여기
에 그 자료에 의거하여 渤海人의 작품으로 記述된 詩 17首를 선정하여
다음과 같이 提示한다.

　　　　楊泰師, ≪全唐詩補編≫ 全唐詩補逸 卷5 詩 2首
　　　　王孝廉, ≪全唐詩補編≫ 全唐詩補逸 卷7 詩 5首
　　　　仁貞, ≪全唐詩補編≫ 全唐詩補逸 卷18 詩 1首
　　　　貞素, ≪全唐詩補編≫ 全唐詩補逸 卷18 詩 1首
　　　　高士廉, ≪全唐詩補編≫ 全唐詩續拾 卷2 詩 1首
　　　　高邁, ≪全唐詩補編≫ 全唐詩續拾 卷8 詩 1首
　　　　高元裕, ≪全唐詩續拾≫ 卷29 詩 1首
　　　　封特卿, ≪全唐詩補編≫ 全唐詩續拾 卷30 詩 2首
　　　　李愚, ≪全唐詩補編≫ 全唐詩續拾 卷41 詩 1首
　　　　李玄光, ≪全唐詩補編≫ 全唐詩續拾 卷54 詩 2首

1. 楊泰師：〈夜聽擣衣詩〉·〈奉和紀朝臣公咏雪詩〉
(≪全唐詩補逸≫ 卷5)

≪中國文學大辭典≫ 唐五代卷을 보면,

> 발해국인이다. 발해왕 대흠무 대흥 22년 빙일부대사가 되어 일본으로
> 사신가서 일본 조정신하와 시를 지어 창화하였다.
> 渤海國人. 渤海王大欽茂大興二十二年爲聘日副大使, 出使日本, 與日本
> 朝臣作詩唱和.

라고 하였고 ≪全唐詩補編≫ 全唐詩補逸(卷5)을 보면,

> 양태사는 당대에 발해국인이다. 발해 문왕 대흥 22년에 빙일부대사가
> 되었다.
> 楊泰師, 唐時渤海國人. 渤海文王大興二十二年爲聘日副大使.

라고 하여 양태사가 발해국 文王 欽武 大興 22년(759)에 일본에 出使하
여 활동한 것으로 보아 盛唐代에 在世하였음을 확인할 수 있다. 방학봉
은 양태사를 발해 최고시인이라고 서술하고 日本古詩集인 ≪經國集≫(卷
13)에 수록되어 있다고 하였다.1) 그의 시 <夜聽擣衣詩>2)를 보면,

> 서린 긴 하늘의 달이 비추니 밤 은하수가 밝고
> 나그네 돌아가고픈 마음 따로이 깊도다.
> 싫증나서 앉아 긴 밤에 수심에 차서 죽고 싶은 데
> 문득 들리나니 이웃 여인의 다듬이 소리
> 소리가 끊어졌다 이어졌다 바람 따라 들리니

---

1) 방학봉, ≪발해의 문화≫, pp.263-264(정토출판, 2005).
2) 이 시의 出處는 金毓黻撰集, ≪渤海國志長編≫ 卷18引, ≪經國集≫ 卷13.

밤이 깊어 별이 드리어져 잠시도 멈추질 않네.
고향 떠난 후 소식 못 듣다가
오늘 타향에서 비슷하게 듣노라.
채색 방망이 무거운지 가벼운지 모르고
푸른 다듬잇돌이 고른지 아닌지 잘 모르네.
아련히 가련한 것은 몸이 약해 땀이 많으니
옥같이 고운 팔이 힘든 줄 더 깊이 아노라.
마땅히 나그네 홑옷을 덥게 하려 함이지만
보다 먼저 쓸쓸한 규방이 마음 아프네.
비록 그 모습 잊어 묻기가 어렵지만
모르긴 해도 님 향한 아득한 원한 그지없겠지.
타향에 부쳐도 새 소식 없고
마음을 같이 하고 싶어 길게 탄식하네.
이때에 홀로 규방에서 들리는 소리
이 밤에 밝은 눈동자 작아지는 것 누가 알리오.
지난 일 생각이 마음에 이미 맺혀 있어
거듭 다듬이 소리 들으니 마음 트이지 않네.
곧 꿈 따라 소리 찾아가려하나
다만 수심에 차서 잠이 오지 않구나.
霜天月照夜河明, 客子思歸別有情.
厭坐長宵愁欲死, 忽聞鄰女擣衣聲.
聲來斷續因風至, 夜久星低無暫止.
自從別國不相聞, 今在他鄕聽相似.
不知綵杵重將輕, 不悉靑砧平不平.
遙憐體弱多香汗, 預識更深勞玉腕.
爲當欲救客衣單, 爲復先愁閨閣寒.
雖忘容儀難可問, 不知遙意怨無端.
寄異土兮無新識, 想同心兮長歎息.
此時獨自閨中聞, 此夜誰知明眸縮.
憶憶兮心已懸, 重聞兮不可穿.
卽將因夢尋聲去, 只爲愁多不得眠.

　이 시는 시인이 다듬이소리를 들으며 季節의 感覺을 吐露하고 日本에
使臣으로 가서 他鄕에서 思鄕之心을 여인의 님을 향한 심정에 比喩하면
서 묘사하고 있다. 기본적으로 7言古詩 형식이지만 중간에 6言句가 삽입
되어 있고 兮字를 사용하여 騷賦體를 도입하였으며 押韻도 齊一하지 않
아서 律體와는 相異하다. 그리고 <奉和紀朝臣公咏雪詩>[3]를 보면,

어제 밤 용이 구름 위에 놀더니
오늘 아침 학처럼 흰 눈이 새롭구나.
오직 보이는 건 꽃이 나무에 피는데
새가 봄에 놀라 우는 소리 안 들린다.
돌고 있는 그림자는 신녀인가 의심하는데
높은 노래 소리는 유행가수인 듯하다.
그윽한 난초 향기 이어 맡기 어려운데
더욱 힘써 맡으려고 얼굴 찡그린다.
昨夜龍雲上, 今朝鶴雪新.
祇看花發樹, 不聽鳥驚春.
迴影疑神女, 高歌似邽人.
幽蘭難可繼, 更欲效而嚬.

　이 시는 奉制詩로서 초봄에 殘雪이 내리는 光景을 통해 思君과 忠誠
을 묘사하고 있다. 5言律詩로서 제1연의 龍雲과 鶴雪은 君王과 王子을
의미하는 間說이고 제2연은 꽃피고 새우는 春氣를 제시하여 希望과 生
動을 비유하고 제3연은 太平盛世의 和樂하는 광경을 代言하였다. 그리고
말연에서 군왕의 薰香을 蘭草에 擬人하여 본받기를 바라는 애틋한 心懷
를 얼굴을 찡그리는 표현으로 代身하고 있다. 이 시에 대해서 ≪續日本
紀≫에 「보자 3년 정월 대보, 등원, 혜미 조정신하가 전촌 댁에서 변방

---

3) 同前引, ≪經國集≫ 十三.

손님에게 좋은 연회를 베풀어 당대의 문사들이 시를 지어 송별하니 부사
양태사가 시를 지어 화답하였다.(寶字三年正月, 大保藤原惠美朝臣押勝宴蕃
客於田村第, 當代文士賦詩送別, 副使楊泰師作詩和之)」(≪全唐詩補逸≫의
附記 再引用)라고 한데, 寶字는 日本 淳仁의 年號이고 그 3년은 渤海 文
王 大興 22年(759)이므로 이 시의 作詩年代는 역시 盛唐代에 속한다.

2. 王孝廉 : 〈奉敕陪內宴〉 等 5首(≪全唐詩補逸≫ 卷7)

≪全唐詩補編≫ 全唐詩補逸(卷7)을 보면,

　　　왕효렴은 당대 발해인이다. 원화와 장경 년간에 일찍이 발해왕의 대사
　　로 일본에 초빙되었다. 돌아오는 길에 배가 전복되어 바다에 빠져 죽었다.
　　시 5수가 있는데 모두 일본에 있을 때 지었다.
　　　王孝廉, 唐渤海國人. 當元和, 長慶間, 曾爲渤海王大使聘日. 歸途覆舟,
　　溺海而卒. 詩五首, 皆在日本時作.

라 하고 ≪中國文學大辭典≫ 唐五代卷을 보면,

　　　왕효렴은 발해국인이다. 발해왕 대언의 주작 2년에 발해국사가 되어서
　　일분에 사신으로 갔다. 일본 차아 천황이 연회를 베풀어 예의로 대접하였
　　다. 일본 시인 阪上今繼, 滋野貞主 등과 시로 화창하였다. 이듬해 5월 귀
　　국하다가 바다를 건널 때 배가 파손되어 익사하였다.
　　　王孝廉(?~815), 渤海國人. 渤海王大言議朱雀二年爲渤海國使, 出使日本.
　　日本嵯峨天皇設宴禮待. 與日本詩人阪上今繼, 滋野貞主等有詩唱和. 次年五
　　月歸國, 渡海時船破而溺死

라고 하니 여기서 발해왕 大言議는 僖王 言議로서 年號가 朱雀이며 812

~818년 6년간 在位한 바, 왕효렴이 中唐代에 在世하고 발해국의 大使로서 日本과 교류하는데 있어서 활약이 컸고 朱雀 2년(813) 渤海國使로 渡日하여 교류하고 이듬해(814) 귀국하다가 溺死한 점을 알 수 있다. 그의 溺死를 哀悼하여 日本 嵯峨天皇의 勅書가 있는 점으로 보아 日本에서의 役割과 그 名聲이 높았음을 본다.특히 勅書에서「짐의 마음이 아파서 작위를 더하여 증정하니 죽어서 혼령이 있으면 응당 저승 문빗장에 비치리라.(朕痛於懷, 加贈榮爵, 死而有靈, 應照泉扃.)」⁴⁾라고 日王의 애통한 심정을 표현하고 爵位를 追贈한 점을 알 수 있고 일본승려 空海가 지은 <傷渤海國大使王孝廉中途物故>⁵⁾ 시구에서도 확인한다. 그의 시 <奉敕陪內宴>⁶⁾을 보면,

> 먼 곳에서 바다 나라에 와서 뵈오니
> 오랜 만에 취하여 천황을 알현하네.
> 일본궁궐의 좌석 밖에 아득히 무엇이 보이니
> 오색구름이 휘날리고 만세토록 빛나리라.
> 海國來朝自遠方, 百年一醉謁天裳.
> 日宮座外何攸見, 五色雲飛萬歲光.

渤海國의 使臣으로 日本을 방문하여 일본 嵯峨 天皇이 베푼 연회 석상에서 일본의 번영을 축원하는 이 시를 지은 것이다. 末句에서 오색구름이 일듯이 위세와 흥성이 萬歲에 달하기를 기원하고 있다. 그리고 <春日對雨得情字>⁷⁾를 보면,

---

4) ≪全唐詩補逸≫ 卷7 附記의 ≪日本後紀≫ 二十四 <贈渤海使王孝廉三位勅書> 일단에서 재인용.
5) 金毓黻 撰集, ≪渤海國志長編≫ 卷18引 高野大師廣傳下 (≪全唐詩補逸≫ 卷7 附記 引用).
6) 金毓黻 撰集, ≪渤海國志長編≫ 卷18引 ≪文華秀麗集≫上.
7) 상게서.

주인이 변청에서 연회를 열었는데
객이 서울에서처럼 술에 몹시 취했도다.
雨師가 성스런 뜻을 아는 건가
달고 향기론 비가 촉촉이 나그네의 마음을 적신다.
主人開宴在邊廳, 客醉如泥等上京.
疑是雨師知聖意, 甘滋芳潤灑羈情.

　　이 시는 연회에서의 감회를 묘사하였는데 聖意는 천황의 마음을 말한
다면 봄비를 보며 일본의 太平盛世를 축원한 것으로 본다. 아울러 <在
邊亭賦得山花戲寄兩領客使並滋三>[8]을 보면,

향기론 나무에는 봄빛이 매우 밝고
갓 핀 것이 웃음 같은데 소리가 안 들린다.
주인은 매일 오로지 다 오르신데
흩어진 꽃잎 조각 언제나 객의 마음에 전할 가.
芳樹春色色甚明, 初開似笑聽無聲.
主人每日專攀盡, 殘片何時贈客情.

　　이 시도 일본에서 외교활동을 전개한 과정에 客愁를 달래는 마음을
吐露하고 있다. 그리고 <和坂領客對月思鄕之作>[9]을 보면,

고요한 여름날 밤에
둥근 밝은 달이 떴네.
여러 산의 밝은 그림자는 투명하고
만상의 물과 하늘은 새롭다.
버려진 첩이 보면 슬퍼지고

---

8) 상게서.
9) 상게서.

나그네의 정으로 대하면 마음이 흔들린다.
누가 천리 떨어져 있어도
두 고향 사람을 비출 수 있다고 말하나?
寂寂朱明夜, 團團白月輪.
幾山明影徹, 萬象水天新.
棄妾看生悵, 羈情對動神.
誰云千里隔, 能照兩鄉人.

이 시는 思鄉詩로서 客地의 鄉愁를 달래는 심정을 노래하고 있다. 부인과 가족을 그리워하는 마음을 달을 보며 비유하고 있다. 이 시에서 坂領客은 곧 신하 阪[10]上今繼라고 보아 그가 지은 다음 <和渤海大使見寄之作>[11]에서 왕효렴의 인품과 그의 일본에서의 외교상의 位相을 알 수 있다.

손님의 정자는 고요한데 맑은 냇물을 대하고
곳곳에 오르니 여행의 마음 쓸쓸하리라.
만리 길 구름 가에 고향을 멀리 떠나서
봄날의 안개 속에 고향을 그리는 마음 아련하리라.
긴 하늘 떠가는 기러기는 돌아가고픈 마음 더하게 하고
함곡관의 꾀꼬리는 나그네 눈물을 더 하누나.
한 번 만남이 구면과 같으니
서로 나누는 정분은 절로 옛사람과 같구나.
賓亭寂寞對淸溪, 處處登臨旅念悽.
萬里雲邊辭國遠, 三春煙裏望鄉迷.
長天去雁催歸思, 函谷來鶯助客啼.
一面相逢如舊識, 交情自與古人齊.

---

10) 阪은 坂(土部 四劃)과 同字.
11) 金毓黻 撰集, 《渤海國志長編》 卷18引 《文華秀麗集》上(《全唐詩補逸》 卷7 附記 引用).

詩題의 '大使'는 王孝廉이니 시의 내용상 왕효렴의 타향에서의 심정을
대변해 준다고 본다. 다음으로 <出雲州書情寄兩勅使>[12]를 보면,

> 남풍이 부는 바닷길이 돌아가는 마음과 이어있고
> 북녘 기러기 날아가는 하늘은 여정을 자아내네.
> 쟁쟁한 두 빼어난 짝에 의지하니
> 많은 날 변정에 머문 일 근심 말지라.
> 南風海路連歸思, 北雁長天引旅情.
> 賴有鏘鏘雙鳳伴, 莫愁多日住邊亭.

이 시는 역시 旅程의 심경을 표현하였는데 그 속에 友情이 스며있어
서 발해국의 사신으로 애국심과 충성심이 깊게 드러나 있다.

3. 仁貞 : 〈七日禁中陪宴〉(《全唐詩補逸》 卷18)

《中國文學大辭典》 唐五代卷을 보면,

> 발해국 승려이다. 일본 嵯峨 천황 홍인 5년에 발해국 사신 왕효렴의 녹
> 사가 되어 수행하여 일본에 갔다. 6년에 종5품하를 제수 받았다. 동년 5월
> 에 귀국하였다. 바다를 건널 때 배가 파선하여 왕효렴이 익사하였다. 인
> 정은 그 유고를 가지고 다시 일본으로 돌아갔다.
> 渤海國僧. 日本嵯峨天皇弘仁五年, 爲渤海國使王孝廉之錄事, 隨至日本.
> 六年, 授從五品下. 同年五月歸國. 渡海時船破, 王孝廉溺死 仁貞携其遺稿
> 復歸日本.

라 하여 仁貞은 발해승려이며 日本 峨嵯 天皇은 年號가 弘仁(809~822)이

---

12) 상게서.

니 仁貞이 弘仁 5년(814) 王孝廉을 隨行하여 渡日하고 그 이듬해 弘仁 6
년(814)에 귀국하였는데 溺死한 왕효렴의 遺稿를 다시 日本에 보낸 바, 그
의 시가 일본에만 전래된 것이다. 그의 시 <七日禁中陪宴>13)을 보면,

> 귀국에 입조하여 하찮은 객이 된 것 부끄러운데
> 7일에 은혜를 입어 귀한 손님 되었네.
> 다시 부탁한 글을 보니 요염한 자태 없으니
> 풍류는 정원의 봄을 바꾸도다.
> 入朝貴國慙下客, 七日承恩作上賓.
> 更見鳳聲無妓態, 風流變動一園春.

  이 시는 일본의 厚待를 감사하고 眞實하고 禮義 바른 태도를 칭송하
고 있다.

4. 貞素：〈哭日本內供奉大德靈仙和尚詩〉(《全唐詩補逸》 卷18)

《中國文學大辭典》唐五代卷을 보면,

> 생졸년은 상세하지 않다. 발해국 승려이다. 일찍이 사응공을 수행하여
> 일본에 갔다가 후에 다시 당으로 왔다. 원화 5년 여행 중에 일본승려 영
> 선을 만나서 도를 논하고 우정을 맺었다. 장경 2년에 오대산에 들어갔다.
> 보력 원년에 영선의 부탁을 받아서 동방으로 일본으로 건너가서 사은하
> 였다. 태화 2년 4월에 오대산의 영경사로 돌아가니 영선이 이미 죽어서
> 마침내 벽 위에 시를 쓰고 통곡하였다.
> 生卒年不詳. 渤海國僧人. 曾隨師應公至日本, 後復來唐. 元和八年, 于逆

---

13) 同前.

라 한 바 貞素가 唐 憲宗 元和 8년(817)에 일본승 靈仙을 만나서 得道하
고 穆宗 長慶 2년(822)에 五台山에 들어가 修道하였으며 敬宗 寶歷 元年
(825)에 영선의 부탁으로 다시 일본에 갔던 과정을 고찰해 보면, 정소가
中唐代에 활동하였음을 알 수 있다. 文宗 太和 2년(828)에 靈境寺에 들어
가서 영선이 사망한 사실을 알고 지은 다음 시 <哭日本內供奉大德靈仙
和尙詩>[14]를 보아서 정소의 卒年은 文宗(재위 827~840)과 武宗(재위
841~846) 사이로 추정된다.

> 부지중에 눈물이 절로 흘러내리니
> 마음은 법안으로 인해 황천을 덮네.
> 내일 아침 바다 나그네에게 묻는다면
> 분명히 말하리라 남긴 신발만 돌아간다고.
> 不體心淚自涓(脫一字),   情因法眼奄幽泉.
> 明朝儻問滄波客, 的說遺鞋白足還.

이 시는 일본 僧侶 靈仙의 사망을 듣고 지은 輓詩이다. 이 시의 서문
을 보면,

> 나를 일깨운 자는 응공이라 할 것이다. 공은 습작하면서 스승을 따라
> 부상에 가서 어려서 컸는데 굳게 절개를 지키다가 치림에서 만났다. ……
> 원화 8년 가을 경치를 구경하다가 여행 중에 서로 만났다. 말 한 마디로
> 도리가 맞고 순수한 마음으로 담론하며 두루 긍휼히 여기는 일에 이르기

---

14) ≪渤海國志長編≫ 卷18引 入唐求法巡禮行記三(≪全唐詩補逸≫ 卷18 附記 引
用).

까지 안 하는 것이 없었다. 머문 지 얼마 안 되어 일찍이 영원과 척령으로
가니 그 마음이 너무 아팠다. 이 선대사가 나의 응공의 사부인 것이다.
…… 대화 2년 4월 7일 물러나 영경사로 가서 찾아보니 선대사는 돌아간
지 오래이었다. 나는 피눈물이 흐르고 무너질 듯 마음이 아팠다. ……공
허히 시내물만 남아 있고 천추의 울음소리를 내니 구름과 소나무도 만리
여정을 슬퍼해 주었다.

> 起余者謂之應公矣. 公作而習之, 隨師至浮桑, 小而大之, 介立見乎緇林.
> ……元和八年, 窮秋之景, 逆旅相逢. 一言道合, 論之以心素, 至於周恤小子,
> 非不可乎. 居諸未幾, 早向鴿原, 鶺鴒之至, 足痛乃心. 此仙大師是我應公之
> 師父也. ……以大和二年四月七日, 却到靈境寺求訪, 仙大師已來日久. 泣我
> 之血, 崩我之痛. ……空留澗水, 嗚咽千秋之聲, 仍以雲松, 惆愴萬里之行.

라고 하여 양인의 관계와 靈仙의 佛心을 서술하고 있다.

5. 高士廉 : 〈五言春日侍宴次望海應詔〉(≪全唐詩續拾≫ 卷2)

≪中國文學大辭典≫ 唐五代卷을 보면,

　　이름은 검이며 이자의 항렬이고 발해 수인이다. 수대 인수 년간에 문재
갑과에 천거되었다. 대업 년간에 치예랑이 되었다. 주연주부로 좌천되었
다가 교비태수 구화서의 사버서좌가 되었다. 당대 무덕 5년에 당으로 귀
속하여 옹주치중으로 옮기었다. 태종을 도와 태자 이건성을 제거한 공이
있어 태자우서자를 제수받았다. 정관 원년 시중에 발탁되었다. 나아가 안
주 도독이 되고 옮기어 익주대도독부 장사가 되었다. 5년에 입조하여 이
부상서가 되었다. 9년에 고조가 붕어한 후에 동중서문하 삼품이 되었다.
12년에 신국공을 제수받고 상서우복사가 되었다. 16년에 개부의동삼사에
추가 임명되었다. 17년에 도형능연각에 제수되었다. 21년에 나이 72세로
죽으니 시호는 문헌이다. 사렴은 자못 문사를 섭렵하고 더욱 문교를 중히
여겨서 일찍이 말하기를 ;「크도다. 문적이 흥성하다. 천지를 범위로 하여

신명을 그윽이 찬미하며 나라에 등용하여 백관이 들게 한다. 지방 사람을
등용하여 온 백성을 살핀다.」(문사박요 서문) 그가 익주를 다스릴 때 문인
을 인솔하여 문회를 만들고 아울러 유생으로 경사를 강론케 하고 후진을
격려하여 이로써 촉중의 학교가 크게 흥성하였다. 일찍이 태종을 명을 받
들어 잠문본 등 사람과 천하의 보첩을 총괄하여 그 진위를 고찰하여서 대
당씨족지 100권을 저술하고 위징과 문학 선비를 모아서 문사박요 1200권
을 저술하였다.

(576?~647) 名儉, 以字行, 渤海蓚人. 隋仁壽中, 擧文才甲科. 大業中, 爲
治禮郎. 坐貶朱鳶主簿, 爲交趾太守丘和署爲司法書佐. 唐武德五年歸唐, 累
遷雍州治中. 因佐太宗誅隱太子李建成有功, 拜太子右庶子. 貞觀元年, 擢拜
侍中. 出爲安州都督, 轉益州大都督府長史. 五年, 入爲吏部尙書. 九年, 高祖
崩後, 尋同中書門下三品. 十二年, 授申國公, 拜尙書右僕射. 十六年, 加授開
府儀同三司. 十七年, 詔圖形凌烟閣. 二十一年卒, 年七十二, 諡文獻. 士廉頗
涉文史, 尤重文敎, 曾云 : 大矣哉, 文籍之盛也. 範圍天地, 幽贊神明, 用之邦
國, 則百官以入. 用之鄕人, 則萬姓以察.(文思博要序) 其官益州時, 汲引文人,
以爲文會, 兼命儒生講論經史, 勉勵後進, 以此蜀中學校大興. 曾奉太宗之命,
與岑文本等人總天下譜牒, 考其眞僞, 撰成大唐氏族志一〇〇卷. 又與魏徵集文
學之士, 撰文思博要一二〇〇卷.

라 하여 隋代 文帝 仁壽年間(601~604)에 과거 급제하고 煬帝 大業年間
(605~616)에 禮郎을 비롯하여 관직을 역임하다가 唐 建國 후에 歸唐하여
高祖 武德 5년(622)에는 太子右庶子를 지내고 太宗 貞觀 원년(627)부터
侍中과 安州都督, 益州長史[15] 등을 거쳐서 貞觀 5년(631)에는 吏部尙書에
오른다. 貞觀 12년(638)에 申國公과 尙書右僕射를 역임하고 동 16년(642)
과 동 17년(643)에 각각 開府儀同三司와 圖形凌烟閣을 맡는 등 장기간
唐朝에 奉職하며 唐代 初期의 국가건설과 정착에 기여하여 渤海人으로
서 唐朝와 因緣을 맺은 최초의 文士였음을 본다. 그리고 ≪全唐詩補編≫

---

15) ≪舊唐書≫ 卷65 列傳15 :「顯慶元年, 出爲益州大都督府長史. 先是, 士廉居此
    職, 頗著能名.」

全唐詩續拾(卷2)을 보면,

사렴은 발해 수인이다. 수대 대업 년간에 치예랑이 되었고 주연주부로
좌천되었다. 입당하여 옹주치중이 되고 정관 초에 시중을 제수받고 의흥
군공에 봉해졌다. 허국공에 올려지고 관직은 상서우복사에 이르렀다.
　　士廉, 渤海蓚人. 隋大業中, 爲治禮郎, 貶朱鳶主簿. 入唐, 累遷雍州治中.
貞觀初, 拜侍中, 封義興郡公. 進許國公, 官至尙書右僕射.

라고 하여 官職名稱이 앞의 生平關係資料와 大同小異하다. 그의 시 <五
言春日侍宴次望海應詔>[16]를 보면,

음악이 봄에 어울리는데
임금의 어가는 春宮을 순행하네.
자욱한 구름 속에 천자의 깃발이 펼쳐 있고
넓은 들판에 깃발이 줄지어 있네.
먼 솟은 돌 위에서 병사를 보고
안개 긴 바다 옆에서 말 수레를 멈추네.
높은 하늘은 벌써 아득하고
찬란한 아침 해는 또 쌀쌀하네.
물에는 붉은 복사 빛이 비추고
바람이 건듯 부니 붉은 계수나무가 향기롭네.
신기루가 우뚝 솟은 듯하고
파도 세차니 온통 덮는 듯하네.
삼한이 온후하게 되고
사군이 우뚝 서 있네.
깊은 인자함이 만물을 감싸고
뛰어난 무용은 먼 변방이 두려워하네.
바라건대 봉후에 오르는 예를 행하여
관의 비녀와 인끈을 갖추고 두루 다니기를.

---

16) 張步雲, ≪唐代逸詩輯存≫·≪翰林學士集≫.

玉律應靑陽, 鑾駕幸春方.
簞雲陳罕罼, 亘野列旗常.
雕弓連月彩, 雄劍聚星光.
觀兵遼碣上, 停驂渤澥傍.
浮天旣淼淼, 浴日復滄滄.
水映紅桃色, 風飄丹桂香.
蜃結疑樓峙, 濤驚似蓋張.
三韓沐醇化, 四郡竚唯良.
深仁苞動植, 神武讋遐荒.
願草登封禮, 簪紱奉周行.

이 시는 奉制詩로서 만물이 和樂하는 봄날에 天子의 行次를 묘사하고 森羅萬象이 은혜 받고 太平하기를 기원하는 것이다. 邊方 출신의 신하로서 侍宴의 장소에 참석한 心懷를 시로서 표현하니 詩語로 자연스레 三韓과 四郡을 구사한 것이다.

6. 高邁 : 〈三五七言體詩〉(≪全唐詩續拾≫ 卷8)

≪中國文學大辭典≫ 唐五代卷을 보면,

> 발해이다. 중종 때 사람이다. 관직은 청렴한 길을 거쳐서 존중하였다.
> 나이 70세 벼슬하다가 귀향하였다. 사부에 능하였다.
> 郡望渤海. 中宗時人. 歷官淸途, 位望崇重. 年七十致仕歸鄕. 工于辭賦

라 하고 ≪中國文學家大辭典≫(臺灣世界書局, 1974)에서는,

> 고매의 자는 미상이며 발해인이다. 생졸년은 모두 미상이고 대개 당대

고종 영융 초년 전후에 재세하였다. 동생 수와 함께 관직을 청렴하게 보
냈다. 중종조에 연로하여 벼슬을 두고 귀향하니 한 때에 훌륭한 일로 여
겼다.

　　高邁字不詳, 渤海人. 生卒年均不詳, 約唐高宗永隆初前後在世. 與弟秀俱
歷官淸要. 中宗朝, 以年老致仕而歸, 一時傳爲盛事.

라 하여 위의 자료에서 高邁가 中宗時人(685~709)이라면 盛唐代에 在世
하고 아래 자료에 의하면 高宗 永隆시기(680)라 하니 역시 盛唐人으로 추
정함이 가능하다. 그의 시 <三五七言體詩>[17]는 ≪全唐詩≫(卷184)에는
李白詩로 수록하고 있으며, ≪才調集≫(卷10)에는 無名氏, 嚴羽의 ≪滄浪
詩話≫에는 鄭世翼 作으로 기술하고 있지만, 根據가 薄弱하여 陳尙君의
분류에 따른다.

　　　　가을바람은 맑고
　　　　가을달이 밝다.
　　　　낙엽은 모였다 흩어지고
　　　　겨울까마귀는 깃들다가 놀라네.
　　　　그리운 마음 환히 언제나 알가
　　　　이 때 이 밤에 애타는 정을 견디기 어려워라.
　　　　秋風淸, 秋月明.
　　　　落葉聚還散, 寒烏棲復驚.
　　　　相思相晃知何日, 此時此夜難爲情.

　　이 시는 古詩 雜言體 형식인데 가을의 情趣를 통해서 遠地에 隔해 있
는 그리운 사람을 생각하면서 溫情을 묘사하고 있다.

---

17) ≪吟窓雜錄≫ 卷15 ≪炙轂子詩格≫引.

7. 高元裕 : 〈簡知擧陳商〉(≪全唐詩續拾≫ 卷29)

≪全唐詩≫에 수록된 詩句는 <簡知擧陳商>[18] 시의 前2句만 있는데
여기에 그 後2句가 추가로 보충되어 있으니 보건대,

중승이 나라 위해 영재를 뽑으니
빈한한 俊士를 기뻐 만나 사람을 알아보는 안목을 열도다.
아홉 떨기 연꽃이 가을 포구 멀리 있고
두 가지의 단계나무가 일시에 피네.
中丞爲國拔英才, 寒畯欣逢藻鑑開.
九朵蓮花秋浦隔, 兩枝丹桂一時開.

이 시는 陳商이라는 인물의 人品을 推崇하였는데 제2연의 묘사는 蓮
花와 丹桂를 통하여 그 인격을 비유하고 있다.

8. 封特卿 : 〈離別難〉等 2首(≪全唐詩續拾≫ 卷30)

≪中國文學大辭典≫ 唐五代卷을 보면,

자는 아공이며 선조가 발해 수인이다. 대중 년간에 호부상서 봉오의
조카이다. 진사 급제하여 후에 일찍이 호주군졸을 지냈고 함통 이후에
죽었다.
字亞公, 先世爲渤海蓚人. 大中間戶部尙書封敖之姪. 登進士第, 後曾任湖
州軍倅, 咸通以後卒.

---

18) ≪登科記考≫ 卷22引 ≪永樂大典≫引 ≪秋浦新志≫.

라 하고 ≪全唐詩補編≫ 全唐詩續拾(卷30)에서는

> 자는 아공이며 발해인이다. 오의 조카이다. 진사 급제하여 호주군졸이
> 되었고 후에 관을 역임하면서 청렴한 관리이며 뛰어난 직분을 다 하였다.
> 字亞公, 渤海人. 敖之從子. 進士及第, 爲湖州軍倅, 後歷位淸顯

라 하여 渤海가 고향이고 관직으로는 湖州軍倅을 지냈으며 封敖의 從子
인 점으로 그 혈통을 확인하게 된다. 그의 시 <爲湖州軍倅日與同年李大
諫詩酒唱酬以疾阻歡及愈作此詩>19)를 보면,

> 이미 몇 년을 지나면서 붉은 촛불 밝히고
> 다시 두 가닥 향기로운 모란꽃을 꺾노라.
> 흰 개구리밥이 난 삼각주에 경치가 좋으니
> 얻은 병을 모름지기 버리고 뒷일을 꾀하기를.
> 已負數年紅畫燭, 更辜雙帶繡香毬.
> 白蘋洲上風煙好, 扶病須拌到後籌

　　이 시는 唱和詩 형식이지만 계절적으로 늦봄에서 초여름을 맞고 그
중에 병을 얻어 療養하는 處地에서 未來의 計劃을 모색하려는 意志를
보여준다. 그리고 <離別難>을 보면,

> 부처가 중생의 소원을 허락하니
> 마음이 굳어 돌도 뚫겠노라.
> 오늘 아침 송별하지만
> 마침 오히려 내년이 있다네.
> 佛許衆生願, 心堅石也穿.
> 今朝雖送別, 會卻有明年.

---

19) ≪增修 詩話總龜≫ 卷23引 江隣幾 ≪雜志≫.

이 시는 送別詩로서 깊은 友情을 佛心에 依據하여 묘사한다. 삶의 旅程에 離別과 相逢을 반복하는 사례는 누구나 겪지만 여기서는 제1연의 佛語로 間說하는 友誼之深을 보게 된다.

9. 李愚:〈述懷〉(≪全唐詩續拾≫ 卷41)

≪全唐詩大辭典≫을 보면,

> 자가 자회이며 처음 이름은 안평이다. 스스로 말하기를 월군 평극인데 그 부친이 무체로 이거하였다고 하였다. 당대 말기 진사되었고 후량과 후당 두 왕조에 벼슬하였으며 후당 시에는 관직이 재상에 이르렀고 말제 때에 재상을 그만 두었다. 문장에 뛰어나니 글짓기에 기격이 있어 자못 한유와 유종원의 문풍에 가까웠다.
>
> 字子晦, 初名晏平. 自謂郡望越郡平棘, 其父遷居無棣. 唐末進士, 仕後梁, 後唐兩朝, 後唐時官至宰相, 末帝時罷相. 善屬文, 爲文有氣格, 頗近韓柳文風.

라고 하였고 ≪全唐詩補編≫ 全唐詩續拾(卷41)의 기록을 보면,

> 자는 자회이며 발해 무체인이다. 천우 3년에 진사 급제하고 다시 굉사과에 올라서 하남부참군을 제수받았다. 양조 초기에 하삭으로 피하였고 말제에는 좌습유가 되었으며 사훈원외랑에 옮겼다. 장종 때에 한림학사가 되었다. 장흥 초년에 중서시랑평장사를 받았다.
>
> 字子晦, 渤海無棣人. 天祐三年, 登進士第, 又登宏詞科, 授河南府參軍. 梁初避地河朔, 末帝召爲左拾遺, 累遷司勳員外郎. 莊宗時, 爲翰林學士. 長興初, 拜中書侍郎平章事.

라고 하여 前者의 경우는 鄕籍이 다르지만 無棣는 일치하므로 발해지역
이며 관직도 일치하지 않지만 渤海人으로서 渤海 末帝 시기(907~926)에
左拾遺를 지내고 後唐에서는 宰相을 역임하였으며 文才는 韓愈와 柳宗
元에 접근하였음을 알 수 있다. 그의 시 <述懷>[20]를 보면,

> 관직을 행함이 항상 박빙을 밟는 듯
> 자주 석양이 집 높은 모서리로 지는 걸 본다.
> 임금을 보좌하여 조정대신 되게 하려 했건만
> 죽이나 밥을 달게 먹는 물러난 중이 되었네.
> 헛되이 천자의 두터운 은혜를 등지고
> 백발에 병든 몸이 절로 가슴 아프다.
> 명년에 곧 연남으로 가서
> 대숲 둑의 구름 낀 암자에서 홀로 팔베개한다.
> 奉職常如履薄氷, 屢看斜日下觚稜.
> 鹽梅且讓當朝傑, 粥飯甘爲退院僧.
> 虛負紫宸思寵渥, 自傷白髮病侵凌.
> 明年便向燕南去, 竹塢雲菴獨枕肱.

이 시는 시인이 官職에서 은퇴하여 落鄕한 상태에서 老年의 심정을
率直하고 淡白하게 표현하고 있다. 인생의 末路는 과거에 대한 回顧와
현실적으로는 질병과 孤獨, 그리고 貧窮의 굴레에 매여 徘徊하는 詩情은
古今이 다르지 않다.

10. 李玄光 : 〈還丹口訣〉 等 2首(≪全唐詩續拾≫ 卷54)

≪全唐詩補編≫ 全唐詩續拾(卷54)을 보면,

---

20) 張方墀, ≪無棣縣志≫ 卷23.

이현광은 발해인이다. 항상 청사에서 배를 타고 회수와 절강 사이에서
무역을 하였다. 저서로는 환원론 1권이 있다.
李玄光, 渤海人. 常乘舟於青社淮浙間貨易. 著有還元論一卷.

라 하여 직업이 무역상이라 하였는데 그의 시는 모두 道仙的인 색채가
짙어서 道家에 심취한 생활의식을 지닌 것으로 본다. 먼저 <還丹口
訣>[21]을 보면,

> 무릇 양생술은
> 어렵지도 않고 쉽지도 않네.
> 세상 사람은 납을 쓰면서도
> 선단의 신약인 수련의 뜻을 알지 못하네.
> 비로소 검은 옷을 벗고
> 곧 본바탕을 드러냈네.
> 연못에서 불을 내고
> 칼질은 규율에 의한다.
> 납이 희기가 이와 같으니
> 때를 고르는데 실기하지 마라.
> 들고서 적색 문에 들어가서
> 때를 맞추니 돌같이 굳도다.
> 약은 진수정을 쓰니
> 팔수가 으뜸이네.
> 묘정은 또한 팔량이니
> 양기가 사람 몸 위로 나오네.
> 두 가지가 서로 화합하고
> 증산은 모름지기 비밀이라.
> 무릇 오룡차를 기우는데
> 세는 수는 삼칠 이십일 번을 채우네.

---

21) ≪大還丹照鑑≫.

한 양의 참 용뇌는
소니를 살찌게 하네.
흰색이 참 용뇌이니
푸른색은 진짜가 아니네.
따로이 만드는 방법이 있으니
가져다 임시로 쓰네.
두 물건 합하여 한 몸 되게 하면
모름지기 참된 금 그릇이 되네.
세상사람 이 말을 깨달으면
지상신선이 곧 이것이라.
사용하지 않는다면
재앙이 절로 이른다네.
십년은 슬며시 해를 가리고
오년은 밝히 보지 못하네.
한 톨의 알을 먹으면
곧 즉시 성인에 들리라.
夫養生之術, 非難亦非易.
世人也用鉛, 不得修鉛志.
才與脫黑衫, 便卽露素質.
及池炎火上, 刀圭依法律.
鉛白還同此, 抽時莫敎失.
持入赤色門, 點時堅如石.
藥用眞水精, 八數爲第一.
妙精亦八兩, 陽人身上出.
兩般相合和, 甑山須秘密.
凡曲烏龍上, 數滿經三七.
一兩眞龍腦, 還要肥蘇膩.
白色眞龍腦, 蒼色亦不是.
別有方法製, 取用在臨時.
二物合爲體, 須使眞金器.
世人會此語, 地仙只這是.
若將非處用, 殃禍自立至.
十年暗障日, 五載不見明.

若點一粟粒, 須臾卽抵聖.

　이 시는 仙語를 통하여 자신의 神仙術에 의한 수련의식을 토로하고 있다. 丹藥의 원료가 되는 납과 수은인 鉛汞이라는 도교의 화학적 修鍊物을 복용하고 인도에서 전래된 龍腦香을 接하면서 妙境에 들어 신선으로 화신하는 의식상태를 서술하고 있어서 시인의 정신세계를 代言하고 있다. 그리고 <還丹歌>[22]를 보면,

> 노란빛과 푸른빛 고은 색채를 함께 섞어 마음을 다하고
> 음군에 의지하면 질서가 밝아지네.
> 학인이 더욱 맑은 노을의 비결을 얻으면
> 여기서 용호라는 본모습을 알 것이네.
> 천생의 원기는 본래 허무하여
> 홍안의 어른의 몸이 우유 같네.
> 불 속에서 변신하여 불 속으로 돌아오니
> 선인이 득의하면 현주라 부르네.
> 세상 사람은 부드러움만 알면서 강함은 모르니
> 곧 노란 새싹 빛을 노랗다고 말하네.
> 배워서 배연경에 이르면
> 비로소 노란 싹 빛이 노랗지 않음을 믿네.
> 參同金碧盡藏情, 賴有陰君序節明.
> 學人更遇淸霞訣, 龍虎從玆識本形.
> 天生元氣本虛無, 紅顏長者體如酥.
> 火裏變身還火裏, 仙人得意號玄珠.
> 世人識柔不識剛, 便道黃芽色帶黃.
> 學來若到盃鉛境, 始信黃芽色不黃.

　이 시 또한 앞의 시처럼 철저한 道仙詩의 묘사법을 講究하여 仙語를

---

22) 上同.

다수 사용한 바, ‘淸霞訣’은 본래 神仙思想의 用語로 多用하니 <離騷>
(≪楚辭≫)에서 「載營魄而登霞」라 하여 神仙되는 의식을 표현하고 ‘霞洞’
은 神仙 사는 곳, 그리고 ‘霞觴’은 신선이 쓰는 술잔을 일컫는 용어와 의
미가 상통한다. 그리고 ‘龍虎’는 道家에서 물(水)과 불(火)을 이름이며 ‘玄
珠’는 오묘함의 極致를 상징하여 ‘玄’은 老子의 「玄之又玄」과 같이 微妙
幽深함을 의미하여 老莊의 道德要素가 되는 것이며 ‘盃鉛境’이란 鍊丹에
의한 修鍊의 경지를 말한다. 이 시도 시인의 극단적인 神仙意識의 발로
를 보여준다.

　위에 列擧한 10人의 渤海詩人의 詩는 ≪全唐詩≫에 收錄된 渤海詩와
함께 韓國漢詩 분야에서 擧論되어져야 하며 韓國漢詩의 範疇로 包含시
켜야 한다. 이 글이 單純한 一過性 作業으로 看過되지 않고 持續的으로
關心과 새로운 發掘로 이어지기를 바란다.

저자 柳 晟 俊

1943년 출생, 서울대학교 중문과 졸업, 서울대학교 대학원 중문과 문학석사
국립 臺灣師範大學 國文硏究所 문학박사

공군사관학교 교수부 조교수, 계명대학교 중국학연구소 소장,
한국외국어대학교 언어연구소 소장, 미국 Harvard 대학교 교환교수,
한국중어중문학회 회장, 한국외국어대학교 동양학대학 학장,
한국외국어대학교 중국연구소 소장, 한국외국어대학교 대학원 원장

현재 : 한국외국어대학교 명예교수, 東方詩話學會 회장

논문 : <王維詩 考>, <李商隱 詩風 考>, <全唐詩 所載 新羅人詩>,
        <寒山과 그 詩考>, <滄浪詩話 詩辨 考>, <鄭燮詩 考>,
        <李達과 王維의 詩 比較>, <王梵志詩 考>, <錢起詩 考>,
        <全唐詩 所載 渤海人詩 > 등 260여 편

저서 : 《申緯作品集》, 《唐詩選注》, 《王維詩比較硏究》, 《楚辭》,
        《中國唐詩硏究》, 《唐詩論考》, 《中國詩歌硏究》, 《中國現當代詩歌論》,
        《淸詩話硏究》, 《初唐詩와 盛唐詩 硏究》, 《韓國漢詩와 唐詩의 比較》,
        《中唐詩와 晩唐詩 硏究》, 《中國詩學의 理解》,
        《淸詩話와 朝鮮詩話의 唐詩論》 등 110여 권

新羅와 渤海 漢詩의 唐詩論的 考察

2009년 7월 20일 초판 인쇄 2009년 7월 30일 초판 발행
지은이 류성준
펴낸이 한봉숙 **펴낸곳** 푸른사상
기획 심효정 **편집** 김세영 **디자인** 지순이 **마케팅** 김두천, 강태미
출판등록 1999년 7월 8일 제2-2876호
주소 서울시 중구 을지로3가 296-10 장양B/D 701호
대표전화 02) 2268-8706(7) **팩시밀리** 02) 2268-8708
이메일 prun21c@hanmail.net / prun21c@yahoo.co.kr
홈페이지 http://www.prun21c.com
ⓒ 2009, 류성준

인 지

ISBN 978-89-5640-705-0 93820

값 25,000원

☞ 21세기 출판문화를 창조하는 푸른사상은 좋은 책을 만들기 위해 노력하고 있습니다.